第一辑　我与地坛

秋天的怀念

双腿瘫痪后，我的脾气变得暴怒无常。望着望着天上北归的雁阵，我会突然把面前的玻璃砸碎；听着听着李谷一甜美的歌声，我会猛地把手边的东西摔向四周的墙壁。母亲就悄悄地躲出去，在我看不见的地方偷偷地听着我的动静。当一切恢复沉寂，她又悄悄地进来，眼边红红的，看着我。“听说北海的花儿都开了，我推着你去走走。”她总是这么说。母亲喜欢花，可自从我的腿瘫痪后，她侍弄的那些花都死了。“不，我不去！”我狠命地捶打这两条可恨的腿，喊着，“我可活什么劲！”母亲扑过来抓住我的手，忍住哭声说：“咱娘儿俩在一块儿，好好儿活，好好儿活……”

可我却一直都不知道，她的病已经到了那步田地。后来妹妹告诉我，她常常肝疼得整宿整宿翻来覆去地睡不了觉。

那天我又独自坐在屋里，看着窗外的树叶“唰唰啦啦”地飘落。母亲进来了，挡在窗前：“北海的菊花开了，我推着你去看看吧。”她憔悴的脸上现出央求般的神色。“什么时候？”“你要是愿意，就明天？”她说。我的回答已经让她喜出望外了。“好吧，就明天。”我说。她高兴得一会儿坐下，一会儿站起：“那就赶紧准备准备。”“哎呀，烦不烦？几步路，有什么好准备的！”她也笑了，坐在我身边，絮絮叨叨地说着：“看完菊花，咱们就去‘仿膳’，

你小时候最爱吃那儿的豌豆黄儿。还记得那回我带你去北海吗?你偏说那杨树花是毛毛虫，跑着，一脚踩扁一个……”她忽然不说了。对于“跑”和“踩”一类的字眼儿，她比我还敏感。她又悄悄地出去了。

她出去了，就再也没回来。

邻居们把她抬上车时，她还在大口大口地吐着鲜血。我没想到她已经病成那样。看着三轮车远去，也绝没有想到那竟是永远的诀别。

邻居的小伙子背着我去看她的时候，她正艰难地呼吸着，像她那一生艰难的生活。别人告诉我，她昏迷前的最后一句话是:“我那个有病的儿子和我那个还未成年的女儿……”

又是秋天，妹妹推我去北海看了菊花。黄色的花淡雅，白色的花高洁，紫红色的花热烈而深沉，泼泼洒洒，秋风中正开得烂漫。我懂得母亲没有说完的话。妹妹也懂。我俩在一块儿，要好好儿活……

1981 年

合欢树

十岁那年，我在一次作文比赛中得了第一。母亲那时候还年轻，急着跟我说她自己，说她小时候的作文做得还要好，老师甚至不相信那么好的文章会是她写的，“老师找到家来问，是不是家里的大人帮了忙。我那时可能还不到十岁呢。”我听得扫兴，故意笑：“可能？什么叫可能还不到？”她就解释。我装作根本不再注意她的话，对着墙打乒乓球，把她气得够呛。不过我承认她聪明，承认她是世界上长得最好看的女的。她正给自己做一条蓝地白花的裙子。

二十岁，我的两条腿残废了。除去给人家画彩蛋，我想我还应该再干点别的事，先后改变了几次主意，最后想学写作。母亲那时已不年轻，为了我的腿，她头上开始有了白发。医院已经明确表示，我的病目前没办法治。母亲的全副心思却还放在给我治病上，到处找大夫，打听偏方，花很多钱。她倒总能找来些稀奇古怪的药，让我吃，让我喝，或者是洗、敷、熏、灸。“别浪费时间啦！根本没用！”我说。我一心只想着写小说，仿佛那东西能把残疾人救出困境。“再试一回，不试你怎么知道有用没用？”她说。每一回都虔诚地抱着希望。然而对我的腿，有多少回希望就有多少回失望。最后一回，我的胯上被熏成烫伤。医院的大夫说，

这实在太悬了，对于瘫痪病人，这差不多是要命的事。我倒没太害怕，心想死了也好，死了倒痛快。母亲惊惶了几个月，昼夜守着我，一换药就说："怎么会烫了呢？我还直留神呀！"幸亏伤口好起来，不然她非疯了不可。

后来她发现我在写小说。她跟我说："那就好好写吧。"我听出来，她对治好我的腿也终于绝望。"我年轻的时候也最喜欢文学。"她说。"跟你现在差不多大的时候，我也想过搞写作。"她说。"你小时候的作文不是得过第一？"她提醒我说。我们俩都尽力把我的腿忘掉。她到处去给我借书，顶着雨或冒了雪推我去看电影，像过去给我找大夫、打听偏方那样，抱了希望。

三十岁时，我的第一篇小说发表了，母亲却已不在人世。过了几年，我的另一篇小说又侥幸获奖，母亲已经离开我整整七年。

获奖之后，登门采访的记者就多。大家都好心好意，认为我不容易。但是我只准备了一套话，说来说去就觉得心烦。我摇着车躲出去。坐在小公园安静的树林里，我闭上眼睛，想：上帝为什么早早地召母亲回去呢？很久很久，迷迷糊糊地，我听见回答："她心里太苦了。上帝看她受不住了，就召她回去。"我似乎得到一点安慰，睁开眼睛，看见风正在树林里吹过。

我摇车离开那儿，在街上瞎逛，不想回家。

母亲去世后，我们搬了家。我很少再到母亲住过的那个小院儿去。小院儿在一个大院儿的尽里头，我偶尔摇车到大院儿去坐坐，但不愿意去那个小院儿，推说手摇车进去不方便。院儿里的老太太们还都把我当儿孙看，尤其想到我又没了母亲，但都不说，光扯些闲话，怪我不常去。我坐在院子当中，喝东家的茶，吃西家的瓜。有一年，人们终于又提到母亲："到小院儿去看看吧，你妈种的那棵合欢树今年开花了！"我心里一阵抖，还是推说手摇车进出太不易。大伙儿就不再说，忙扯些别的，说起我们原来住的房子里现在住了小两口，女的刚生了个儿子，孩子不哭不闹，

光是瞪着眼睛看窗户上的树影儿。

我没料到那棵树还活着。那年，母亲到劳动局去给我找工作，回来时在路边挖了一棵刚出土的“含羞草”。以为是含羞草，种在花盆里长，竟是一棵合欢树。母亲从来喜欢那些东西，但当时心思全在别处。第二年合欢树没有发芽，母亲叹息了一回，还不舍得扔掉，依然让它长在瓦盆里。第三年，合欢树却又长出叶子，而且茂盛了。母亲高兴了很多天，以为那是个好兆头，常去侍弄它，不敢再大意。又过一年，她把合欢树移出盆，栽在窗前的地上，有时念叨，不知道这种树几年才开花。再过一年，我们搬了家，悲痛弄得我们都把那棵小树忘记了。

与其在街上瞎逛，我想，不如就去看看那棵树吧。我也想再看看母亲住过的那间房。我老记着，那儿还有个刚来到世上的孩子，不哭不闹，瞪着眼睛看树影儿。是那棵合欢树的影子吗？小院儿里只有那棵树。

院儿里的老太太们还是那么欢迎我，东屋倒茶，西屋点烟，送到我眼前。大伙儿都不知道我获奖的事，也许知道，但不觉得那很重要；还是都问我的腿，问我是否有了正式工作。这回，想摇车进小院儿真是不能了。家家门前的小厨房都扩大，过道儿窄到一个人推自行车进出也要侧身。我问起那棵合欢树。大伙儿说，年年都开花，长到房高了。这么说，我再看不见它了。我要是求人背我去看，倒也不是不行。我挺后悔前两年没有自己摇车进去看看。

我摇着车在街上慢慢走，不急着回家。人有时候只想独自静静地待一会儿。悲伤也成享受。

有一天那个孩子长大了，会想起童年的事，会想起那些晃动的树影儿，会想起他自己的妈妈。他会跑去看看那棵树。但他不会知道那棵树是谁种的，是怎么种的。

1985 年

“文革”记愧

多年来有件事总在心里，不知怎么处置。近日看《干校六记》，钱钟书先生在书前的小引中说，若就那次运动（当然是指“文革”）写回忆的话，一般群众大约都得写《记愧》。这话已触到我心里的那件事。钱先生却还没完，接着写道：“惭愧常使人健忘，亏心和丢脸的事总是不愿记起的事，因此也很容易在记忆的筛眼里走漏得一干二净。”我想，到了把那件事白纸黑字记录下来的时候了，以免岁月将其遗失。这样，也恰好有了篇名。

1974年夏天，双腿瘫痪已两年，我闲在家里没事做。老朋友们怕我寂寞常来看我，带书来，带新闻来，带新的朋友来。朋友的朋友很容易就都成了朋友，在一起什么都谈，尽管对时势的判断不全相同，对各种主义和思想的看法也不再能彻底一致。那年我二十三岁，单单活明白了一点：对任何错误乃至反动的东西，先要敢于正视，回避它掩盖它则是无能和理亏的表现。除此一点之外，如今想来是都可以作为记愧而录的。

先是朋友A带来了朋友B。不久，B带来三篇手抄本小说给我看。现在记得住标题的只有《普通的人》一篇。用今天的标准归类，它应该属于“伤痕文学”，应该说那是中国最早的“伤痕文学”。我看了很受震动，许久无言，然后真心相信它的艺术水平很

高和它的思想太反动。这样的评判艺术作品的方法，那时很流行，现在少些了。B 不同意我的看法，但我能找到的理论根据比他的多，也比他的现成而且有威力。“中间人物论”呀，“写阴暗面”呀，“鼻涕和大粪什么时候都有”呀，“阶级立场”和“时代潮流”呀，等等，足令 B 无言以对或有话也不再说了。我自视不是人云亦云者流，马列的书读得本来不算少，辩论起来我又天生有几分机智，能为那些干瘪的概念找出更为通顺的理由，时而也让 B 陷入冥想。现在我知道，为一个给定的结论找理由是一件无论如何可以办到的事。B 为人极宽厚，说到最后他光是笑了，然后问我能否把这些小说给他复写几份。我也显出豁达，平息了额与颈上暴涨的血管，说这有什么不行，一来我反正闲得很，二来我相信真理总是真理，不会因为这样的小说的存在而不是真理了，存在的东西不让大家看到才是软弱或者理屈。我们一时都没想起世上还有公安局。

我便用了几个上午帮他抄那些小说。抄了一篇或者两篇的时候，我忽然抄不下去，笔下流出的字行与我的观念过于相悖，越抄心里越别扭起来，竟觉得像是自己在做那小说。心一惊，停一会儿，提醒自己，这不是我写的，我只是抄，况且我答应了朋友怎么能不抄完呢？于是又抄，于是又别扭又心惊，于是自己再提醒自己一回，于是……终于没有抄完，我给 B 写信去，如实说了我再不想抄下去的原因。B 来了，一进门就笑了，依然笑得宽厚，说那就算了吧，余下的他另想办法。我便把抄好的和没抄的都给他拿去。

不久就出事了。B 把稿子存放在 A 处，朋友 C 从 A 处拿了那篇《普通的人》到学校里去看，被她的一个同学发现并向有关部门报告了。C 立刻被隔离审问，那篇稿子也落在公安人员手里。我们听说了，先还只是为 C 着急，几个朋友一起商量怎么救她，怎么为她开脱罪责。想来想去，不仅想不出怎么救 C，却想起了

那稿子上全是我的笔迹。这时我还未及感到后果的严重，便并不坚决地充了一会儿英雄，我说干脆就说是我住院时从一个早已忘记了姓名的病友那儿抄来的吧。几个朋友都说不好，说公安局才不那么傻；我也就不坚持。几个朋友说先别急，等A和B来了看看有没有更好的办法。当然，最好的办法是眼前的祸事梦一样地消失。

傍晚，A和B都来了，我们四五个人聚到地坛公园荒芜的小树林里去，继续商量对策。只是A和B和我与此事有关，其他人都是来出谋划策。这时问题的焦点已转到倘若公安局追查下来怎么办，因为想到C处很可能还留有我的其他笔迹，因为想到C也可能坚持不住。据说这时C还在学校隔离室里坚持着死不交代，大家一会儿为她担忧，一会儿又怪她平时就是不管什么事都爱臭显摆并且对人也太轻信。怪C也晚了，C正在隔离室里。大家又怨A，说C一贯马里马虎你还不知道吗，怎么就把那稿子给她拿到学校去？A后悔不迭，说C是死求活求保证了又保证的。怨谁也没用了，当务之急还是想想怎么应付公安人员可能的追查吧。B坚定地说，不管怎么样绝不能说出原作者。大家说这是一定的。那么，公安局追查下来又怎么办呢？大家绞尽脑汁编了许多枝叶丰满的谎话，但到底都不是编惯了谎话的人，自己先就看出很多破绽。夜色便在这个问题前无声地扩散得深远了。第一个晚上就是这么结束的——什么办法也没想出来，默祈着C能坚持到底，但如果真如此又感到对C无比歉疚；幻想着公安局不再深究，但又明白这不会不是幻想。

十四年过去了，我已记不清从事发到警察来找我之间到底是几天了，也记不住这几天中的事情是怎样一个顺序了。只记得我们又聚到地坛去商议了好几回。只记得我一回比一回胆怯下去。记得有一个晚上，还是在那片荒芜的小树林里，A和B都认为还是我一开始编造的那个谎话最为巧妙，若警察根据笔体找到我就

由我来坚持那个谎话——就说是我在住院时从一个不知名的病友那儿抄来那篇小说的。我未置可否，过了一会儿我只提醒说：我的父母均出身“黑五类”之首，我的妈妈仍在以地主的资格每日扫街呢。大家于是沉默良久。我本还想说由我来承担是不公平的，因为惟独我是反对这篇小说的，怎么能让一个人去殉自己的反信念呢？但我没说。后来 A 替我说出了这个意思，以后多年，我一直把这逻辑作为我良心的庇护所而记得牢固。可是一年年过去，这逻辑也愈显其苍白了，一是因为我越来越清楚我当时主要是害了怕，二是反对这小说和不反对抄这小说同样是我当时的信念。信念又怎么样呢？设若我当时就赞成这小说呢？我敢把这事担当下来拒不交代吗？我估计百分之九十还是不敢。因为我还记得，那些天有人对我说：公安局可不是吃素的，我若说不出给我小说原稿的人的姓名，他们就可以判定这小说是我写的——不管他们是真这么认为，还是为了威逼我，还是出于必得有个结果以便向上边交代，反正他们急了就会这么干。我听了确乎身上轮番出了几回汗。尤其看到父母亲人，想到他们的出身和成分本来就坏，这一下不知要遭怎样的连累了。夜里躺在床上不能睡，光抽烟，体会着某些叛徒的苦衷。有些叛徒是贪图荣华富贵，有些叛徒则是被“株连九族”逼迫而成，现在平心去论，一样是叛徒但似不可同日而语。这就又要想想了，假如我是孤身一人会怎么样呢？轻松是会轻松些，但敢不敢去挨鞭子或送脑袋仍然不是一件可供吹牛的事。贪生怕死和贪图荣华富贵之间仍有着不小的差别。几年之后我倒确凿有几回真的不怕死过，心想要是 1974 年的事挪来现在发生有多好，我就能毫不犹豫地挺身就死了，但这几回的不怕死是因为残病弄得我先有了不想活的念头，后才顺带想做一回烈士的。这当然可笑。我才知道，渴望活也可以是比不怕死更难能可贵的。但渴望活而又怕死却造就了很多千古遭骂的叛徒。最好当然是渴望活而又不怕死，譬如许云峰。不过，毕竟许云峰喊

的是共产党万岁而明确是坐国民党的牢。大智大勇者更要数张志新。可张志新若也坚定不移于当时人人必须信奉的一种思想，料必她也就不可能有那般大智大勇了。话扯远了，拉回来，还说我，我不及张志新之万一是不容争辩的。至于哥们儿义气呢？但“株连九族”却更是殃及亲人的呢！所以“株连九族”有理由被发明出来。

我原是想把这件事如实记录下来的，但亏心和丢脸的事确已从记忆的筛眼里走漏一些了，写到这儿我停笔使劲回忆了两天，下面的事在记忆中仍呈现了两种模样。与B已多年不见，为此文去找他核对似大不必要，就把两种模样的记忆都写下来吧。最可能的是这样：正当我昼夜难安百思不得良策之际，B来了，B对我说：“要是追查到你你就如实说吧。就说原稿是我给你的。”我听了虽未明确表示赞同，却一句反对的话也没说，焦虑虽还笼罩，但心的隐秘处却着实有了一阵轻松。许久，我只说：“那你怎么办？”B说：“这事就由我一人承担吧。”说罢他匆匆离去，我心中的愧便于那时萌生，虽料沉重只是要匀到一生中去背负，也仍怔怔地不敢有别种选择也仍如获救了一般。另外，也可能是这样：B来了，对我说：“要是警察来找你你就如实说吧，就说原稿是我给你的。C已经全说了。”我听了心里一阵轻松。C确实是在被隔离的第二天熬不住逼问，全说了。但这是B告诉我的呢，还是之后我才听别人说的呢？我希望是前者，但这希望更可以证明是后者吧，因为记忆的筛眼里不仅容易走漏更为难堪的事，还容易走进保护自己少受谴责的事。我就没有谴责过C，我没有特别注意去不谴责C，想必是潜意识对自己说了实话：实际我与C没什么两样。总之，不管哪个记忆准确，我听了B的话后心里的那一阵轻松可以说明一切。——这是着重要记录下来的。

后来警察来找我，问我原稿是谁给我的，我说是B；问我原作者是谁，我说不知道。我确实不知道，B从未跟我说起过原作

者是谁，这一层B想得周到。我当时很为B把这一层想得周到而庆幸。直到现在我也不知道原作者是谁。

1978年我也开始写小说，也写了可归入“伤痕文学”的作品。那几年我常留意报刊上的小说及作者介绍，想知道《普通的人》的作者是谁，但终未发现。我也向文学界的朋友们打听过，很多人都知道那篇小说，却没有谁知道作者的情况。1983年在崂山旅游时遇到B，互相说笑间仍有些不自然，我终未能启齿问他此事，因为当年的事到底是怎么了结的我完全不知，深怕又在心上添了沉重。现在想，倘那篇《普通的人》渐渐被淡忘了，实在是文学史上的缺憾。

随忆随记，实指望没把愧走漏太多就好。

1988年

我与地坛

1

我在好几篇小说中都提到过一座废弃的古园，实际就是地坛。许多年前旅游业还没有开展，园子荒芜冷落得如同一片野地，很少被人记起。

地坛离我家很近。或者说我家离地坛很近。总之，只好认为这是缘分。地坛在我出生前四百多年就坐落在那儿了；而自从我的祖母年轻时带着我父亲来到北京，就一直住在离它不远的地方——五十多年间搬过几次家，可搬来搬去总是在它周围，而且是越搬离它越近了。我常觉得这中间有着宿命的味道：仿佛这古园就是为了等我，而历尽沧桑在那儿等待了四百多年。

它等待我出生，然后又等待我活到最狂妄的年龄上忽地残废了双腿。四百多年里，它一面剥蚀了古殿檐头浮夸的琉璃，淡褪了门壁上炫耀的朱红，坍圮了一段段高墙又散落了玉砌雕栏，祭坛四周的老柏树愈见苍幽，到处的野草荒藤也都茂盛得自在坦荡。这时候想必我是该来了。十五年前的一个下午，我摇着轮椅进入园中，它为一个失魂落魄的人把一切都准备好了。那时，太阳循着亘古不变的路途正越来越大，也越红。在满园弥漫的沉静光芒

中，一个人更容易看到时间，并看见自己的身影。

自从那个下午我无意中进了这园子，就再没长久地离开过它。我一下子就理解了它的意图，正如我在一篇小说中所说的："在人口密聚的城市里，有这样一个宁静的去处，像是上帝的苦心安排。"

两条腿残废后的最初几年，我找不到工作，找不到去路，忽然间几乎什么都找不到了，我就摇了轮椅总是到它那儿去，仅为着那儿是可以逃避一个世界的另一个世界。我在那篇小说中写道，"没处可去我便一天到晚耗在这园子里。跟上班下班一样，别人去上班我就摇了轮椅到这儿来"，"园子无人看管，上下班时间有些抄近路的人们从园中穿过，园子里活跃一阵，过后便沉寂下来"，"园墙在金晃晃的空气中斜切下一溜阴凉，我把轮椅开进去，把椅背放倒，坐着或是躺着，看书或者想事，撅一杈树枝左右拍打，驱赶那些和我一样不明白为什么要来这世上的小昆虫"，"蜂儿如一朵小雾稳稳地停在半空；蚂蚁摇头晃脑捋着触须，猛然间想透了什么，转身疾行而去；瓢虫爬得不耐烦了，累了，祈祷一回便支开翅膀，忽悠一下升空了；树干上留着一只蝉蜕，寂寞如一间空屋；露水在草叶上滚动，聚集，压弯了草叶轰然坠地摔开万道金光"，"满园子都是草木竞相生长弄出的响动，窸窸窣窣窸窸窣窣片刻不息"。这都是真实的记录，园子荒芜但并不衰败。

除去几座殿堂我无法进去，除去那座祭坛我不能上去而只能从各个角度张望它，地坛的每一棵树下我都去过，差不多它的每一米草地上都有过我的车轮印。无论是什么季节，什么天气，什么时间，我都在这园子里待过。有时候待一会儿就回家，有时候就待到满地上都亮起月光。记不清都是在它的哪些角落里了，我一连几小时专心致志地想关于死的事，也以同样的耐心和方式想过我为什么要出生。这样想了好几年，最后事情终于弄明白了：一个人，出生了，这就不再是一个可以辩论的问题，而只是上帝交给他的一个事实；上帝在交给我们这件事实的时候，已经顺便保证了它的结

果，所以死是一件不必急于求成的事，死是一个必然会降临的节日。这样想过之后我安心多了，眼前的一切不再那么可怕。比如你起早熬夜准备考试的时候，忽然想起有一个长长的假期在前面等待你，你会不会觉得轻松一点儿，并且庆幸并且感激这样的安排？

剩下的就是怎样活的问题了。这却不是在某一个瞬间就能完全想透的，不是能够一次性解决的事，怕是活多久就要想它多久了，就像是伴你终生的魔鬼或恋人。所以，十五年了，我还是总得到那古园里去，去它的老树下或荒草边或颓墙旁，去默坐，去呆想，去推开耳边的嘈杂理一理纷乱的思绪，去窥看自己的心魂。十五年中，这古园的形体被不能理解它的人肆意雕琢，幸好有些东西是任谁也不能改变它的。譬如祭坛石门中的落日，寂静的光辉平铺的一刻，地上的每一个坎坷都被映照得灿烂；譬如在园中最为落寞的时间，一群雨燕便出来高歌，把天地都叫喊得苍凉；譬如冬天雪地上孩子的脚印，总让人猜想他们是谁，曾在那儿做过些什么，然后又都到哪儿去了；譬如那些苍黑的古柏，你忧郁的时候它们镇静地站在那儿，你欣喜的时候它们依然镇静地站在那儿，它们没日没夜地站在那儿从你没有出生一直站到这个世界上又没了你的时候；譬如暴雨骤临园中，激起一阵阵灼烈而清纯的草木和泥土的气味儿，让人想起无数个夏天的事件；譬如秋风忽至，再有一场早霜，落叶或飘摇歌舞或坦然安卧，满园中播散着熨帖而微苦的味道。味道是最说不清楚的，味道不能写只能闻，要你身临其境去闻才能明了。味道甚至是难于记忆的，只有你又闻到它你才能记起它的全部情感和意蕴。所以我常常要到那园子里去。

2

现在我才想到，当年我总是独自跑到地坛去，曾经给母亲出

了一个怎样的难题。

她不是那种光会疼爱儿子而不懂得理解儿子的母亲。她知道我心里的苦闷，知道不该阻止我出去走走，知道我要是老待在家里结果会更糟，但她又担心我一个人在那荒僻的园子里整天都想些什么。我那时脾气坏到极点，经常是发了疯一样地离开家，从那园子里回来又中了魔似的什么话都不说。母亲知道有些事不宜问，便犹犹豫豫地想问而终于不敢问，因为她自己心里也没有答案。她料想我不会愿意她跟我一同去，所以她从未这样要求过，她知道得给我一点独处的时间，得有这样一段过程。她只是不知道这过程得要多久，和这过程的尽头究竟是什么。每次我要动身时，她便无言地帮我准备，帮助我上了轮椅车，看着我摇车拐出小院，这以后她会怎样，当年我不曾想过。

有一回我摇车出了小院，想起一件什么事又反身回来，看见母亲仍站在原地，还是送我走时的姿势，望着我拐出小院去的那处墙角，对我的回来竟一时没有反应。待她再次送我出门的时候，她说："出去活动活动，去地坛看看书，我说这挺好。"许多年以后我才渐渐听出，母亲这话实际上是自我安慰，是暗自的祷告，是给我的提示，是恳求与嘱咐。只是在她猝然去世之后，我才有余暇设想，当我不在家里的那些漫长的时间，她是怎样心神不定坐卧难宁，兼着痛苦与惊恐与一个母亲最低限度的祈求。现在我可以断定，以她的聪慧和坚忍，在那些空落的白天后的黑夜，在那不眠的黑夜后的白天，她思来想去最后准是对自己说："反正我不能不让他出去，未来的日子是他自己的，如果他真的要在那园子里出了什么事，这苦难也只好我来承担。"在那段日子里——那是好几年长的一段日子，我想我一定使母亲做过最坏的准备了，但她从来没有对我说过："你为我想想。"事实上我也真的没为她想过。那时她的儿子还太年轻，还来不及为母亲想，他被命运击昏了头，一心以为自己是世上最不幸的一个，不知道儿子的不幸

在母亲那儿总是要加倍的。她有一个长到二十岁上忽然截瘫了的儿子，这是她惟一的儿子；她情愿截瘫的是自己而不是儿子，可这事无法代替。她想，只要儿子能活下去哪怕自己去死呢也行，可她又确信一个人不能仅仅是活着，儿子得有一条路走向自己的幸福，而这条路呢，没有谁能保证她的儿子终于能找到。——这样一个母亲，注定是活得最苦的母亲。

有一次与一个作家朋友聊天，我问他学写作的最初动机是什么？他想了一会儿说："为我母亲。为了让她骄傲。"我心里一惊，良久无言。回想自己最初写小说的动机，虽不似这位朋友的那般单纯，但如他一样的愿望我也有，且一经细想，发现这愿望也在全部动机中占了很大比重。这位朋友说："我的动机太低俗了吧？"我光是摇头，心想低俗并不见得低俗，只怕是这愿望过于天真了。他又说："我那时真就是想出名，出了名让别人羡慕我母亲。"我想，他比我坦率。我想，他又比我幸福，因为他的母亲还活着。而且我想，他的母亲也比我的母亲运气好，他的母亲没有一个双腿残废的儿子，否则事情就不这么简单。

在我的头一篇小说发表的时候，在我的小说第一次获奖的那些日子里，我真是多么希望我的母亲还活着。我便又不能在家里待了，又整天整天独自跑到地坛去，心里是没头没尾的沉郁和哀怨，走遍整个园子却怎么也想不通：母亲为什么就不能再多活两年？为什么在她的儿子就快要碰撞开一条路的时候，她却忽然熬不住了？莫非她来此世上只是为了替儿子担忧，却不该分享我的一点点快乐？她匆匆离我去时才只有四十九岁呀！有那么一会儿，我甚至对世界对上帝充满了仇恨和厌恶。后来我在一篇题为《合欢树》的文章中写道："坐在小公园安静的树林里，我闭上眼睛，想：上帝为什么早早地召母亲回去呢？很久很久，迷迷糊糊地，我听见回答：'她心里太苦了，上帝看她受不住了，就召她回去。'我似乎得到一点安慰，睁开眼睛，看见风正在树林里吹过。"小公

园，指的也是地坛。

只是到了这时候，纷纭的往事才在我眼前幻现得清晰，母亲的苦难与伟大才在我心中渗透得深彻。上帝的考虑，也许是对的。

摇着轮椅在园中慢慢走，又是雾罩的清晨，又是骄阳高悬的白昼，我只想着一件事：母亲已经不在了。在老柏树旁停下，在草地上在颓墙边停下，又是处处虫鸣的午后，又是鸟儿归巢的傍晚，我心里只默念着一句话：可是母亲已经不在了。把椅背放倒，躺下，似睡非睡挨到日没，坐起来，心神恍惚，呆呆地直坐到古祭坛上落满黑暗然后再渐渐浮起月光，心里才有点明白：母亲不能再来这园中找我了。

曾有过好多回，我在这园子里待得太久了，母亲就来找我。她来找我又不想让我发觉，只要见我还好好地在这园子里，她就悄悄转身回去；我看见过几次她的背影。我也看见过几回她四处张望的情景，她视力不好，托着眼镜像在寻找海上的一条船；她没看见我时我已经看见她了，待我看见她也看见我了我就不去看她，过一会儿我再抬头看她就又看见她缓缓离去的背影。我单是无法知道有多少回她没有找到我。有一回我坐在矮树丛中，树丛很密，我看见她没有找到我，她一个人在园子里走，走过我的身旁，走过我经常待的一些地方，步履茫然又急迫。我不知道她已经找了多久还要找多久，我不知道为什么我决意不喊她——但这绝不是小时候的捉迷藏，这也许是出于长大了的男孩子的倔强或羞涩？但这倔强只留给我痛悔，丝毫也没有骄傲。我真想告诫所有长大了的男孩子，千万不要跟母亲来这套倔强，羞涩就更不必，我已经懂了可我已经来不及了。

儿子想使母亲骄傲，这心情毕竟是太真实了，以致使“想出名”这一声名狼藉的念头也多少改变了一点形象。这是个复杂的问题，且不去管它了罢。随着小说获奖的激动逐日暗淡，我开始相信，至少有一点我是想错了：我用纸笔在报刊上碰撞开的一条

路，并不就是母亲盼望我找到的那条路。年年月月我都到这园子里来，年年月月我都要想母亲盼望我找到的那条路到底是什么。母亲生前没给我留下过什么隽永的哲言，或要我恪守的教诲，只是在她去世之后，她艰难的命运，坚忍的意志和毫不张扬的爱，随光阴流转，在我的印象中愈加鲜明深刻。

有一年，10月的风又翻动起安详的落叶，我在园中读书，听见两个散步的老人说："没想到这园子有这么大。"我放下书，想，这么大一座园子，要在其中找到她的儿子，母亲走过了多少焦灼的路。多年来我头一次意识到，这园中不单是处处都有过我的车辙，有过我的车辙的地方也都有过母亲的脚印。

3

如果以一天中的时间来对应四季，当然春天是早晨，夏天是中午，秋天是黄昏，冬天是夜晚。如果以乐器来对应四季，我想春天应该是小号，夏天是定音鼓，秋天是大提琴，冬天是圆号和长笛。要是以这园子里的声响来对应四季呢？那么，春天是祭坛上空飘浮着的鸽子的哨音，夏天是冗长的蝉歌和杨树叶子哗啦啦地对蝉歌的取笑，秋天是古殿檐头的风铃响，冬天是啄木鸟随意而空旷的啄木声。以园中的景物对应四季，春天是一径时而苍白时而黑润的小路，时而明朗时而阴晦的天上摇荡着串串杨花；夏天是一条条耀眼而灼人的石凳，或阴凉而爬满了青苔的石阶，阶下有果皮，阶上有半张被坐皱的报纸；秋天是一座青铜的大钟，在园子的西北角上曾丢弃着一座很大的铜钟，铜钟与这园子一般年纪，浑身挂满绿锈，文字已不清晰；冬天，是林中空地上几只羽毛蓬松的老麻雀。以心绪对应四季呢？春天是卧病的季节，否则人们不易发觉春天的残忍与渴望；夏天，情人们应该在这个季

节里失恋，不然就似乎对不起爱情；秋天是从外面买一棵盆花回家的时候，把花搁在阔别了的家中，并且打开窗户把阳光也放进屋里，慢慢回忆慢慢整理一些发过霉的东西；冬天伴着火炉和书，一遍遍坚定不死的决心，写一些并不发出的信。还可以用艺术形式对应四季，这样春天就是一幅画，夏天是一部长篇小说，秋天是一首短歌或诗，冬天是一群雕塑。以梦呢？以梦对应四季呢？春天是树尖上的呼喊，夏天是呼喊中的细雨，秋天是细雨中的土地，冬天是干净的土地上的一只孤零的烟斗。

因为这园子，我常感恩于自己的命运。

我甚至现在就能清楚地看见，一旦有一天我不得不长久地离开它，我会怎样想念它，我会怎样想念它并且梦见它，我会怎样因为不敢想念它而梦也梦不到它。

4

现在让我想想，十五年中坚持到这园子来的人都有谁呢？好像只剩了我和一对老人。

十五年前，这对老人还只能算是中年夫妇，我则货真价实还是个青年。他们总是在薄暮时分来园中散步，我不大弄得清他们是从哪边的园门进来，一般来说他们是逆时针绕这园子走。男人个子很高，肩宽腿长，走起路来目不斜视，胯以上直至脖颈挺直不动；他的妻子攀了他一条胳膊走，也不能使他的上身稍有松懈。女人个子却矮，也不算漂亮，我无端地相信她必出身于家道中衰的名门富族；她攀在丈夫胳膊上像个娇弱的孩子，她向四周观望似总含着恐惧，她轻声与丈夫谈话，见有人走近就立刻怯怯地收住话头。我有时因为他们而想起冉阿让与柯赛特，但这想法并不巩固，他们一望即知是老夫老妻。两个人的穿着都算得上考究，

但由于时代的演进，他们的服饰又可以称为古朴了。他们和我一样，到这园子里来几乎是风雨无阻，不过他们比我守时。我什么时间都可能来，他们则一定是在暮色初临的时候。刮风时他们穿了米色风衣，下雨时他们打了黑色的雨伞，夏天他们的衬衫是白色的裤子是黑色的或米色的，冬天他们的呢子大衣又都是黑色的，想必他们只喜欢这三种颜色。他们逆时针绕这园子一周，然后离去。他们走过我身旁时只有男人的脚步响，女人像是贴在高大的丈夫身上跟着漂移。我相信他们一定对我有印象，但是我们没有说过话，我们互相都没有想要接近的表示。十五年中，他们或许注意到一个小伙子进入了中年，我则看着一对令人羡慕的中年情侣不觉中成了两个老人。

曾有过一个热爱唱歌的小伙子，他也是每天都到这园中来，来唱歌，唱了好多年，后来不见了。他的年纪与我相仿，他多半是早晨来，唱半小时或整整唱一个上午，估计在另外的时间里他还得上班。我们经常在祭坛东侧的小路上相遇，我知道他是到东南角的高墙下去唱歌，他一定猜想我去东北角的树林里做什么。我找到我的地方，抽几口烟，便听见他谨慎地整理歌喉了。他反反复复唱那么几首歌。“文化革命”没过去的时候，他唱“蓝蓝的天上白云飘，白云下面马儿跑……”我老也记不住这歌的名字。“文革”后，他唱《货郎与小姐》中那首最为流传的咏叹调：“卖布——卖布嘞，卖布——卖布嘞！”我记得这开头的一句他唱得很有声势，在早晨清澈的空气中，货郎跑遍园中的每一个角落去恭维小姐。“我交了好运气，我交了好运气，我为幸福唱歌曲……”然后他就一遍一遍地唱，不让货郎的激情稍减。依我听来，他的技术不算精到，在关键的地方常出差错，但他的嗓子是相当不坏的，而且唱一个上午也听不出一点儿疲惫。太阳也不疲惫，把大树的影子缩小成一团，把疏忽大意的蚯蚓晒干在小路上。将近中午，我们又在祭坛东侧相遇，他看一看我，我看一看他，

他往北去，我往南去。日子久了，我感到我们都有结识的愿望，但似乎都不知如何开口，于是互相注视一下终又都移开目光擦身而过，这样的次数一多，便更不知如何开口了。终于有一天——一个丝毫没有特点的日子，我们互相点了一下头。他说：“你好。”我说：“你好。”他说：“回去啦？”我说：“是，你呢？”他说：“我也该回去了。”我们都放慢脚步（其实我是放慢车速），想再多说几句，但仍然是不知从何说起，这样我们就都走过了对方，又都扭转身子面向对方。他说：“那就再见吧。”我说：“好，再见。”便互相笑笑各走各的路了。但是我们没有再见，那以后，园中再没了他的歌声，我才想到，那天他或许是有意与我道别的，也许他考上哪家专业的文工团或歌舞团了吧？真希望他如他歌里所唱的那样，交了好运气。

还有一些人，我还能想起一些常到这园子里来的人。有一个老头儿，算得一个真正的饮者；他在腰间挂一个扁瓷瓶，瓶里当然装满了酒，常来这园中消磨午后的时光。他在园中四处游逛，如果你不注意你会以为园中有好几个这样的老头儿，等你看过了他卓尔不群的饮酒情状，你就会相信这是个独一无二的老头儿。他的衣着过分随便，走路的姿态也不慎重，走上五六十米路便选定一处地方，一只脚踏在石凳上或土埂上或树墩上，解下腰间的酒瓶，解酒瓶的当儿眯起眼睛把一百八十度视角内的景物细细看一遭，然后以迅雷不及掩耳之势倒一大口酒入肚，把酒瓶摇一摇再挂向腰间，平心静气地想一会儿什么，便走下一个五六十米去。还有一个捕鸟的汉子，那岁月园中人少，鸟却多，他在西北角的树丛中拉一张网，鸟撞在上面，羽毛戗在网眼里便不能自拔。他单等一种过去很多而现在非常罕见的鸟，其他的鸟撞在网上他就把它们摘下来放掉，他说已经有好多年没等到那种罕见的鸟了，他说他再等一年看看到底还有没有那种鸟，结果他又等了好多年。早晨和傍晚，在这园子里可以看见一个中年女工程师，早晨她从

北向南穿过这园子去上班，傍晚她从南向北穿过这园子回家。事实上我并不了解她的职业或者学历，但我以为她必是个学理工的知识分子，别样的人很难有她那般的素朴并优雅。当她在园中穿行的时刻，四周的树林也仿佛更加幽静，清淡的日光中竟似有悠远的琴声，比如说是那曲《献给艾丽丝》才好。我没有见过她的丈夫，没有见过那个幸运的男人是什么样子，我想象过却想象不出，后来忽然懂了想象不出才好，那个男人最好不要出现。她走出北门回家去，我竟有点担心，担心她会落入厨房，不过，也许她在厨房里劳作的情景更有另外的美吧，当然不能再是《献给艾丽丝》，是个什么曲子呢？还有一个人，是我的朋友，他是个最有天赋的长跑家，但他被埋没了。他因为在“文革”中出言不慎而坐了几年牢，出来后好不容易找了个拉板车的工作，样样待遇都不能与别人平等，苦闷极了便练习长跑。那时他总来这园子里跑，我用手表为他计时，他每跑一圈向我招一下手，我就记下一个时间。每次他要环绕这园子跑二十圈，大约两万米。他盼望以他的长跑成绩来获得政治上真正的解放，他以为记者的镜头和文字可以帮他做到这一点。第一年他在春节环城赛上跑了第十五名，他看见前十名的照片都挂在了长安街的新闻橱窗里，于是有了信心。第二年他跑了第四名，可是新闻橱窗里只挂了前三名的照片，他没灰心。第三年他跑了第七名，橱窗里挂前六名的照片，他有点怨自己。第四年他跑了第三名，橱窗里却只挂了第一名的照片。第五年他跑了第一名——他几乎绝望了，橱窗里只有一幅环城赛群众场面的照片。那些年我们俩常一起在这园子里待到天黑，开怀痛骂，骂完沉默着回家，分手时再互相叮嘱：先别去死，再试着活一活看。现在他已经不跑了，年岁太大了，跑不了那么快了。最后一次参加环城赛，他以三十八岁之龄又得了第一名并破了纪录，有一位专业队的教练对他说：“我要是十年前发现你就好了。”他苦笑一下什么也没说，只在傍晚又来这园中找到我，把这事平

静地向我叙说一遍。不见他已有好几年了，现在他和妻子和儿子住在很远的地方。

这些人现在都不到园子里来了，园子里差不多完全换了一批新人。十五年前的旧人，现在就剩我和那对老夫老妻了。有那么一段时间，这老夫老妻中的一个也忽然不来，薄暮时分惟男人独自来散步，步态也明显迟缓了许多，我悬心了很久，怕是那女人出了什么事。幸好过了一个冬天那女人又来了，两个人仍是逆时针绕着园子走，一长一短两个身影恰似钟表的两支指针；女人的头发白了很多，但依旧攀着丈夫的胳膊走得像个孩子。“攀”这个字用得不恰当了，或许可以用“搀”吧，不知有没有兼具这两个意思的字。

5

我也没有忘记一个孩子——一个漂亮而不幸的小姑娘。十五年前的那个下午，我第一次到这园子里来就看见了她，那时她大约三岁，蹲在斋宫西边的小路上捡树上掉落的“小灯笼”。那儿有几棵大栾树，春天开一簇簇细小而稠密的黄花，花落了便结出无数如同三片叶子合抱的小灯笼，小灯笼先是绿色，继而转白，再变黄，成熟了掉落得满地都是。小灯笼精巧得令人爱惜，成年人也不免捡了一个还要捡一个。小姑娘咿咿呀呀地跟自己说着话，一边捡小灯笼。她的嗓音很好，不是她那个年龄所常有的那般尖细，而是很圆润甚或是厚重，也许是因为那个下午园子里太安静了。我奇怪这么小的孩子怎么一个人跑来这园子里。我问她住在哪儿，她随手指一下，就喊她的哥哥，沿墙根一带的茂草之中便站起一个七八岁的男孩儿，朝我望望，看我不像坏人便对他的妹妹说“我在这儿呢”，又伏下身去；他在捉什么虫子。他捉到螳螂、

蚂蚱、知了和蜻蜓，来取悦他的妹妹。有那么两三年，我经常在那几棵大栾树下见到他们，兄妹俩总是在一起玩儿，玩儿得和睦融洽，都渐渐长大了些。之后有很多年没见到他们。我想他们都在学校里吧，小姑娘也到了上学的年龄，必是告别了孩提时光，没有很多机会来这儿玩儿了。这事很正常，没理由太搁在心上，若不是有一年我又在园中见到他们，肯定就会慢慢把他们忘记。

那是个礼拜日的上午。那是个晴朗而令人心碎的上午。时隔多年，我竟发现那个漂亮的小姑娘原来是个弱智的孩子。我摇着车到那几棵大栾树下去，恰又是遍地落满了小灯笼的季节。当时我正为一篇小说的结尾所苦，既不知为什么要给它那样一个结尾，又不知何以忽然不想让它有那样一个结尾，于是从家里跑出来，想依靠着园中的镇静，看看是否应该把那篇小说放弃。我刚刚把车停下，就见前面不远处有几个人在戏耍一个少女，做出怪样子来吓她，又喊又笑地追逐她拦截她。少女在几棵大树间惊惶地东跑西躲，却不松手揪卷在怀里的裙裾，两条腿袒露着也似毫无察觉。我看出少女的智力是有些缺陷，却还没看出她是谁。我正要驱车上前为少女解围，就见远处飞快地骑车来了个小伙子，于是那几个戏耍少女的家伙望风而逃。小伙子把自行车支在少女近旁，怒目望着那几个四散逃窜的家伙，一声不吭喘着粗气，脸色如暴雨前的天空一样一会儿比一会儿苍白。这时我认出了他们，小伙子和少女就是当年那对小兄妹。我几乎是在心里惊叫了一声，或者是哀号。世上的事常常使上帝的居心变得可疑。小伙子向他的妹妹走去。少女松开了手，裙裾随之垂落下来，很多很多她捡的小灯笼便洒落一地，铺散在她脚下。她仍然算得漂亮，但双眸迟滞没有光彩。她呆呆地望着那群跑散的家伙，望着极目之处的空寂，凭她的智力绝不可能把这个世界想明白吧？大树下，破碎的阳光星星点点，风把遍地的小灯笼吹得滚动，仿佛喑哑地响着的无数小铃铛。哥哥把妹妹扶上自行车后座，带着她无言地回家去了。

无言是对的。要是上帝把漂亮和弱智这两样东西都给了这个小姑娘，就只有无言和回家去是对的。

谁又能把这世界想个明白呢？世上的很多事是不堪说的。你可以抱怨上帝何以要降诸多苦难给这人间，你也可以为消灭种种苦难而奋斗，并为此享有崇高与骄傲，但只要你再多想一步你就会坠入深深的迷茫了：假如世界上没有了苦难，世界还能够存在吗？要是没有愚钝，机智还有什么光荣呢？要是没了丑陋，漂亮又怎么维系自己的幸运？要是没有了恶劣和卑下，善良与高尚又将如何界定自己如何成为美德呢？要是没有了残疾，健全会否因其司空见惯而变得腻烦和乏味呢？我常梦想着在人间彻底消灭残疾，但可以相信，那时将由患病者代替残疾人去承担同样的苦难。如果能够把疾病也全数消灭，那么这份苦难又将由（比如说）相貌丑陋的人去承担了。就算我们连丑陋，连愚昧和卑鄙和一切我们所不喜欢的事物和行为，也都可以统统消灭掉，所有的人都一样健康、漂亮、聪慧、高尚，结果会怎样呢？怕是人间的剧目就全要收场了，一个失去差别的世界将是一潭死水，是一块没有感觉也没有肥力的沙漠。

看来差别永远是要有的。看来就只好接受苦难——人类的全部剧目需要它，存在的本身需要它。看来上帝又一次对了。

于是就有一个最令人绝望的结论等在这里：由谁去充任那些苦难的角色？又由谁去体现这世间的幸福、骄傲和欢乐？只好听凭偶然，是没有道理好讲的。

就命运而言，休论公道。

那么，一切不幸命运的救赎之路在哪里呢？

设若智慧或悟性可以引领我们去找到救赎之路，难道所有的人都能够获得这样的智慧和悟性吗？

我常以为是丑女造就了美人。我常以为是愚氓举出了智者。我常以为是懦夫衬照了英雄。我常以为是众生度化了佛祖。

6

设若有一位园神，他一定早已注意到了，这么多年我在这园里坐着，有时候是轻松快乐的，有时候是沉郁苦闷的，有时候优哉游哉，有时候恓惶落寞，有时候平静而且自信，有时候又软弱，又迷茫。其实总共只有三个问题交替着来骚扰我，来陪伴我。第一个是要不要去死？第二个是为什么活？第三个，我干吗要写作？

现在让我看看，它们迄今都是怎样编织在一起的吧。

你说，你看穿了死是一件无须乎着急去做的事，是一件无论怎样耽搁也不会错过的事，便决定活下去试试？是的，至少这是很关键的因素。为什么要活下去试试呢？好像仅仅是因为不甘心，机会难得，不试白不试，腿反正是完了，一切仿佛都要完了，但死神很守信用，试一试不会额外再有什么损失。说不定倒有额外的好处呢是不是？我说过，这一来我轻松多了，自由多了。为什么要写作呢？“作家”是两个被人看重的字，这谁都知道。为了让那个躲在园子深处坐轮椅的人，有朝一日在别人眼里也稍微有点光彩，在众人眼里也能有个位置，哪怕那时再去死呢也就多少说得过去了。开始的时候就是这样想，这不用保密。这些现在不用保密了。

我带着本子和笔，到园中找一个最不为人打扰的角落，偷偷地写。那个爱唱歌的小伙子在不远的地方一直唱。要是有人走过来，我就把本子合上把笔叼在嘴里。我怕写不成反落得尴尬。我很要面子。可是你写成了，而且发表了。人家说我写得还不坏，他们甚至说：真没想到你写得这么好。我心说你们没想到的事还多着呢。我确实有整整一宿高兴得没合眼。我很想让那个唱歌的

小伙子知道，因为他的歌也毕竟是唱得不错。我告诉我的长跑家朋友的时候，那个中年女工程师正优雅地在园中穿行。长跑家很激动，他说好吧，我玩儿命跑，你玩儿命写。这一来你中了魔了，整天都在想哪一件事可以写，哪一个人可以让你写成小说。是中了魔了，我走到哪儿想到哪儿，在人山人海里只寻找小说，要是有一种小说试剂就好了，见人就滴两滴看他是不是一篇小说，要是有一种小说显影液就好了，把它泼满全世界看看都是哪儿有小说，中了魔了，那时我完全是为了写作活着。结果你又发表了几篇，并且出了一点小名，可这时你越来越感到恐慌。我忽然觉得自己活得像个人质，刚刚有点像个人了却又过了头，像个人质，被一个什么阴谋抓了来当人质，不定哪天就被处决，不定哪天就完蛋。你担心要不了多久你就会文思枯竭，那样你就又完了。凭什么我总能写出小说来呢？凭什么那些适合作小说的生活素材就总能送到一个截瘫者跟前来呢？人家满世界跑都有枯竭的危险，而我坐在这园子里凭什么可以一篇接一篇地写呢？你又想到死了。我想见好就收吧。当一名人质实在是太累了太紧张了，太朝不保夕了。我为写作而活下来，要是写作到底不是我应该干的事，我想，我再活下去是不是太冒傻气了？你这么想着你却还在绞尽脑汁地想写。我好歹又拧出点水来，从一条快要晒干的毛巾上。恐慌日甚一日，随时可能完蛋的感觉比完蛋本身可怕多了，所谓不怕贼偷就怕贼惦记，我想人不如死了好，不如不出生的好，不如压根儿没有这个世界的好。可你并没有去死。我又想到那是一件不必着急的事。可是不必着急的事并不证明是一件必要拖延的事呀！你总是决定活下来，这说明什么？是的，我还是想活。人为什么活着？因为人想活着，说到底是这么回事，人真正的名字叫作：欲望。可我不怕死，有时候我真的不怕死。有时候，——说对了。不怕死和想去死是两回事，有时候不怕死的人是有的，一生下来就不怕死的人是没有的。我有时候倒是怕活。可是怕活不

等于不想活呀？可我为什么还想活呢？因为你还想得到点什么，你觉得你还是可以得到点什么的，比如说爱情，比如说价值感之类，人真正的名字叫欲望。这不对吗？我不该得到点什么吗？没说不该。可我为什么活得恐慌，就像个人质？后来你明白了，你明白你错了，活着不是为了写作，而写作是为了活着。你明白了这一点是在一个挺滑稽的时刻。那天你又说你不如死了好，你的一个朋友劝你：你不能死，你还得写呢，还有好多好作品等着你去写呢。这时候你忽然明白了，你说：只是因为我活着，我才不得不写作。或者说只是因为你还想活下去，你才不得不写作。是的，这样说过之后我竟然不那么恐慌了。就像你看穿了死之后所得的那份轻松？一个人质报复一场阴谋的最有效的办法是把自己杀死。我看出我得先把我杀死在市场上，那样我就不用参加抢购题材的风潮了。你还写吗？还写。你真的不得不写吗？人都忍不住要为生存找一些牢靠的理由。你不担心你会枯竭了？我不知道，不过我想，活着的问题在死之前是完不了的。

这下好了，您不再恐慌了不再是个人质了，您自由了。算了吧你，我怎么可能自由呢？别忘了人真正的名字是：欲望。所以您得知道，消灭恐慌的最有效的办法就是消灭欲望。可是我还知道，消灭人性的最有效的办法也是消灭欲望。那么，是消灭欲望同时也消灭恐慌呢，还是保留欲望同时也保留人性？

我在这园子里坐着，我听见园神告诉我：每一个有激情的演员都难免是一个人质。每一个懂得欣赏的观众都巧妙地粉碎了一场阴谋。每一个乏味的演员都是因为他老以为这戏剧与自己无关。每一个倒霉的观众都是因为他总是坐得离舞台太近了。

我在这园子里坐着，园神成年累月地对我说：孩子，这不是别的，这是你的罪孽和福祉。

7

要是有些事我没说，地坛，你别以为是我忘了，我什么也没忘，但是有些事只适合收藏。不能说，也不能想，却又不能忘。它们不能变成语言，它们无法变成语言，一旦变成语言就不再是它们了。它们是一片朦胧的温馨与寂寥，是一片成熟的希望与绝望，它们的领地只有两处：心与坟墓。比如说邮票，有些是用于寄信的，有些仅仅是为了收藏。

如今我摇着车在这园子里慢慢走，常常有一种感觉，觉得我一个人跑出来已经玩儿得太久了。有一天我整理我的旧相册，看见一张十几年前我在这园子里照的照片——那个年轻人坐在轮椅上，背后是一棵老柏树，再远处就是那座古祭坛。我便到园子里去找那棵树。我按着照片上的背景找很快就找到了它，按着照片上它枝干的形状找，肯定那就是它。但是它已经死了，而且在它身上缠绕着一条碗口粗的藤萝。我当然记得园工们种那棵藤萝时的情景，我却不记得是在什么时候它已经长到了碗口粗。有一天我在这园子里碰见一个老太太，她说："哟，你还在这儿哪？"她问我："你母亲还好吗？""您是谁？""你不记得我，我可记得你。有一回你母亲来这儿找你，她问我您看没看见一个摇轮椅的孩子？……"我忽然觉得，我一个人跑到这世界上来玩儿真是玩儿得太久了。有一天夜晚，我独自坐在祭坛边的路灯下看书，忽然从那漆黑的祭坛里传出一阵阵唢呐声。四周都是参天古树，方形的祭坛占地几百平方米空旷坦荡独对苍天，我看不见那个吹唢呐的人，惟唢呐声在星光寥寥的夜空里低吟高唱，时而悲怆时而欢快，时而缠绵时而苍凉，或许这几个词都不足以形容它，我清清醒醒地听出它响在过去，响在现在，响在未来，回旋飘转亘古

不散。

必有一天，我会听见喊我回去。

那时您可以想象一个孩子，他玩儿累了可他还没玩儿够呢，心里好些新奇的念头甚至等不及到明天。也可以想象是一个老人，无可置疑地走向他的安息地，走得任劳任怨。还可以想象一对热恋中的情人，互相一次次说“我一刻也不想离开你”，又互相一次次说“时间已经不早了”，时间不早了可我一刻也不想离开你，一刻也不想离开你可时间毕竟是不早了。

我说不好我想不想回去。我说不好是想还是不想，还是无所谓。我说不好我是像那个孩子，还是像那个老人，还是像一个热恋中的情人。很可能是这样：我同时是他们三个。我来的时候是个孩子，他有那么多孩子气的念头所以才哭着喊着闹着要来，他一来一见到这个世界便立刻成了不要命的情人，而对一个情人来说，不管多么漫长的时光也是稍纵即逝，那时他便明白，每一步每一步，其实一步步都是走在回去的路上。当牵牛花初开的时节，葬礼的号角就已吹响。

但是太阳，它每时每刻都是夕阳也都是旭日。当它熄灭着走下山去收尽苍凉残照之际，正是它在另一面燃烧着爬上山巅布散烈烈朝晖之时。有一天，我也将沉静着走下山去，扶着我的拐杖。那一天，在某一处山洼里，势必会跑上来一个欢蹦的孩子，抱着他的玩具。

当然，那不是我。

但是，那不是我吗？

宇宙以其不息的欲望将一个歌舞炼为永恒。这欲望有怎样一个人间的姓名，大可忽略不计。

写于 1989 年 5 月 5 日

修改于 1990 年 1 月 7 日

我二十一岁那年

友谊医院神经内科病房有十二间病室，除去1号2号，其余十间我都住过。当然，绝不为此骄傲。即便多么骄傲的人，据我所见，一躺上病床也都谦恭。1号和2号是病危室，是一步登天的地方，上帝认为我住那儿为时尚早。

十九年前，父亲搀扶着我第一次走进那病房。那时我还能走，走得艰难，走得让人伤心就是了。当时我有过一个决心：要么好，要么死，一定不再这样走出来。

正是晌午，病房里除了病人的微鼾，便是护士们轻极了的脚步，满目洁白，阳光中飘浮着药水的味道，如同信徒走进了庙宇，我感觉到了希望。一位女大夫把我引进10号病室。她贴近我的耳朵轻轻柔柔地问："午饭吃了没？"我说："您说我的病还能好吗？"她笑了笑。记不得她怎样回答了，单记得她说了一句什么之后，父亲的愁眉也略略地舒展。女大夫步履轻盈地走后，我永远留住了一个偏见：女人是最应该当大夫的，白大褂是她们最优雅的服装。

那天恰是我二十一岁生日的第二天。我对医学对命运都还未及了解，不知道病出在脊髓上将是一件多么麻烦的事。我舒心地躺下来睡了个好觉。心想：十天，一个月，好吧就算是三个月，

然后我就又能是原来的样子了。和我一起插队的同学来看我时，也都这样想；他们给我带来很多书。

10 号有六个床位。我是 6 床。5 床是个农民，他天天都盼着出院。“光房钱一天就一块一毛五，你算算得啦，”5 床说，“死呗可值得了这么些？”3 床就说：“得了嘿，你有完没完！死死死，数你悲观。”4 床是个老头儿，说：“别价别价，咱毛主席有话啦——既来之，则安之。”农民便带笑地把目光转向我，却是对他们说：“敢情你们都有公费医疗。”他知道我还在与贫下中农相结合。1 床不说话，1 床一旦说话即可出院。2 床像是个有些来头的人，举手投足之间便赢得大伙儿的敬畏。2 床幸福地把一切名词都忘了，包括忘了自己的姓名。2 床讲话时，所有名词都以“这个”“那个”代替，因而讲到一些轰轰烈烈的事迹却听不出是谁人所为。4 床说：“这多好，不得罪人。”

我不搭茬儿。刚有的一点舒心顷刻全光。一天一块多房钱都要从父母的工资里出，一天好几块的药钱、饭钱都要从父母的工资里出，何况为了给我治病家中早已是负债累累了。我马上就想那农民之所想了：什么时候才能出院呢？我赶紧松开拳头让自己放明白点：这是在医院不是在家里，这儿没人会容忍我发脾气，而且砸坏了什么还不是得用父母的工资去赔？所幸身边有书，想来想去只好一头埋进书里去，好吧好吧，就算是三个月！我平白地相信这样一个期限。

可是三个月后我不仅没能出院，病反而更厉害了。

那时我和 2 床一起住到了 7 号。2 床果然不同寻常，是位局长，11 级干部，但还是多了一级，非 10 级以上者无缘去住高干病房的单间。7 号是这普通病房中惟一仅设两张病床的房间，最接近单间，故一向由最接近 10 级的人去住。据说刚有个 13 级从这儿出去。2 床搬来名正言顺。我呢？护士长说是“这孩子爱读书”，让

我帮助2床把名词重新记起来。“你看他连自己是谁都闹不清了。”护士长说。但2床却因此越来越让人喜欢，因为“局长”也是名词也在被忘之列，我们之间的关系日益平等、融洽。有一天他问我：“你是干什么的？”我说：“插队的。”2床说他的“那个”也是，两个“那个”都是，他在高出他半个头的地方比画一下：“就是那两个，我自己养的。”“您是说您的两个儿子？”他说对，儿子。他说好哇，革命嘛就不能怕苦，就是要去结合。他说：“我们当初也是从那儿出来的嘛。”我说：“农村？”“对对对。什么？”“农村。”“对对对农村。别忘本呀！”我说是。我说：“您的家乡是哪儿？”他于是抱着头想好久。这一回我也没办法提醒他。最后他骂一句，不想了，说：“我也放过那玩意儿。”他在头顶上伸直两个手指。“是牛吗？”他摇摇头，手往低处一压。“羊？”“对了，羊。我放过羊。”他躺下，双手垫在脑后，甜甜蜜蜜地望着天花板老半天不言语。大夫说他这病叫作“角回综合征，命名性失语”，并不影响其他记忆，尤其是遥远的往事更都记得清楚。我想局长到底是局长，比我会得病。他忽然又坐起来：“我的那个，喂，小什么来？”“小儿子？”“对！”他怒气冲冲地跳到地上，说：“那个小玩意儿，娘个×！”说：“他要去结合，我说好嘛我支持。”说：“他来信要钱，说要办个这个。”他指了指周围。我想“那个小玩意儿”可能是要办个医疗站。他说：“好嘛，要多少？我给。可那个小玩意儿！”他背着手气哼哼地来回走，然后停住，两手一摊，“可他又要在那儿结婚！”“在农村？”“对，农村。”“跟农民？”“跟农民。”无论是根据我当时的思想觉悟，还是根据报纸电台当时的宣传倡导，这都是值得肃然起敬的。“扎根派。”我钦佩地说。“娘了个×派！”他说，“可你还要不要回来吗？”这下我有点儿发蒙。见我愣着，他又一跺脚，补充道：“可你还要不要革命?！”这下我懂了，先不管革命是什么，2床的坦诚都令人欣慰。

不必去操心那些玄妙的逻辑了。整个冬天就快过去，我反倒拄着拐杖都走不到院子里去了，双腿日甚一日地麻木，肌肉无可遏止地萎缩，这才是需要发愁的。

我能住到7号来，事实上是因为大夫护士们都同情我。因为我还这么年轻，因为我是自费医疗，因为大夫护士都已经明白我这病的前景极为不妙，还因为我爱读书——在那个“知识越多越反动”的年代，大夫护士们尤为喜爱一个爱读书的孩子。他们都还把我当孩子。他们的孩子有不少也在插队。护士长好几次在我母亲面前夸我，最后总是说：“唉，这孩子……”这一声叹，暴露了当代医学的爱莫能助。他们没有别的办法帮助我，只能让我住得好一点，安静些，读读书吧——他们可能是想，说不定书中能有“这孩子”一条路。

可我已经没了读书的兴致。整日躺在床上，听各种脚步从门外走过；希望他们停下来，推门进来，又希望他们千万别停，走过去走你们的路去别来烦我。心里荒荒凉凉地祈祷：上帝如果你不收我回去，就把能走路的腿也给我留下！我确曾在没人的时候双手合十，出声地向神灵许过愿。多年以后才听一位无名的哲人说过：危卧病榻，难有无神论者。如今来想，有神无神并不值得争论，但在命运的混沌之点，人自然会忽略着科学，向虚冥之中寄托一份虔敬的祈盼。正如迄今人类最美好的向往也都没有实际的验证，但那向往并不因此消灭。

主管大夫每天来查房，每天都在我的床前停留得最久：“好吧，别急。”按规矩主任每星期查一次房，可是几位主任时常都来看看我：“感觉怎么样？嗯，一定别着急。”有那么些天全科的大夫都来看我，八小时以内或以外，单独来或结队来，检查一番各抒主张，然后都对我说：“别着急，好吗？千万别急。”从他们谨慎的言谈中我渐渐明白了一件事：我这病要是因为一个肿瘤的捣鬼，把它找出来切下去随便扔到一个垃圾桶里，我就还能直立行走，

否则我多半就把祖先数百万年进化而来的这一优势给弄丢了。

窗外的小花园里已是桃红柳绿，二十二个春天没有哪一个像这样让人心抖。我已经不敢去羡慕那些在花丛树行间漫步的健康人和在小路上打羽毛球的年轻人。我记得我久久地看过一个身着病服的老人，在草地上踱着方步晒太阳——只要这样我想只要这样！只要能这样就行了就够了！我回忆脚踩在软软的草地上是什么感觉，想走到哪儿就走到哪儿是什么感觉，踢一颗路边的石子，踢着它走是什么感觉。没这样回忆过的人不会相信，那竟是回忆不出来的！老人走后我仍呆望着那块草地，阳光在那儿慢慢地淡薄，脱离，凝作一缕孤哀凄寂的红光一步步爬上墙，爬上楼顶……我写下一句歪诗：轻拨小窗看春色，漏入人间一斜阳。日后我摇着轮椅特意去看过那块草地，并从那儿张望7号窗口，猜想那玻璃后面现在住的谁，上帝打算为他挑选什么前程，当然，上帝用不着征求他的意见。

我乞求上帝不过是在和我开着一个临时的玩笑——在我的脊椎里装进了一个良性的瘤子。对对，它可以长在椎管内，但必须要长在软膜外，那样才能把它剥离而不损坏那条珍贵的脊髓。“对不对，大夫？”“谁告诉你的？”“对不对吧？”大夫说：“不过，看来不太像肿瘤。”我用目光在所有的地方写下“上帝保佑”，我想，或许把这四个字写到千遍万遍就会赢得上帝的怜悯，让它是个瘤子，一个善意的瘤子。要么干脆是个恶毒的瘤子，能要命的那一种，那也行。总归得是瘤子，上帝！

朋友送了我一包莲子，无聊时我捡几颗泡在瓶子里，想，赌不赌一个愿？——要是它们能发芽，我的病就不过是个瘤子。但我战战兢兢地一直没敢赌。谁料几天后莲子竟都发芽。我想好吧我赌！我想其实我压根儿是倾向于赌的。我想倾向于赌事实上就等于是赌了。我想现在我还敢赌——它们一定能长出叶子！（这是明摆着的。）我每天给它们换水，早晨把它们移到窗台西边，下

午再把它们挪到东边，让它们总在阳光里；为此我抓住床栏走，扶住窗台走，几米路我走得大汗淋漓。这事我不说，没人知道。不久，它们长出一片片圆圆的叶子来。“圆”，又是好兆。我更加周到地侍候它们，坐回到床上气喘吁吁地望着它们，夜里醒来在月光中也看看它们：好了，我要转运了。并且忽然注意到“莲”与“怜”谐音，毕恭毕敬地想：上帝终于要对我发发慈悲了吧？这些事我不说没人知道。叶子长出了瓶口，闲人要去摸，我不让，他们硬是摸了呢，我便在心里加倍地祈祷几回。这些事我不说，现在也没人知道。然而科学胜利了，它三番五次地说那儿没有瘤子，没有没有。果然，上帝直接在那条娇嫩的脊髓上做了手脚！定案之日，我像个冤判的屈鬼那样疯狂地作乱，挣扎着站起来，心想干吗不能跑一回给那个没良心的上帝瞧瞧？后果很简单，如果你没摔死你必会明白：确实，你干不过上帝。

我终日躺在床上一言不发，心里先是完全的空白，随后由着一个死字去填满。王主任来了。（那个老太太，我永远忘不了她。还有张护士长。八年以后和十七年以后，我有两次真的病到了死神门口，全靠这两位老太太又把我抢下来。）我面向墙躺着，王主任坐在我身后许久不说什么，然后说了，话并不多，大意是：还是看看书吧，你不是爱看书吗？人活一天就不要白活。将来你工作了，忙得一点儿时间都没有，你会后悔这段时光就让它这么白白地过去了。这些话当然并不能打消我的死念，但这些话我将受用终生，在以后的若干年里我频繁地对死神抱有过热情，但在未死之前我一直记得王主任这些话，因而还是去做些事。使我没有去死的原因很多（我在另外的文章里写过），“人活一天就不要白活”亦为其一，慢慢地去做些事于是慢慢地有了活的兴致和价值感。有一年我去医院看她，把我写的书送给她，她已是满头白发了，退休了，但照常在医院里从早忙到晚。我看着她想，这老太

太当年必是心里有数，知道我还不至去死，所以她单给我指一条活着的路。可是我不知道当年我搬离 7 号后，是谁最先在那儿发现过一团电线，并对此做过什么推想？那是个秘密，现在也不必说。假定我那时真的去死了呢？我想找一天去问问王主任。我想，她可能会说“真要去死那谁也管不了”，可能会说“要是你找不到活着的价值，迟早还是想死”，可能会说“想一想死倒也不是坏事，想明白了倒活得更自由”，可能会说“不，我看得出来，你那时离死神还远着呢，因为你有那么多好朋友”。

友谊医院——这名字叫得好。“同仁”“协和”“博爱”“济慈”，这样的名字也不错，但或稍嫌冷静，或略显张扬，都不如“友谊”听着那么平易、亲近。也许是我的偏见。二十一岁末尾，双腿彻底背叛了我，我没死，全靠着友谊。还在乡下插队的同学不断写信来，软硬兼施劝骂并举，以期激起我活下去的勇气；已转回北京的同学每逢探视日必来看我，甚至非探视日他们也能进来。“怎进来的你们？”“咳，闭上一只眼睛想一会儿就进来了。”这群插过队的，当年可以凭一张站台票走南闯北，甭担心还有他们走不通的路。那时我搬到了加号。加号原本不是病房，里面有个小楼梯间，楼梯间弃置不用了，余下的地方仅够放一张床，虽然窄小得像一节烟筒，但毕竟是单间，光景固不可比 10 级，却又非 11 级可比。这又是大夫护士们的一番苦心，见我的朋友太多，都是少男少女难免说笑得不管不顾，既不能影响了别人又不可剥夺了我的快乐，于是给了我 10.5 级的待遇。加号的窗口朝向大街，我的床紧挨着窗，在那儿我度过了二十一岁中最惬意的时光。每天上午我就坐在窗前清清静静地读书，很多名著我都是在那时读到的，也开始像模像样地学着外语。一过中午，我便直着眼睛朝大街上眺望，尤其注目骑车的年轻人和 5 路汽车的车站，盼着朋友们来。有那么一阵子我暂时忽略了死神。朋友们来了，带书来，

带外面的消息来，带安慰和欢乐来，带新朋友来，新朋友又带新的朋友来，然后都成了老朋友。以后的多少年里，友谊一直就这样在我身边扩展，在我心里深厚。把加号的门关紧，我们自由地嬉笑怒骂，毫无顾忌地议论世界上所有的事，高兴了还可以轻声地唱点什么——陕北民歌，或插队知青自己的歌。晚上朋友们走了，在小台灯幽寂而又喧嚣的光线里，我开始想写点什么，那便是我创作欲望最初的萌生。我一时忘记了死，还因为什么？还因为爱情的影子在隐约地晃动。那影子将长久地在我心里晃动，给未来的日子带来幸福也带来痛苦，尤其带来激情，把一个绝望的生命引领出死谷。无论是幸福还是痛苦，都会成为永远的珍藏和神圣的纪念。

二十一岁、二十九岁、三十八岁，我三进三出友谊医院，我没死，全靠了友谊。后两次不是我想去勾结死神，而是死神对我有了兴趣，我高烧到四十多摄氏度，朋友们把我抬到友谊医院，内科说没有护理截瘫病人的经验，柏大夫就去找来王主任，找来张护士长，于是我又住进神内病房。尤其是二十九岁那次，高烧不退，整天昏睡、呕吐，差不多三个月不敢闻饭味，光用血管去喝葡萄糖，血压也不安定，先是低压升到一百二十接着高压又降到六十，大夫们一度担心我活不过那年冬天了——肾，好像是接近完蛋的模样，治疗手段又像是接近于无了。我的同学找柏大夫商量，他们又一起去找唐大夫：要不要把这事告诉我父亲？他们决定：不。告诉他，他还不是白着急？然后他们分了工：死的事由我那同学和柏大夫管，等我死了由他们去向我父亲解释；活着的我由唐大夫多多关照。唐大夫说："好，我以教学的理由留他在这儿，他活一天就还要想一天办法。"真是人不当死鬼神奈何其不得，冬天一过我又活了，看样子极可能活到下一个世纪去。唐大夫就是当年把我接进 10 号的那个女大夫，就是那个步履轻盈温文

尔雅的女大夫，但八年过去她已是两鬓如霜了。又过了九年，我第三次住院时唐大夫已经不在。听说我又来了，科里的老大夫、老护士们都来看我，问候我，夸我的小说写得还不错，跟我叙叙家常，惟唐大夫不能来了。我知道她不能来了，她不在了。我曾摇着轮椅去给她送过一个小花圈，大家都说：她是累死的，她肯定是累死的！我永远记得她把我迎进病房的那个中午，她贴近我的耳边轻轻柔柔地问："午饭吃了没？"倏忽之间，怎么，她已经不在了？她不过才五十岁出头。这事真让人哑口无言，总觉得不大说得通，肯定是谁把逻辑摆弄错了。

但愿柏大夫这一代的命运会好些。实际只是当着众多病人时我才叫她柏大夫。平时我叫她"小柏"，她叫我"小史"。她开玩笑时自称是我的"私人保健医"，不过这不像玩笑这很近实情。近两年我叫她"老柏"她叫我"老史"了。十九年前的深秋，病房里新来了个卫生员，梳着短辫儿，戴一条长围巾穿一双黑灯芯绒鞋，虽是一口地道的北京城里话，却满身满脸的乡土气尚未退尽。"你也是插队的？"我问她。"你也是？"听得出来，她早已知道了。"你哪届？""老初二，你呢？""我六八，老初一。你哪儿？""陕北。你哪儿？""我内蒙古。"这就行了，全明白了，这样的招呼是我们这代人的专利，这样的问答立刻把我们拉近。我料定，几十年后这样的对话仍会在一些白发苍苍的人中间流行，仍是他们之间最亲切的问候和最有效的沟通方式；后世的语言学者会煞费苦心地对此做一番考证，正儿八经地写一篇论文去得一个学位。而我们这代人是怎样得一个学位的呢？十四五岁停学，十七八岁下乡，若干年后回城，得一个最被轻视的工作，但在农村待过了还有什么工作不能干的呢？同时学心不死业余苦读，好不容易上了个大学，毕业之后又被轻视——因为真不巧你是个"工农兵学员"，你又得设法摘掉这个帽子，考试考试考试这代人可真没少考试，然后用你加倍的努力让老的少的都服气，用你的实际

水平和能力让人们相信你配得上那个学位——比如说，这就是我们这代人得一个学位的典型途径。这还不是最坎坷的途径。“小柏”变成“老柏”，那个卫生员成为柏大夫，大致就是这么个途径，我知道，因为我们已是多年的朋友。她的丈夫大体上也是这么走过来的，我们都是朋友了；连她的儿子也叫我“老史”。闲下来细细去品，这个“老史”最令人羡慕的地方，便是一向活在友谊中。真说不定，这与我二十一岁那年恰恰住进了“友谊”医院有关。

因此偶尔有人说我是活在世外桃源，语气中不免流露了一点讥讽，仿佛这全是出于我的自娱甚至自欺。我颇不以为然。我既非活在世外桃源，也从不相信有什么世外桃源。但我相信世间桃源，世间确有此源，如果没有恐怕谁也就不想再活。倘此源有时弱小下去，依我看，至少讥讽并不能使其强大。千万年来它作为现实，更作为信念，这才不断。它源于心中再流入心中，它施于心又由于心，这才不断。欲其强大，舍心之虔诚又向何求呢？

也有人说我是不是一直活在童话里，语气中既有赞许又有告诫。赞许并且告诫，这很让我信服。赞许既在，告诫并不意指人们之间应该加固一条防线，而只是提醒我：童话的缺憾不在于它太美，而在于它必要走进一个更为纷繁而且严酷的世界，那时只怕它太娇嫩。

事实上二十一岁那年，上帝已经这样提醒我了，他早已把他的超级童话和永恒的谜语向我略露端倪。

住在4号时，我见过一个男孩儿。他那年七岁，家住偏僻的山村，有一天传说公路要修到他家门前了，孩子们都翘首以待好梦联翩。公路终于修到，汽车终于开来，乍见汽车，孩子们惊讶兼着胆怯，远远地看。日子一长孩子便有奇想，发现扒住卡车的尾巴可以威风凛凛地兜风，他们背着父母玩儿得好快活。可是有一次，只一次，这七岁的男孩儿失手从车上摔了下来。他住进医

院时已经不能跑，四肢肌肉都在萎缩。病房里很寂寞，孩子一瘸一瘸地到处串；淘得过分了，病友们就说他：“你说说你是怎么伤的？”孩子立刻低了头，老老实实地一动不动。“说呀？”“说，因为什么？”孩子嗫嚅着。“喂，怎么不说呀？给忘啦？”“因为扒汽车。”孩子低声说。“因为淘气。”孩子补充道。他在诚心诚意地承认错误。大家都沉默，除了他自己谁都知道：这孩子伤在脊髓上，那样的伤是不可逆的。孩子仍不敢动，规规矩矩地站着用一双正在萎缩的小手擦眼泪。终于会有人先开口，语调变得哀柔：“下次还淘不淘了？”孩子很熟悉这样的宽容或原谅，马上使劲摇头：“不，不，不了！”同时松了一口气。但这一回不同以往，怎么没有人接着向他允诺“好啦，只要改了就还是好孩子”呢？他睁大眼睛去看每一个大人，那意思是：还不行吗？再不淘气了还不行吗？他不知道，他还不懂，命运中有一种错误是只能犯一次的，并没有改正的机会；命运中有一种并非是错误的错误（比如淘气，是什么错误呢？），但这却是不被原谅的。那孩子小名叫“五蛋”，我记得他，那时他才七岁，他不知道，他还不懂。未来，他势必有一天会知道，可他势必有一天就会懂吗？但无论如何，那一天就是一个童话的结尾。在所有童话的结尾处，让我们这样理解吧：上帝为了锤炼生命，将布设下一个残酷的谜语。

住在6号时，我见过有一对恋人。那时他们正是我现在的年纪，四十岁。他们是大学同学。男的二十四岁时本来就要出国留学，日期已定，行装都备好了，可命运无常，不知因为什么屁大的一点事不得不拖延一个月，偏就在这一个月里因为一次医疗事故他瘫痪了。女的对他一往情深，等着他，先是等着他病好，没等到；然后还等着他，等着他同意跟她结婚，还是没等到。外界的和内心的阻力重重，一年一年，男的既盼着她来又说服着她走。但一年一年，病也难逃爱也难逃，女的就这么一直等着。有一次

她狠了狠心，调离北京到外地去工作了，但是斩断感情却不这么简单，而且再想调回北京也不这么简单，女的只要有三天假期也迢迢千里地往北京跑。男的那时病更重了，全身都不能动了，和我同住一个病室。女的走后，男的对我说过：你要是爱她，你就不能害她，除非你不爱她，可那你又为什么要结婚呢？男的睡着了，女的对我说过：我知道他这是爱我，可他不明白其实这是害我，我真想一走了事，我试过，不行，我知道我没法儿不爱他。女的走了男的又对我说过：不不，她还年轻，她还有机会，她得结婚，她这人不能没有爱。男的睡了女的又对我说过：可什么是机会呢？机会不在外边而在心里，结婚的机会有可能在外边，可爱情的机会只能在心里。女的不在时，我把她的话告诉男的，男的默然垂泪。我问他："你干吗不能跟她结婚呢？"他说："这你还不懂。"他说："这很难说得清，因为你活在整个这个世界上。"他说："所以，有时候这不是光由两个人就能决定的。"我那时确实还不懂。我找到机会又问女的："为什么不是两个人就能决定的？"她说："不，我不这么认为。"她说："不过确实，有时候这确实很难。"她沉吟良久，说："真的，跟你说你现在也不懂。"十九年过去了，那对恋人现在该已经都是老人。我不知道现在他们各自在哪儿，我只听说他们后来还是分手了。十九年中，我自己也有过爱情的经历了，现在要是有个二十一岁的人问我爱情都是什么，大概我也只能回答：真的，这可能从来就不是能说得清的。无论她是什么，她都很少属于语言，而是全部属于心的。还是那位台湾作家三毛说得对：爱如禅，不能说不能说，一说就错。那也是在一个童话的结尾处，上帝为我们能够永远地追寻着活下去，而设置的一个残酷却诱人的谜语。

二十一岁过去，我被朋友们抬着出了医院，这是我走进医院时怎么也没料到的。我没有死，也再不能走，对未来怀着希望也

怀着恐惧。在以后的年月里，还将有很多我料想不到的事发生，我仍旧有时候默念着“上帝保佑”而陷入茫然。但是有一天我认识了神，他有一个更为具体的名字——精神。在科学的迷茫之处，在命运的混沌之点，人惟有乞灵于自己的精神。不管我们信仰什么，都是我们自己的精神的描述和引导。

1990 年 12 月 7 日

纪念我的老师王玉田

9月8号那天，我甚至没有见到他。老同学们推选我给他献花，我捧着花，把轮椅摇到最接近舞台的角落里。然后就听人说他来了，但当我回头朝他的座位上张望时，他已经倒下去了。

他曾经这样倒下去不知有多少回了，每一回他都能挣扎着起来，回到他所热爱的学生和音乐中间。因此全场几百双眼睛都注视着他倒下去的地方，几百颗心在为他祈祷，期待着他再一次起来。可是，离音乐会开始还有几分钟，他的心弦已经弹断了，这一次他终于没能起来。

惟一可以让他的学生和他的朋友们稍感宽慰的是：他毕竟是走进了那座最高贵的音乐的殿堂，感受到了满场庄严热烈的气氛。舞台上的横幅是“王玉田从教三十五周年作品音乐会”——他自己看见了吗？他应该看见了，同学们互相说，他肯定看见了。

主持人走上台时，他在急救车上。他的心魂恋恋不去之际，又一代孩子们唱响了他的歌，恰似我们当年。纯洁、高尚、爱和奉献，是他的音乐永恒的主题；海浪、白帆、美和创造，是我们从小由他那儿得来的憧憬；祖国、责任、不屈和信心，是他留给我们永远的遗产。

我只上过两年中学，两年的班主任都是他——王玉田老师。

那时他二十八九岁，才华初露，已有一些音乐作品问世。我记得他把冼星海、聂耳、格琳卡和贝多芬的画像挂在他的音乐教室，挂在那架陈旧的钢琴两侧；我记得在我们入学第一天的晚会上，他弹着琴为我们唱歌；我记得他常常在晚饭后和晚自习前的那段时间，在教学楼前操练他的乐队，满校园里都飞扬起蓬勃的激情和欢乐；我记得他自编自导了一出大型音乐舞蹈史诗，暑假里到中央台去录音，我因为嗓子变声早而不能参加，难过了很久。他的夫人、我们的语文老师董玉英，那时可能还要年轻些，快乐、奔放，而且非常漂亮（她的腿有一点残疾，常令大家觉得上帝也有错误）；我记得有一次她在为我们读一篇课文的时候哭了，课堂上于是一点声音都没有。我记得那时他们的小女儿才出生不久，我们围在那个小女孩儿四周，真心地想：一群大孩子应该给老师一点什么帮助？那时我们十三岁。有一天听说，医生讲，王老师很可能活不过三十岁，他有心脏病，很麻烦的一种心脏病。女生们传达这一消息时的语气甚至有些绝望。大家惊讶一会儿，担忧几天，见王老师并不比谁走得慢也并不比谁笑得少，相信那不过是医生的危言耸听，便不放在心上。要命的是，王老师也没有把这病放在心上，他更喜欢大家认为那是医生的危言耸听。每天，照旧是我们还没有起床他就来了，我们已经做梦了他才走。董老师也是这样。现在我有时想，那时他们的女儿必是在幼儿园，整托。有一回在大礼堂看电影，一个同学犯了癫痫病，在送那个同学去校医院的路上，王老师忽然倒下去，以致那个同学已经康复，王老师却还躺在医院里。这时我们才相信他的病不可轻视。

那份为王老师举办作品音乐会的倡议书上写道：

> 1956 年王玉田老师高中毕业，本可继续上大学深造，但那时中小学教育事业亟待人才，他毅然放弃上大学的机会，来到清华附中任教。他热爱音乐，热爱教育，

热爱他的学生，便以他全部的才华和心血去激发千万个顽童的美丽憧憬，浇灌祖国的未来……有位校友来信说："我从王老师身上开始懂得了什么是事业心。"那是爱的事业。那是一颗不图名利却又不知满足的事业心……他多次进行教改探索：开音乐必修课、选修课；编写教材，将歌曲做法引进课堂；组织合唱队、军乐队、舞蹈队、话剧队……工作之余为青少年创作了大量优秀歌曲。如果有人诧异，清华附中这样一所以理工科见长的学校，何以他的学生们亦不乏艺术情趣？答案应该从附中一贯的教育思想中去找，而王老师的工作是其证明之一。要培养更为美好的人而不仅仅是更为有效的劳动力，那是美的事业……在这伟大（多少人因此终生受益）而又平凡（多少人又常常会忘记）的岗位上，王老师三十五年如一日默默无闻地实现着他的理想。三十五年过去，他白发频添，步履沉缓了

9月8日，我走进音乐厅，一位记者采访我，问我：王老师对你有怎样的影响？

我说我最终从事文学创作，肯定与我的班主任是个艺术家分不开，与他的夫人我的语文老师分不开。在我双腿瘫痪后，我常常想起我的老师是怎样对待疾病的。

音乐会进行到一半的时候，主持人报告说：王老师被抢救过来了！每个人都鼓掌，掌声持续了几分钟。

那时他在急救中心，一定是在与病魔做着最艰难的搏斗。他热爱生命，热爱着他的事业。他曾说过："我真幸福，我找到了一个最美好的职业。"

据说他的心跳和呼吸又恢复了一会儿。我们懂得他，他不忍离去，他心里还有很多很多孩子们——那些还没有长大的孩子，

和那些已经长大了的孩子——所需要的歌呢。

音乐会结束时，我把鲜花交到董老师手中。

一个人死了，但从他心里流出的歌还在一代代孩子心中涌荡、传扬，这不是随便谁都可以享有的幸福。

安息吧，王玉田老师！

或者，如果灵魂真的还有，你必是不会停歇，不再为那颗破碎的心脏所累，天上地下你尽情挥洒，继续赞叹这世界的美，浇灌这人间的爱……

1991 年

散文三篇

玩　具

我有生以来第一个玩具是一只红色的小汽车，不足一拃长，铁皮轧制的外壳非常简单，有几个窗但没有门，从窗间望见一个惯性轮，把后车轮在地上摩擦几下便能“嗷嗷——”地跑。我现在还听得见它的声音。我不记得它最终是怎样离开我的了，有时候我设想它现在在哪儿，或者它现在变成了什么存在于何处。

但是我记得它是怎样来的。那天可谓双喜临门，母亲要带我去北海玩儿，并且说舅舅要给我买那样一只小汽车。母亲给我扣领口上的纽扣时，我记得心里充满庄严；在那之前和在那之后很久，我不知道世上还有比那小汽车更美妙更奢侈的玩具。到了北海门前，东张西望并不见舅舅的影。我提醒母亲：舅舅是不是真的要给我买个小汽车？母亲说：“好吧，你站在这儿等着，别动，我一会儿就回来。”母亲就走进旁边的一排老屋。我站在离那排老屋几米远的地方张望，可能就从这时，那排老屋绿色的门窗、红色的梁柱和很高很高的青灰色台阶，走进了我永不磨灭的记忆。独自站了一会儿我忽然醒悟，那是一家商店，可能舅舅早已经在里面给我买小汽车呢，我便走过去，爬上很高很高的台阶。屋里

人很多，到处都是腿，我试图从拥挤的腿之间钻过去靠近柜台，但每一次都失败，刚望见柜台就又被那些腿挤开。那些腿基本上是蓝色的，不长眼睛。我在那些蓝色的旋涡里碰来转去，终于眼前一亮，却发现又站在商店门外了。不见舅舅也不见母亲，我想我还是站到原来的地方去吧，就又爬下很高很高的台阶，远远地望那绿色的门窗和红色的梁柱。一眨眼，母亲不知从哪儿来了，手里托着那只小汽车。我便有生第一次摸到了它，才看清它有几个像模像样的窗但是没有门——对此我一点儿都没失望，只是有过一秒钟的怀疑和随后好几年的设想，设想它应该有怎样一个门才好。我是一个容易惭愧的孩子，抱着那只小汽车觉得不应该只是欢喜。我问："舅舅呢，他怎么还不出来？"母亲愣一下，随我的目光向那商店高高的台阶上张望，然后笑了说："不，舅舅没来。""不是舅舅给我买吗？""是，舅舅给你买的。""可他没来呀？""他给我钱，让我给你买。"这下我听懂了，我说："是舅舅给的钱，是您给我买的对吗？""对。""那您为什么说是舅舅给我买的呢？""舅舅给的钱，就是舅舅给你买的。"我又糊涂了："可他没来他怎么买呢？"那天在北海的大部分时间，母亲都在给我解释为什么这只小汽车是舅舅给我买的。我听不懂，无论母亲怎样解释我绝不能理解。甚至在以后的好几年中我依然冥顽不化固执己见，每逢有人问到那只小汽车的来历，我坚持说："我妈给我买的。"或者再补充一句，"舅舅给的钱，我妈进到那排屋子里去给我买的。"

对，那排屋子：绿色的门窗，红色的柱子，很高很高的青灰色台阶。我永远不会忘。惠特曼的一首诗中有这样一段："有一个孩子逐日向前走去；/他看见最初的东西，他就倾向那东西；/于是那东西就变成了他的一部分，在那一天，或在那一天的某一部分，/或继续了好几年，或好几年结成的伸展着的好几个时代。"正是这样，那排老屋成了我的一部分。很多年后，当母亲和

那只小汽车都已离开我，当童年成为无比珍贵的回忆之时，我曾几次想再去看看那排老屋。可是非常奇怪，我找不到它。它孤零且残缺地留在我的印象里，绿色的门窗、红色的梁柱和高高的台阶……但没有方位没有背景周围全是虚空。我不再找它。空间中的那排屋子可能已经拆除，多年来它只作为我的一部分存在于我的时间里。

但是有一天我忽然发现了它。事实上我很多次就从它旁边走过，只是我从没想到那可能就是它。它的台阶是那样矮，以至我从来没把它放在心上。但那天我又去北海，在它跟前偶尔停留，见一个三四岁的孩子往那台阶上爬，他吃力地爬甚至手脚并用，我猛然醒悟，这么多年我竟忘记了一个最简单的逻辑：那台阶并不随着我的长高而长高。这时我才仔细打量它。绿色的门窗，对，红色的柱子和青灰色的台阶，对，是它，理智告诉我那应该就是它。心头一热，无比的往事瞬间涌来。我定定神退后几米，相信退到了当年的位置并像当年那样张望它。但是张望越久它越陌生，眼前的它与记忆中的它相去越远。从这时起，那排屋子一分为二，成为我的两部分，大不相同甚至完全不同的两部分。那么，如果我写它，我应该按照哪一个呢？我开始想：真实是什么？设若几十年后我老态龙钟再来看它，想必它会二分为三成为我生命的三部分。那么真实，尤其说到客观的真实，到底是指什么？

角　色

在电影里，我见过一排十几个也许二十几个刚出生不久的孩子。产科的婴儿室一尘不染，他们都裹在白色的襁褓里一个紧挨一个排成一排，睡着，风在窗外摇动着老树的枝叶，但这个世界尚未惊动他们，他们睡得安稳至极，模样大同小异。

那时我想：曾经与我紧挨着的那两个孩子是谁呢？（据悉我也是在医院里出生的，想必我也有过这样的时刻和这样的一排最初的伙伴。）与我一同来到人间的那一排孩子，如今都在做着什么都在怎样生活？当然很难也不必查考。世上的人们都在做着什么，他们也就可能在做着什么，人间需要什么角色，他们也就可能是什么角色。譬如部长，譬如乞丐，譬如工人、农民、教授、诗人，毋庸讳言譬如小人，当然还譬如君子。

可以想见，至少几十上百年内人间的戏剧不会有根本的改动，人间的戏剧一如既往还是需要千差万别的各种角色。那么电影里的那一排孩子将来都可能做什么都可能成为什么角色，也就大致上有了一个安排方案，有了分配的比例。每天每天都有上百万懵懂但是含了欲望的生命来到人间。欲望，不应该受到指责，最简单的理由是：指责，已经是欲望的产物。但是这一排生命简直说这一排欲望，却不可能得到平等的报答。这一排天真无邪稚气可掬的孩子，他们不可能都是爱因斯坦，也不可能都是王小二，不可能全是凡夫俗子，也不可能全是英雄豪杰，这都不要紧，这都不值得伤脑筋，最最令人沮丧的是他们不可能都有幸福的前程，不可能都交好运，同样，也不可能都超凡入圣或见性成佛。即便有九十九个幸福而光荣的位置相应只有一个痛苦或丑陋的位置在前面，在未来等待着这些初来乍到的生命，令人沮丧的局面也毫无改观：谁，应该去扮演那不幸的一个？和，为什么？

我不相信这个问题可能有一个美满的答案。释迦世尊的回答可能是最为精彩的回答：“我不入地狱，谁入地狱。”地藏菩萨也说：“地狱未空，誓不成佛。”但是在他们这样回答之时他已经超越痛苦步入慈悲安详，在他这样回答之后他已经脱离丑陋成了英雄好汉，可问题呢，依旧原封不动地摆在那里未得答案。因为正像总统的位置是有限的，佛与菩萨的名额但愿能稍稍多一点儿而已。

我不再寻找它的答案。尼采说:“自从我厌倦了寻找,我便学会了找到。”

有一个朋友死了。K,她在命运的迷茫之中猝然赴死。爱她的人说,要是我们早一点儿知道,我们可以使她不死。是的,这是可能的。但是,谁能让亿万命途都是晴空朗照?谁能保障这世上没有人在迷茫中痛不欲生?K这样去死了,或者其实是:有一个人这样去死了,这个人的名字恰恰叫作K。因为产科婴儿室里的那一排初来乍到的可爱的伙伴,都还没有名字。

有一个人双腿瘫痪了。S,他自己不知道为什么就连医生也不知道为什么,但是他再想站起来走一分钟都不可能了。爱他的人说将来,将来也许会有办法让他重新站起来走。可能的,在不规定期限的将来这是可能的。但是不管多么长久的将来,人间也不可能完全消灭伤病,医学的前途不可能没有新的难题。那么将来的一个身患不治之症的人,对他自己和对爱他的人来说与现在这个S有什么不同呢?现在是将来的过去,现在是过去的将来,将来是将来的现在。产科婴儿室里每天都有一排初来乍到的可爱的伙伴,他们都还没有名字。

有一个人步入歧途。L,也许因为贫穷,也许因为愚昧,也许因为历史的造就,他犯了罪甚至可能是不可饶恕的罪。爱他的人说:贫穷、愚昧和历史,难道应该由他一个人来负责吗?为什么他不可饶恕?是的,他不可饶恕,因为人类前行要以此标明那是歧途。但是人类还要前行,还要遇到歧途还要标明那是歧途。产科婴儿室里那些初来乍到的可爱的伙伴他们还都没有名字,他们之中的谁,将叫作L?

有一天,不是在电影里也不是在产科婴儿室,我看见一排正在离去或者已经离去的伙伴,一个挨着一个排成一排,安静至极,风在窗外摇动老树的枝叶但世界已不再惊扰他们了。用任何尘世的名字呼唤他们,他们不应。他们有一个共同的名字:死者。

姻　缘

1

我在陕北的一处小山村插过队。我写过那地方，叫它作“清平湾”，实际的名称是关家庄。因为村前的河叫清平河，清平河冲流淤积出的一道川叫清平川。清平川蜿蜒百余里，串联起几十个村落。在关家庄上下的几个村子插队的，差不多都是我的同学，曾在同一所中学甚至同一个班级念书。也有例外，男士A不是我的同学但是和我们一起来到清平川插队，他是为了和我的同学男士B插在一处。但是阴差阳错，到了清平川，公社知青办的干部们将我和B等几个同学分配在关家庄，却把A与我的另几个同学安置在另一个村。费几番周折也没能改变命运的意图。这样男士A便在另一个村中与我的同学女士C相识，在同一个灶上吃饭，在同一块地里干活，从同一眼井中担水，走同一条路去赶集，数年后二人由恋人发展成夫妻，在同一个屋顶下有了同一个家。有一回我跟他们开玩笑说：“可记得你们的媒人是谁吗？是B！”大家愣一下，笑道：“不，不是B，是公社知青办那几位先生。”大家笑罢又有了进一步觉悟，说：

“不不还是不对，不是B也不是那几位先生，是伟大领袖毛主席，若非他老人家的战略部署，A和C何缘相识呢？”思路如此推演开去，疑为A和C的媒人者纷纭而至呈几何级数增长，且无止境。

2

我难得登高望远。坐轮椅正坐至第二十个年头，尚无终期。

某一日电梯载我升上十几层高楼，临窗俯看，见城市喧嚣浩瀚比以前更大得怵目惊心，楼堂房舍鳞次栉比也更多彩多姿，纵横交织的街道更宽阔美丽。惟如蚁的人群一如既往地埋头奔走，动机莫测出没无常；熙来攘往擦肩而过，就像互相绕开一棵树或一面墙；忽而也见两三位远远地扑来一处交头接耳，之后又分散融入人流再难辨认；一串汽车首尾相接飞驰向东，当中一辆不知瞬间受了什么引诱，减速出列调头改道又急驶向西了；飘飘扬扬的一缕红裙，飘飘扬扬地分外醒目，但倏地永远不见了，于原来的地位上顶替以一位推车的老人；老人缓缓地走，推的是一辆婴儿车，车厢里的小孩儿顾自酣甜地睡着……我想，这老人这小孩儿恰是人间亿万命途的象征，来路和去向仍是一贯的神秘。

居高而望这宏大的人间，很可能正像量子力学家们对微观世界的测验和观察吧。书上说："经典力学具有完全确定的性质，即给出力和质量以及初始位置和速度，就能够精确地预言运动客体的未来或过去的性状。但是，在量子力学中，海森伯测不准原理指出微观粒子的位置和动量是不能同时精确测定的；因此牛顿定律不能适用于原子范围。量子力学定律并不描述粒子轨道的细节，它只能给出可能发生的事件及其在不同情况下发生的相对几率。"书上说，后来，物理学家把一切物质都看作具有波粒二象性。我想，人也是这样具有波粒二象性吧。你每一瞬间都处于一个位置，都是一个粒子，但你每时每刻都在运动，你的历史正是一条不间断的波，因而你在任何瞬间在任何位置，都一样是命途难测。书上说："物质世界是由同时存在着的无穷大的场构成。"那么人间社会料必也是如此；在几十亿条命运轨道无穷多的交织组合之间，一个人的命运真可谓朝不虑夕了。你能知道你现在正走向什么？你能知道什么命运正向你走来吗？

我坐在十几层高楼的窗前，想起往日的一个男孩儿。那男孩儿七岁时有一次问他的母亲："什么是结婚？"母亲说："一个男

人，和一个女人，他们想要在一起生活。”七岁的男孩儿于是问父亲：“你结婚了吗？”父亲说：“如果我是你的父亲，我肯定是结过婚了。”男孩儿迷茫地想了一会儿，说：“我不结婚。”母亲笑道：“你现在当然不要结，但将来你会结。”“为啥？”“因为，一般来说，所有的人都要结婚。”为此男孩儿郑重其事地想了一个下午，晚上他又问母亲：“那我和谁结婚呢？”母亲说：“这现在谁也不知道。不过那个女孩儿可能正在向你走来。”男孩儿于是独自到阳台上去，俯看街上埋头奔走的人流，很想辨出那个女孩儿，很想看见她从哪儿走来……

这时我忽然想起问我的妻子：“我七岁那年，你在哪儿？”她正读一本书，抬头望了望我，说：“下次别再忘了——又过了三年我才出生。”她笑了。可我没笑：“那么那时你的父母，他们在哪儿？”“很可能那时，”她一边重新埋下头去一边说，“我的父母还不相识。”

3

从上海来的一位朋友对我说，夏夜的外滩，情侣的密度当数世界之最。骄阳落去，皎月初升，江风习习吹开熏蒸的溽热之时你瞧吧，沿江的栅栏边，情男恋女伏栏面水倾诉衷肠，一条大队直排出几里，仿佛对黄浦江夹道地欢迎与欢送；一对紧挨一对，一对一对一对一对甚至互相不能留出间隙，一男一女一男一女一男一女，倘忽略每一颗头的扭向让你猜哪两个是一对，你有百分之五十的可能错点了鸳鸯。我对他的描述略表怀疑。“怎么你不信？”我的这位富于想象力的朋友笑道，“这么说吧，要是这时有谁下一道命令，譬如喊一二三，或者吹一声哨，情男恋女们无需移动位置只要一齐转头一百八十度，便可在全新的组合中继续谈情说爱。”

“很可能，”我说，“这样的命令已经下过了。”

“下过了？”这一回轮到他怀疑。

“下过了，但是你没听见。”

“你听见了？”

“我有时感到我听见了。在你去外滩之前，在你去外滩之前很久上帝的哨子已经吹过了，因此你看见了你所看到的情景，你看见了你只能看到的一种组合。”

不久前我读一本书，书上说到洗牌。一局牌（不论是扑克还是麻将）开始，先要洗牌。连续的输家抱怨手气不好，尤其要洗牌，别人洗过了他还不能放心，一定要自己再洗，一面把牌打乱一面心中祈祷好运的来临。那本书的作者说：“当然这会改变他的牌运，但是，到底是改变得更好了还是改变得更坏了却永远不能知道。被你洗掉了的种种排列，未及存在就已消逝，上帝只取其中一种与你遭遇。”

1992年　春节

她是一片绿叶

姐妹俩从小在一起长大。如今姐姐十四岁，妹妹十二岁，互相不见已经五年。姐姐跟着母亲，妹妹跟着父亲，相隔几千里远。父母离了婚，法律不承认感情，便把姐妹俩也分开。暑假里，姐姐坐了火车千里迢迢去看妹妹。妹妹还想念母亲，羡慕姐姐能在母亲身边生活。今天的孩子不会逆来顺受，有的是勇气和魄力，也有办法。姐妹俩商量好一起到母亲身边去，悄悄地收拾起行李，声色不露，神鬼不觉。孩子的真情也不承认法律。暑假将尽。去火车站的那天，姐姐在自己的提包里装了妹妹的衣物，说那是自己的行李；妹妹呢，提了姐姐的东西，当然就没人怀疑她不是去给姐姐送行。到了车站，进了站台上了火车，一切都顺利。然而妹妹毕竟小了几岁，火车要开时心慌了，忘记该藏到车厢内的什么地方去，于是露了马脚，被拉扯着下了车。姐姐急得在车上喊："妹妹！你再好好想想，愿不愿意跟妈妈在一起？！"妹妹在车下哭。车开了，姐姐哭了一天一夜，不吃不喝哭了一路，哭得车上的人都心酸，她不知道妹妹这会儿怎么样了……孩子有一天对母亲说："我们的生活都是让你们大人给搞坏了。"说得母亲黯然无语。

以上并不是柳青所导演的影片中的一段，而是她真实生活中

的一幕。柳青就是那个母亲。

孩子怨母亲，这太好理解。不过孩子还没有长到能够理解母亲的年龄，不知道生活都是什么。

闲时，我常一本正经地设计自己的来生，便确信是有先天的幸运这回事。譬如生就的一副好身体；譬如天生的一个聪明脑袋瓜儿；再譬如相貌和身材都漂亮，也不是凭后天努力能办到的；还有就是得生在一个文化素养比较高的家庭里（或环境中），这与“出身是不能选择的”类似，全在乎上帝的态度；最后一条是，生活中要有些非毁灭性的挫折，以免活得发傻。有了这五条，我想就不再向上帝要求其他。当然，这样想过无非得一个笑，知道这对上帝未免苛刻。对上帝这般苛刻是没有好下场的。

上帝却把这五条都给了柳青。一条不落。

柳青 1949 年上小学，离共和国成立只差一个月，这明显是个好兆头。一上学她就参加了中国青年艺术剧院舞蹈二队，就是儿童艺术剧院的前身。她参加过“三反”运动的演出，就是反贪污、反浪费、反官僚主义，恰好目前还是需要的。给她印象最深的是扮演小和平鸽（那时抗美援朝战争正打在高潮），到中南海给首长演出。事先每只“鸽子”都激动得不行，每人预备个小本子，单等首长签名留念。世上像是没有比这更幸福的事了，尤其是在 50 年代少先队员的心中。

1954 年夏天，好运之神没有把柳青喜欢够，她被严恭、苏里两位大导演选中，拍摄《祖国的花朵》，饰演影片中的次主角——中队委员高桂云。这影片现在不常演了，影片中的主题歌却一直流传，今天的孩子们还都爱唱，歌名是《让我们荡起双桨》。几乎是公认的：解放以来的少年儿童歌曲中最不朽的有两首，一首是《听妈妈讲那过去的事情》，一首就是《让我们荡起双桨》。前一首悠远、辛酸，后一首欢乐而充满希望。两首歌是那个时代的写

照，其不朽也是那个时代铸成，旧中国的辛酸已然久远，新中国正度着欢乐而充满希望的童年。“让我们荡起双桨，小船儿推开波浪，水面倒映着美丽的白塔，四周环绕着绿树红墙……”这首歌差不多是那一代和那以后好几代少年儿童的圣歌，不必像后来的许多歌里那样强调什么好和什么坏，唱着这歌的少年们都如圣徒般牢记了祖国和自己肩上的责任。影片中的那几个小主人公呢？几乎成了那几代少年心中的偶像，确是祖国的花朵、祖国的宠儿。柳青和她的少年伙伴们经常作为中国少年儿童的优秀代表，到北京饭店之类的地方去参加国际少年儿童的节日欢庆活动，又经常给首长或外国代表团献花去。

符合第三条已经无疑。因为中国影片中的正面角色无一不是漂亮的。又因为舞蹈演员的身材，当然一定要美。还因为我们是一个顾脸面的民族，绝不会请一个不漂亮的小姑娘去给外国人献漂亮的花。

符合第一条也有明证：从初中到高中，柳青一直是北京市少年游泳队队员，曾两次打破女子少年组一百米蛙泳的市纪录。她还是市排球队队员，参加过全国少年排球赛。看来“福无双至”一语不绝对准确，至少在少年柳青身上未得体现。

1956年，她考进了北京女十二中，一所很好的历史悠久的中学，建校已有一百多年，以前叫贝满女中。初中二年级国庆节时，柳青的好运到了顶峰，她作为全校三好生中的第一名，站在彩车上通过天安门。完全能想象得出：红领巾飘飘扬扬（红旗的一角），五指并拢高举头上（人民的利益高于一切），站在彩车上大约不容雀跃，但心中定是沸腾，不知说什么好（说什么似乎也不好），热泪盈眶（不知道毛主席看见了没有），彩车开得太快。没有什么比少年的纯真和赤诚更动人的东西了。柳青说：“一种极高的荣誉感，使我保持了六个学年，全部课程都是5分。”这话说得让我有点伤心，我记起自己小时候也是有极高的荣誉感的，却不能得到全5

分，因此见也没见过那样的彩车。没错儿这又是上帝的事，上帝还给了她聪明的大脑，以便符合第二条，当然这与她自己的努力难分，而且一定与她的母亲难分。

柳青很小，父亲就离开了她们。柳青跟着母亲长大。柳青的母亲是位作家，三四十年代很出名，现在的笔名叫作柳青娘。注意第四条。不过第四条的重要绝不仅在于童年的智力能够得到及时开发，因为教授的儿子坐了班房的事并不算稀奇。柳青娘（这笔名给本文的叙述带来方便）的重要，也绝不仅在于能够督促女儿的学习。望子成龙是普天下父母必有之心，如今的严父严母施拳脚以育龙而偏弄出了虫的事，屡有发生。所以请注意：我的第四条中说的是文化素养。文化素养与文凭、学位和职称，是分明的两码事。文化素养是什么？此文要求一万多字，不是为探讨这个题目用的。讲一件事，看能否对弄清这个问题有些帮助吧。50年代初期，柳青娘带着三个孩子生活，柳青是老大。柳青娘有一位童年时代的老朋友，那时也是孤身带着两个儿女度日。两家人住隔壁。这位老朋友是小学教师，教师比作家的收入少很多，似乎古今中外莫不如此，老朋友一家的生活也就困难得多。“那时我妈给孩子们做衣服，”柳青说，“一做准是五件，我们三个和刘姨的两个孩子每人一件。”这是件小而又小的事，似与“报告文学”不甚匹配，但这在童年柳青的心中留下了难灭的印象，这一点却又像比“报告”和“文学”都重要。柳青说：“我幸运地得到了整个少年时代的健康、自然的发展，我所在的是得天独厚的没有被污染的环境。真善美的东西在我心里生长并扎了根。在我的心里打了这样一层底色，打得很牢，很扎实，以后再怎么样也涂抹不掉了，真诚、坦率、积极进取、与人为善……一直到十五岁，我没有遭到任何挫折。”

有一天上帝一觉醒来，闷闷的，不甚惬意，慢慢寻思道：单有真善美算什么真善美？只把好运之神派去照顾一个人，太像凡

夫俗子娇养自己的儿孙，我既为天君，焉能做下这等孬事？便放出假恶丑三魔鬼，令其下到人间做上些手脚，特别嘱咐要给那个叫柳青的孩子一点颜色瞧瞧。三魔鬼领会出来，真把时间抢得好，1958 年 5 月，正值柳青初三快毕业之际，团组织要发展她入团之时，假恶丑魔鬼到了，柳青娘被划为右派分子，并被开除公职送去劳动教养。

就这样，上帝可谓功德圆满，为柳青把五条都凑齐，接下来的日子看她自己了。反正是不知道母亲去了哪儿，反正是家里一分钱收入也没有了，弟弟反正是只有九岁，十四岁的妹妹反正是身患重病，一种叫作“肝窦状核变性”的病，日常生活也难自理。第五条反正是不如前四条好对付。政府帮了一个忙，把妹妹送到了清河养老院（不知怎么讲），但据说在那儿能得到很好的照料。刘姨（柳青娘的那位老朋友）的经济状况那时有所好转，负责了弟弟的生活费和姐弟俩的房租水电钱。柳青在学校领一点助学金，馒头和窝头加起来可以饱。再有用钱的地方呢？譬如，住在清河的妹妹最爱吃油饼，每到星期日柳青就买几个油饼，骑了车去看妹妹。母亲不在了，十五岁的姐姐决心让十四岁的妹妹吃到想吃的东西。蹬三四十里地的车，到了清河，见妹妹躺在床上，卫生状况一塌糊涂，便为妹妹梳洗料理一天，然后再蹬了车回来。油饼就是我们平时吃的那种油饼，但对柳青的助学金来说是太贵重了。得想法挣点钱。所以一到寒暑假，她就到工厂去找点事做，名曰勤工俭学。早晨 6 点钟起床，骑车赶到东郊的北京锅炉厂当小工，带上干粮，就着工厂供应的降温盐汽水吃，晚上 5 点回家，洗下一盆铁锈汤……这样的生活整整过了四年。后来不用去清河了，妹妹不在清河也不在人间了。柳青说：“对于这一段生活，我倒并没觉得太苦，不抱怨，更没想过随波逐流或破罐子破摔。也许是与底层人民的接触，我知道了他们都这样，天生如此，当然如此，谁也没想到过着是苦。”感谢上帝吧，让她知道了祖国有各

种各样的花朵。

我认识柳青是在1975年。她对插队的事很有兴趣，又知道我对文学和电影有着梦想而且瘫痪着，便愿意来与我聊。由虎子介绍（虎子就是刘姨的孩子，我的中学同学），约了日子。听说她是长影的导演，我便诚惶诚恐地做了准备，在自己的本子上和手心里写下很多字，等着。虎子说："她等于就是我姐姐，你怕什么？"我说不怕。她来了。果然不怕。大家坐在七平米的小屋里开聊，东南西北天上地下古往今来，说错了也不被批判，我就说了许许多多的错话。那天她穿了件墨绿色的呢大衣，就更显得美，这一点不断地给我以打击，让我觉得自己离电影有难越的障碍。她却鼓励我把插队的事写成电影剧本。我不敢说柳青是伯乐，那样岂不等于说自己是千里马？让人笑话。实际上我的腿是瘫的，不能千里也不是马。实际上她成了我文学上的老师和引路人。我就下了一年苦力气，写了一个剧本，寄给柳青看。她回信说："我一下就看出你应该搞文学。"这句话比我后来得了小说奖还让我激动。我们全家也都激动了一回。我又写了小说给柳青看，她看了又拿给好几位有名的作家看，写了厚厚的一沓意见寄给我。如是者许多次。我并未全盘接受那意见，在信中或面对面与她争论过几回，我们的关系很平等。我正式发表的第一篇小说，就是柳青推荐到一家刊物去的。那日天色已晚，她风也似的"刮"来，进门劈头盖脸向我祝贺，说那一篇"写得真不错！"我不免又激动一回，却是激动不过她。

以后几年我们见面的机会不多。她整年在外头跑，采访、写剧本、筹资、拍摄，借助上帝给的好身体可以行踪不定。我坐在家里倒总能听说她的消息。消息不怎么好，多是失败的消息。消息如下：

1976年底至1978年夏，她与别人合写《忠诚的战士》，写的

是贺龙。剧本在1978年《电影文学》上发表。同年秋成立摄制组开拍，但中途下马。原因很多。

1978年底，她写成了电影文学剧本《做证》，但没有拍摄的机会。此本收入1980年北京出版社出版的电影文学剧本集，集名就用了《做证》。

1979年5—8月，她又写了剧本《音乐之家》，写了盛中国一家的故事。因有关部门不同意把盛中国的父亲盛雪的事迹搬上银幕，此片未能投产。

1980年4—11月，她与王艺瑜合作，编导了《漓江春》。此片由华文影片公司出品，1981年底总算公演。

1980年12月—1981年2月，她又写了剧本《黄山吟》，上海美术电影制片厂拟拍摄水墨动画片，因非儿童所能理解的主题，又未成。与此同时，她与王力雄合作，写了《末代皇帝》的剧本，中新社拟筹外资拍摄，因柳青本人认为此单位不具备拍摄此片的条件，终于放弃……

柳青简直是马不停蹄。我不由得要歇一会儿了，呼吸有些紧。

常听电影界的朋友说，现在的导演，能把百分之三十的气力使在艺术上就算不错了，其余的百分之七十得投到各种各样奇怪和不奇怪的事情中去：相当于外交家和商人的事，相当于权术家和甜言家的事，相当于股票市场里的事和街头乞丐的事，相当于搬运工、勤杂工、自行车运动员和马拉松运动员的事。都说，若不把这些技艺娴熟了，凭什么拍得起电影？有名气的大导演要好办一点，初出茅庐者必要有这样一身硬功夫的，如果想成功的话。如果想失败呢？那就甭说，不过也没有这样的人。柳青自然也没有失败的瘾。不过失不失败不在于有没有这方面的瘾。很多朋友都说柳青嘛，人可真是个好人，可惜太不会处世，心肠又太软，有些事做得太不管不顾，对人也太易轻信……还有好几个“太”，

因篇幅所限，不一一列出了。是否“可真是个好人”就注定与这些个“太”分不开呢？倒未必。做人何妨全面些、周到些呢？但“都”……又似乎太没有个性。据说，欲成大器者，若把每一件事都做对了，这本身就是一个错误。此语过于玄妙，非凡人所能悟透。柳青的事没那么玄，不过证明了“禀性难移”和“性格即命运”两句话的伟大。譬如说作为一个导演，是大摆其架子好呢，还是与大家同甘共苦好呢？一般来说谁都会认为后者好。柳青是不摆架子的，因为不会。在上海锦江饭店拍摄内景时，因为要不断变换拍摄角度，室内陈设及道具经常要搬动，这位导演便经常自己动手，很多好心人认为这样会降低导演的威信。外出选景或拍摄时，她总拣租金便宜的车坐，有人建议说坐什么什么牌子的车才气派，她想也没想，只知道坐车是为节省时间提高办事效率，不明白气派的用处。在黄河源头拍摄《漂流》一片时（地处海拔四千九百米的巴颜喀拉山上），她把吉普车让给别人坐，自己每天提前四十分钟出发，翻一座山坡到拍摄点去。她既是导演，又是全摄制组中年龄最大的人，而且不久前刚刚做过一次手术，无论从哪一点说，她坐吉普车都是名正言顺的。但她认为全组的团结最重要，没有同心同德的创作气氛，这部片子不可能拍好，自己必须与大家同甘共苦。不过她像是有点“不识时务”，据说“今非昔比”，眼下“摆架子”和“气派”也是件非同小可的事呢。有一位影界的朋友不无悲哀地跟我透露了其中的奥妙（我也不是活在桃花源，因而一说就懂）：假如你出去联系什么事务，必要有一辆气派些的轿车，这相当于一个特别通行证，与之联系事务的单位先就敬你三分，事情便要好办些。假如你作为一个导演去联系事务，最好只说自己是一名剧务，与之联系事务的人一见你心下便可嘀咕，剧务尚且气派如许，导演来了总归更吓人，事情又好办些个。这些柳青不懂。也未必准是不懂，懂了她也做不来。所以她就坐末流汽车，住下等房间，以吃方便面为乐事去吧。再说威

信。导演要有威信这不是一个问题，但建立威信的方法却分青红皂白。举个例子：譬如周总理信奉的是一种，“四人帮”惯施的是另一种——这例子举大了。没那么邪乎。然而我想起诗人北岛的一句诗，“高尚是高尚者的墓志铭”。这真糟透了。不过失败就失败吧，柳青还是坚信她的“同甘共苦”“同心同德”“光明正大”吧，那样好。

又见到柳青时，倒看不出她有失败的样子，依然是风一般地来，又风一般地去。我很想对她说点类似安慰和鼓气的话，发现不必。我又很想劝她把那几个“太”字改一改，料也白搭。就听她兴奋地给我讲了她的两个剧本——《做证》和《黄山吟》。

《做证》是她为编写《忠诚的战士》在湘鄂西采访时的意外收获。那儿是贺龙的故乡，是老革命根据地。那儿曾孕育出过多少传奇式的革命人物和传奇般的革命故事！如今又有了一个奇异而动人的传说：有一位家在北京的老干部，年近花甲了，级别约在局级以上。“四人帮”肆虐横行时期，他离开了北京的家，只身悄悄地来到了这里，并悄悄地住下来。他原本是这地方的人。是什么又把他召唤来？是逝去的童年的乐事，是依旧的故乡的水土，还是已经遥远了的青少年时代的梦想？是什么不清楚。是什么也都不算稀奇。稀奇的是，他不久竟与当地的一个既穷且老的寡妇结了婚，既无喧天的锣鼓，又无动地之炮仗，两人住在茅屋里，沉静和谐如偿夙愿般地生活，给人感觉不是牛郎过了天河，便是织女又降凡间。众人都羡慕，也都感动，又都惊讶，便有了种种猜测。有的说那老人是在京蒙了冤的；有的说那老人是为了不使别人蒙冤而自己蒙了冤的；有的说那寡妇受了多年的凄苦，心里一直念着那老人呢；有的说那老人也一直恋着那女人，到底来与她团圆了。众说纷纭，但都相信：这二人年轻时必有过一段浪漫与悲哀，这二人历尽劫难终于感动了上苍。老根据地的人民，心地真是纯净善良，便把这美好的猜想四处传扬。（中国还有一派流

言家，惯会编派别人的私事，编派得如他们自己一样肮脏。这一点本文在后面要提到。）柳青被这故事打动，又知道这实在是一件真事，那老人与寡妇都确实有，就想去见见他们，可惜时间紧张未能如愿。

以上就是剧本《做证》所根据的原始素材。人，有什么样的心灵便会有什么样的灵感，这便是人对艺术的重要。

《黄山吟》，说的是明代一位大旅行家重游黄山，寻觅三年前他在这里遇到的一位姑娘。那姑娘当时被迫出家做了尼姑，痛不欲生。旅行家热爱生命、志在山河的博大胸怀，曾感化并点悟了那个姑娘。然而现在，他寻遍人间皆不见姑娘的踪影。旅行家路遇大乘法师一同揣测姑娘的下落。黄山变幻万端的云彩始终伴随着他们，在深谷、在天际演出一幕幕神奇悲壮的景象。他们心中都明白了：那姑娘已不在人世。她若逆来顺受浑浑噩噩做生活的奴隶，尚可苟且偷生，而一旦认识了自我的价值并勇敢寻求时，必不为险恶的社会所容。从种种民间传说中可知，她为了追求自己的理想，有过壮丽曲折的经历。如今，她的魂化作了黄山之云，萦绕于山头，俯视人间，不忍离去。

柳青说："人的生活不够美，所以才希望从艺术中看到美，在艺术中创造美，实现美。"我想这一点就是艺术对人的重要了。

有那么一阵子，我的耳朵也听来不少关于柳青的流言。中国多流言，因为中国人少流动，多数都如我一般毕生"瘫痪"在一处。又因为不少人的时间多到不知如何捱过，便把别人的私事传来传去，又加了夸张与变形，以使自己寂闷的生活多出声色。也可能还因为中国有把爱情列为禁区的历史，性教育又极缺乏，所以这方面的好奇心就需流言来满足。中国式的流言之最大宗，便是关于别人的私生活，包括结婚和离婚，包括再嫁和不再嫁。写到这儿想起一件事：现今小说的题目中若有"男"字和"女"字

并存，即可畅销，想必是因为符合了辩证法的原则。

柳青上大学时就有了恋人，据说是一见钟情。双方的功课都好，双方的理想都高，双方的思想都进步，双方都在青春年少时，自然有说不完的知心话，有梦不完的美丽的梦。读者想知，尽可以把古今中外一切有关青年男女真诚相爱的故事想一遍，把精彩的情节用在他们身上，多半是有不及而无过之的。想必读者已有所料：像这样美丽的爱情故事不会没有一个悲哀的结局，否则成何世道？想得真对极了。1966 年夏天，他们的爱情浪漫曲结束了，并没有婚礼进行曲继后，而是“落了片白茫茫大地真干净”。原因呢？也非常典型：男方的父母反对。反对的原因呢？也非常典型：柳青的母亲是右派，所以与柳青结婚的人，其事业的前途注定黯淡。这样的逻辑在那个时代是通行的。将来的人们对此可能会不理解，正如我们今天已经不能理解为什么一个奴隶的婚姻要由奴隶主来决定，为什么奴隶主为了几块钱就能随意拆散一个奴隶的美满家庭。类似的事发生在 20 世纪的社会主义国家中，发生在中国的高级干部和知识分子中间就更值得深思。就这样，要么忠于你的爱情而不顾你的前途，要么顾着你的前途而抛弃你的恋人，那个青年选择了后者。不要太怪他吧，因为这里所说的前途，是与革命、人民、主义等字眼儿画等号的。柳青没有太怨他，一直都把他当作好朋友。柳青也没有恨他的父母，而且记得那两位老人一直都是很喜欢她的。她在给两位老人的信中写道：“……我心里虽然很难受，但并不感到意外。当我刚和他做朋友时，就想到了这个问题……几次很直截了当地和他提过……应该把我家里的实际情况老老实实地告诉您们，含糊、说谎都不对，在我心里就过意不去。他说我不了解情况，要是和家里说了，您们肯定会生气的，也不会同意的，还是先别说吧。当时，我并没有把家里为什么会不同意的原因想得很深，也没有勇敢地正视这个问题，因此几次想给您们写信，都没有写。去杭州（男方家里——作者注）

前我想：如果您们问到我家里的情况，我就如实地把一切讲出来。可是您们都没有问起过，我就没讲，并且天真地想：等我母亲摘了帽子又重新工作了，等我也入了团，那时再向您们讲吧。因此一直拖到去阳高（柳青参加“四清”工作的地方——作者注）以后才讲。这件事我做得很不对，也很不好……”看来柳青还是很理智、很冷静的。不过再看一段她的日记吧：“这些日子的感情是很复杂的，一连接到他的两封来信，一封比一封冷酷，一封比一封更缺少温柔……他认为必须按他父母的意见去做，而这和我们的爱情是不可调和的矛盾，必须舍一求一。他……认为这件事必须说明白，否则对双方都不利，态度是相当坚决果断的。真没想到这样大的打击发生在我参加‘四清’运动最紧张的时刻。我在上一封信里，曾有点挑战式地批评他不勇敢、不坚定。我希望经过我们的努力，用我们的决心和行动解决和他父母之间的矛盾，争取最后结合，但是他却连这点勇气和信心都没有……那天中午接到他的信，我真想痛哭一场，哭一天，可当下张茂成就来找我，说被张侃迫害的径忠的女人回村了（这是‘四清’中的一件事——作者注），我立刻擦了眼泪去访问她。……但有 刹那空隙，我就觉得心口像被什么东西堵住一样，眼眶马上盈满泪水。会一散我跑开了，跑到园子里，眼泪又止不住流出来。但是我很清醒，知道不能把眼睛哭红，还得回来参加晚上对敌斗争会呢。”

柳青说自己“对此事并不感到意外”，那纯粹是一种夸张的自我安慰。她说“我并没把家里为什么会不同意的原因想得很深”，这才是实情。这不是坏人与好人演出的斗争，这是好人与好人酿制的悲剧，愚昧落后是其发酵剂。那时，能够把“原因想得很深”的人不多，能够把后果想得很深的人就更少。“文革”式的大悲剧，也许正是以这样的小悲剧为基础、为根源的。一对小人物纯真爱情的被扼杀，与一位国家主席的冤死，这之间有着模糊但是确定的联系。人道主义泯灭的地方，人的尊严被蔑视的地方，苦

难还能不日趋深重吗？中华民族那十年大悲剧的制造者是中华民族自己。每一位骄傲的炎黄子孙，对那段历史如今想必都有了觉悟（但愿如此）。悲剧又成了进步的发酵剂。

柳青把屈辱和悲伤藏进了心中，心变成荒漠。爱情之火在那儿熄灭了十几年。虽然她后来结了婚，有了两个女儿，但那根本谈不上爱情。恐怕没有篇幅写这件事了。就在她准备结婚的时候，她心里也全明白：没有也不可能有爱情。这一点，无疑是她的错误。她的错误还在于：不懂得，同情和牺牲绝不是婚礼进行曲的音符；没注意到，荒漠之下还有着爱的潜流；没有看清，这桩婚姻的双方是两种不同的人。本文不具诉讼性质，也不打算像大多数国产影片那样分出正面角色与反面角色。生活没有那么简单。总之，纯洁的爱情被扼杀之后，不会有好果子从这棵树上结出。

柳青继续马不停蹄。

1981 年 3 月—1982 年 10 月，她与王力雄合写了剧本《追索》。剧本在 1982 年第 2 期《丑小鸭》上发表，同年由中国新闻社电影部投资拍摄，1983 年公演。这是她独立执导的第一部故事片，放映后获得一定好评（七十个拷贝，放映一万四千九百场）。

1982 年 11 月—1984 年 1 月，她参加了故事片《南拳王》的拍摄。

1984 年 2—6 月，她与达奇、王力雄合写了二十五集电视系列片《黄水谣》。同时，她自己又写成同名故事片剧本。本打算电视、电影套拍，但又因故下马。

1984 年 7 月，她在浙影厂所拍电视剧《风荷曲》中，任艺术指导。

1984 年 9—10 月，她拍摄了长纪录片《炎黄子孙欢庆十一》。

1984 年底—1985 年初，她与王力雄合写电影剧本《血门》上、下集。她自己没有拍摄。此片由西影和广东艺术发展中心联合

摄制。

1985 年 3—7 月，她在深圳影业公司拍摄故事片《漂流》。因种种复杂的矛盾，她中途离开。

1985 年 10—12 月，她为湖北电视剧创作中心改编了十二集连续剧《天堂之门》。

柳青很能吃苦。与柳青一起工作过的人无论对她的看法多么不同，在这一点上却都一致。

影片《追索》中有这样一个画面：凌恺打开父亲的考古笔记，响起驼铃声，随之出现当年凌思涵的考古队通过火焰山的情景，巨大的红色金字塔式的火焰山下，一支小小的驼队走在黑色的沙漠上，给人神奇的感觉。7 月的吐鲁番，中午的气温高达 47℃，人静静地待着也会感到难受，但为了这一画面，他们还要往山上爬去找最好的角度。那次柳青中暑休克了，被人抬到山脚下伯孜克里克千佛洞内，三小时后才缓过来。第二天她照常工作。小说靠语言，电影靠画面；语言看出作家的功力，画面见到导演的匠心。为了一个好的画面，她和她的同志们不知走过多少冤枉路。在沙漠里，在高原上，在急流险滩间，常常是玩儿命一样走到一个地方，看看，不理想，再重新去找。这与片名相同：追索。“众里寻他千百度，蓦然回首，那人却在，灯火阑珊处”，这不怕。凡是追求完美艺术的人，都不怕这个。怕只怕：众里寻他千百度，猛然发现，有人正在名利熏心处。那时候柳青只会傻眼，再无作为。

为了拍摄《漂流》，柳青让掉了《血门》的导演权。西影和广东省艺术发展中心共同决定，请柳青导演她参加编写的影片《血门》，共两集，投资一百五十万，拍摄景地在上海、天津，工作条件比《漂流》不知好多少倍。《漂流》拍摄条件之艰苦，是一般摄制组无法与之相比的。黄河源头的玛多县已属人迹罕至的地方，离西宁有六百多公里。再向上穿过大草滩，就到了鄂陵湖西北方

布青山下的淘金场。她和淘金人滚在一起，喝的是沙坑中渗出的水，住的是帐篷，地上仅铺一块塑料布，下面是湿草皮和老鼠洞。那地方晚上 9 点多太阳才落，她便从早晨 5 点一直工作到晚上 10 点，中间只吃一顿饭。再往上走，到了黄河源头。自古以来，涉足此地的人也不过几十个吧，方圆几十公里连牧民的帐篷都不见。她就在地上挖个坑生起灶火，用高压锅煮面条，一顿饭要吃三个小时。空气稀薄，走几米路都觉困难。不过说到爬山，跟在上海或天津的爬楼梯有区别。柳青觉得《漂流》更能实践她的艺术理想，宁肯放弃另一种成功，而来这洪荒之地冒风险。这一次她除去冒了风险，没有得到别的。不过，黄河的博大激涌、高原的伟岸雄浑、大自然的纯洁沉静使她得了大享受。她常独自久久地默对这颗星球和这个宇宙，便忘却了蝇营狗苟的琐事，听到了冥冥之中爱与宽容的启示。

记得有一次我问她："这么拼命地干，我猜是想用事业的成功来抵消生活中的失望吧？"

她说："我不是那种把事业放在第一位的人。"

"那把什么放在第一位？"我问。

她说："生活。"

她说："真诚的爱和人与人之间美好的关系，事业也不过是为了这个。"

她说："有的人最关心的是怎么能在社会上站住脚，认为能搞成几部作品，被人们所承认就是最大的快乐，为此可以牺牲一切。"

她说："我也盼望自己的作品被社会承认，但那不是最重要的，真的实现了我也不会觉得是什么了不起的幸福。其实有更珍贵的东西。"

这最珍贵的东西是什么呢？再看一段她的日记吧："……不去追求人的能力的最大半径，不去寻找人的能力的最大值，我追求

的是人性的美，真善美的最大限度的实现，人和人之间的理解、信赖、尊重、爱护、帮助、真挚的永恒的友谊与爱情。我要这样做，我也想这样影响别人，比如通过我的作品，使人和人的关系变得更美好，也使人类本身变得更美好。”

看来几个概念有些乱，得稍稍分析一下：为了在社会上站住脚而搞艺术的人，是一种人。为了发挥和实现自己能力的最大值而搞艺术的人，又是一种人。为了使人间变得更美好而搞艺术的人，是第三种人。第一种和第三种都是目的很明确的人。第二种呢？其“最大值”怎样体现呢？神枪手所以能证明其为神枪手，总是要有个靶子的，否则子弹向何处出膛？倘这靶子是“在社会上站住脚”，便与第一种人同。倘是“使人间变得更美好”，又与第三种人一样。所以第二种人是个不确定的概念。而第三种人若是为了自己的目标竭尽全力，不也是在“实现人的能力的最大值”吗？柳青正是这种人。

这种人总是失败多于成功的，原因有三：一是因为他们永远不嫌生活已经太美，他们创造美的生活欲望是不知道够的；二是他们永远不认为自己已经发挥了自己能力的最大值；三是他们总也没时间去学“站住脚”的技术。幸亏这种人对成功与失败有着自己固执的见解：他们不认为“站住脚”就是成功；他们认定，人与人之间失去了真诚、信任和理解才是失败。谁都不愿意失败，只是失败的含义不同。有一位诗人跟我说：艺术是跳高，不是拳击，其对手是神，而不是人。我理解此话有两层意思：其一是说，搞艺术的人没有理由互相争什么强弱（更不要说互相使拳脚了），面对自然造化的万物，我们每一个人都太弱小、太浅薄。艺术不是为了用来打倒人，而是为了探索全人类面对的迷茫而艰难的路。其二是说，拳击以打倒一个人（一个更弱者）为目的，所以总能得一点沾沾自喜的胜利。跳高却是在与神较量，所以每一次胜利都是以失败告终（把横竿碰掉算结束）。人与人之间美好的关系正

如那横竿的升高一样，是没有极限的。这种失败之所以同时又是胜利，在于他们非常清楚自己是在为人类寻找一个新的高度。据说“不想做元帅的士兵就不是个好士兵”，但是，仅为做元帅而做元帅的元帅，准是个坏元帅。

我见过柳青悲伤的时候。这时候，风像是在她身上停歇了，她坐下来，仿佛被风吹落在椅子上，眼睛里一片空旷。这种时候她可能说：“昨天我很难过，即便是那个本子搞成了，可我们那些过去的朋友为此离心离德，也还是一个悲剧。”她也可能是说：“我有时候挺失望，人要是只爱自己，还有什么意思呢？”不必去详究她说的是哪件事和哪个人。她像大多数善良的女人一样，您给她一点美好的东西看，她身上就刮风，兴奋而且强劲，不惜把自己刮光。而一旦出现了不那么美好的事，不管是出现在谁身上，失败者就像是她自己——眼睛睁得太大，其中是不尽的茫然。当然用不了很久，她又能聚起足够的风力，兴奋且强劲，把自己刮出去，因为世间的美好事确也不尽。

不过，这么容易刮风也未必全是好事。柳青娘就说过她缺心少肺，“这么大的人了还那么糊涂”。我和虎子也认为她太少主心骨，太有些盲目。当然不是愿意她变得世故，而是希望她能风平浪静，哪怕是一会儿，惟此才能对生活多些深的思考。我以一个写小说的人的偏见，认为她应该及时把自己找回来，把自己四十几年的生活细看一回再深思几遍，下些慢功写出来。任何一个人，若能不留情且无忌讳地把自己剥开来细品，都会发现那原来是一部好作品。何况柳青又不乏艺术才能，手里又掌握着非常丰富的好素材，那些素材又不是费尽心机搜集来的，而是上帝赐给她的经历。真情和深思比技巧重要。我真希望她能写。譬如：她的与“花朵”和“鸽子”一同度过的少年时代；她的诗一样美妙又诗一样忧伤的青年时代。譬如：那一个夏日，她游泳回来，人们告诉她母亲已被抓走；那一个冬天，她买了油饼去看妹妹，妹妹已

不在人间。譬如：她信徒般虔诚地自我改造，却总难得到“主”的宽容；十五岁就梦想着入团，直到大学将毕业时才算如愿。譬如：她说过的，她最不能原谅自己的罪过——为了与家庭划清界限，她和弟弟曾一度离开了给人家做保姆的柳青娘，以致老人无儿无女地过了好几年。譬如：“文革”中她曾做过一阵头号保皇派；又为了给系主任争人的尊严（因为有人把系主任画成猪），致使自己陪着上台挨斗。再譬如：“文革”中她曾被敌对派打成反革命，而后来当敌对派也被人打成反革命时，她反而写大字报为之鸣不平。再譬如：她天真地以为自己有与别人一样的捍卫真理的权利，大约又是风一样地去串联，结果被全国通缉。还有：她那一次凄惶悲伤的少女的初恋，那一次失败的婚姻和以后几次仍不成功的爱情——这既是一个人的悲剧，也是社会和历史的悲剧。还有：她心如荒漠时可以平安，而一旦又萌生了爱情，便招出恶语流言。——这中间更有着深意……她干吗不写写这一切呢？至少干吗不静下来想一想呢？让风静那么一会儿不好吗？那会给人更深的智慧。

我不怀疑她能把自己的故事写好，只要她静下心去写的话。她说过：“真正悲剧的主人公，他们的道德品质不是好到极点，但他们的遭殃绝不是因为罪恶而是因为弱点，我和我要写的主人公都是这样的一些人，我要写的既是性格悲剧，又是社会悲剧。”她还说过：“我以后要报复世界吗？要报复那些伤害了我的人吗？报复只能在人中间再制造痛苦，我在别人的痛苦中绝对得不到快乐。我受的苦太多了，我不愿由于我的存在再给人们增加痛苦。”古往今来，真正的艺术家多是尝够了世间的艰辛与苦难的，但他们总是对人类充满了爱的，他们的作品中因而没有报复的色彩，没有狭隘的怨恨，没有歇斯底里的发泄，没有自命圣洁的炫耀。在他们看来，灵魂残疾了的人和双腿残疾了的人是一样的，都是不幸的“羔羊”，而“主”不是神祇而是“羔羊”们的不屈、自新与互爱。

他们叙述苦难乃是站在人类立场上的沉思，他们剥开人类的弱点，本是为着人类趋向完美。惟此，艺术才有了更高的价值，艺术家的苦心才能获得报偿。

我倒担心，柳青还能不能静下心来去写她自己的故事。这种担心大约也是多余，或者写或者不写，对于她似乎都不重要。人常犯的错误是替别人瞎担心。柳青把做人看得比作文重要。做人的重要不在于用笔写，而在于用心行。幸福的实现对她来说也在于此。在生活中太难实现生活的理想，便到艺术中去实现，她说她搞艺术主要是此动机。不过我还是跟她说过一句玩笑话：要是不把您这四十几年的生活写一写，似乎有负于上帝对您的“宠爱”。这话不全是玩笑。有幸得到上帝诸多“恩宠”的人，有理由多为世上做些贡献，这与她的初衷不违。这么多年来，她确实没有一刻偷闲，但是“有所不为才能有所为”，她应该搞出更好的作品来。不单为自己，也为了后人。譬如她的女儿，不仅应该知道她自己的生活是被大人搞坏了的，还应该知道这些大人的生活都是什么，以及生活原本就是多么不简单。历史永远是一条艰险的路，这路要人去走，其间布满了迷茫和痛苦，从而人才有了思想和欢乐。柳青说，自从她的女儿一懂事，她便跟女儿说过，“我们是母女，我们更是朋友”。现在代沟依然出现了。出现了就出现了吧，叛逆是创造的开始。上一代人只需留下自己清晰的脚印，也许还应该把这些脚印铸成模型，放在路边的草丛里，成一座路标。

1986 年

归去来

我知道，北玲[1]有一桩未了的心愿：回陕北，再看看那片黄土连天的高原。她曾对我说过，当她躺在美国的医院里，刚从那次濒死的大手术中活过来，见窗台上友人们送来很多鲜花，其中有一束很像黄土高原上的山丹丹，想必也是百合类。她说，她熬着伤痛，昏睡，偶尔醒来就看见那束花在阳光里或者月色中开得朴素又鲜活。她知道她患了肝癌。她说，有十几天，也许更久，别的花慢慢凋谢，惟独那束山丹丹一样的花一直不败，她相信此非偶然，必是远方那片黄土地上的精神又来给她信心和帮助。

她说："等我的病见好一点儿，立哲要带我回一趟陕北。"

立哲，北玲的丈夫。就是那个孙立哲[2]——当年的知识青年模范，在窑洞里为农民做手术的赤脚医生。立哲当年的事迹颇具传奇色彩：只上过初中二年，却在土窑洞里做了上千例手术，小至切除阑尾，大至从腹腔里摘出几十斤重的肿瘤。我可以做证这既非讹传也无夸张。我与立哲中学同学，在陕北插队同住一眼窑洞。他第一次操刀手术，我就在他身旁，是给村里的一个男孩儿

① 北玲：孙立哲妻子。——《史铁生全集》，北京出版社，2016年

② 孙立哲：清华附中校友，同在陕西延川插队，住一个窑洞，曾为全国著名赤脚医生。现居北京、芝加哥。——《史铁生全集》，北京出版社，2016年

割去包皮。此后他的医道日益精深，十年中，在陕北那座小山村里，他内外妇儿各科一身兼顾，治好的病人以数万计。那小山村真名叫关家庄，我曾在一篇小说中叫它作“清平湾”。

最早听说北玲，大约是七四年，听说陕北知青中有几个师大女附中的才女正写一部知青题材的小说，才女中就有吴北玲这名字；那时我也正动了写小说的念头，这名字于是记得深刻。第一次见她是在七八年，初秋，下着小雨，一个身材颀长的女子跟在立哲身后走进我家。立哲说，她叫吴北玲，也是陕北插队的。我说，噢——我知道。立哲说，你怎么知道？我说，早就知道，行吗？立哲笑道：行。北玲脱去粉红色的雨披，给我的印象是生气勃勃。其时她已在北大读中文系。立哲说一句“你们俩有的聊”，就去忙着包饺子（他拌的饺子馅天下一流，这一点，几年后在芝加哥得到验证）。我便像模像样地跟北玲谈文学。饺子熟时雨停了。那晚月色极好，我们坐在小院儿里吃饺子，唱辽阔的陕北民歌，又唱久远的少年时的歌，直唱到古今中外。北玲唱的一首古曲至今还在耳边：明月几时有，把酒问青天……立哲说北玲的手风琴也拉得好，北玲说等哪天她要带着琴来为我演奏。我常常不能相信，一个灵魂就会消失，尤其那样一个生气勃勃的灵魂。

此后立哲住在我家养病，陕北十年给了他终生受益的磨炼，同时送给他一份肝炎。北玲在北大待不住，几乎天天往我家跑，当然是因为立哲。那时我初学写作，写了拿给北玲看，不知深浅地占去这痴情人的很多时间——北玲的文学鉴赏力值得信赖。她常常是下午下了课来，很晚才走，每次进得门来，脸上都藏不住一句迫切的话：立哲呢？如果立哲不在，她脸上那句话便不断地响，然后不管立哲在哪儿她就骑上车去找。立哲正在身体上和政治上经历着双重逆境，北玲对他的爱情，惟更深更重。

半年后，立哲以第一名的成绩考取了北二医的研究生，北玲迂回着表露她的骄傲：“真不知这小子什么时候念的书，考试前三

天还又钓鱼又跳舞呢。”有一天一伙同在陕北插队的朋友碰在一起，有人提醒他们：“什么时候结婚呀你们？”立哲算了算，很多插队的朋友碰巧都在北京，便打电话回家：“妈，你准备准备，我明天结婚。”“精神病！这哪儿来得及？”“有什么来不及？陕北这帮人一块儿吃顿饭就得。”

婚后不久，立哲和北玲相继去了美国，一个学医，一个学比较文学，一去又是十年。他们从美国寄来照片，照片上的北玲依然年轻，朝气蓬勃；立哲却胖起来，激素的作用，听说他又添了糖尿病。信却少，他们太忙。听说立哲对实验动物过敏，几次因窒息被送进医院，他的导师惋惜再三，也只得同意他转行。之后听说他们开办了“北方饺子公司”，“孙太太的饺子”声誉极好；之后又听说他们创建了“万国图文”和“万通科技”公司。在美国每年注册的这类公司有上万家，三年后仍然存在的只有百分之七，立哲和北玲的公司不仅存在下来，而且还有了三四个子公司。从美国回来的朋友向我描述立哲：一天只睡三四个小时觉，常是一手抓一个电话，脖子上再夹一个，旁边另外的电话铃又响起来。我能看见他令人眼花目眩的匆匆脚步。在我的印象里，他除了下棋和钓鱼，没有坐下来的时候，看着他，就像看一场乒乓球赛，忽此忽彼弄得你脖子酸疼。北玲呢，她的稳重、精细、知人善任恰恰是立哲的好搭档。令人敬佩的是，与此同时，北玲获取了硕士学位，通过了博士资格考试，并在美国西北大学任教，还担任比较文学学会副会长和《中国比较文学家》杂志主编。

八九年北玲回国探亲，带着出生仅四个月的小女儿，说是想让女儿早些看到中国。小女儿长得很漂亮，睁开眼睛东张西望，不知她对故乡的第一印象如何。我问北玲，把女儿留在中国吗？她说：“不，儿子小时候不得不跟我分开，这回我不能再离开女儿，我得做个像样的母亲了。”天色渐晚，我请北玲吃炸酱面，一边听她讲在美国的创业史：先是一边读书一边在饭馆里打工，干最低

等的活儿，一个人负责收拾三四十张餐桌的餐具，一秒钟都不停地跑，可竟连其他国家的打工者都歧视他们，小费都被别人敛去不给他们留一文。立哲还在搬家公司干过，一二百斤的硬木家具扛起来两腿打颤，有一次电梯坏了，但不能违背合同，就一趟趟扛上几层楼，钱却不多挣。后来他们自己办起饺子公司，开始时食客们尚不识“孙太太的饺子”，全靠电话征订：“要饺子吗？孙太太的饺子物美价廉。”孙先生下了课先去四处采购，回到家熬上排骨汤，抡圆了膀子拌肉馅，配料极有讲究不容半点含糊。芝加哥亮起万家灯火，是孙先生和孙太太开始包饺子的时候了，正是不夜城歌舞喧喧之际，他们熬着瞌睡把饺子包得满屋子没地方搁。几百个饺子在凌晨前包好，先生和太太才都躺下睡一会儿。天很快亮了，饺子冻好，包装整齐，孙先生开着破汽车一家一户地送。立哲那辆汽车破到了全芝加哥第一，底盘锈烂了，坐在车里往起一站，身体忽然矮下去，鞋底竟与路面直接摩擦。随后办起了“万国图文公司”，先做名片。“阿拉伯文，贵公司能做吗？”孙先生泰然答道：“当然。”北玲便笑。其时他们尚不知阿拉伯文有几个字母呢。但既是“万国图文”就得是“当然能做”，否则信誉何在？两口子埋头一宿，居然摸出门道，一份漂亮的阿拉伯文名片按期交货。业务范围逐渐扩大，设备不够，北玲便于周末在其打工的公司藏下，用人家的设备工作，周六周日昼夜苦干，睡在地板上，立哲探监似的按时来送饭。就这样创业。真难，真苦。北玲说：“插队过来的人，什么苦没受过？不怕。”可图的什么呢？北玲半晌不语，笑笑。很可能这是命，是性格，性格就是命运，不能放弃理想的命运。“其实也简单，”她说，“中国人不能总让人瞧不起。”此前立哲已回国一趟，筹备在中国投资办高技术企业。立哲和北玲都屡屡说起美国先进的科学技术，盼望中国不能再落后。我见北玲的脸上有明显的倦容。她说一年前胃上刚刚切除了一个瘤子，“良性的，没事了”。

可那瘤子半年后竟发展成癌，扩散到肝，已是晚期。立哲痛哭失声，做了多年医生他曾治好过多少病人，如今他知道很可能救不了自己的妻子了。北玲却无比镇定，把一切向立哲做了嘱咐，平静地上了手术台。肝脏切去五分之三，有四十分钟她是处于心跳循环停止的冰冻状态，立哲在手术室外等候，非常可能北玲就此不能醒来。北玲命真硬，又挺过来了，睁开眼，躺在病房里，见那束山丹丹一样的花开得简单、自在、潇洒，阳光下和月光里都仿佛带着遥远的那片故土的声音。

九一年秋天，立哲带北玲回国治病。到北京的第二天他们来看我。北玲并没显出多少病容，啃着一根玉米跟在立哲身后走进来，“嘿铁生，我吃了一路煮老玉米，还有烤白薯！”坐下，依旧谈笑风生。那个细雨的早秋初见她时的情景，恍如昨日。她摘去头巾，笑说：“瞧瞧我，没样儿啦。”放疗化疗把她的旧发脱光，又已长出了短短的新发。我不大相信她真的患了绝症，不信她会死，虽然知道谁都会死。那样一个乐观潇洒的灵魂，怎么可能就消失了？

北玲住进医院。立哲一面照顾她，四处寻医问药，一面着手在中国创办公司。立哲心里苦，解忧之法是和老同学们聊聊，他有时喟叹人这一生真是短暂，多少事想做还都未及做。但他的喟叹并不导致颓丧，而是推出这样的结论：干吧，得赶紧干了，一辈子其实没多少时间。他说：为自己的祖国干事，感觉到底是不一样，心里有了根。他说：这十年，我是洋累也受了洋福也享了，可是根这东西，离了它心里总是没着落。他说：十年陕北，十年美国，至少我又要回来干十年了。他说：要是干得好，最终我还是要把关家庄的医院重新建起来，建成真正的现代化医院。谈话间，立哲掀开衣襟给自己打一针，是胰岛素，糖尿病还在作怪。我偷问立哲：“看样子北玲的病应该还有办法吧？”立哲叹气摇头：“除非奇迹。我现在是求签烧香的事都干过了，只要她的病

能好。”

解忧的另一个办法是工作。立哲先后建立起“美国万通科技有限公司驻北京总代表处”“北京万国电脑图文有限公司”“金华快印公司”等三四家公司，投资几百万元。那是他和北玲在美国十年拼命挣来的钱呀，真正的血汗钱！我说，你得谨慎，别全赔进去。他说不会。他说刚到美国时还不是身无分文，大不了还那样。我说你的年纪不比当初啦，又有病。他说，守着钱过平安日子，我更得病，不干事本身就是病。常使立哲苦恼的是，“大锅饭”意识已经在很多国人身上成了习惯，办事效率处处慢得让人不能理解。“知道在美国申办一个公司，要多久批准吗？”“三天？”“猜。”“一天？”“再猜。”“多久？”“吓死你，十分钟！中国的事坏就坏在你怎么都有饭吃。这要是不改，最后大家都饿着。”有一次我问立哲的司机：“跟立哲干活儿累吧？”司机撇撇嘴点点头：“不过孙老板比谁都累。”我记起老同学们早就给立哲下的评语：此人走到哪儿哪儿不能安闲，总搅起一群人跟着他转。

今年春节我们一起过的。爆竹声中，北玲兴致很高，一定也要动手包饺子。那时她必定想着就在北京的父母。但是她不能回家，父亲有心脏病，她患癌症的事还一直没敢告诉父亲。回国后只跟父亲通过两次电话，说自己还在美国，一切都好。父亲出差离京时，她回去住过两天，看看想念已久的家。她希望自己好起来，那时再看父亲。她当然也会想起远在大洋彼岸的一双小儿女。北玲的病床前贴着他们的照片，想他们，天天看。癌变已扩散到全身，最后那段时光她整日整夜地呻吟不止，疼极了有时真觉得熬不住了，但想起孩子，她“真是不想死呀！”把孩子接到身边来吧？她又说：“不！”怕给儿女幼小的心灵留下创伤。最后的时刻可能不太久了，立哲还是把孩子接来。女儿三岁，北玲见了她几次就不让她再来，但经常要从电话里听听她的声音。北玲对立哲说：“婕妮还不大懂事，别让她对我有太多的印象吧。”儿子捷

声八岁，不让他来他会疑心的，他来时北玲戴上假发强作欢颜，问他的琴弹得怎样了，懵懂的八岁男孩儿便像往日那样弹琴给母亲听，请母亲指导。琴声响起来，十分钟，半小时，一小时……北玲静静地听竟一次也没有呻吟，不知是强忍着，还是儿子的琴声一时驱走了病魔。后来我献给北玲的挽联，上句是：盼见儿女，怕见儿女，捷声婕妮当解慈母意。还有丈夫，北玲知道自己一旦离开，立哲在事业上生活上都会碰到更多的艰难，我几次见她躺在病床上还在为丈夫的身体操心，提醒他按时吃药、打针。听说立哲在国内投资遇到的诸多困阻，看着立哲累死累活地工作，她真有心劝立哲不要干了，好好把儿女带大就行了，但几个公司是她与立哲多年的心血，为吾土吾民做一份贡献是他们一生的共同理想，因此她又不再说什么，很可能是想自己离去时把一切困苦也都带走。我那挽联的下句是：彼岸创业，此岸创业，万国万通凝聚爱国情。我与北玲无话不谈，几次同她说起死，她毫无惧色，说她在那次大手术的四十分钟冰冻状态时已经死过一回了，她说那时她感到自己飘飘然飞进宇宙，“自由自在地飞呀飞呀”，飞过很多很多星球，心神清朗宏阔极了，并且看见了她曾住过的这颗星球……我真的不相信一颗如此博大的爱心会化为乌有，我真是不信北玲的心魂可以消失。我知道她还有一桩未了的心愿：回陕北，再看看那连天的黄土高原，看热烈的山丹丹花在那块古老的土地上蓬勃开放。

立哲和我们几个一起在陕北插队的同学屡次说起，要一块儿回陕北一趟，坐汽车去，慢慢走，把那青天黄土都看遍。那时北玲的心魂一定也和我们在一起，在我们左右，在我们头顶上，给我们指点，给我们鼓舞，给我们拉着琴唱那深情豪放的民歌……

1992年9月1日

【附】

给北玲的挽联①

盼见儿女，怕见儿女，捷声婕妮当解慈母意；
彼岸创业，此岸创业，万国万通凝聚爱国情。

① 吴北玲去世之后，史铁生写此挽联。“万国万通”为孙立哲的两个公司名称。——《史铁生全集》，北京出版社，2016 年

悼路遥[1]

我当年插队的地方，延川，是路遥的故乡。我下乡，他回乡，都是知识青年。那时我在村里喂牛，难得到处去走，无缘见到他。我的一些同学见过他，惊讶且叹服地说那可真正是个才子，说他的诗、文都写得好，说他年轻，而且有思想有抱负，说他未来不可限量。后来我在《山花》上见了他的作品，暗自赞叹。那时我既未做文学梦，也未及去想未来，浑浑噩噩。但我从小喜欢诗、文，便十分地羡慕他，十分地羡慕很可能就接近着嫉妒。

第一次见到他，是在北京。其时我已经坐上了轮椅，路遥到北京来，和几个朋友一起来看我。坐上轮椅我才开始做文学梦，最初也是写诗，第一首成形的诗也是模仿了信天游的形式，自己感觉写得很不像话，没敢拿给路遥看。那天我们东聊西扯，路遥不善言谈，大部分时间里默默地坐着和默默地微笑。那默默之中，想必他的思绪并不停止。就像陕北的黄牛，停住步伐的时候便去默默地咀嚼，咀嚼人生。此后不久，他的名作《人生》便问世，从那小说中我又看见陕北，看见延安。

第二次见到他是在西安，在省作协的院子里。那是八四年，

① 路遥：当代作家，代表作长篇小说《平凡的世界》。1992年去世。——《史铁生全集》，北京出版社，2016年

我在朋友们的帮助下回陕北看看，路过西安，在省作协的招待所住了几天。见到路遥，见到他的背有些驼，鬓发也有些白，并且一支接一支地抽烟。听说他正在写长篇，寝食不顾，没日没夜地干。我提醒他注意身体，他默默地微笑；我再说，他还是默默地微笑。我知道我的话没用，他肯定以默默的微笑抵挡了很多人的劝告了。那默默的微笑，料必是说：命何足惜？不苦其短，苦其不能辉煌。我至今不能判断其对错。惟再次相信“性格即命运”。然后我们到陕北去了，在路遥、曹谷溪[①]、省作协领导李若冰和司机小李的帮助下，我们的那次陕北之行非常顺利、快乐。

第三次见到他，是在电视上，《正大综艺》节目里。主持人介绍那是路遥，我没理会，以为是另一个路遥，主持人说这就是《平凡的世界》的作者，我定睛细看，心重重地一沉——他竟是如此地苍老了，若非依旧默默地微笑，我实在是认不出他了。此前我已听说，他患了肝病，而且很重，而且仍不在意，而且一如既往笔耕不辍、奋争不已。但我怎么也没料到，此后不足一年，他会忽然离开这个平凡的世界。

他不是才四十二岁吗？我们不是还在等待他在今后的四十二年里写出更好的作品来吗？如今已是“人生九十古来稀”的时代，怎么会只给他四十二年的生命呢？这事让人难以接受。这不是哭的问题。这事，沉重得不能够哭了。

有一年王安忆去了陕北，回来对我说：“陕北真是荒凉呀，简直不能想象怎么在那儿生活。”王安忆说，“可是路遥说，他今生今世是离不了那块地方的。路遥说，他走在山山川川沟沟峁峁之间，忽然看见一树盛开的桃花、杏花，就会泪流满面，确实心就要碎了。”我稍稍能够理解路遥，理解他的心是怎样碎的。我说稍稍理解他，是因为我毕竟只在那儿住了三年，而他的四十二年其

① 曹谷溪：曾为《山花》《延安文学》主编。——《史铁生全集》，北京出版社，2016年

实都没有离开那儿。我们从他的作品里理解他的心。他在用他的心写他的作品。可惜还有很多好作品没有出世，随着他的心，碎了。

这仍然不止是一个哭的问题。他在这个平凡的世界上倒下去，留下了不平凡的声音。这声音流传得比四十二年要长久得多了，就像那块黄土地的长久，像年年都要开放的山间的那一树繁花。

1993 年 1 月

黄土地情歌

我总觉得自己还年轻呢，跟二十几岁的人在一起玩儿不觉得有什么障碍，偶尔想起自己已经四十岁，倒不免心里一阵疑惑。

某个周末，家里来了几个客人，都是二十出头的小伙子。小伙子们没有辜负好年华，都大学毕了业，并且都在谈恋爱；说起爱情的美妙，毫不避讳，大喊大笑。本该是这样。不知怎么话题一转，说起了插队。可能是他们问我的腿是怎么残废的，我说是插队时生病落下的。他们沉默了一会儿，其中一个说：我爸我妈常给我讲他们插队时候的事。我说：什么什么，你再说一遍？他又说了一遍：我爸我妈，一讲起他们插队时候的事，就没完。

“你爸和你妈，插过队？”

“那还有错儿？”

“在哪儿？”

“山西。晋北。”

“你今年多大了？”

“二十一。知青的第二代，我是老大。”

“你爸你妈他们哪届的？”

“六六届，老高三。今年四十五了。”

不错，回答得挺内行。我暗想：这么说，我们这帮老知青的

第二代都到了谈情说爱的年龄？这么说，再有个三五年，我们都可以当爷爷奶奶了？

“你哪年出生？”我愣愣地看他，还是有点儿不信。

“七〇年。”他说，“我爸我妈他们六八年走的，一年后结婚，再一年后生了我。”

我还是愣着，把他从头到脚再看几遍。

“您瞧是不是我不该出生？”他调侃道。

“不不不……”我说。大家笑起来。

不过我心里暗想，他的出生，一定曾使他的父母陷入十分困难的处境。

“你爸你妈怎么给你讲插队的事？”

他不假思索，说有一件事给他印象最深：第一年他爸他妈回北京探亲，在农村干了一年连路费都没挣够，只好一路扒车[①]。没钱，可那时年轻，有一副禁得起摔打的好身体，住不起旅馆就蹲车站，车上没你的座位你就站着，见查票的来了赶紧往厕所躲，躲不及就又被轰下去，轰下去就轰下去，等一辆车再上，还是一张站台票。归心似箭，就这样一程一程，朝圣般地向京城推进。如此日夜兼程，可是把他爸他妈累着了。有一次扒上一趟车，谢天谢地车上挺空，他爸他妈一人找了一条大椅子纳头便睡。接连几个小站过去，车上的人多了，有人把他爸叫起来，说座位是大家的不能你一个人睡，他爸点点头让人家坐下。再过一会儿，又有人去叫他妈起来。他爸看着心疼。爱情给人智慧，他爸灵机一动，指指他妈对众人说：“别理她，疯子。”众人于是退避三舍，听由他妈睡得香甜。

我说他的出生一定曾使他的父母陷入困境，不单是指经济方面，主要是指舆论。二十年前的中国，爱情羞羞答答的常被认为

① 扒车：就是坐火车不买票或只买一张站台票，让列车员抓住看你确实没钱，最多也就是把你轰下来。

是一种不得不犯的错误；尤其一对知识青年，来到农村的广阔天地尚未大有作为，先谈情说爱，至少会被认为革命意志消沉。革命、进步、大有作为，甚至艰苦奋斗，这些概念与爱情几乎是水火不相容的；革命样板戏里的英雄人物差不多全是独身。那时候，爱情如同一名逃犯，在光明正大的场合无处容身；戏里不许有，书里不许有，歌曲里也不许有。不信你去找，那时的中国的歌曲里绝找不到爱情这个词。以往的歌曲除了《国歌》，外国歌曲除了《国际歌》，一概被指责为黄色。所以，我看着我这位年轻的朋友，心里不免佩服他父母当年的勇敢，想到他们的艰难。

但是二十岁上下的人，不谈恋爱尚可做到，不向往爱情则不可能，除非心理有毛病。

当年我们一同去插队的二十个人，大的刚满十八，小的还不到十七。我们从北京乘火车到西安、到铜川，再换汽车到延安，一路上嘻嘻哈哈，感觉就像是去旅游。冷静时想一想未来，浪漫的诗意中也透露几分艰险，但“越是艰险越向前”，大家心里便都踏实些，默默地感受着崇高与豪迈，然后互相勉励：“咱们不能消沉。”“对对。”“咱们不能学坏。”“那当然。”“咱们不能无所作为。”“人的能力有大小，只要……”“咱们不能抽烟。”“谁抽烟咱们大伙儿抽谁！”“更不能谈恋爱，不能结婚。”“嘁！——”所有人都做出一副轻蔑或厌恶的表情，更为激进者甚至宣称一辈子不做那类庸俗的勾当。但是插队的第二年，我们先取消了“不能抽烟”的戒律。在山里受一天苦，晚上回来常常只能喝上几碗“钱钱饭”，肚子饿，嘴上馋，两毛钱买包烟，够几个人享受两晚上，聊补嘴上的欲望这是最经济的办法了。但是抽烟不可让那群女生看见，否则让她们看不起。这就有些微妙，既然立志独身，何苦又那么在意异性的评价呢？此一节不及深究，紧跟着又纷纷唱起“黄歌”来。所谓黄歌，无非是《莫斯科郊外的晚上》呀，《卡秋莎》呀，《灯光》《小路》《红河村》等等。不知是谁弄来一本《外

国名歌200首》，大家先被歌词吸引。譬如：“一条小路曲曲弯弯细又长，一直通向迷雾的远方，我要沿着这条细长的小路，跟随我的爱人上战场……”譬如：“有位年轻的姑娘，送战士去打仗。他们黑夜里告别，在那台阶前。透过淡淡的薄雾，青年看见，在那姑娘的窗前，还闪烁着灯光。”多美的歌词。大家都说好，说一点都不黄，说不仅不黄而且很革命。于是学唱。晚上，在昏暗的油灯下认真地学唱，认真的程度不亚于学《毛选》。推开窑门，坐在崖畔，对面是月色中的群山，脚下就是那条清平河，哗哗啦啦日夜不歇。“正当梨花开遍了天涯，河上飘荡柔曼的轻纱，卡秋莎站在那峻峭的岸上，歌声好像明媚的春光。”歌声在大山上撞起回声，顺着清平川漫散得很远。唱一阵，歇下来，大家都感动了，默不作声。感动于什么呢？至少大家唱到“姑娘”“爱人”时都不那么自然。意犹未尽，再唱：“走过来坐在我的身旁，不要离别得这样匆忙，要记住红河村你的故乡，还有那热爱你的姑娘。”难道这歌也很革命吗？管他的！这歌更让人心动。那一刻，要是真有一位姑娘对我们之中的不管谁，表示与那歌词相似的意思，谁都会走过去坐在她的身旁。正如《毛选》中云“民主是主流，反民主的反动只是一股逆流”一样，对二十岁上下的人来说，爱情是主流，反爱情的反动也只是一股逆流。不过这股逆流一时还很强大，仍不敢当着女生唱这些歌，怕被骂作流氓，爱情的主流只在心里涌动。既是主流，就不可阻挡。有几回下工回来，在山路上边走边唱，走过一条沟，翻过一道梁，唱得正忘情，忽然迎头撞上了一个或是几个女生，虽赶忙打住但为时已晚，料必那歌声已进入姑娘的耳朵（但愿不仅仅是耳朵，还有心田）。这可咋办？大家慌一阵，说：“没事。”壮自己的胆。说：“管她们的！”撑一撑男子汉的面子。“她们听见了吗？”“那还能听不见？”“她们的脸都红了。”“是吗？”“当然。”“听他胡说呢。”“嘿，谁胡说谁不是人！”“你看见的？”“废话。”这倒是个不坏的消息，是件值得回

味的事，让人微微地激动。不管怎么说，这歌声在姑娘那儿有了反应，不管是什么反应吧，总归比仅仅在大山上撞起回声值得考虑。主流毕竟是主流，不久，我们听见女生们也唱起“黄歌”来了：“小伙子你为什么忧愁？为什么低着你的头？是谁叫你这样伤心？问他的是那赶车的人……”

想来，人类的一切歌唱大概正就是这样起源。或者说一切艺术都是这样起源。艰苦的生活需要希望，鲜活的生命需要爱情，数不完的日子和数不完的心事，都要诉说。民歌尤其是这样。陕北民歌尤其是这样。“百灵子过河沉不了底，三年两年忘不了你。有朝一日见了面，知心的话儿要拉遍”，“蛤蟆口灶火烧干柴，越烧越热离不开”，“鸡蛋壳壳点灯半炕炕明，烧酒盅盅量米不嫌哥哥穷”，“白脖子鸭儿朝南飞，你是哥哥的勾命鬼。半夜里想起干妹妹，狼吃了哥哥不后悔”。情歌在一切民歌中都占着很大的比例，说到底，爱是根本的希望，爱，这才需要诉说。在山里受苦，熬煎了，老乡们就扯开嗓子唱，不像我们那么偷偷摸摸的。爱嘛，又不是偷。“墙头上跑马还嫌低，面对面睡觉还想你。把住哥哥亲了个嘴，肚子里的疙瘩化成水。”但是反爱情的逆流什么时候都有：“大红果子剥皮皮，人家都说我和你，本来咱俩没关系，好人摊上个赖名誉”，“不怨我爹来不怨我娘，单怨那媒人 × 嘴长”，“我把这个荷包送与你，知心话儿说与你，哥哎哟，千万你莫说是我绣下的。你就说是十字街上买来的，掏了（么）三两银，哥哎哟，千万你莫说是我绣下的”。不过我们已经说过了，主流毕竟是主流，把主流逼急了是要造反的：“你要死哟早早些死，前晌死来后晌我兰花花走”，“对面价沟里拔黄蒿，我男人倒叫狼吃了。先吃上身子后吃上脑，倒把老奶奶害除了”，“我把哥哥藏在我家，毒死我男人不要害怕。迟来早去是你的人，跌到一起再结婚”。真正是无法无天。但上帝创造生命想必不是根据法，很可能是根据爱；一切逆流就便是有法的装饰，也都该被打倒。老乡们真诚而

坦率地唱，我们听得骚动，听得心惊，听得沉醉，那情景才用得上“再教育”这三个字呢。我在《插队的故事》那篇小说中说过，陕北民歌中常有些哀婉低回的拖腔，或欢快嘹亮的呐喊，若不是在舞台上而是在大山里，这拖腔或呐喊便可随意短长。比如说《三十里铺》:“提起——这家来家有名……”比如《赶牲灵》:“走头头的那个骡子儿哟——三盏盏的那个灯……”“提起”和“骡子儿哟”之后可以自由地延长，直到你心里满意了为止。根据什么？我看是根据地势，在狭窄的沟壑里要短一些，在开阔的川地里或山顶上就必须长，为了照顾听者的位置吗？可能，更可能是为了满足唱者的感觉，天人合一，这歌声这心灵，都要与天地构成和谐的形式。

民歌的魅力之所以长久不衰，因为它原就是经多少代人锤炼淘汰的结果。民歌之所以流传得广泛，因为它唱的是平常人的平常心。它从不试图揪过耳朵来把你训斥一顿，更不试图把自己装点得多么白璧无瑕甚至多么光彩夺目，它没有卟人之心，也没有取宠之意，它不想在众人之上，它想在大家中间，因而它一开始就放弃拿腔弄调和自命不凡，它不想博得一时癫狂的喝彩，更不希望在其脚下跪倒一群乞讨恩施的“信徒”，它的意蕴是生命的全息，要在天长地久中去体味。道法自然，民歌以真诚和素朴为美。真诚而素朴的忧愁，真诚而素朴的爱恋，真诚而素朴的希冀与憧憬，变成曲调，贴着山走，沿着水流，顺着天游信着天游；变成唱词，贴着心走沿着心流顺着心游信着心游。

其实，流行歌曲的起源也应该是这样——唱平常人的平常心，唱平常人的那些平常的牵念，喜怒哀乐都是真的、刻骨铭心的、魂牵梦萦的，珍藏的也好坦率的也好都是心灵的作为，而不是喉咙的集市。也许是我老了，怎么当前的流行歌曲能打动我的那么少？如果是我老了，以下的话各位就把它随便当成什么风刮过去拉倒。我想，几十几百年前可能也有流行歌曲，有很多也那么旋

风似的东南西北地刮过（比如“大跃进”时期的、“文化革命”时期的），因其不是发源于心因而也就不能留驻于心，早已被人淡忘了。我想，民歌其实就是往昔的流行歌曲之一部分，多少年来一直流传在民间因而后人叫它民歌。我想，经几十甚至几百年而流传至今的所有歌曲，或许当初都算得流行歌曲（不能流行起来也就不会流传下去），它们所以没有随风刮走，那是因为一辈辈人都从中听见自己的心，乃至自己的命。“门前有棵菩提树，站在古井边，我做过无数美梦，在它的绿荫间……”“老人河啊，老人河，你知道一切，但总是沉默……”不管是异时的还是异域的，只要是从心里流出来的，就必定能够流进心里去。可惜，在此我只能列举出一些歌词，不能让您听见它的曲调，但是通过这些歌词您或许能够想象到它的曲调，那曲调必定是与市场疏离而与心血紧密的。我听有人说，我们的流行歌曲一直没有找到自己恰当的唱法，港台的学过了，东洋西洋的也都学过了，效果都不好，给人又做偷儿又装阔佬的感觉。于是又有人反其道而行，专门弄土，但那土都不深，扬一把在脑袋上的肯定不是土壤，是浮土要么干脆是灰尘。“我家住在黄土高坡，大风从门前刮过……”虽然“高”和“大”都用上了，听着却还是小气；因为您再听：“不管是东南风还是西北风，都是我的歌……”这无异于是声称，他对生活没有什么自己的看法，他没心没肺。真要没心没肺一身的仙风道骨也好，可那时候“风”里恰恰是能刮来钱的，挣钱无罪，可这你就不能再说你对生活没有什么看法了。假是终于要露马脚的。歌唱，原是真诚自由的诉说，若是连歌唱也假模假式起来，人活着可真就绝望。我听有人说起对流行歌曲的不满，多是从技术方面考虑，技术是重要的，我不懂，不敢瞎说。但是单纯的技术观点对歌曲是极不利的，歌嘛，还是得从心那儿去找它的源头和它的归宿。

写到这儿我怀疑了很久，反省了很久：也许是我错了？我老

了？一个人只能唱他自己以为真诚的歌，这是由他的个性和历史所限定的。一个人尽管他虔诚地希望理解所有的人，那也不可能。一代人与一代人的历史是不同的，这是代沟的永恒保障。沟不是坏东西，有山有水就有沟，地球上如果都是那么平展展的，虽然希望那都是良田但事实那很可能全是沙漠。别做暴君式的父辈，让儿女都跟自己一般高（我们曾经做那样可怜的儿女已经做得够够的了）。此文开头说的那位二十一岁的朋友——我们知青的第二代，他喜欢唱什么歌呢？有机会我要问问他。但是他愿意唱什么就让他唱什么吧，世上的紧张空气多是出于瞎操心，由瞎操心再演变为穷干涉。我们的第二代既然也快到了恋爱的季节，我们尤其要注意：任何以自己的观念干涉别人爱情的行为，都只是一股逆流。

1991 年 8 月

故乡的胡同

北京很大，不敢说就是我的故乡。我的故乡很小，仅北京城之一角，方圆大约二里，东和北曾经是城墙现在是二环路。其余的北京和其余的地球我都陌生。

二里方圆，上百条胡同密如蛛网，我在其中活到四十岁。编辑约我写写那些胡同，以为简单，答应了，之后发现，这岂非是要写我的全部生命？办不到。但我的心神便又走进那些胡同，看它们一条一条怎样延伸怎样连接，怎样枝枝杈杈地漫展，以及怎样曲曲弯弯地隐没。我才醒悟，不是我曾居于其间，是它们构成了我。密如蛛网，每一条胡同都是我的一段历史、一种心绪。

四十年前，一个男孩儿艰难地越过一道大门槛，惊讶着四下张望，对我来说胡同就在那一刻诞生。很长很长的一条土路，两侧一座座院门排向东西，红而且安静的太阳悬挂西端。男孩儿看太阳，直看得眼前发黑，闭一会儿眼，然后顽固地再看那太阳。因为我问过奶奶："妈妈是不是就从那太阳里回来？"

奶奶带我走出那条胡同，可能是在另一年。奶奶带我去看病，走过一条又一条胡同，天上地上都是风、被风吹淡的阳光、被风吹得继续的鸽哨声。那家医院就是我的出生地。打完针，嚎啕之际，奶奶买一串糖葫芦慰劳我，指着医院的一座西洋式小楼说，

她就是在那儿听见我来了，说那天下着罕见的大雪。

是我不断长大所以胡同不断地漫展呢，还是胡同不断地漫展所以我不断长大？可能是一回事。有一天母亲领我拐进一条更长更窄的胡同，把我送进一个大门，一眨眼母亲不见了，我正要往门外跑时被一个老太太拉住，她很和蔼但是我哭着使劲挣脱她，屋里跑出来一群孩子，笑闹声把我的哭喊淹没。那是我头一回离家在外，那一天很长，墙外磨刀人的喇叭声尤其漫漫。幼儿园是那老太太办的，都说她信教。

几乎每条胡同都有庙。僧人在胡同里静静地走，回到庙去沉沉地唱，那诵经声总让我看见夏夜的星光。睡梦中我还常常被一种清朗的钟声唤醒，以为是午后阳光落地的震响，多年后我才找到它的来源。现在俄国使馆的位置，曾是一座东正教堂，我把那钟声和它联系起来时，它已被推倒。那时，寺庙多也消失或改为他用。

我的第一个校园就是往日的寺庙，庙院里松柏森森。那儿有个可怕的孩子，他有一种至今令我惊诧不解的能力，同学们都怕他。他说他第一跟谁好谁就会受宠若惊，他说他最后跟谁好谁就会忧心忡忡，他说他不跟谁好了谁就像是被判离群的鸟。因为他，我学会了谄媚和防备，看见了孤独。成年以后，我仍能处处见出他的影子。

十八岁我去插队，离开这片故土三年。回来时两腿残废了找不到工作，我常独自摇了轮椅一条条再去走那些胡同。它们几乎没变，只是往日都到哪儿去了很费猜解。在一条胡同里我碰见一群老太太，她们用油漆涂抹着美丽的图画，我说，我可以参加吗？我便在那儿拿到平生第一份工资。我们镇日涂抹说笑，对未来抱着过分的希望。

母亲对未来的祈祷，可能比我对未来的希望还要多，她在我们住的院子里种下一棵合欢树。那时我开始写作，开始恋爱，爱

情使我的心魂从轮椅里站起来。可是合欢树长大了，母亲却永远离开了我。几年后我的恋人也远去他乡，但那时她们已经把我培育得可以让人放心了。然后我的妻子来了，我把珍贵的以往说给她听，她说因此她也爱恋着我的这块故土。

我单不知，像鸟儿那样飞在不高的空中俯看那片密如蛛网的胡同，会是怎样的景象？飞在空中而且不惊动下面的人类，看一条条胡同的延伸、连接、枝枝杈杈地漫展以及曲曲弯弯地隐没，是否就可以看见了命运的构造？

1993 年 12 月

悼少诚[①]

最后听到少诚的声音，是在去年的除夕夜。他打来电话，问我干吗呢。我说看电视呢。他说，好看吗？我说咳，看看呗，你干吗呢？他说和了一天泥（做雕塑的模型），真冷，这会儿喝点儿酒。就你一个人？就一个人。大过年的，吃什么？煮了一锅肉，快熟了。于是我能看见他独自喝着酒，等待肉熟的样子。大口地喝酒，大块儿地吃肉，是艺术家甘少诚的一种形象。少诚要做一百个铁铸的古代士兵的首级。他说："到时候你来瞧吧，保险棒极了，我是这么想的。"他说："人活着总得干点儿有意思的事，我是这么想的。"他说："人活着总得高兴，不能为钱呀什么的去奔命，我是这么想的。"他说："可是人活着也得挣点儿钱，挣点儿钱然后去做点儿特别好看特别美的东西，你说呢？反正我是这么想的。"他顾自说着，想着，旁若无人，这是艺术家甘少诚的另一种形象。

认识少诚的人都说他是个大孩子。他的想法主要不是出于大脑，而是出于生命、天真、纯粹，透明的一条线直奔那个美字。此外的事，他像孩子一样地不懂——如果他懂，就凭他的几百件、

① 少诚：甘少诚，友人，雕塑家。——《史铁生全集》，北京出版社，2016年

件件撼人魂魄的绘画和雕塑，他还用为钱发愁吗？他的很多作品，或送给了朋友，或因为急需养家糊口的钱而以最低廉的价格卖掉了，或在颠沛流离中散失了。要是有钱，我记得他说过，他是要用铁铸三千个（而不是一百个）古代士兵首级的，陈于荒野，让苍天一览，让世人长思。

我认识少诚有十几年了，但见得到他的时间总共不超过四十八小时。他像风一样地来了，你就能见到他；他像风一样地走了，你找也找不到他。但时常能听见他的消息，一会儿在南方做木雕，一会儿在北方烧泥塑，一会儿在高原拍电影，一会儿在沿海埋头画画。他像风一样，把这世界当成自由的原野，刮来刮去寻觅不够，有时吃得饱饱的，有时饥肠辘辘。韩刚[①]曾给我描述他的又一种形象：摄制组一行人坐在火车上，众人睡觉、打牌、神聊，惟少诚跪在座位上扒着车窗朝外看，不言不语不动，一看就是一两个小时。没有人知道他在看什么，窗外是连绵的山、不断的河、阔野长天、夕阳中的牧人、冰湖上的渔夫、新村古道的农舍炊烟……他究竟是看什么呢？很久，他离开窗口，眼边有泪痕。他到底看见了什么我们看不到的东西，以至沉默的木石都在他手下化为神奇？谈起少诚，志伟[②]说：艺术家是上帝的工具。说工具似嫌冷酷，说使者又过浮华，我想最好用语言二字——艺术家是上帝的语言，刀凿斧刻都是天赋的文字。天是有情的，天之宽广沉厚的情感落在这世界的每一粒尘沙中，不是谁都能看见的，少诚必是看见了；不是谁都能领悟的，而少诚与之息息相通。因为那是刻板的逻辑所远不能及的，不能由于大脑，必得由于生命。少诚看见了，他说不出，他感到了话语的无力（所以他把他写下的很多在我看来非常精彩的文章都烧掉了），便以牛一样的身体和执着（他的外号是“老牛”），画呀，刻呀，铸呀……要把天地间

① 韩刚：友人，导演。——《史铁生全集》，北京出版社，2016 年
② 志伟：陈志伟，友人，编剧。——《史铁生全集》，北京出版社，2016 年

的深情厚意都凝聚成型、成线，成色彩的喧响，成结构的变易，成困苦之思，成欢悦之梦——给我们看。

有情的少诚，走到哪儿都惦念着他的两个女儿，觉得对不起她们，偶尔回到北京，便带着女儿去玩，什么都不想什么都不干光是玩！最好吃的，吃！最好看的，看！最好玩的东西买回家！手里的钱都花光！见过那情景的人说，你分不清哪是闺女哪是爹，更像是两位小姐身后跟着一个童心不泯的老仆。

少诚快五十岁了吧？风势不再那么猛烈了，他想回来了，想有个安静的属于自己的地方——称之为家也可以。他想有那么一块地方，趁着还有一身好力气，做些他所说的“特别好看特别美的东西”。他果然回来了，居然也攒了一点钱，他在城郊租了两间房并一个小小的院子。几十年他风一样走遍的世界都在他风一样不能平息的心中。他温好了酒，煮好了肉，和好了泥，炉火也就要烧旺了，铁水也就要注进他的特别好看特别美的愿望里去了……但是，突然，他走了，把一切都带走了。

这是一件难于接受的事。少诚从此消逝了吗？也许他仍然风一样，四海寄其生吧？

十几年前他送给我的一件木雕，还摆在我的书柜旁，一直摆在那儿。认识少诚的人来了，见了那木雕，大家就会说起少诚，说起他大家都会高兴起来，接着是赞叹，接着是感动。不认识少诚的人来了，都要问我那木雕是谁做的，于是他们听说了一个近乎凡·高的人的故事。他们问我：他在哪儿？我说：不知道，他来了你就能见到他，他走了你找也找不到他。——怎料这话竟成谶语。

朋友们为少诚筹办的作品展览会，3月27日就要在中国美术馆开幕了。也许在那儿能够找到他。

风是无所不在的，少诚之风也是。

有一年我去五台山，带回一串念珠，与那木雕浑然一色，便

把它挂在了上面，不知少诚以为如何，我是觉得特别好看特别美。“断有情”和“去迷执”，绝不是要断去如痴的爱和如醉的美，物欲横流之中佛祖也是独执偏见一意孤行的。少诚之风才是悟者之途吧。

1996 年 1 月 18 日

外国及其他

旅客陆续登机的时候，机舱里有一只苍蝇。它悠然但也许是怅然地飞着——这说不准，嗡嗡地这里兜一圈，那里落一下。

旅客到齐了，舱门关闭，飞机缓缓驶向跑道，那苍蝇还在舱中自由乱窜。就是说，这只北京苍蝇，必不可免地也要到外国去逛一趟了，去瑞典。这只万里挑一的北京苍蝇，懵然不知身处何地，更不可能知道，八个半小时之后当舱门再次打开，那已经是在八千六百公里之外了。那儿的夏天，黑夜非常短，晚上 10 点钟依然阳光灿烂，它会否为此而惊慌呢？如果它飞出去，它将混迹于斯德哥尔摩蝇群，从此不可辨认。但据说，那座美丽的城市干净得没有它的同类，那么它是否也会有点儿什么特别的感想？

这是我第一次出国。说来奇怪，我常能梦见一些我不曾见过的东西，甚至离奇到我想也想不出的景物，却从来梦不见外国。我从电影、电视上已屡屡见过外国了（尤其是美国和欧洲），但在梦中那样的外国从不出现。我几次梦见到了外国，都不过是在意识中有一个概念——这是外国，而四处的景物却还都是中国的。我很想就此听听释梦专家的意见。我相信这里面一定藏着些非常有趣的心理线索，或情结。

出国，确实是令人向往的。十几年前我有过一次出国的机会（后来挺荒诞地错过了），记得当时我对一个朋友说起，他竟站起来拍我的肩，一边说着：“祝贺你，祝贺你呀！”我觉得这多少有点儿过分。不过，出去走走，不管到哪儿去看看，到底是件让人兴奋的事情。

有人说，旅游与外遇，其中的魅力或者诱惑是相近的。这话像似有点儿道理。人对新奇的事物，本能地存着欲望。

飞机飞得平稳极了，几乎觉察不出它在动，惟发动机隆隆的喧嚣表明它在风驰电掣，惟理智教你相信它正以一千公里的时速飞向瑞典。肯定是飞向瑞典吗？只好抱定对驾驶员的信赖。

那只北京苍蝇还在机舱里轻歌曼舞，大有“隔江犹唱后庭花”之嫌。

命运其实也就是一架飞机，或者比飞机更高明的什么飞行器吧，上帝的东西。时间之动更是平稳得让你觉察不到，历史的喧嚣司空见惯地在你耳边震响，命运于中穿越，“坐地日行八万里”。你在命运的舱中自由乱窜而已，你不可能了解命运之神要到哪儿去旅游或者去开会。你一出生就撞进了它的舱门，懵然不知身处何地，不知要被带去何方。你应该抱定对谁或者对什么的信赖呢？你嗡嗡然说着话已经半生时光，东一头西一头，思绪在这里兜一圈，到那里落一下，悠然但也许是怅然——这从来就说不准。命运之神若留意我，也会看我是一只万里挑一的北京什么吧。

差不多十小时之后，我坐在了斯德哥尔摩的一家小旅店门前。够神奇！仿佛只是钻进一间怪模怪样的小咖啡厅里去待了一会儿，出来，“洞中方七日，世上已千年”，世界已经大变。

小旅店是一座历史悠久的建筑，浓郁的欧洲风格，处处流露

着雕塑技艺的精湛。这样的建筑规定不可随意增删，因而未设轮椅坡道。老友M负责接待我们，他连连抱歉，说是忘了我坐轮椅，否则他会选择其他旅馆。我倒觉得这儿很好，更像电影中所见的外国。同行的人们先要去交涉住宿，答应一会儿来接我和一堆行李。他们，包括我妻子，便轻手轻脚闪进那旅店古旧的小门不见了。

我点上一支烟，振作起精神打算认真看一看外国，具体说是瑞典，更具体地说是斯德哥尔摩皇后街的一角。我早就想看一看外国了，四十多年中仅仅是听说。不错，空气真是干净，天虽阴着，但极目所望一切都很清晰，好像我的视力也变好起来。古老的和现代的楼房连绵铺陈，安详悦目仿佛一片童话。欧洲，一向是神奇而美丽的同义。幽静的门窗中，料必蕴藏着很多悠久的故事，策划着很多现代的故事，但都是与我无关的故事。他们并不觉察我的到来。可我来了，腾云驾雾飞了一阵儿，降落在离他们很近的地方。但这样就能看见他们吗？——我是说就能看见外国了吗？街上行人很少，少得总让人担心是出了什么事。我渐渐有些紧张，看看眼前的一堆行李，再望望小旅店那扇陌生的多少带点魔幻气息的小门，不由得自己吓唬自己起来：要是他们（同来的人包括我的妻子）从此不再出来，我是不是就掉进一个美丽却恐怖的志怪故事里去了，平白无故地那么飞行了一阵儿？我紧抽几口烟，转而安抚自己：这儿总还会有其他懂汉语的人的。——那意思大约是说：一旦紧急，总还是会有人听懂我的呼救。

这让我想起两件事。一是小时候跟母亲出去，也许是公园也许是商店，在人流中正蹦跳得猖狂时，猛回身发现母亲不见了，于是欢笑顿收，紧张寻找，没头没脑地四处乱撞，已弄不清是在人间抑或是在地狱之时，忽见母亲抱歉着迎面而来，这才大放悲声。那时心里便记下了一句话：我差点儿把自己走丢了。这不是

一句讲不通的话吗？自己如何把自己丢了呢？但这话没人不懂。可见自己并非仅指此一肉身，由于精神的牵挂而有着一个更大的自己。

另一件事是从书上读到的：科学将可以虚拟现实。据说通过电脑呀，光纤呀，数字化呀，全息术呀……不仅可以虚拟三维图像、立体音响，而且可以虚拟触觉反馈，使你如临真境并可参与其中，总之，将有种种高明的技术把你带入灵境。对，不是梦境也不是幻境，他们把那叫作“灵境”，即虽知一切都是虚拟，却分辨不出与现实有任何区别。书中说，现有的技术还很粗陋，尚难称心，但随着科学的发展和各方面技术的完备，这诺言终会全面兑现的。天！那可要比梦境美妙多了。梦，不是你想怎样做就能怎样做的，而这灵境，你却可以随心所欲，呼之即来。那时你要去比如说瑞典，你何必再坐那种有可能把你摔死的飞机呢？你噼里啪啦按动一些电钮就行了，眼前就会出现斯德哥尔摩的街道，闻到波罗的海清爽的风，听见教堂的钟声在白昼般的夜晚里飘荡，你还可以走进瓦萨沉船博物馆，去看看那条三百多年前的大木船，或者去逛逛商店，摸一摸你喜欢的商品。是呀是呀，摸一摸是办得到的（虚拟触觉反馈），但可以在灵境中把它买走吗？就算买不走（人家可不要虚拟的克朗）那也没关系，也仍然与现实没多大区别——我是指我的现实，我和我妻子在斯德哥尔摩逛商店时，多半也只是摸一摸那些精美的商品就走开。严重的问题不在于囊中羞涩，而在于：倘虚拟技术可以如此乱真，我们又如何知道我们现在不是在虚拟之中呢？幸亏这技术现在还粗陋，未来的人们可是要小心。

现在可以放心，那次我们在博姆什维克真心投入的文学讨论会绝非虚拟。博姆什维克离斯德哥尔摩六十多公里，森林和湖水环绕，青天碧浪绿地红房，幽然无比。讨论会的题目是《沟通：

中国文学面对世界》。是呀，当然是要面对世界，因为世界面对你。至于沟通嘛，倒更像是一种奢侈。我在随后的一份感想中写过：

> 语言的阻障，就像语言的求生一样坚强。同操汉语的一群作家，未必都互相听懂了对方在说什么，几乎每句话都产生不止一个误解。那些误解甚至是解释不清的，因为解释同样得求助于那些魔术般的语言，于是继续繁衍同样多的误解。

不过我现在想，阻障和误解，恰可用以区分虚拟与真实吧。虚拟可以随心所欲，真实的生活可没那么便宜。比如说，虚拟甚至可能给你一份性快感，但你能从中得到爱情吗？心灵之丰富是可以无中生有的，这可怎么虚拟？因而也就无法虚拟同样丰富的心灵之间的阻障，不能虚拟这阻障所催生的对沟通的焦灼与渴望。什么是爱情呢？正是这份对沟通的焦灼与渴望啊。所以早有先哲说过：困苦使你存在。

在那次讨论会上，我注意到了一个最动人的象征。这象征体现于帕尔梅国际中心亚洲部主任（真抱歉，我记不住他的名字了）。他是那次会议的组织者之一，也是那次会上惟一不懂汉语的人。当一群中国作家和瑞典汉学家热烈讨论的时候，他默守一旁，随时提供会议所需的一切用具、食品和饮料，没有什么需要他的时候他就静观我们的讨论，很偶尔地请人给他翻译一两句，然后点头含笑。会议快结束时，大家请他也说几句，他说得非常简单：他很高兴，虽然他听不懂汉语，但他看得出来中国作家们讨论得很认真，甚至很激烈，不像前不久的一群古巴作家，话不投机就都跑出去游逛了，这就是让他快乐的理由。看见一群素昧平生的人渴望相互沟通，便是那位亚洲部主任快乐的理由！我想，这同

时也是一个最动人的象征：沟通，并不非有其圆满的结果不可，有其真诚的渴望就该庆祝。沟通从来就是这样吧，难得通处才要沟之，若全通畅，怕又涉嫌虚拟了。

会议之余，M带我们在斯德哥尔摩的街上逛。天气一副举棋不定的样子，时而阳光明媚，时而细雨霏霏。我穿了毛衣还有些冷。M的儿子骑在他爹脖子上，两条小腿冻得发紫却毫不在意。

M是中国人，他妻子A金发碧眼。大家于是端详他们的儿子，问：他更像中国人呢，还是更像瑞典人？这似乎是个很自然的问题，可一旦提出，却发现其实不能成立。瑞典汉学家G女士反问道：瑞典人是什么样子？瑞典只有八百多万人，却有一百三十多个民族，M不是瑞典人吗？是呀，大家幡然醒悟：有瑞典人，但至少在相貌上瑞典人并无统一的标识。那么，有一首流行了很久的歌——黑头发黑眼睛黄皮肤……龙的传人——不见得是在存心开一个国际玩笑吧？中国一向以其民族众多为骄傲，为什么竟习惯以“黑头发黑眼睛黄皮肤”来认同一颗中国心呢？再说，黑头发黑眼睛黄皮肤的又未必都是中国人。

我们在商店里买一点儿小纪念品的时候，常被快乐的货主问道：你们是日本人吧？看来大家容易犯一样的错误。看似一样，当然其间有着微妙的差异。但不管微妙到哪里去，敏感的心恐怕也只需要沟通，用不着愤怒。

在一位原籍上海的瑞典导游先生的带领下，我们去参观了瓦萨沉船博物馆。那里面陈列着一艘三百多年前的战船。这战船下水只几十分钟就沉进了海底，沉没的原因用今天的话说就是：外行领导内行。那船本已造好，但国王非要再加建一层并增加若干门火炮不可，于是头重脚轻翻身葬入海底，只好等待几个世纪后人们来观赏它了。三百多年后它被打捞上来，因那处海域温度低，

船体竟无大损。这是件了不起的文物，导游先生说，为了让它长久保存下去，瑞典人一日数遍在船体上喷一种药水，“你们猜喷了多久？”有猜一年的，有猜三年的。导游先生笑笑：“十六年！”

这真让我惊讶，并让我想起目前中国到处都流行得通的一个“累”字。“哥们儿你累不累？”——这可以是挖苦，也可以是劝告，还可以是潇洒的标榜。也许我们是给累怕了。

可曾经我们也是不怕累的呀。但那时我们太过宠爱了愚公移山的“移”字，而忽视了首先的那个“愚”字。比如北京的城墙，差不多能算一条小型的山脉，但愚公们一锹一锹竟把它挖平啦！累定思累，原来愚不可及。那么总该愚定思愚了吧？却又轮到嫌累了，于是速成地都聪明起来。地上的城墙已尽，但地下的古墓犹存，愚勇也在，子子孙孙就又挖，挖如果累，干脆炸开岂不快捷？剩下多少算多少，拿去换钱总归都进自己的腰包。刚刚听说，烟台附近的一处汉墓群又遭劫难。

古老的中国，伤心之处到底都牵连在哪儿呢？

记得马尔克斯就其《百年孤独》答记者问时说过：百年孤独的原因，就是因为人们不懂得爱情，或者是丧失了爱情。——记不清他的原话了，大意是这样。

真的，我有时想这不是偶然的：当一个家以爱情做引领的时候，其成员必齐心建设。而一个没有了爱情的家，其家政再怎么强化，也难免“忽喇喇似大厦倾”。腐败的根源，在于从来就是物本位，精神的求索或私下变成物的期货，或公开划作不可越步的雷池。失神者，能不落魄？

因而，这也就不是偶然的：倘若言爱，就会有人问你“是不是太累”？要是仅仅发生性的操作呢？倒有种种春药似的目光或警句给你以鼓舞。

既到了斯德哥尔摩，又是来开一个文学讨论会，去瞻仰一回瑞典文学院是理所当然的。

大轿车送我们到一座并不雄伟的建筑前面，可能是因为又累又匆忙，我对那座建筑的印象并不深刻。只记得大家把我抬上很多级台阶，我心中填满了歉意，想到很多文学巨匠都曾庄严地迈步于这些台阶，歉意就更增长。

然后来到一间古朴的大厅，大家随意坐下，听马悦然教授讲一些有关诺贝尔奖的事情。马教授潇洒谦和，站在那个著名的演讲台旁，一口地道的汉语。那台子不高，一步就可以迈上去，几步就可以走到福克纳和马尔克斯当年做过获奖演说的位置。但大家从始至终恭敬地坐在台下，没有谁走到那个位置上去开一回玩笑。这很好。它并不高得吓人，但它需要仰望，这确实很好。也许没有哪一个奖可以做到完全正确（托尔斯泰和博尔赫斯未能中选，就是诺贝尔奖永远的遗憾），但人们心里总要存一处不许冒犯的圣堂。

我无端地想起曾经读过的一本书上的话：你不可以做和尚，但你不可以不想做和尚。我一直记得这句话，觉其必有深妙之处，但一直懵懂未通。它是不是说，圣堂更应该保持住一个梦想的位置呢？不是说梦想的到达，而是说梦想的永在。无论可否到达，都不可没有那样一份永久的供奉。倘这供奉容易被百万美元以及豪华的名声所骚扰，其梦想的位置就更要强调。

但是瑞典，它真是离中国太远了。瑞典是不是真能够读懂中国，我很怀疑。当然瑞典可以有瑞典的读法。比如我看瑞典，实际也只看见了一个童话。

回国之后，朋友们都很自然地问我：瑞典好吗？但那不是能用好与不好来回答的，那是一个童话。它美如童话，它又远如童话。它离我，不是空间的距离，也不是时间的距离，而是现实与

童话的距离。并不是说我见的那个瑞典是假的，而是说瑞典对于我，只相当于媒人牵线的一次匆匆相会。从这样的角度看，它真是美丽极了，童话一样令人赞叹。但我从来不大能理解一见钟情。中国呢，却是我全部的现实，诸多的梦想也都是由于它。虽然从观赏的角度以及舒适的角度看，它都比不上瑞典，它有很多令人伤心的地方。但如果可以生活在童话里，我们可以描绘比瑞典更美丽的童话。可生活是全面的现实，便连那些伤心的地方也是你命定的诱惑。

我坐在斯德哥尔摩的街道旁，坐在博姆什维克的森林里和湖水旁，坐在波罗的海的岸边，静静地看它，直到白夜。但我发现我只能看到它却听不到它。虽然一阵阵天使飞翔般的教堂钟声令人心静神宁，但我还是听不到它。到底想要听见什么呢？诉说。你听不见它有什么要对你诉说，它的深处对你是断然关闭的，尽管这并不是它的错。

我想起我的一位画家朋友Y，他尤以画人体著名。他走过世界很多地方。有一回他对我说，他多次试着画过外国模特儿，但总是画不好。不能说那些外国模特儿不美，也许更美，但Y说，他找不见他们，面对面地也找不见他们。Y的意思，我当时没大弄懂，Y又是个不善言辞的人。现在我有点儿懂了，画也是要听的，画他们，就是为了能够听到他们，诉说和倾听诉说。

我到过外国了，但我还是梦不见外国，不管是美丽的还是不那么美丽的，我都不再梦见。循此心理线索分析下去，一定会很有趣的。不过我并不拒绝什么时候再去看看外国，随便哪儿，东南西北如果我的身体允许，我愿意与他们多见几面，我对地球乃至宇宙有全面的兴趣。但是说到居住，我还是愿意居住在我正于其中居住的地方。——这有点儿像狡猾的狐狸吗？听人说起过一份“最适于居住之地”的排行榜，排在第一位的，有说是加拿大

的，有说是澳大利亚的。我想那些地方肯定是不错，不过我情愿把它们列为“最适于旅游之地”，尽管这也只是一厢情愿。

我常常感到，上帝真是把这个世界创造得丰富多彩，什么样的地方都有人居住，什么样的命运都有人承担，什么样的行为都有人来体现，虽然这样就不会是完美无缺。但完美无缺了倒又是一种缺憾，反使心魂无路可寻。上帝必是看到了这一点，这是上帝的难处，也是上帝的高明。

1997年5月12日

2000年2月27日修改

我的轮椅[①]

坐轮椅竟已坐到了第三十三个年头，用过的轮椅也近两位数了，这实在是件没想到的事。1980年秋天，“肾衰”初发，我问过柏大夫：“敝人刑期尚余几何？”她说：“阁下争取再活十年。”都是玩笑的口吻，但都明白这不是玩笑——问答就此打住，急忙转移了话题，便是证明。十年，如今已然大大超额了。

那时还不能预见到透析的未来。那时的北京城仅限三环路以内。

那时大导演田壮壮正忙于毕业作品，一干年轻人马加一个秃顶的林洪桐老师，选中了拙作《我们的角落》，要把它拍成电视剧。某日躺在病房，只见他们推来一辆崭新的手摇车，要换我那辆旧的，说是把这辆旧的开进电视剧那才真实。手摇车，轮椅之一种，结构近似三轮摩托，惟动力是靠手摇。一样的东西，换成新的，明显值得再活十年。只可惜，出院时新的又换回成旧的，那时的拍摄经费比不得现在。

不过呢，还是旧的好，那是我的二十位同学和朋友的合资馈赠。其实是二十位母亲的心血——儿女们都还在插队，哪儿来的

---

① 本文曾以《扶轮问路》为篇名发表。——《史铁生全集》，北京出版社，2016年

钱？那轮椅我用了很多年，摇着它去街道工厂干活儿，去地坛里读书，去“知青办”申请正式工作，在大街小巷里风驰或鼠窜，到城郊的旷野上看日落星出……摇进过深夜，也摇进过黎明，以及摇进过爱情但很快又摇出来。

1979年春节，摇着它，柳青骑车助我一臂之力，乘一路北风，我们去《春雨》编辑部参加了一回作家们的聚会。在那儿，我的写作头一回得到认可。那是座古旧的小楼，又窄又陡的木楼梯踩上去“咚咚”作响，一代青年作家们喊着号子把我连人带车抬上了二楼。“斯是陋室”——脱了漆的木地板，受过潮的木墙围，几盏老式吊灯尚存几分贵族味道……大家或坐或站，一起吃饺子，读作品，高谈阔论或大放厥词，真正是一个激情燃烧的年代。

所以，这轮椅殊不可以“断有情”，最终我把它送给了一位更不容易的残哥们儿。其时我已收获几笔稿酬，买了一辆更利远行的电动三轮车。

这电动三轮利于远行不假，也利于把人撂在半道儿。有两回，都是去赴苏炜家的聚会，走到半道儿，一回是链子断了，一回是轮胎扎了。那年代又没有手机，愣愣地坐着想了半晌，只好侧弯下身子去转动车轮，左轮转累了换只手再转右轮。回程时有了救兵，一次是陈建功，一次是郑万隆，骑车推着我走，到家已然半夜。

链子和轮胎的毛病自然好办，机电部分有了问题麻烦就大。幸有三位行家做我的专职维护，先是瑞虎，后是老鄂和徐杰，瑞虎出国走了，后二位接替上。直到现在，我座下这辆电动轮椅——此物之妙随后我会说到——出了毛病，也还是他们三位的事；瑞虎在国外找零件，老鄂和徐杰在国内施工，通过卫星或经由一条海底电缆，配合得无懈可击。

两腿初废时，我曾暗下决心：这辈子就在屋里看书，哪儿也不去了。可等到有一天，家人劝说着把我抬进院子，一见那青天朗照、杨柳和风，决心即刻动摇。又有同学和朋友们常来看我，带来那一个大世界里的种种消息，心就越发地活了，设想着，在那久别的世界里摇着轮椅走一走大约也算不得什么丑事。于是有了平生的第一辆轮椅。那是邻居朱二哥的设计，父亲捧了图纸，满城里跑着找人制作，跑了好些天，才有一家“黑白铁加工部”肯于接受。用材是两个自行车轮、两个万向轮并数根废弃的铁窗框。母亲为它缝制了坐垫和靠背。后又求人在其两侧装上支架，撑起一面木板，书桌、饭桌乃至吧台就都齐备。倒不单是图省钱，现在怕是没人会相信了，那年代连个像样的轮椅都没处买；偶见“医疗用品商店”里有一款，其昂贵与笨重都可谓无比。

我在一篇题为《看电影》的散文中，也说到过这辆轮椅：

> 一夜大雪未停，事先已探知手摇车不准入场（电影院），母亲便推着那辆自制的轮椅送我去……雪花纷纷地还在飞舞，在昏黄的路灯下仿佛一群飞蛾。路上的雪冻成了一道道冰棱子，母亲推得沉重，但母亲心里快乐……母亲知道我正打算写点什么，又知道我跟长影的一位导演有着通信，所以她觉得推我去看这电影是非常必要的，是件大事。怎样的大事呢？我们一起在那条快乐的雪路上跋涉时，谁也没有把握，惟朦胧地都怀着希望。

那一辆自制的轮椅，寄托了二老多少心愿！但是下一辆真正的轮椅来了，母亲却没能看到。

下一辆是丑小鸭杂志社送的，一辆正规并且做工精美的轮椅，全身的不锈钢，可折叠，可拆卸，两侧扶手下各有一金色的

“福”字。

除了这辆轮椅，还有一件也是我多么希望母亲看见的事，她却没能看见：1983 年，我的小说得了全国奖。

得了奖，像是有了点儿资本，这年夏天我被邀请参加了《丑小鸭》的“青岛笔会”。双腿瘫痪后，我才记起了立哲曾教我的“不要脸精神”，大意是：想干事你就别太要面子，就算不懂装懂，哥们儿你也得往行家堆儿里凑。立哲说这话时，我们都还在陕北，十八九岁。“文革”闹得我们都只上到初中，正是靠了此一“不要脸精神”，赤脚医生孙立哲的医道才得突飞猛进，在陕北的窑洞里做了不知多少手术，被全国顶尖的外科专家叹为奇迹。于是乎我便也给自己立个法：不管多么厚脸皮，也要多往作家堆儿里凑。幸而除了两腿不仁不义，其余的器官都还按部就班，便一闭眼，拖累着大伙儿去了趟青岛。

参照以往的经验，我执意要连人带那辆手摇车一起上行李车厢，理由是下了火车不也得靠它？其时全中国的出租车也未必能超过百辆，树生兄便一路陪伴。谁料此一回完全不似以往（上一次是去北戴河，下了火车由甘铁生骑车推我到宾馆），行李车厢内货品拥塞，密不透风，树生心脏本已脆弱，只好于一路挥汗谈笑之间频频吞服“速效救心”。

回程时我也怕了，托运了轮椅，随众人去坐硬座。进站口在车头，我们的车厢在车尾；身高马大的树纲兄背了我走，先还听他不紧不慢地安慰我，后便只闻其风箱也似的粗喘。待找到座位，偌大一个刘树纲竟似只剩下了一张煞白的脸。

《丑小鸭》不知现在还有没有？那辆“福”字牌轮椅，理应归功其首任社长胡石英。见我那手摇车抬上抬下着实不便，他自言自语道：“有没有更轻便一点儿的？也许我们能送他一辆。”瞌睡中的刘树生急忙弄醒自己，接过话头儿：“行啊，这事儿交给我啦，你只管报销就是。”胡石英欲言又止——那得多少钱呀，他心里也

没底。那时铁良还在医疗设备厂工作，说正有一批中外合资的轮椅在试生产，好是好，就是贵。树生又是那句话："行啊，这事儿交给我啦，你去买来就是。"买来了，四百九十五块，八三年呀！据说胡社长盯着发票不断地咋舌。

这辆"福"字牌轮椅，开启了我走南闯北的历史。其实是众人推着、背着、抬着我，去看中国。先是北京作协的一群哥们儿送我回了趟陕北，见了久别的"清平湾"。后又有洪峰接我去长春领了个奖；父亲年轻时在东北林区待了好些年，所以沿途的大地名听着都耳熟。马原总想把我弄到西藏去看看，我说：下了飞机就有火葬场吗？吓得他只好请我去了趟沈阳。王安忆和姚育明推着我逛淮海路，是在1988年，那时她们还不知道，所谓"给我妹妹挑件羊毛衫"其实是借口，那时我又一次摇进了爱情，并且至今没再摇出来。少功、建功还有何立伟等等一大群人，更是把我抬上了南海舰队的鱼雷快艇。仅于近海小试风浪，已然触到了大海的威猛——那波涛看似柔软，一旦颠簸其间，竟是石头般的坚硬。又跟着郑义兄走了一回五台山，在"佛母洞"前汽车失控，就要撞下山崖时被一块巨石挡住。大家都说"这车上必有福将"，我心说是我呀，没见轮椅上那个"福"字？1996年迈平请我去斯德哥尔摩开会，算是头一回见了外国。飞机缓缓降落时，我心里油然地冒出句挺有学问的话：这世界上果真是有外国呀！转年立哲又带我走了差不多半个美国，那时双肾已然怠工，我一路挣扎着看：大沙漠、大峡谷、大瀑布、大赌城……立哲是学医的，笑嘻嘻地闻一闻我的尿说："不要紧，味儿挺大，还能排毒。"其实他心里全明白。他所以急着请我去，就是怕我一旦透析就去不成了。他的哲学一向是：命，干吗用的？单是为了活着？

说起那辆"福"字轮椅就要想起的那些人呢，如今都老了，有的已经过世。大伙儿推着、抬着、背着我走南闯北的日子，都

是回忆了。这辆轮椅，仍然是不可“断有情”的印证。我说过，我的生命密码根本是两条：残疾与爱情。

如今我也是年近花甲了，手摇车是早就摇不动了，透析之后连一般的轮椅也用着吃力。上帝见我需要，就又把一种电动轮椅泊来眼前，临时寄存在王府井的医疗用品商店。妻子逛街时看见了，标价三万五。她找到代理商，砍价，不知跑了多少趟。两万九？两万七？两万六，不能再低啦小姐。好吧好吧，希米小姐偷着笑：你就是一分不降我也是要买的！这东西有趣，狗见了转着圈儿地冲它喊，孩子见了总要问身边的大人：它怎么自己会走呢？据说狗的智力相当于四五岁的孩子，它们都还不能把这椅子看成是一辆车。这东西才真正是给了我自由：居家可以乱窜，出门可以独自疯跑，跳舞也行，打球也行，给条坡道就能上山。舞我是从来不会跳。球呢，现在也打不好了，再说也没对手——会的嫌我烦，不会的我烦他。不过呢，时隔三十几年我居然上了山——昆明湖畔的万寿山。

谁能想到我又上了山呢！

谁能相信，是我自己爬上了山的呢！

坐在山上，看山下的路，看那浩瀚并喧嚣着的城市，想起凡·高给提奥的信中有这样的话：“我是地球上的陌生人，（这儿）隐藏了对我的很多要求”，“实际上我们穿越大地，我们只是经历生活”，“我们从遥远的地方来，到遥远的地方去……我们是地球上的朝拜者和陌生人”。

坐在山上，看远处天边的风起云涌，心里有了一句诗：嗨，希米，希米／我怕我是走错了地方呢／谁想却碰见了你！——若把凡·高的那些话加在后面，差不多就是一首完整的诗了。

坐在山上，眺望地坛的方向，想那园子里“有过我的车辙的

地方也都有过母亲的脚印”；想那些个“又是雾罩的清晨，又是骄阳高悬的白昼……”想那些个“在老柏树旁停下，在草地上在颓墙边停下，又是处处虫鸣的午后，又是鸟儿归巢的傍晚……”想我曾经的那些个想：“我用纸笔在报刊上碰撞开的一条路，并不就是母亲盼望我找到的那条路……母亲盼望我找到的那条路到底是什么？”

有个回答突然跳来眼前：扶轮问路。是呀，这五十七年我都干了些什么？——扶轮问路，扶轮问路啊！但这不仅仅是说，有个叫史铁生的家伙，扶着轮椅，在这颗星球上询问过究竟；也不只是说，史铁生——这一处陌生的地方，如今我已经弄懂了他多少；而是说，譬如“法轮常转”，那“轮”与“转”明明是指示着一条无限的路途——无限的悲怆与“有情”，无限的蛮荒与惊醒……以及靠着无限的思问与祈告，去应和那存在之轮的无限之转！尼采说“要爱命运”。爱命运才是至爱的境界。“爱命运”即是爱上帝——上帝创造了无限种命运，要是你碰上的这一种不可心，你就恨他吗？“爱命运”也是爱众生——设若那一种不可心的命运轮在了别人，你就会松一口气怎的？而凡·高所说的“经历生活”，分明是在暗示：此一处陌生的地方，不过是心魂之旅中的一处景观、一次际遇，未来的路途一样还是无限之问。

2007年11月20日

第二辑　好运设计

“忘了”与“别忘了”

1

一家残疾人刊物的编辑在向我约稿的时候，我正忙着别的事，忙得不亦乐乎，便有推辞之意。编辑怅然道：“别忘了你也是残疾人。”话说得不算十分客气，但我想这话还是对的。虽然这不说明我不该忙些别的事，可我确实应该别忘了我是个残疾人。

2

我曾在一篇小说中写过这么一件事：一个少女与一个瘸腿的男青年恋爱。少女偶然说到一只名叫“点子”的鸽子，说这名字有点儿让人以为它是个瘸子，男青年听了想起自己，情绪坏了。少女发现了便惊惶地道歉：“我忘了，你能原谅我吗？真的，我忘了。”于是男青年心底荡起渴望已久的幸福感。不是因为她的道歉，而是因为她忘了，忘了他是个残疾人。

3

上音乐厅去听听音乐或去体育馆看看球赛，想必都是极惬意的事，但对于残疾人却是好梦。音乐厅和体育馆门前都是高高的台阶没有坡道，设计体育馆的人曾经把我们忘了一回，之后，音乐厅的设计者又把我们忘了一回。时至今日，那么多新建的大型公共场所以及住宅楼还是绝大多数都把我们忘了。这样我们自己就难忘，偶尔要忘，那些全如珠穆朗玛峰一般险峻的台阶便来提醒，于是我们便呼吁过而且还要呼吁：建筑设计师们可别忘了我们，别忘了我们是残疾人，我们上不去珠穆朗玛峰和台阶。

4

有一回我写的小说受到表彰，前辈们在表彰这篇小说的时候特别提到了它的作者是一名残疾人，于是台下的掌声也便不同凡响。当时我心里既感激大家对我的关怀和鼓励，又不免有一缕阴云来笼罩：到底是那小说确凿值得表彰呢，还是单因为它出自一个残疾人之笔下才有了表彰的理由？至少是这两条不能再动的腿，在那表彰的理由中占了一定的比例吧？这时，我的心头只有一句话萦绕不去：忘了我的腿吧，忘了我是个残疾人吧。又有一次我的小说遭了批判，老实说，我颇以为批判得无理。正当我愤愤然之际，有朋友来为我打抱不平了。我自然很高兴。不料这朋友却说："我跟他们（指批判者）说了你的情况，你放心吧，没事了。"什么情况？腿，残疾。本来可能还有什么事呢？为什么就又没事了呢？（顺便说一句，我仍以那朋友为朋友，但他那一刻无疑是

犯了糊涂。）我如坠入五里雾中，心头又是那句话来回翻滚：忘了这腿吧，忘了我是个残疾人行不行？

5

有一个人，叫王素玲。她自学外语且水平相当高，她双腿残疾且残得相当重，她曾经找不到工作，便以教孩子们学外语为乐，结果证明她教学的水平也相当高。她真想当一名教师，可是学校不要她，因为校方忘不了她是个残疾人。后经各有关方面百般呼吁和努力，她终于当上了教师。可是有很长一段时间，她是吃力地架着双拐站着讲课的。四十五分钟又四十五分钟，她真累，她为什么不坐下来讲呢？因为校方说老师必须要站着讲课，否则就别当老师。这时候校方显然又忘了她是个残疾人。

6

有一个人，叫顾阿根，是一个公司的头头，是一个残疾人。我见过他，见他在冬日的寒风中瘸着腿为公司的事务四处奔走，蹬起自行车来也如飞。脸上的汗和脸上的笑都正常到使人相信：他那时一定把自己是个残疾人给忘了。最近他正在筹建一个“残疾人用具用品专卖店”。他还准备购置两辆三轮摩托车，为不能出门和无力提拿重物的残疾顾客送货到家。他说该店的宗旨是：“让千百万残疾人得到与健康人同等的购物机会，让千百万残疾人能够买到他们所需的特殊用品，让千百万残疾人得到社会大家庭一员应有的温暖，让千百万残疾人的家属解除后顾之忧。”他说，这几年他和他的公司都有了一些钱，他在赚钱之初便一直是为着实

现这一心愿。他说他忘不了残疾人，忘不了自己也是个残疾人，忘不了残疾人生活得很难。

7

也有这样的残疾人，怕别人注意到自己的残疾，甚至到了不愿意上街不愿意离家去工作的地步。由怕更容易转为怒，当人家完全没有恶意地说到“瘫”“瘸”“瞎”等字眼的时候，他也怒不可遏甚至有同人家拼命的意思；由怒而进一步就变为累月积年日趋暴烈的愤恨，觉得天地人都太不公正，都对不起他，万事万物都是没有良心的坏种。您也许会想，他一定是希望别人把他的残疾忘掉吧？但事情有时出乎您的意料：当他一旦做出一点成绩来，却又愿意别人注意到他的残疾，甚至自愿把那残疾渲染得更重些，仿佛那倒成了资本，越多越好。

听说还有这样的人，自恃身有残疾，便敢于在大街上闯红灯，说起警察拿他没辙来，竟似颇觉荣耀。

8

最后我们来看一出小戏。人物：男 A，男 B。时间：20 世纪 80 年代中的任意一天。地点：反正不是渺无人烟或地广人疏之处。幕启时，二人已闲聊半天了。

男 A：“嘿，对了，我想起一件事。”

男 B：“什么？”

男 A：“你认识的人中，还有没有未婚的大龄男青年？”

男 B：“干吗？”

男A："有好几个人托我留心着点儿。现在未婚的大龄女青年可真是不少。"

男B想了一会儿，说："没有，没有了。"

两个人都叹一回，然后继续闲聊。

幕落。

您一定觉得这戏乏味。现在让我再把这二人详细介绍一下：男A，四十岁，已婚，与男B是老熟人；男B，三十三岁，未婚，是个残疾人但肯定不是弱智。就是说，男B正是一个未婚大龄男青年，只是有残疾。这戏就不那么枯燥了，有可思考之处了：男A把男B忘了。男B也把男B忘了。不过，男A真把男B忘了吗？显然没有，所以他才把男B除外了。男B真的把自己忘了吗？这是最重要的问题。

9

综上八节而观之，到底是"忘了"好呢，还是"别忘了"好？看来这问题不是用非彼即此的逻辑可以寻出答案的。我想读者诸君会得出这样的结论：该忘的时候忘了好，不该忘的时候还是别忘。那么，什么时候该忘什么时候不该忘呢？这却很难具体回答。世事之复杂，非以上八节所述可以概括，但我想，只要人道主义得以宏扬并蔚成风气，人们就会自然而然地在该忘时忘，在不该忘时不忘了。

譬如第三节中提到的那些台阶，倘所有的设计师都能想到，残疾人也要参加到社会生活中来，也要有自立的骄傲和平等于人的自豪，也要有听听音乐看看球赛的雅兴和逛逛商店或公园的闲情，那么他们必会想到修一条坡道，而且会发现这并不比把观光缆车的钢索架到泰山去更麻烦。

譬如第五节中提到的校方，倘其知道大凡一个人是要吃饭的，也是要从工作中实现人之价值的；倘其知道像王素玲这样的人可以靠自学走上讲台，本身就是对孩子们的一个多么好的教育；倘其知道若为她预备一把椅子，这本身就会在孩子们心中埋下多么美好的种子。——那么我相信，校方会抢着要她来教书了，并把破除那条残酷的规矩视为一种光荣。

10

那么，人道主义是否仅仅意味着救死扶伤，从而仅仅意味着别人来理解和帮助我们残疾人呢？显然不。人道主义的最美妙之处在于这样的倡导：一切人，不管其肉体和社会职能有什么不同，他们的精神（或说灵魂）都是平等的，因而他们生于斯世，所应享有的权利和所应尽到的义务也便是平等的。（当然，有被选举权的人不都能当上总统，而同是尽了义务的，其社会或经济效益也不可能一般大——这是另外的问题。）

现在让我们看看自己有什么毛病吧。

譬如第七节中提到的那种人，我们只好说：悲夫！他竟不知残疾本身从来不是耻辱，也永远不可能成为光荣。如果用不幸的残疾去换取某种特权，如果像个永远长不大的孩子那样总需倚仗父母的娇惯，那么，当人们送来了特权也送来了嘲讽，送来了迁就也送来了轻蔑，我们就没理由反对这种搭配了，因为是我们自己先把自己摆在了低于常人的位置上，摆在了深渊里。

譬如第四节中提到的那个史铁生，他是否过于敏感了呢？人们提到他是个残疾人难道有悖事实吗？大家多给他一点鼓励的掌声，难道不是人情之常吗？假如确有那么一缕阴云的话，也是他敏感的产物。试想这敏感若多起来，谁跟他说话能不提心吊胆百

般戒备呢？这样下去哪还有平等可言呢？“呜呼！灭六国者，六国也，非秦也。族秦者，秦也，非天下也。”有时候，使我们处于不平等之地位上的，是我们自己，非他人也。所以现在的这个史铁生想，还是第六节中提到的那个顾阿根更懂得，什么时候该忘什么时候该不忘。

再来说说那出小戏。男 A 把男 B 忘了，我们只想到了“遗憾”二字。男 B 也把男 B 忘了，我们便想到阿 Q 画押时惟怒不能画得圆。不过我相信男 B 并没有真忘了自己，只不过心向往之而不敢为罢了，于是渐渐把自己推向了麻木。所以我想，“忘我”未必都是好事，有时竟是生命的衰竭和绝望。不争者的不幸，一方面可怜，一方面可怒。这小戏是个象征：人道主义不仅意味着我们该有人的权利，还意味着我们必须理直气壮地去争取，倘自己先就胆怯，则天上掉大饼的机会微乎其微。

总之，我们既然要求的是平等，既然不甘为鬼也不想成神，事情其实就很简单了：让我们的肉体不妨继续带着残疾，但要让我们的精神像健康人一样与世界相处。

1987 年

康复本义断想

让不能行动的人重新可以行动，使不能工作的人重新能够工作，为丧失谋生能力的人提供生存保障，这无疑是非常重要的。但是，若仅此而已便只能算作修理和饲养，不能算作康复。（就像把一辆破汽车、一台坏机床修理好，就像在笼中养肥一只鸟儿。）康复的意思是指：使那些不幸残疾的人失而复得做人的全部权利、价值、意义和欢乐，不单是为了他们能够生存能够生产。

人来到这个世界上，不是为了完成一连串的生物过程，而是为了追寻一系列的精神实现；不是为了当一部好机器，而是为了创造幸福也享有幸福，倘有人说他不渴望幸福，方便的话我们可以给他一点儿教训，为了他竟敢说谎竟敢亵渎全人类的方向。（至于对幸福的不同理解，至于在通往幸福的路上必然散布着痛苦，那是另外的问题。）

正因为行动、工作和生存保障，可能提供给我们创造幸福并享有幸福的机会，它才是重要的，才可算作康复的步骤之一。但是，是不是一个能够行动、工作和生存的人，就一定能够如醉如痴地成为一个幸福的创造者和享有者呢？要回答这个问题，只需

记起一件事就够了：一个身体健全且衣食住行都不愁的人，也可能自杀。

我曾在另一篇文章中谈到过自杀，我以为那是人类的一种光荣品质，是人与其他动物的一个分界。只有人会自杀，因为只有人才不满足于单纯的生物性和机器性，只有人才把怎样活着看得比活着本身更要紧，只有人在顽固地追问并要求着生存的意义，因而只有人创造出了灿烂的文明和壮丽的生活，于是人幸运地没有沦落到去街头随了锣声钻火圈。我不知道这值不值得人类骄傲，但我相信我们要以一个人的资格活下去就必得保持这种骄傲，所以我们的康复工作万万不能轻视了这种骄傲。

如果我们终于承认了残疾人也是人，如果我们终于相信了人不是为了活着而活着的动物，也不是为了生产而配置的机器——如果这样的前提已经确立，而我们要是还说："残疾人的就业问题尚且没有完全解决，哪还顾得上其他（譬如说残疾人的爱情问题）呢？"那么，要想证明我们的思维能力还是健全的，就只好把上述前提光明磊落地推翻。

上述前提当然不容推翻。应该推翻的，是对康复工作的某些简陋的理解，是无意之中仍然轻蔑了残疾人的人权的某些逻辑。譬如说，没有爱情的生活对于健全人来说是不人道的，那么同样的生活对于残疾人来说就应该是可以将就的吗？"平等"二字忽然到哪儿去了？

也许我们应该先来认真想想什么是人道主义了，虽然这四个字现在已经不太陌生。我们对它习惯的理解大约来源于这样一句话："救死扶伤，实行革命的人道主义。"但是我们现在更想知道的是：我们从濒死中活了过来，我们的伤病已然治愈或已然固定为一种残疾，在这之后，人道主义对我们还有什么见教或效用？如果再没有了，便难免会得出一个骇人听闻的结论：没病没伤且

衣食饱暖的活人，是无需人道主义的。也许现在倒是轮到我们来拯救人道主义了：人道主义不仅应该关怀人的肉体，最主要的是得关怀人的灵魂。把一个要死的人救活，把一个人的伤病治好，却听凭它的灵魂被捆缚被冷冻被晾干，这能算是人道吗？一面称赞着他们的身残志不残，一面漠视着他们爱的权利，这能算是人道吗？当一切健全人都赞美着爱的神圣，讴歌“生命诚可贵，爱情价更高”之时，我们却偏偏对残疾人说：“你们的就业等等问题尚且艰难，怎么有时间来考虑你们的爱情问题呢？”这应该算是人道还是应该算作歧视？

有一种观点认为：人不能活着又怎么去爱呢？所以他们主张爱情问题当然要放在就业等等问题之后。但是还有一种观点认为：人不能去爱又怎么能活呢？看来，这绝不是先有鸡还是先有蛋式的争论，这乃是对于生命意义的不同理解。限于篇幅先不去论谁是谁非，然而我们有理由相信，一个懂得爱并且可以爱的人，自会不屈不挠地活着并且满怀激情地创造更美的生活；一个懂得爱却不能去爱的人，多半是活不下去的；而一个既不懂得爱也得不到爱的人，即便可以活下去，但是活得像个什么却不一定。

人道主义指引下的康复事业，是要使残疾人活成人而不是活成其他，是要使他们热爱生命迷恋生活，而不是在盼死的心境下去苦熬岁月。所以我以为爱情问题至少是与就业问题同等重要的。生与爱原本是一码事。如果偏要问先迈左腿还是先迈右腿的话，回答是：没了这条腿你休想迈动那条腿——你残疾了你就知道了。况且渴望前行的不是腿，而是人，人之不存，腿将焉附？

我有时候担心，我们费力救活的人，会不会是（或者将会不会是）一个不愿活下去的人？我们隆而重之送去的轮椅，会不会倒为一个孤苦难耐的人提供了寻死的方便？如果爱情对于残疾人来说总是可望不可即的，总是望而生羡生畏生惭生叹的事，如果

他们总是被告知：爱情不是你们生活之必需，而是可有可无的奢侈品，——那么上述担心绝不是多余的。

自杀并不一定就是软弱，常常倒是一种坚定的抗议，是鲜活可爱的心向生命要求意义的无可奈何的惨烈方式。要是我们说“不自由毋宁死”，大概谁都会赞同，但是不能爱者恰似奴隶的身份。要是我们说“人活着不能没有理想”，大概没有谁会反对，可是爱情正是理想之一种，甚或是一切美好理想之动因。没有人无缘无故地想死，一个为得不到爱情权利而死的人，至少不比无缘无故地活着更值得嘲笑。照理说上帝是公正的，他应该在给每一个人生命的同时也给每一个人爱情的权利，要是上帝也有错误也有疏忽，让我们原谅他并以康复工作来帮他纠正和弥补吧。

所幸，使一个人愿意活着比使一个人活着，重要得多，也有效得多。正像人人说过的那样：是不断地给一个人输血呢，还是设法恢复他自身的造血功能？美好的爱情可以使人愿意活，渴望活，并焕发出千百倍创造生活的力量，还能说这是不如就业重要的事吗？

生命的意义当然不只是爱情，但爱情无疑是生命的最美好的意义之一。倘此言不错的话，现在该说说具体事了：为了一切残疾人都可能享有美好的爱情，康复工作应该给他们什么帮助？也许有人会提醒我们注意：“健全人也未必都能享有美好的爱情。”但我想这是另外一个问题，我们必须要求一切人都有机会站到起跑线上来。大概又会有人说了：“这太容易了，没人不让残疾人站到爱情的起跑线上来。”这让我想起一位康复工作者的话，他说：“让残疾人与健全人站到同一条起跑线上，这本身就不平等。为了平等，残疾人必须要得到一些特殊的帮助。”这话对极了。

譬如说，为性功能有缺憾的残疾人，提供性科学咨询和性工具，这事使得使不得？

爱情不等于性、性也不等于爱情，但是世所公认：美好的爱情必须要有美满的性生活，而美满的性生活，当然必得是出于爱情。至少，在我们梦寐以求着美好爱情的时候，我们得有机会商量商量这个不可低估的性问题。

一对真诚相爱的男女，如果因为性方面的缺憾而难成眷属或终至离异，实在是太大的悲剧。其悲尤其在于，我们不见得没有办法使其得到弥补，只因为我们一直没来得及想想办法，或者因为我们稀里糊涂地有着一张薄脸皮。幸亏多少人多少代的痛苦终于在今天化作清醒，确认此事与脸皮无关，悲剧多半还是出于毫无道理的旧观念，还是因为对人道主义的理解太肤浅。

性生活是美好的还是丑恶的？是丑恶的为什么大家都不放弃？是美好的，为什么一谈及便把一些人羞煞，把另一些人气死？为什么残疾人的婚姻问题已受到一定程度的重视，而性康复工作却羞羞答答地迟迟不能开展？（出了一些有关书籍，也总是吞吞吐吐像在撒谎，躲躲闪闪像在造着一个谣言。）莫非残疾人结婚单是为了找一个帮工的和壮胆的，并无获得婚姻的全面幸福的必要？为什么可以为肢残者提供拐杖和轮椅，却不能为性功能缺憾者提供性工具、性咨询，以及其他有助于性生活美满的方法？

如果认为这些事是淫秽的、是低级的、是流氓，那可真是天大的误会。淫秽和低级不是因为涉及了性器官，而是因为这种涉及既非为着科学也不是出于爱情。流氓的特征也不在于发生了性行为，而在于他们以强迫和欺骗侮辱了别人并且也亵渎了性。倘一谈及性便想到淫秽和流氓，我们的出处可真惨到头了。流氓不是性知识造就的，倒常常是因为缺乏性知识，缺乏对爱与性的理

解，缺乏人道主义精神，甚至可能因为他们自己就生活在不够人道的境遇中。（譬如得不到异性的爱，以至于过度的性饥渴使他们忽然不能自制。）

总之，在爱情的引导下，无论多么丰富多彩的性行为都是正当的、美妙的、高尚的。为挚爱的夫妻提供任何利于性生活美满的指导和器具，都应该是必要的、人道的和理直气壮的。

有性功能缺憾的残疾人，仍然有性要求和享受性欢乐的能力，这已为医学专家们所证明。如果性咨询和性器具有利于他们弥补缺憾，从而使爱情更全面地实现，我们不赶紧做起来还等什么？

在我们做着上述呼吁的同时，我们当然应该懂得，性生活的美满主要不是技术问题，而差不多是个艺术问题，就是说，那不能单是肉体的接洽，必须是精神的结合，是心灵的贴近与奉献。没有真诚的家，温暖的肉体也可变成冰冷的机器。而在倾心的爱慕之下，满怀的激情便会驱动起美妙的想象力，使残损的肉体也变得丰盈，使人造的器具也有了生命，一个平素拘谨的人也可能忽然有了艺术灵感，创造出无穷的令人销魂的形式。那时，就连上帝也要惭愧，也要感谢我们原谅了他的过错和弥补了他的疏忽。

最后我想我们还应该冷静。在我们热烈追求爱情的幸福之时，在我们绝不放弃我们应有的权利之时，残疾的朋友们，我们还得冷静。如果我们的残疾导致我们爱情的破裂（这是可能的，不仅仅因为性，还因为许多其他缘故），我们这些从死神近旁溜达过来的人，想必应该有了不太小气的准备：我们何苦不再全力地做些事，以期后世残疾者以及全人类不要像我们这样活得艰难？

1989 年

“安乐死”断想

首先我认为，用人为的方法结束植物人的生命，并不在“安乐死”的范畴之内，因为植物人已经丧失意识，已无从体尝任何痛苦和安乐。安乐死是对有意识的人而言的，其定义是：患不治之症的病人在危重濒死状态时，由于精神和躯体的极端痛苦，在病人或亲友的要求下，经过医生的认可，用人为的方法使病人在无痛苦状态下度过死亡阶段而终结生命全过程（引自《安乐死》第 15 页）。

在弄清一件事是否符合人道主义之前，有必要弄清什么是人。给人下一个定义是件很复杂的事，但人与其他东西的区别却是显而易见的：人是这星球上惟一有意识的生命。（《辞海》上说，意识是“人所特有的”。）有意识当然不是指有神经反射或仅仅能够完成条件反射，而是指有精神活动因而能够创造生活和享受生活。而植物人是没有意识的。那么，植物人还是人吗？这样问未免太残酷，甚至比听说人是猴变的还要感觉残酷。但面对这残酷的事实科学显然不能回避，而是要问：既然如此，我们仍要对植物人实行人道主义的理由何在？我想，那是因为我们记得：每一个植物人在成为植物人之前都是骄傲的可敬可爱的堂堂正正的人。正因为我们深刻地记得这一点，我们才不能容忍他们有朝一日像一

株株植物似的任人摆布而丧失尊严。与其让他们无辜地，在无法表达自己的意愿无从行使自己的权利的状态下屈辱地呼吸，不如帮他们凛然并庄严地结束。我认为这才是对他们以往人格的尊重，因而这才是人道。

当然，植物人也已无从体尝人道。事实上，一切所谓人道都是对我们这些活人（有意识的人）而言的。我们哀悼死者是出于我们感情的需要，不允许人们有这种感情是不人道的。我们为死者穿上整齐的衣服并在其墓前立一块碑，我们实际是在为包括我们在内的人类唱一支赞歌——人是不能混同于其他东西的，因而要有一个更为庄严的结束；让我们混同于其他东西是不人道的。让一个人仅仅开动着消化、循环和呼吸系统而没有自己的意志，不仅是袖手旁观他的被侮辱，而且是对我们所有人的自由和尊严的严重威胁，所以是不人道的。那么，让一个实际已经告别了人生的植物人妨碍着人们（譬如植物人的亲属）的精神全面实现，使他们陷于（很可能是漫长的）痛苦，并毫无意义地争夺他们的物质财富，这难道是人道的吗？当然不。

总之，人为地结束植物人的生命无疑是人道的。至于如何甄别植物人，这不是道德问题而是技术问题，技术的不完善只说明应该加紧研究，并不说明其他。

真正值得探讨的是符合前述定义的“安乐死”是否人道，是否应该施行。

譬如，一个人到了癌症晚期，虽然他还有意识，但这意识刚够他受尽精神和肉体的折磨，除此之外他只是在等死，完全无望继续创造生活和享受生活了。这时候他有没有权利要求提前去死？医生和法律应不应该帮助他实现这最后的愿望？我说他有这个权利，医生和法律也应该帮助他实现这一愿望。反对这样做的惟一似乎站得住脚的理由是：医学是不断发展的，什么人也不能断定，今天不能治愈的疾病在今后也不能治愈。保证他存活，是

等待救治他的机会到来的最重要前提。而且只有这样才能促进医学的发展而造福于后人。但是首先，如果医学的发展竟以一个无辜者的巨大痛苦为前提，并且不顾他自己的权利与愿望，这又与法西斯拿人来做实验有什么两样呢？法西斯的上述行为不是也使医学有过发展吗？看来，以促进医学的发展为由反对安乐死是站不住脚的，这是舍本求末丢弃了医学的最高原则——人道主义。况且，医学新技术完全可以靠动物实验而得以发展，只有在这新技术接近完善之时才能用之于人，绝不可想象让一个身患绝症的濒死的人受尽折磨，而只是为了等待一项八字还没一撇的医学新技术。其次，医学的发展确实是难以预料的，有时一个偶然的机会也许就能使绝症出现转机。这又怎么办呢？一边是百分之九十九的无可救药，一边是百分之一的对偶然的企盼。我想，所以安乐死的施行第一要紧的是尊重患者本人的意愿。科学不能以偶然为依据，但科学承认偶然的存在。医生把情况向患者讲明，之后，患者的意愿就是上帝，他宁愿等待偶然或宁愿不等待偶然，我们都该听命于他。当然，如果他甘愿忍受痛苦而为医学的发展做出贡献，他理应受到人们加倍的尊敬。但这绝不等于说别人可以强迫他这样做。

另外我想，安乐死的施行，会逼迫人们更注重疾病的早期防治与研究。如果能把维持无望治愈者暂时存活的人力物力，用于早期患者的防治上，效果肯定会更好。

据说，发生过极少数“植物人”苏醒的病例。但这除了说明有极少数误诊之外还能说明什么呢？一项正确的措施显然不能因为极少数例外或失误而取消，因噎废食差不多是最愚蠢的行为。难道我们真要看到盒中的每一根火柴都能划着才敢相信这是一盒值得买下来的火柴吗？倘如此，人类将无所作为，只配等死；因为现行的很多诊断和治疗方法，都有着被科学和法律所允许的致死率。甚至在交通事故如此频繁发生的今天，也没有哪个正常人

想到要把自己锁在家里。

“只要是生命，就应该无条件地让它存活下去，这才人道，这才体现出一个社会的进步程度。”这样的观点就更糊涂，糊涂到竟未弄清人与某种被饲养物的区别。人是不能无条件活着的；譬如，不能没有尊严。人也是不能允许其他东西无条件地活着的；譬如，当老鼠掠夺你的口粮的时候。而且我们倡导人道，并不是为了体现出社会的进步，而是为了所有的人生活得更美好。如果人道主义日益发达，人们生活得日益美好，那么体不体现出社会的进步就不是一件需要焦虑的事了。

“重残”“严重缺陷”“智力缺陷”“畸形儿”，就施行安乐死来说，这些都不是严格的标准。我想，无论有何种残疾或缺陷，只要其丧失了创造生活的能力（譬如完全不能动也不能说话的人），或丧失了享受生活的能力（譬如彻底的白痴和植物人），那么，他就有权享受安乐死，人为地终止其生命就都是人道的。但是，一个虽无创造生活能力但还有享受生活的能力的人，只要他愿意，他就有继续生存的权利，社会也就有赡养他的义务。（享受生活，是指能够从生活中获取幸福和快乐，而不是指单能吃喝拉撒睡却对此毫无感受者。）

对初生的重残儿童怎么办？一个无辜的儿童来到这世界上，而且他注定要有一个比常人百倍严酷的人生——对于这样的儿童我们应该为他们做些什么？我觉得对他们施行安乐死的标准应该放得更宽些，我们何必不让这些注定要备受折磨的灵魂回去，而让一些更幸运的孩子来呢？这本不是太复杂的事呀。我从感情上觉得应该这样做，但从理性上我找不到可以信服的理由支持这样做。我知道感情是不能代替科学和法律的。这是件非常令人沮丧和遗憾的事。我希望人们终于有一天能够找到一个办法，至少使所有的人一来到这个世界上，就都站在一条平等的起跑线上，尽管他们前面的人生仍然布满着坎坷与艰难。

安乐死还有“积极安乐死”和“消极安乐死”之分。前者指在医生的指导和监督下，用药物结束患者的生命；后者指撤除对患者的一切治疗，使其自行死亡。我以为很明显，前者是更为人道的。因为，当已经确定应该对某人施行安乐死之后，哪种方法更能减少其死亡过程中的痛苦，哪种方法就是最人道的。

还有“自愿安乐死”和“非自愿安乐死”之分。前者是指本人要求安乐死，或对安乐死表示过同意；后者是指那些对安乐死已不能有所表示的人，和以往也不曾对安乐死有过确定态度或干脆是持反对态度的人。对前者施行安乐死，显然是无可非议了。那么对后者呢？那些对安乐死不曾表示过确定态度的人，或许他的亲朋好友还可以代他做出选择。但是，对那些反对安乐死而又譬如说成了植物人的人，又当如何呢？真是不知道了。就像不知道一个无罪者的行为既不能利己又损害了他人，面对这种局面人们应该怎么办？这值得研究。

不过我想，如果使每一个人在其健康时都有机会表明自己对安乐死的态度，则肯定是有益的。而且我相信，随着人们生命观念的日益进步，反对安乐死的人会越来越少。

还有“自杀安乐死”和“助杀安乐死”之分。前者是说，确认一个符合了安乐死的标准，但是医生（或其他人）不予帮助，死的手段由其自己去找；后者是说，医生（或其他人）为其提供死之手段并帮助其施行。我觉得前者除了像拿人开心之外，别的什么都不像。

现在从《安乐死》一书中引一段文字：

1961年9月的一天，英国“圣克里斯托弗安息所”的花园林荫小道上，一位中年男子和一位年轻的女人，推着手推车慢慢行走。手推车上半躺着一位老人，脸色苍白，十分消瘦，看上去就是一位重病人，这一男一女

一边推着车，一边与老人轻轻交谈。他们像是父子，像是祖孙，老人不时也被小辈的话语所打动，轻轻点点头，时而也做做手势，表达自己的意思。明媚的阳光照在老人的脸上，给他十分苍白的脸上增加几分精神。老人神情安逸，心绪稳定。

其实他们是医生、护士和病人。老人已患晚期肿瘤，即将离开人世。医生和护士坦然地与老人一起讨论“死”，讨论“如何无痛苦地死”，讨论“死给你带来的感觉”，讨论“死是不可避免的自然规律”，讨论“人应有选择死亡的权利”等等。

这是目前在西欧、北美国家大量存在的安息所。它是60年代后出现的医疗保健系统中的一种新形式，旨在使临终的病人在生命的最后日子里得到很好的照顾。

这也是安乐死的一项内容，甚至可能是最为重要的一项内容。如果我们国家还没有这样的条件，那么像《中国残疾人》和《三月风》也许就应该担当起这样的职责——使人们对生和死有更为科学的认识，更为镇静和坦然的态度。

以上是我对安乐死的一些看法，肯定有很多毛病和错误。我非常感谢《中国残疾人》杂志辟出版面开展这样的讨论。我也非常感谢他们给我说出上述观点的机会，以便有一天我不幸成了只能浪费氧气、粮食和药品的人，那时候，人们能够知道我对此所持的态度，并仁慈地赐我一个好死。

再从《安乐死》一书上引一段话，作为此文的结尾：

1976年在日本东京举行了一次“安乐死国际会议”，其宣言中强调，应尊重人“生的意义”和“庄严的死”。这样的提法究竟能够为多少人接受，眼下还难以确定，

但把人的生死权利相提并论，至少可以说标志着人类对于自己生命意义的认识进入到了一个新阶段。

1989 年

好运设计

要是今生遗憾太多，在背运的当儿，尤其在背运之后情绪渐渐平静了或麻木了，你独自待一会儿，抽支烟，不妨想一想来世。你不妨随心所欲地设想一下（甚至是设计一下）自己的来世。你不妨试试。在背运的时候，至少我觉得这不失为一剂良药——先可以安神，而后又可以振奋。就像输惯了的赌徒把屡屡的败绩置于脑后，输光了裤子也还是对下一局存着饱满的好奇和必赢的冲动。这没有什么不好。这有什么不好吗？无非是说迷信，好吧，你就迷信他一回。无非是说这不科学，行，况且对于走运和背运的事实，科学本来无能为力。无非说这是空想，这是自欺，这是做梦，没用。那么希望有用吗？希望是不是必得在被证明了是可以达到的之后才能成立？当然，这些差不多都是废话，背了运的时候哪想得起来这么多废话？背了运的时候只是想走运有多么好，要是能走运有多好。到底会有多好呢？想想吧，想想没什么坏处，干吗不想一想呢？我就常常这样去想，我常常浪费很多时间去做这样的蠢事。

我想，倘有来世，我先要占住几项先天的优越：聪明、漂亮和一副好身体。命运从一开始就不公平，人一生下来就有走运的

和不走运的。譬如说一个人很笨，生来就笨，这该怨他自己吗？然而由此所导致的一切后果却完全要由他自己负责——他可能因此在兄弟姐妹之中是最不被父母喜爱的一个，他可能因此常受老师的斥责和同学们的嘲笑，他于是便更加自卑、更加委顿，饱受了轻蔑终也不知这事到底该怨谁。再譬如说，一个人生来就丑，相当丑，再怎么想办法去美容都无济于事，这难道是他的错误是他的罪过？不是。好，不是。那为什么就该他难得姑娘们的喜欢呢？因而婚事就变得格外困难，一旦有个漂亮姑娘爱上他却又赢得多少人的惊诧和不解；终于有了孩子，不要说别人就连他自己都希望孩子长得千万别像他自己。为什么就该他是这样呢？为什么就该他常遭取笑，常遭哭笑不得的外号，或者常遭怜悯，常遭好心人小心翼翼地对待呢？再说身体，有的人生来就肩宽腿长潇洒英俊（或者婀娜妩媚娉娉婷婷），生来就有一身好筋骨，跑得也快跳得也高，气力足耐力又好，精力旺盛，而且很少生病，可有的人却与此相反生来就样样都不如人。对于身体，我的体会尤甚。譬如写文章，有的人写一整天都不觉得累，可我连续写上三四个钟头眼前就要发黑。譬如和朋友们一起去野游，满心欢喜妙想联翩地到了地方，大家的热情正高雅趣正浓，可我已经累得只剩了让大家扫兴的份儿了。所以我真希望来世能有一副好身体。今生就不去想它了，只盼下辈子能够谨慎投胎，有健壮优美如卡尔·刘易斯一般的身材和体质，有潇洒漂亮如周恩来一般的相貌和风度，有聪明智慧如阿尔伯特·爱因斯坦一般的大脑和灵感。

既然是梦想不妨就让它完美些罢。何必连梦想也那么拘谨那么谦虚呢？我便如醉如痴并且极端自私自利地梦想下去。

降生在什么地方也是件相当重要的事。二十年前插队的时候，我在偏远闭塞的陕北乡下，见过不少健康漂亮尤其聪慧超群的少年，当时我就想，他们要是生在一个恰当的地方他们必都会大有

作为，无论他们做什么他们都必定成就非凡。但在那穷乡僻壤，吃饱肚子尚且是一件颇为荣耀的成绩，哪还有余力去奢想什么文化呢？所以他们没有机会上学，自然也没有书读，看不到报纸电视甚至很少看得到电影，他们完全不知道外面的世界是什么样子，便只可能遵循了祖祖辈辈的老路，日出而作日入而息，春种秋收夏忙冬闲，日复一日年复一年。光阴如常地流逝，然后他们长大了，娶妻生子成家立业，才华逐步耗尽变作纯朴而无梦想的汉子。然后，可以料到，他们也将如他们的父辈一样地老去，惟单调的岁月在他们身上留下注定的痕迹，而人为什么要活这一回呢？却仍未在他们苍老的心里成为问题。然后，他们恐惧着、祈祷着、惊慌着听命于死亡随意安排。再然后呢？再然后倘若那地方没有变化，他们的儿女们必定还是这样地长大、老去、磨钝了梦想，一代代去完成同样的过程。或许这倒是福气？或许他们比我少着梦想所以也比我少着痛苦？他们会不会也设想过自己的来世呢？没有梦想或梦想如此微薄的他们又是如何设想自己的来世呢？我不知道。我不知道。我只希望我的来世不要是他们这样，千万不要是这样。

那么降生在哪儿好呢？是不是生在大城市，生在个贵府名门就肯定好呢？父亲是政绩斐然的总统，要不是个家藏万贯的大亨，再不就是位声名赫赫的学者，或者父母都是不同寻常的人物，你从小就在一个备受宠爱备受恭维的环境中长大，呈现在你面前的是无忧无虑的现实，绚烂辉煌的前景，左右逢源的机遇，一帆风顺的坦途……不过这样是不是就好呢？一般来说这样的境遇也是一种残疾，也是一种牢笼。这样的境遇经常造就着蠢材，不蠢的几率很小，有所作为的比例很低，而且大凡有点水平的姑娘都不肯高攀这样的人；固然他们之中也有智能超群的天才，也有过大有作为的人物，也出过明心见性的悟者，但毕竟几率很小比例很低。这就有相当大的风险，下辈子务必慎重从事，不可疏忽大意

不可掉以轻心，今生多舛来生再受不住是个蠢材了。

生在穷乡僻壤，有孤陋寡闻之虞，不好。生在贵府名门，又有骄狂愚妄之险，也不好。

生在一个介于此二者之间的位置上怎么样？嗯，可能不错。

既知晓人类文明的丰富璀璨，又懂得生命路途的坎坷艰难，这样的位置怎么样？嗯，不错。

既了解达官显贵奢华而危惧的生活，又体会平民百姓清贫而深情的岁月，这位置如何？嗯！不错，好！

既有博览群书并入学府深造的机缘，又有浪迹天涯独自在社会上闯荡的经历；既能在关键时刻得良师指点如有神助，又时时事事都要靠自己努力奋斗绝非平步青云；既饱尝过人情友爱的美好，又深知了世态炎凉的正常，故而能如罗曼·罗兰所说："看清了这个世界，而后爱它。"——这样的位置可好？好。确实不错。好虽好，不过这样的位置在哪儿呢？

在下辈子。在来世。只要是好，咱可以设计。咱不慌不忙仔仔细细地设计一下吧。我看没理由不这样设计一下。甭灰心，也甭沮丧，真与假的说道不属于梦想和希望的范畴，还是随心所欲地来一回"好运设计"吧。

你最好生在一个普通知识分子的家庭。

也就是说，你父亲是知识分子但千万不要是那种炙手可热过于风云的知识分子，否则，"贵府名门"式的危险和不幸仍可能落在你头上：你将可能没有一个健全、质朴的童年，你将可能没有一群浪漫无猜的伙伴，你将会错过惟一可能享受到纯粹的友情、感受到圣洁的忧伤的机会，而那才是童年，才是真正的童年。一个人长大了若不能怀恋自己童年的痴拙，若不能默然长思或仍耿耿于怀孩提时光的往事，当是莫大的缺憾；对于我们的"好运设计"，则是个后患无穷的错误。你应该有一大群来自不同家庭的男

孩儿和女孩儿做你的朋友，你跟他们一块儿认真地吵架并且翻脸，然后一块儿哭着和好如初。把你的秘密告诉他们，把他们告诉给你的秘密对任何人也不说。你们定一个暗号，这暗号一经发出你们一个个无论正在干什么也得从家里溜出来，密谋一桩令大人们哭笑不得的事件。当你父母不在家的时候，随便找个理由把你的好朋友都叫来——比如说为了你的生日或为了离你的生日还差一个多月，你们痛痛快快随心所欲地折腾一天，折腾饿了就把冰箱里能吃的东西都吃光，然后继续载歌载舞地庆祝，直到不小心把你父亲的一件贵重艺术品摔成分文不值，你们的汗水于是被冻僵了一会儿，但这是个机会是你为朋友们献身的时刻，你脸色煞白但拍拍胸脯说这怕什么这没啥了不起，随后把朋友们都送走，你独自胆战心惊地策划一篇谎言（要是你家没有猫，你记住：邻居家不一定都没有猫）。你还可以跟你的朋友们一起去冒险，到一个据说最可怕的地方，比如离家很远的一片野地、一幢空屋、一座孤岛、孤岛上废弃的古刹、古刹四周阴森零落的荒冢……都是可供选择的地方。你从自己家的抽屉里而不要从别人家的抽屉里拿点钱，以备不时之需；你们瞒过父母，必要的话还得瞒过姐姐或弟弟；你们可以不带那些女孩子去，但如果她们执意要跟着也就别无选择，然后出发，义无反顾。把你的新帽子扯破了新鞋弄丢了一只这没关系，把膝盖碰出了血把白衬衫上洒了一瓶紫药水这没关系，作业忘记做了还在书包里装了两只活蛤蟆一只死乌鸦这都毫无关系，你母亲不会怪你，因为当晚霞越来越淡继而夜色越来越重的时候，你父亲也沉不住气了，他正要动身去报案，你们突然都回来了，累得一塌糊涂但毕竟完整无缺地回来了，你母亲庆幸还庆幸不过来呢还会再存什么别的奢望吗？“他们回来啦，他们回来啦！”仿佛全世界都和平解放了，一群平素威严的父亲都乖乖地跑出来迎接你们，同样多的一群母亲此刻转忧为喜光顾得摩挲你们的脸蛋和亲吻你们的脑门儿：“你们这是上哪儿去了呀，

哎哟天哪，你们还知道回来吗?！”你就大模大样地躺在沙发上呼吃唤喝，“累死了，哎呀真是累死了！”——你就这样，没问题，再讲点莫须有的惊险故事既吓唬他们也陶醉自己，你就得这样，只要这样，一切帽子、裤子、鞋、作业和书包、活蛤蟆以及死乌鸦，就都微不足道了。（等你长到我这样的年龄时，你再告诉他们那些惊险的故事都是你为了逃避挨揍而获得的灵感，那时你年老的父母肯定不会再补揍你一顿，而仍可能摩挲你的脸甚至吻你的脑门儿了。）但重要的是，这次冒险你无论如何得安全地回来——就像所有的戏剧还没打算结束时所需要的那样，否则接下去的好运就无法展开了。不错，你的童年就应该是这样的，就应该按照这样的思路去设计，一个幸运者的童年就得是这样。我的纸写不下了，待实施的时候应该比这更丰富多彩。比如你还可颇具分寸地惹一点小祸，一个幸运的孩子理应惹过一点小祸，而且理应遇到过一些困难，遇到过一两个骗子、一两个坏人、一两个蠢货和一两个不会发愁而很会说笑话的人。一个幸运的孩子应该有点野性。当然你的父亲是个地地道道的知识分子，因为一个幸运的人必须从小受到文化的熏陶，野到什么份儿上都不必忧虑但要有机会使你崇尚知识，之所以把你父亲设计为知识分子，全部的理由就在于此。

你的母亲也要有知识，但不要像你父亲那样关心书胜过关心你。也不要像某些愚蠢的知识妇女，料想自己功名难就，便把一腔希望全赌在了儿女身上，生了个女孩儿就盼她将来是个居里夫人，养了个男娃就以为是养了个小贝多芬。这样的母亲千万别落到咱头上，你不听她的话你觉得对不起她，你听了她的话你会发现她对不起你。她把你像幅名画似的挂在墙上后退三步眯起眼睛来观赏你，把你像颗话梅似的含在嘴里颠来倒去地品味你。你呢？站在那儿吱吱嘎嘎地折磨一把挺好的小提琴，长大了一想起

小提琴就发抖，要不就是没日没夜地背单词背化学方程式，长大了不是傻瓜就是暴徒。你的母亲当然不是这样。有知识不是有文凭，你的母亲可以没有文凭。有知识不是被知识霸占，你的母亲不是知识的奴隶。有知识不能只是有对物的知识，而是得有对人的了悟。一个幸运者的母亲必然是一个幸运的母亲、一个明智的母亲、一个天才的母亲，她自打当了母亲她就得了灵感，她教育你的方法不是来自于教育学，而是来自她对一切生灵乃至天地万物由衷的爱，由衷的颤栗与祈祷，由衷的镇定和激情。在你幼小的时候她只是带着你走，走在家里，走在街上，走到市场，走到郊外，她难得给你什么命令，从不有目的地给你一个方向，走啊走啊你就会爱她，走啊走啊，你就会爱她所爱的这个世界。等你长大了，她就放你到你想要去的地方去，她深信你会爱这个世界，至于其他她不管，至于其他那是你的自由你自己负责，她只有一个愿望，就是你能常常回来，你能有时候回来一下。

在你两三岁的时候你就光是玩儿，成天就是玩儿，别着急背诵《唐诗三百首》和弄通百位数以内的加减法，去玩儿一把没有钥匙的锁和一把没有锁的钥匙，去玩儿撒尿和泥，然后用不着洗手再去玩儿你爷爷的胡子。到你四五岁的时候你还是玩儿，但玩儿得要高明一点了，在你母亲的皮鞋上钻几个洞看看会有什么效果，往你父亲的录音机里撒把沙子听听声音会不会更奇妙。上小学的时候，我看你门门功课都得上三四分就够了，剩下的时间去做些别的事，以便让你父母有机会给人家赔几块玻璃。一上中学尤其一上高中，所有的熟人几乎都不认识你了，都得对你刮目相看：你在数学比赛上得奖，在物理比赛上得奖，在作文比赛上得奖，在外语比赛上你没得奖但事后发现那不过是老师的一个误判。但这都并不重要，这些奖啊奖啊奖啊并不足以构成你的好运，你的好运是说你其实并没花太多时间在功课上，你爱好广泛，多能

多才，奇想迭出，别人说你不务正业你大不以为然，凡兴趣所至仍神魂聚注若癫若狂。

你热爱音乐，古典的交响乐，现代的摇滚乐，温文尔雅的歌剧清唱剧，粗犷豪放的民谣村歌，乃至悠婉凄长的叫卖，孤零萧瑟的风声，温馨闲适的节日的音讯，你都听得心醉神迷，听得怆然而沉寂，听出激越和威壮，听到玄渺空冥，你真幸运，生存之神秘注入你的心中使你永不安规守矩。

你喜欢美术，喜欢画作，喜欢雕塑，喜欢异彩纷呈的烧陶，喜欢古朴稚拙的剪纸；喜欢在渺无人迹的原野上独行，在水阔天空的大海里驾舟，在山林荒莽中跋涉，看大漠孤烟，看长河落日，看鸥鸟纵情翱飞，看老象坦然赴死。你从色彩感受生命，由造型体味空间，在线条上嗅出时光的流动，在连接天地的方位发现生灵的呼喊。你是个幸运的人因为你真幸运，你于是匍匐在自然造化的脚下，奉上你的敬畏与感恩之心吧，同时上苍赐予你不屈不尽的创造情怀。

你幸运得简直令人嫉妒，因为体育也是你的擅长。九秒九一，懂吗？两小时五分五十九秒，懂吗？就是说，从一百米到马拉松不管多长的距离没有人能跑得过你；二米四十五，八米九十一，知道这是什么意思吗？就是说没人比你跳得高也没人比你跳得远；突破二十三米、八十米、一百米，就是说，铅球也好铁饼也好标枪也好，在投掷比赛中仍然没有你的对手。当然这还不够，好运气哪有个够呢？差不多所有的体育项目你都行：游泳、滑雪、溜冰、踢足球、打篮球，乃至击剑、马术、射击，乃至铁人三项……你样样都玩儿得精彩、洒脱、漂亮。你跑起来浑身的肌肤像波浪一样滚动，像旗帜一般飘展；你跳起来仿佛土地也有了弹性，空中也有着依托；你劈波戏水，屈伸舒卷，鬼没神出；在冰原雪野，你翻转腾挪，如风驰电掣；生命在你那儿是一个节日，是一个庆典，是一场狂欢……那已不再是体育了，你把体育变得不仅仅是体育

了，幸运的人，那是舞蹈，那是人间最自然最坦诚的舞蹈，那是艺术，是上帝选中的最朴实最辉煌的艺术形式。这时连你在内，连你的肉体你的心神，都是艺术了。你这个幸运的人，世界上最幸运的人，偏偏是你被上帝选作了美的化身。

接下来你到了恋爱的季节。你十八岁了，或者十九或者二十岁了。这时你正在一所名牌大学里读书，读一个最令人仰慕的系最令人敬畏的专业，你读得出色，各种奖啊奖啊又闹着找你。现在你的身高已经是一米八八，你的喉结开始突起，嘴唇上开始有了黑色但还柔软的胡须，就是在这时候你的嗓音开始变得浑厚迷人，就是在这时候你的百米成绩开始突破十秒，你的动静坐卧举手投足都流溢着男子汉的光彩……总之，由于我们已经设计过的诸项优点或说优势，明显地追逐你的和不露声色地爱慕着你的姑娘们已是成群结队，你经常在教室里看见她们异样的目光，在食堂里听出她们对你嘁嘁喳喳的议论，在晚会上她们为你的歌声所倾倒，在运动会上她们被你的身姿所激动而忘情地欢呼雀跃，但你一向只是拒绝，拒绝，婉言而真诚地拒绝，善意而巧妙地逃避，弄得一些自命不凡的姑娘们委屈地流泪。但是有一天，你在运动场上正放松地慢跑，你忽然看见一个陌生的姑娘也在慢跑，她的健美一点不亚于你，她修长的双腿和矫捷的步伐一点不亚于你，生命对她的宠爱、青春对她的慷慨这些绝不亚于你，而她似乎根本没有发现你，她顾自跑着目不斜视，仿佛除了她和她的美丽这世界上并不存在其他东西，甚至连她和她的美丽她也不曾留意，只是任其随意流淌，任其自然地涌荡。而你却被她的美丽和自信震慑了，被她的优雅和茁壮惊呆了，你被她的倏然降临搞得心恍神惚手足无措。（我们同样可以为她也做一个“好运设计”，她是上帝的一个完美的作品，为了一个幸运的男人这世界上显然该有一个完美的女人，当然反过来也是一样。）于是你不跑了，伏在跑

道边的栏杆上忘记了一切，光是看她。她跑得那么轻柔，那么从容，那么飘逸，那么灿烂。你很想冲她微笑一下向她表示一点敬意，但她并不给你这样的机会，她跑了一圈又一圈却从来没有注意到你，然后她走了。简单极了，就是说她跑完了该走了，就走了。就是说她走了，走了很久而你还站在原地。就是说操场上空空旷旷只剩了你一个人，你头一回感到了惆怅和孤零——她不知道你是谁，你也不知道她从哪儿来。但你把她记在了心里。但幸运之神仍然和你在一起。此后你又在图书馆里见到过她，你费尽心机总算弄清了她在哪个系。此后你又在游泳池里见到过她，你拐弯抹角从别人那儿获悉了她的名字。此后你又在滑冰场上见到过她，你在她周围不露声色地卖弄你的千般技巧万种本事，终于引起了她的注意。此后你又在领奖台上和她站到过一起，这一回她对你笑了笑使你一生再也没能忘记。此后你又在朋友家里和她一起吃过一次午饭（你和你的朋友为此蓄谋已久），这下你们到底算认识了，你们谈了很多，谈得融洽而且热烈。此后不是你去找她，就是她来找你，春夏秋冬春夏秋冬，不是她来找你就是你去找她，春夏秋冬……总之，总而言之，你们终成眷属；你是一个幸运的人——至少我们的“幸运设计”是这样说的——所以你万事如意。

也许你已经注意到了，我们的“好运设计”至此显得有些潦草了。是的。不过绝不是我们无能把它搞得更细致、更完善、更浪漫、更迷人，而是我忽然有了一点疑虑，感到了一点困惑，有一道淡淡的阴影出现了并正在向我们靠近，但愿我们能够摆脱它，能够把它消解掉。

阴影最初是这样露头的：你能在一场如此称心、如此顺利、如此圆满的爱情和婚姻中饱尝幸福吗？也就是说，没有挫折，没有坎坷，没有望眼欲穿的企盼，没有撕心裂肺的煎熬，没有痛不欲生的痴癫与疯狂，没有万死不悔的追求与等待，当成功到来之

时你会有感慨万端的喜悦吗？在成功到来之后还会不会有刻骨铭心的幸福？或者，这喜悦能到什么程度？这幸福能被珍惜多久？会不会因为顺利而冲淡其魅力？会不会因为圆满而阻塞了渴望，而限制了想象，而丧失了激情，从而在以后漫长的岁月中只是遵从了一套经济规律、一种生理程序、一个物理时间，心路却已荒芜，然后是腻烦，然后靠流言蜚语排遣这腻烦，继而是麻木，继而用插科打诨加剧这麻木——会不会？会不会是这样？地球如此方便如此称心地把月亮搂进了自己的怀中，没有了阴晴圆缺，没有了潮汐涨落，没有了距离便没有了路程，没有了斥力也就没有了引力，那是什么呢？很明白，那是死亡。当然一切都在走向那里，当然那是一切的归宿，宇宙在走向热寂。但此刻宇宙正在旋转，正在飞驰，正在高歌狂舞，正借助了星汉迢迢，借助了光阴漫漫，享受着它的路途，享受着坍塌后不死的沉吟，享受着爆炸后辉煌的咏叹，享受着追寻与等待，这才是幸运，这才是真正的幸运，恰恰死亡之前这波澜壮阔的挥洒，这精彩纷呈的燃烧才是幸运者得天独厚的机会。你是一个幸运者，这一点你要牢记。所以你不能学那凡夫俗子的梦想，我们也不能满意这晴空朗日水静风平的设计。所谓好运，所谓幸福，显然不是一种客观的程序，而完全是心灵的感受，是强烈的幸福感罢了。幸福感，对了。没有痛苦和磨难你就不能强烈地感受到幸福，对了。那只是舒适只是平庸，不是好运不是幸福，这下对了。

现在来看看，得怎样调整一下我们的“设计”，才能甩掉那道不祥的阴影，才能远远地离开它。也许我们不得不给你加设一点小小的困难，不太大的坎坷和挫折，甚至是一些必要的痛苦和磨难，为了你的幸福不致贬值我们要这样做，当然，会很注意分寸。

仍以爱情为例。我们想是不是可以这样：一开始，让你未来

的岳父岳母对你们的恋爱持反对态度，他们不大看得上你，包括你未来的大舅子、小姨子、大舅子的夫人和小姨子的男朋友等等一干人马都看不上你。岳父说要是这样他宁可去死。岳母说要是这样她情愿少活。大舅子于是奉命去找了你们单位的领导说你破坏了一个美满的家庭。小姨子流着泪劝她的姐姐三思再三思，爹有心脏病娘有高血压。岳父便说他死不瞑目。岳母说她死后做鬼也不饶过你们。你是个幸运的人你真没看错那个姑娘，她对你一往情深始终不渝，她说与其这样不如她先于他们去死，但在死前她有必要提个问题："请问他哪点儿不如你们？请问他有哪点儿不好？"是呀，他哪点儿不好呢？你，是说你，你有哪点儿不好呢？不仅这姑娘的父母无言以对，就连咱们也无以作答。按照已有的设计，你好像没有哪点儿不好，你简直无懈可击，那两个老人倘不是疯子不是傻瓜不是心理变态，他们为什么会反对你成为他们的女婿呢？所以对此得做一点修改，你不能再是一个完人，你得至少有一个弱点，甚至是一种很要紧的缺欠，一种大凡岳父岳母都难以接受的缺欠，然后你在爱情的鼓舞下，在那对蛮横老人颇合逻辑的蔑视的刺激下，痛下决心破釜沉舟发奋图强历尽艰辛终于大功告成终于光彩照人终于震撼了那对老人，令他们感动令他们愧悔于是心悦诚服地承认了你这个女婿，你热泪盈眶欣喜若狂忽然发现天也是格外地蓝地球也是出奇地圆柔情似水佳期如梦幸福地久天长……是不是得这样呢？得这样。大概是得这样。

什么样的缺欠呢？你看给你设计什么样的缺欠比较适合？

笨？不不，这不行，笨很可能是一件终生的不幸，几乎不是努力可以根本克服的，此一点应坚决予以排除。

丑呢？不，丑也不行，丑也是无可挽回的局面，弄不好还会殃及后代，不行，这肯定不行。

无知呢，行不行？不，这比笨还不如，绝对的（或相当严重的）无知与白痴没什么区别；而相对的无知又不是一项缺欠，我们每个人都是这样。

你总得做一点让步嘛。譬如说木讷一点，古板一点行吗？缺乏点活力，缺乏点朝气，缺乏点个性，缺乏点好奇心，譬如说这样，行吗？噢，你居然还在问“行吗”，再糟糕不过！接下来你会发现他还缺乏勇气，缺乏同情，缺乏感觉，遇事永远不会激动，美好不能使其赞叹，丑恶也不令其憎恶，他既不懂得感动也不懂得愤怒，他不怎么会哭又不大会笑，这怎么能行？他还是活的吗？他还能爱吗？他还会为了爱而痛苦而幸福吗？不行。

那么狡猾一点可以吗？狡猾，唉，其实人们都多多少少地有那么一点狡猾，这虽不是优点但也不必算作缺点，凡要在这世界上生存下去的种类，有点狡猾也是在所难免。不过有一点需要明确：若是存心算计别人、不惜坑害别人的狡猾可不行，那样的人我怕大半没有什么好下场。那样的人同样也不会懂得爱（他可能了解性，但他不懂得爱，他可能很容易猎获性器的快感，但他很难体验性爱的陶醉，因为他依靠的不是美的创造而仅仅是对美的赚取），况且这样的人一般来说都没什么真正的才华和魅力，否则也无需选用了狡猾。不行。无论从哪个角度想，狡猾都不行。

要不，有一点病？噢老天爷，千万可别，您饶了我吧，无论如何帮帮忙，下辈子万万不能再有病了，绝对不能。咱们辛辛苦苦弄这个“好运设计”因为什么您知道不？是的您应该知道，那就请您再别提病，一个字也别再提。

只是有一点小病呢？小病也不行，发烧感冒拉肚子？不不，这没用，有点小病不构成对什么人的威胁，也不能如我们所期望的那样最终使你的幸福加倍，有也是白有。但这绝不是说你没病则已，有就有他一种大病，不不！绝没有这个意思；你必须要明

白，在任何有期徒刑（注意：有期）和有一种大病之间，要是你非得做出选择不可的话，你要选择前者，前者！对对，没有商量的余地。

要是你得了一种大病，别急，听我说完，得了一种足以使你日后的幸福升值的大病，而这病后来好了，完全好了，这怎么样？唔，这倒值得考虑。你在病榻上躺了好几年，看见任何一个健康的人你都羡慕，你想你是他们中间的任何一个你都知足，然后你的病好了，完好如初，这怎么样？说下去。你本来已经绝望了，你想即便不死未来的日子也是无比暗淡，你想与其这样倒不如死了痛快，就在这时你的病情突然有了转机。说下去。在那些绝望的白天和黑夜，你祷告许愿，你赌咒发誓，只要这病还能好，再有什么苦你都不会觉得苦再有什么难你也不会觉得难，一文不名呀，一贫如洗呀，这都有什么关系呢？你将爱生活，爱这个世界，爱这个世界上所有的人……这时，就在这时奇迹发生了，一个奇迹使你完全恢复了健康，你又是那么精力旺盛健步如飞了，这样好不好？好极了，再往下说。你本来想只要还能走就行，可你现在又能以九秒九一的速度飞跑了；你本来想要是再能跳就好了，可你现在又可以跳过二米四五了；你本来想只要还能独立生活就够了，可现在你的用武之地又跟地球一样大了；你本来想只要还能算个人不至于把谁吓跑就谢天谢地了，可现在喜欢你的好姑娘又是数不胜数铺天盖地而来了。往下说呀，别含糊，说下去。当然你痴心不改——这不是错误，大劫大难之后人不该失去锐气，不该失去热度，你镇定了但仍在燃烧，你平稳了却更加浩荡，你依然爱着那个姑娘爱得山高海深不可动摇，这时候你未来的老丈人老丈母娘自然也不会再反对你们的结合了，不仅不反对而且把你看作是他们的光彩是他们的荣耀是他们晚年的福气是他们九泉之下的安慰。此刻你是多么幸福，你同你所爱的人在一起，在蓝天阔野中跑，在碧波白浪中游，你会是怎样地幸福！现在就把前

面为你设计的那些好运气都搬来吧，现在可以了，把它们统统搬来吧，劫难之后失而复得，现在你才真正是一个幸福的人了。苦尽甜来，对，这才是最为关键的好运道。

苦尽甜来，对，只要是苦尽甜来其实怎么都行，生生病呀，失失恋呀，要要饭呀，挨挨揍呀（别揍坏了），被抄抄家呀，坐坐冤狱呀，只要能苦尽甜来其实都不是坏事。怕只怕苦也不尽，甜也不来。其实都用不着甜得很厉害，只要苦尽也就够了。其实都用不着什么甜，苦尽了也就很甜了。让我们为此而祈祷吧。让我们把这作为一条基本原则，无论如何写进我们的“好运设计”中去吧，无论如何安排在头版头条。

问题是，苦尽甜来之后又怎样呢？苦尽甜来之后又当如何？哎哟，那道阴影好像又要露头。苦尽甜来之后要是你还没死，以后的日子继续怎样过呢？我们应当怎样继续为你设计好运呢？好像问题还是原来的问题，我们并没能把它解决。当然现在你可以不断地忆苦思甜，不断地知足常乐，我们也完全可以把你以后的生活设计得无比顺利，但这样下去我们是不是绕了一圈又回到那不祥的阴影中去了？你将再没有企盼了吗？再没有新的追求了吗？那么你的心路是不是又要荒芜，于是你的幸福感又要老化、萎缩、枯竭了呢？是的，肯定会是这样。幸福感不是能一次给够的，一次幸福感能维持多久这不好计算，但日子肯定比它长，比它长的日子却永远要依靠着它。所以你不能失去距离，不能没有新的企盼和追求，你一时失去了距离便一时没有了路途，一时没有了企盼和追求便一时失去了兴致和活力，那样我们势必要前功尽弃，那道阴影必会不失时机地又用无聊、用乏味、用腻烦和麻木来纠缠你，来恶心你，同时葬送我们的“好运设计”。当然我们不会答应。所以我们仍要为你设计新的距离，设计不间断的企盼

和追求。不过这样你就仍然要有痛苦，一直要有。是的是的，一时没有了痛苦的衬照便一时没有了幸福感。

真抱歉，我们没想到会是这样。我们一向都是好意，想使你幸福，想使你在来世频交好运，没想到竟还得不断地给你痛苦。那道讨厌的阴影真是把咱们整惨了。看看吧，看看是否还有办法摆脱它。真对不起，至少我先不吹牛了，要是您还有兴趣咱们就再试试看，反正事已至此，我想也不必草草率率地回心转意。看在来世的分儿上，就再试试吧。

看来，在此设计中不要痛苦是不大可能了。现在就只剩了一条路：使痛苦尽量小些，小到什么程度并没有客观的尺度，总归小到你能不断地把它消灭就行了。就是说，你能够不断地克服困难，你能够不断地跨越距离，你能够不断地实现你的愿望，这就行了。痛苦可以让它不断地有，但你总是能把它消灭，这就行了，这样你就巧妙地利用了这些混账玩意儿而不断地得到幸福感了。只要这样行，接下来的事由我们负责。我们将根据以上要求为你设计必要的才能，必要的机运，必要的心理素质、意志品质，以及必要的资金、器械、设施、装备，乃至大夫护士、贤妻良母、孝子乖孙等等一系列优秀的后勤服务。总之，这些我们都能为你设计，只要一个人永远是个胜利者这件事是可能的，只要无论什么样的痛苦总归是能被消灭的这件事是可能的，只要这样，我们的“好运设计”就算成了。只好也就这样了，这样也就算成了。

不过，这是不是可能的？你见没见过永远的胜利者？好吧，没见过并不说明这是不可能的，没见过的我们也可以设计。你，譬如说你就是一个永远的胜利者，那么最终你会碰见什么呢？死亡。对了，你就要碰见它，无论如何我们没法儿使你不碰见它，不感到它的存在，不意识到它的威胁。那么你对它有什么感想？

你一生都在追求，一直都在胜利，一向都是幸福的，但当死亡来临的时候你想你终于追求到了什么呢？你的一切胜利到底都是为了什么呢？这时你不沮丧，不恐惧，不痛苦吗？你从来没碰到过不可逾越的障碍，从来没见过不可消除的痛苦，你就像一个被上帝惯坏了的孩子，从来不知道什么叫失败，从来没遭遇过绝境，但死神终于驾到了，死神告诉你这一次你将和大家一样不能幸免，你的一切优势和特权（即那“好运设计”中所规定的）都已被废黜，你只可俯首帖耳听凭死神的处置，这时候你必定是一个最痛苦的人，你会比一生不幸的人更痛苦（他已经见到了的东西你却一直因为走运而没机会见到），命运在最后跟你算总账了（它的账目一向是收支平衡的），它以一个无可逃避的困境勾销你的一切胜利，它以一个不容置疑的判决报复你的一切好运，最终不仅没使你幸福反而给你一个你一直有幸不曾碰到的——绝望。绝望，当死亡到来之际这个绝望是如此地货真价实，你甚至没有机会考虑一下对付它的办法了。

怎么办？你怎么办？我们怎么办？你说事情不会是这样，你的胜利依旧还是胜利，它会造福于后人；你的追求并没有白费，它将为后人铺平道路；而这就是你的幸福，所以你不会沮丧不会痛苦你至死都会为此而感到幸福。这太好了，一个真正的幸运者就应该有这样的胸怀有如此高尚的情操——让我们暂时忘记我们只是在为自己设计好运吧，或者让我们暂时相信所有的人都能够享有同样的好运吧——一个幸运者只有这样才能最终保住自己的好运，才能使自己最终得享平安和幸福。但是——但是！就算我们没有发现您的不诚实，一个如您这般聪明高尚的人总该知道您正在把后人的路铺向哪儿吧？铺到哪儿才算成功了呢？铺到所有的人都幸福都没了痛苦的地方？那么他们不是又将面对无聊了吗？当他们迎候死亡时不是就不能再像您这样，以“为后人铺路”

而自豪而高尚而心安理得了吗？如果终于不能使所有的人都幸福都没了痛苦，您的高尚不就成了一场骗局您的胜利又怎么能胜得过阿Q呢？我们处在了两难境地。如果您再诚实点儿，事情可能会更难办：人类是要消亡的，地球是要毁灭的，宇宙在走向热寂。我们的一切聪明和才智、奋斗和努力、好运和成功到底有什么价值？有什么意义？我们在走向哪儿？我们再朝哪儿走？我们的目的何在？我们的欢乐何在？我们的幸福何在？我们的救赎之路何在？我们真的已经无路可走真的已入绝境了吗？

是的，我们已入绝境。现在你就是对此不感兴趣都不行了，你想糊弄都糊弄不过去了，你曾经不是傻瓜你如今再想是也晚了，傻瓜从一开始就不对我们这个设计感兴趣，而你上了贼船，这贼船已入绝境，你没处可退也没处可逃。情况就是这样。现在我们只占着一项便宜，那就是死神还没驾到，我们还有时间想想对付绝境的办法，当然不是逃跑，当然你也跑不了。其他的办法，看看，还有没有。

过程。对，过程，只剩了过程。对付绝境的办法只剩它了。不信你可以慢慢想一想，什么光荣呀，伟大呀，天才呀，壮烈呀，博学呀，这个呀那个呀，都不行，都不是绝境的对手，只要你最最关心的是目的而不是过程你无论怎样都得落入绝境，只要你仍然不从目的转向过程你就别想走出绝境。过程——只剩了它了。事实上你惟一具有的就是过程。一个只想（只想！）使过程精彩的人是无法被剥夺的，因为死神也无法将一个精彩的过程变成不精彩的过程，因为坏运也无法阻挡你去创造一个精彩的过程，相反你可以把死亡也变成一个精彩的过程，相反坏运更利于你去创造精彩的过程。于是绝境溃败了，它必然溃败。你立于目的的绝境却实现着、欣赏着、饱尝着过程的精彩，你便把绝境送上了绝境。梦想使你迷醉，距离就成了欢乐；追求使你充实，失败和成

功都是伴奏；当生命以美的形式证明其价值的时候，幸福是享受，痛苦也是享受。现在你说你是一个幸福的人你想你会说得多么自信，现在你对一切神灵鬼怪说谢谢你们给我的好运，你看看谁还能说不。

过程！对，生命的意义就在于你能创造这过程的美好与精彩，生命的价值就在于你能够镇静而又激动地欣赏这过程的美丽与悲壮。但是，除非你看到了目的的虚无你才能够进入这审美的境地，除非你看到了目的的绝望你才能找到这审美的救助。但这虚无与绝望难道不会使你痛苦吗？是的，除非你为此痛苦，除非这痛苦足够大，大得不可消灭大得不可动摇，除非这样你才能甘心从目的转向过程，从对目的的焦虑转向对过程的关注，除非这样的痛苦与你同在，永远与你同在，你才能够永远欣赏到人类的步伐和舞姿，赞美着生命的呼喊与歌唱，从不屈获得骄傲，从苦难提取幸福，从虚无中创造意义，直到死神和天使一起来接你回去，你依然没有玩儿够，但你却不惊慌，你知道过程怎么能有个完呢！过程在到处继续，在人间、在天堂、在地狱，过程都是上帝巧妙的设计。

但是我们的设计呢？我们的设计是成功了呢还是失败了？如果为了使你幸福，我们不仅得给你小痛苦，还得给你大痛苦，不仅得给你一时的痛苦，还得给你永远的痛苦，我们到底帮了你什么忙呢？如果这就算好运，我，比如说我——我的名字叫史铁生，这个叫史铁生的人又有什么必要弄这么一份“好运设计”呢？也许我现在就是命运的宠儿？也许我的太多的遗憾正是很有分寸的遗憾？上帝让我终生截瘫就是为了让我从目的转向过程，所以有那么一天我终于要写一篇题为《好运设计》的散文，并且顺理成章地推出了我的好运？多谢多谢。可我不，可我不！我真是想来世别再有那么多遗憾，至少今生能做做好梦！

我看出来了——我又走回来了，又走到本文的开头去了。我看出来了，如果我再从头开始设计我必然还是要得到这样一个结尾。我看出来了，我们的设计只能就这样了。我不知道怎么办了，不知道还能怎么办。上帝爱我！——我们的设计只剩这一句话了，也许从来就只有这一句话吧。

1990年2月27日

对话四则

一　关于死

M：你想过死吗？

S：想过，可是想不明白。大概活着的人都不可能想得明白。

M：不，我不是问死是怎么回事，我是说，你想没想过死？

S：你是说寻死，或者说自杀，但是你不忍心用这个词。用不着这样，想寻死不见得就是坏事，这说明一个人对生命的意义有着要求，否则的话他怎么活着都行。

M：从理性上讲我很理解，但是我没有过这样的亲身体验，我从来没有真的想要去死过。而你有过？

S：是的。不过这无法证明，因为我毕竟还活着。我只是曾经非常渴望过死，祈求过死。

M：因为什么事？因为你的双腿瘫痪？

S：差不多，总归跟我的病有关，虽然并不总是这么直接。都是什么事说起来话长，但总之是因为我感到了绝望。

M：你这句话等于没说，当然是绝望。

S：比如说，你终于明白你再也站不起来了。比如说，才只有二十一岁，你却不能上大学，大学已经预先把你开除了；你也找

不到正式工作，好像你已经到了退休的时候；差不多所有的人都会称赞你的坚强，但是有一个前提：你不要试图成为他们的女婿；如果你爱上了一个姑娘，你会发现最好的方式是离开她，否则说不定她比你还痛苦；你最好是做个通情达理的人，那样会安全些，那样你会得到好评，但是这样一来你就不知道为什么还要活着了；这就是绝望。如果你走运你会有一对爱你的父母，会有一些好朋友，但是你经常会在他们脸上看见深深的忧虑，你自然就会想，你活着是给他们带来的帮助多呢还是麻烦多呢？是安慰多呢还是愁苦多？这就是绝望。我知道，就在咱俩这样说着的时候，正有很多人处在这样的绝望中。

M：你是怎么从这样的绝望中摆脱出来的呢？你怎么没死？

S：别着急，早晚会死的。

M：少贫嘴。我是说，你怎么没自杀。

S：一点儿都不贫嘴。我听了卓别林的劝。

M：我跟你说正经的呢。

S：要是你正正经经地陷入了绝望，你不妨听听幽默大师的话。当然，使我没去自杀的原因很多，但是我第一次平心静气地放弃自杀的念头却是因为听了卓别林的劝，以后很多次都是这样。幸好有一天我去看了那场电影，什么名字我忘了，一个女人想自杀，但被卓别林扮演的那个角色发现了，女人很埋怨他，发了疯似的喊：“你为什么不让我死？为什么不让我死！”卓别林慢悠悠不动声色地说：“着什么急？早晚会死的。”

M：真是妙。

S：怪事，为什么他说了就“真是妙”，我说了就是“少贫嘴”呢？

M（笑）：你让我想想，嗯……

M：可能是这样，我在听他说这句话之前已经进入了幽默的心态，已经对幽默有了准备，“卓别林”这三个字就像一个信号把

我带进了另一种思维方式，你自然而然就跳出了常规的逻辑。

S：就是就是，关键是你得进入幽默，关键是卓别林能把你领进幽默中去。在那之前我从来没想到过对于死还有这样一种态度。一般人们总是劝你坚强些，“别这么软弱，你应该坚强些”。你想，要是医生对病人说：“别生病，健康些，你应该健康些。”这不是废话吗？

M：人家这是好意，我讨厌你这样对待人家的好意。

S：我也知道这是好意，事后我也后悔这样对待人家的好意，但是当我一心一意想死的时候我不在乎谁讨厌我。还有，还有人会这样劝你：“别这么悲观，生活是多么美好，你要热爱生活。”如果生活一向只是美好，如果生活中压根儿没有悲哀没有丑恶没有绝望，活下去本来就不需要谁来劝，就像吃喝拉撒睡一样用不着谁来劝。比如说，被侮辱、被歧视、被不公平不平等地对待，而且这局面很可能坚如磐石至少在九十九年里无法动摇，这样的事让你碰上了，没让他碰上，你想死，他却用“生活是多么美好”来劝你活，当然他这也是好意，但是你不觉得他比我还讨厌吗？

M：还有些人，谈死色变。你一说到死，他就说“哎哎，老提什么死呀怪不吉利的”，或者说“嘘！——别老这么悲观，要说死找没人的地方说去”，好像不知道死就是乐观，好像不说死就能不死了似的。

S：那倒不怎么讨厌，那不过是让死吓的。其实他知道人必有一死，这一事实吓得他不敢再想下去。很可能他还会找到一种自我安慰的方法：“活着先说活着的事。”那么死呢？“咳，到时候再说。”这让人想起其他动物，除了人，其他动物都是这么任凭生死摆布的，并且对此毫无意见。

M：也许倒是人错了呢？想它又管什么用？顺其自然，也许倒是其他动物对了呢？

S：顺其自然大概不等于逆来顺受，人对生、对死都要求着意义。先不说这个，总而言之，要是我们一时弄不清是做人好还是做其他动物好，我们不妨只记住一个事实：我们是人，我们必不可免地得思考生和死的问题。就是说，无论我们赞成思考这一问题，还是禁止思考这一问题，还是设法逃避这一问题，我们都已经进入了这一问题，我们可以羡慕其他动物，但是从我们是了人的那一天起，我们就无法改变自己的种类了。况且，子非鱼，安知鱼不知生死乎？这有点儿像废话了。

M：还说卓别林吧，还说你是怎么听了他的劝的吧。

S：关键是卓别林先让你放了心，他不像很多人那样先劈头盖脸地反击、嘲笑，或是企图粉碎你的愿望，他理解你的一切苦衷，他相信死也是人的一种权利，他和你站在一起维护你的这个权利，然后他只是提醒你：死神是最守信用的，他早晚会来的，你又何必这么着急呢？我真是长长地出了一口闷气，觉得轻松多了。死本来是绝望，但卓别林轻而易举地把它变成了一种希望。这希望有两层意思：一是说，要是你真的再没有力气了，你放心吧，那时候死神肯定会来搭救你；二是说，既然如此你何必不再试试呢？说不定你还能玩儿出什么花样来高兴高兴呢。可不是吗？你活着已经苦到了头，你想死而死又是那么样地可靠，你还怕什么呢？你还会有什么损失呢？你就再试试呗。

M：摆脱死的诱惑就这么简单？

S：当然不会就这么简单。我只是说，要是别人或是你自己忽然想寻死，要是你还有可能劝劝别人或者是你自己，让我说，卓别林的劝法是最有效的劝法。至于彻底摆脱绝望摆脱死神的诱惑，可能只有两个办法，一是设法把自己变成傻瓜，一是在明白了过程就是目的之后。

二　关于生

M：上次你说，彻底摆脱死神的诱惑只有两个办法，一个办法是当傻瓜，还有一个办法就是得明白——过程就是目的。

S：是。

M：这么说，你是靠了后一种办法喽？

S：为什么？

M：我看你不像个傻瓜。

S：谢谢。我希望我没辜负你的恭维。

我还要补充一点。照我的理解，“傻瓜”一词绝不是指先天的弱智，而是指后天的麻木。弱智常常并不妨碍弱智者向他们不公正的命运要求意义。可是对生命意义的麻木不问，却可以使智力健全的生命仅仅为一种生理现象，而不是精神过程。

M：这样的人只是活着，无论怎样活着只要活着就够了，因此他们不会有烦恼得要去自杀的时候。可这又有什么不好呢？在烦恼和傻瓜之间，选择后者说不定是更明智的呢。

S：也许是吧，所以我说那也不失为一种活着的办法。

M：那你为什么不选择这种办法？

S：我试过，但是没成功。

M：在这点上咱俩倒是挺一样。我也试过，可是不行。我老是想，与其那样活着倒不如死了痛快。

S：亚当和夏娃吃了禁果，知道了善与恶，被逐出了伊甸园，再也回不去了。所谓“知道了善与恶”其实就是对生活有了价值判断，对生命的意义有了要求，所以我们跟亚当夏娃一样，也别想回去当傻瓜了。

《圣经》上说，亚当和夏娃被逐出伊甸园，人类历史从此开

始。这说法真是妙极了。也就是说，从此开始他们才是人了，由此他们才有别于其他动物而成为人了。遗憾的是人们只注意到了这是痛苦的开始，而没看到这才有了人生欢乐的可能。人们应该理解上帝的好意。把那个伊甸园称为乐园实在荒唐，我相信那儿可能没有痛苦，但没有痛苦的地方肯定也没有欢乐。所以我想，还是别回到伊甸园去当那漫长的傻瓜吧。

M：所以你选择了第二个办法？

S：不如说是去寻找另外的办法，因为第二个办法不是现成的。但是，如果你相信死是一件不必着急的事，如果你又不想去当那个漫长的傻瓜，如果你诚心诚意地去找另外的办法，你就准能找到它，你找到的就准是它。

M：玄了。我看你是不是越说越玄了？你就直截了当地说吧，怎么会"过程就是目的"呢？

S：比如说踢足球，全场九十分钟常常才进一两个球，有时候甚至是零比零，那么目的是什么呢？就是过程，在这九十分钟的过程中证明和欣赏生命矫健、坚强、智慧和优美。其实要想多进球还不简单吗？只要越位不算犯规，大伙儿都上大门那儿等着去，要不干脆一开始就罚点球，保险进球多。可是那样就没意思了，没有了过程，就没有了趣味，没有了快乐。在真正的球迷看来，过程比目的要紧。

不久前意大利的世界杯赛，由于时差关系，很多场球我们只能看录像，那时胜败已定，但球迷们都避免先知道结果，并向知道了结果的人发出警告：不许说！因为令我们着迷的是过程，他们要在前途未卜的过程中享受激情，享受惊险，享受渴望，享受悲欢。

我还知道一些更高明的球迷，甚至不怕知道结果；无论结果如何，丝毫不影响他们的兴致，只要那过程是充满艰险和激情的，不管辉煌的还是悲壮的，他们依然会如醉如痴地沉浸在美的享受之中。问他们：谁赢了？他们可能会告诉你，但也可能他们记不

清了，不过他们肯定能告诉你最好的球队是哪个，最好的球星是谁。如果他们告诉你得亚军的那个队实际上是最乏味的一个队，你用不着吃惊，因为他们是以过程来做判断的。

其实什么事都是这样。小说是这样，小说要是只写最后谁死了谁还活着，那就像人口普查了，没人爱看。科学怎么样？如果没有坎坷而欢欣的过程，人类想办到什么就办到了什么，人就差不多又要去当那个漫长的傻瓜了。生活也是，一场球赛九十分钟，一场生活就算他九十年，区别无非时间的长短罢了。上帝给人们设置了很多障碍，为的是展开一个过程，于是才能有趣味有快乐。

M：照此说来，生活是无须乎目的了？

S：不行，目的还非得有不可。如果都不想赢球，这场球还怎么踢下去呢？就像人活着没有理想，人可往哪儿走呢？没有了目的，过程一样没法儿展开。目的和理想的设置，我想，原就是为了引导出一个过程，我想，一个最最美好的理想或目的不如就让它处在那个望眼欲穿的位置上吧，这样才永远都有个奔头儿，创造着，欣赏着，乐此不疲。

M：但是你终于得到了什么呢？你总得能得到什么呀？总就是过程、过程、过程，总也达不到目的，你不觉得有点儿荒诞吗？

S：你得到了一个快乐的过程。就像一场球赛，你无论是输了还是赢了，只要你看重的是过程，你满怀激情地参与过程，生龙活虎不屈不挠地投入了过程，你在这过程的每一分钟里就都是快乐的。我发现这是划算的，胜负毕竟太短暂，过程却很长久，你干吗不去取得那长久的快乐呢？

况且胜利常常与上帝的情绪有关，上帝要是决心不喜欢你（比如说让你瘫痪了等等），你再怎么抗议也是白搭。但是，上帝神通再大也无法阻止你获取过程的欢乐。所以不如把那没有保证的胜利交给上帝去过瘾，咱们只用那靠得住的过程来陶醉。

M：嗯，有道理。我发现你确实不是傻瓜。

S：多谢多谢，我很喜欢你经常发现这一点。

M：我有时候也这么想，真的，人最终究竟能得到什么呢？未知是无限的，人类的希望无穷无尽，于是认识就永远没有个完，永远不会到达终点，一个阶段的结束不过是又一个阶段的开始。也许你说对了，人要是不能从过程中体味幸福和欢乐，生命就成了一场荒诞的苦役，死就一直具有诱惑力。

S：这么聪明的话，我希望你还是留给我说。我要说什么来着？哦，对了——所以过程就是目的。我想给你念一段一个残疾朋友写给我的话：

“事实上你惟一具有的就是过程。一个只想（只想！）使过程精彩的人是无法被剥夺的，因为死神也无法将一个精彩的过程变成不精彩的过程，因为坏运也无法阻挡你去创造一个精彩的过程，相反你可以把死亡也变成一个精彩的过程，相反坏运更利于你去创造精彩的过程。于是绝境溃败了，它必然溃败。你立于目的的绝境却实现着、欣赏着、饱尝着过程的精彩，你便把绝境送上了绝境。梦想使你迷醉，距离就成了欢乐；追求使你充实，失败和成功都是伴奏；当生命以美的形式证明其价值的时候，幸福是享受，痛苦也是享受。现在你说你是一个幸福的人你想你会说得多么自信，现在你对一切神灵鬼怪说谢谢你们给我的好运，你看看谁还能说不。”

M：嗯，这个人很能说。但是意义呢？价值呢？目的要是不重要，为什么还有高尚和卑下之分呢？

S：道德的最高尚的原则，我想，就是使最多的人最大程度地获得自由、幸福、快乐的生命过程。只有更为高尚的目的才能引导出更为自由、更为幸福、更为快乐的过程。我看这用不着担心。如果为了展开过程我们需要设置目的，那么为了展开更为自由、幸福、快乐的过程，我们明显需要设置更为高尚的目的。你没想到再表扬我两句吗？

M：等你不只是说，而是去做的时候吧。

S：那我就听不到了。

M：为什么？

S：这件事在死之前是做不完的。

三　关于职业·事业

S：如果生命是一条河，我想，事业相当于一条船。在河上漂泊，你总是有一条船。

A：你的这条船就是写小说喽？

S：碰巧是这样。迄今为止这条船对我还合适。当然我也写别的，我也干些别的事。

A：活着就是为了事业吗？

S：正好相反。船是为了漂泊，漂泊不是为了船。事业是为了活着，是为了活得更有味道。

A：那你怎么理解，譬如，"一切为了事业""把生命献给事业"这样的话呢？

S：我更相信这样的事实，譬如，他的事业，给了他无比的快乐。为事业而奋斗，他感到莫大的幸福。在事业中他找到了自己的位置，实现了自己的价值。

A：有人说，活着就是奉献。

S：这话不仅不美反而失实，而且细品很像是诉苦，像是抱屈，像是炫耀，仿佛从中受益的只是他人。这类少实事求是之心多哗众取宠之嫌的说道，不见得能保证长久的快乐。如果他注意到了自己从事业中享受了多少乐趣，也许能对"奉献"一词体会得更全面。如果他活着真的只有奉献，我想那是对"按劳分配"原则的违背；如果奉献是他自己选择的幸福方式，那么他已经得到了

丰厚的报偿，他不会在喝彩与掌声中眉飞色舞，而更可能在人们钦佩的目光下稍稍有一点儿惭愧。一种是，把事业视为自己的幸福，它不仅仅意味着心血的付出，它更意味着精神的收获；另一种则把事业仅仅看作是付出，仅仅看作是为他人的利益而受苦受累——这意味着需要报答，可这希冀倘若落空呢，事业岂不成了一场折磨人的灾难吗？

顺便说一句，在信念的领域里可以不考虑经济规律，但这绝不意味着按劳分配的原则应该废弃。

A：你是怎么选择了写作这条路的呢？听说你身体残疾后，也曾一度想去死？

S：不是一度，是几度。这方面的事，在和M的谈话中已经说过了。

后来我想再活一活试试，以观后效。一个人，不管他曾经与死神的关系多么密切，如果现在他想活下去试试，他总得做些事，否则不劳而食你会觉得羞耻，否则精神无以安顿你会觉得时间漫长有如徒刑。必须得干些事。

我先到一个街道生产组找了个工作。那不是正式工作，干一天拿一块钱，再无其他待遇；所得工资可以温饱，关键是自力更生了，没有活成个负数，这感觉让人踏实。生产组是一间低矮破旧的老房，成员多是家庭妇女、老头儿、老太太和残疾人，每天在昏暗的光线里画些美丽的图案兼而嬉笑怒骂；那也是生活，如果你能体会，那样的生活里也一样包含了深意。这感觉给人希望，生活从不轻易抛弃谁。老头儿老太太们都对我好，他们没有文化但有饱满的人情味儿，这感觉让人温暖，让人对生活多了信心。我自以为工作得努力，肯定对得起那份工作，这样感觉比占了便宜要舒服。当然，我还不满意，我想我说不定还能干些更有趣的事。人对快乐的要求没有个够，我以为这不是坏思想。

一开始我先自学了一年外语，但很快就发现既无资料可供我

笔译，也没人要我去做口译，外语这东西不用就忘，于是浅尝辄止。现在外语的用处多了，可我也老了，学不彻底就该火化了，下辈子再学吧。后来又学画彩蛋、画仕女图，虽第一批交货即通过验收，但毕竟不是兴趣所在，便又半途而废。那时周围的人都在学数理化准备考大学，我动了七八回心，终于明白人家不肯录取残疾人，就没去碰那个钉子。干什么呢？想了好久，想起我上学时作文一向有好分数，平时喜欢文学，心里又颇多感受，就试试写作吧。

选择一项事业（或者找一条能够载渡精神的船）的时候，应该想起兵书上的一句话：知己知彼，百战不殆。没有谁是为了失败而工作的，因为注定的失败不能引导出一个如醉如痴的过程。所谓知己，就是要知道自己的兴趣何在，自己的禀赋何在。如果你喜欢文学，可你偏偏不肯舍弃一个学化学的机会，且不说没有兴趣你的化学很难学好，即便你小有成就那也是你的悲剧。如果你是一个数学天才，比如说是一个潜在的陈景润，可你对此浑然不知偏要去当一个写小说的，结果多半不妙。所谓知彼，就是得知道客观条件允许你干什么。如果你热爱起足球的时候已经四十多岁，你最好安心做一个球迷，千万别学马拉多纳了。如果你羡慕三毛，你也有文学才能，但是你的双腿一动都不能动，你就不要向往撒哈拉，你不如写一写自己心中的沙漠。我一贯相信，每个人都有自己的所长，倘能扬长避短谁都能有所作为；相反如果弃长取短，天才也能成为蠢才，不信让陈景润与托尔斯泰调换一下工作试试看。对事业的选择，要根据“知己知彼”的原则，可别为“热门”或时髦所左右。

然后还得需要点儿勇气，需要冒一点儿风险，没有什么办法能保证你肯定有一条金光大道。我开始想写作的时候，人们提醒我说，你哪儿都去不了不能深入生活，你凭什么能干这一行呢？我自己心里也打鼓。可是我忍不住地想写。我有纸也有笔，还有

好多想法，别人一天有二十四小时的生活，我一天也有二十四小时的生活，所有的生活一样都有品味不尽的深意，我就偷偷地写了一点儿，自己觉得还有希望，于是豁出去了，写！如果你看不出你的选择有什么不对头，你得豁得出去，你得敢于试试，一条道走到黑或者不撞南墙不回头。当然那时我已经在街道生活组挣着自己的饭钱了，我想我最不济是个0，不会是个负数了。

A：幸好你没撞到南墙。

S：到现在为止，我看我还不需要回头。

A：要是撞了呢？要是你撞着南墙呢？

S：要是你发现你确实不适合干某一行，你还得敢于回头，及时回头。这不丢人，事业不是为了撞南墙的，撞死在南墙下算不上勇敢。这方面你不行，你得相信在其他方面你未必都不行。

A：一开始你就相信，写小说你肯定行吗？

S：我只是认为我不见得不行。我没有把它当成一件只许成功不许失败的事来干。寻找也可以算一种事业。尝试也是一个有价值的过程。鉴于我们的选择无论多么科学多么慎重，我们仍有失败的可能，所以我们还是得把注重点从目的移向过程。

A：你很幸运。

S：你是指我的残疾？

A：别起哄，我是说能把这些事想得明白，这也是一种幸运。

S：不起哄，也许正因为命运让我有机会见识了绝境，这确实算得一种幸运。

A：你毕竟找到了你所感兴趣的事业，并不是谁都有这样的福气。

S：可是谁都有业余时间。现在的工作分配还不可能都根据个人的兴趣，可是挣完了饭钱还有不少时间，这些时间全凭个人调度。

A：你在事业上有过挫折吗？

S：我绝对认为我的智商适中。我好几次都认为我得改行了，

根据“知己知彼”的原则想了又想，还是没改。我现在不大发愁写什么，可怎么能写得更好估计永远都是一个问题。

A：事业上的挫折，难道不给你带来苦恼吗？

S：当然。如果挫折不带来苦恼，成功也就不带来快乐了。

A：你怎么摆脱这样的苦恼呢？

S：一遍一遍地摆脱，没完没了地摆脱。一次一次地相信：船不是目的，河也不是，目的是诚心诚意尽心尽力地漂泊。

A：那也许是因为，你在事业上毕竟算个成功者。

S：我不起哄可是你起哄。成功与否完全是个度量标准的问题。

A：总归人家管你叫作家，不管我叫什么“家”。

S：那是因为很多事不大公道，现在“作家”这个头衔不值钱，发表几篇小说就算个“家”，比当别的“家”——比如科学家、哲学家、数学家——要省事得多。而且写小说容易出名，因为你写了，总得签上你的名。

A：我看你是得了便宜卖乖。

S：我料到您要这么说了。不过您说的也许不全错。

可是还是得说，千万别把事业当成一项赌注。尤其是我们残疾人，千万别以为成功了某项事业，你的一切艰难困苦就都迎刃而解了，根本没那回事。就算我像你说的那样是个事业的成功者吧，那么我以这个身份最想说的就是，事业的成功确实让人兴奋，但它不为人解决其余的问题，兴奋之后清静下来，一瞧：所有的问题都还在，一如既往。

A：可是对于残疾人来说，它至少可以解决工作问题。

S：你存心跟我作对，存心让我理屈词穷是不是？我得承认有这么回事，这样的事真让人遗憾。不过人大常委会很快就要通过一项“残疾人保障法”了，将明文规定残疾人与所有的人一样有工作的权利，以后谁不给残疾人工作谁就是违法。

我们还是说说法律以外的问题吧，有很多问题不见得是法律

能管得了的。

A：什么问题，比如说？

S：比如说，对残疾人的歧视，这种歧视常常只流露在别人的眼睛里，法律管不了吧？可你怎么办？比如说，爱情问题，法律说你有结婚的权利，可你所爱的人（当然他或她也爱你）因为种种并不违法的外界压力而离开了你，你怎么办？这些问题并不因为你在事业上的成功就可以消失。比如说，孤独，自卑，沮丧，活着到底为了什么？我们在走向哪儿？人类的理想一向很完美，可人类的现实为什么总是不尽如人意？这样的问题永远都在那儿等着你，并不因为你成了什么“家”它们就云消雾散。千万别把事业的成功作为一项赌注，当成一笔全面幸福的保险金，千万别以为你一旦功成名就天下的倒霉事就都归了别人，幸福就都归了你，那样想你会失望的，到时候你的诸多奢望不能兑现绝没有谁给你赔偿，而且你还会因此而失去事业原本为你预备的快乐，那才真叫一败涂地呢。对于事业，我想还是“只问耕耘，不问收获”来得聪明，那样事业这条船才能一直载歌载舞载欢载乐。

我知道有一位残疾朋友，他一心要写小说，发誓不成功则成仁，什么事都不做，什么事都不屑于做，他说就是要有这样的决心和雄心，他说他相信成功和幸福必定会在某一天早晨成为事实。我不敢贸然说他不是天才，但我以为对于绝大多数不是天才的人来说，这么干挺危险。从我这个凡夫俗子的角度看，文学创作跟学外语大不相同，不是忍得几载寒窗苦就能行的，它需要自自然然地去体会生存这件事，然后需要不急不躁地去写。要紧的还不在这儿，要紧的是他不成功他会痛苦，他真的成功了他也见不到预期的那种幸福。还是那句话，事业是一条船，可船不是目的，船只有在航程中才给人提供创造的快乐和享受这快乐的机会。

A：我知道有一个人，他说他要是写不好小说他就一辈子不谈恋爱。

S：这可麻烦了。我总认为不会恋爱的人就不会写作。我总想，不懂得爱情的人可能懂得艺术吗？我总怀疑，要是漂泊不能吸引你，你跳到船上去干吗呢？依你看呢？

A：依我看你刚才贬低了学外语的。

S：对不起，要是有这样的事肯定不是出于恶意。

A：我以为对一个人来说，不管他干哪一行，他都应该对丰富多彩的生活葆有激情。任何事业都不应该把人弄成机器，事业的成功是一回事，人的成功是另外一回事。

S：这是我说的。

A：是我，是我说的。

S：是你替我说的。

A：你真矫情。

S：你也一样。

四　关于平等

M：《中国残疾人》上关于平等问题的讨论，你觉得怎么样？

S：好。

M：就一个字？怎么好？

S：怎么都好。这样的讨论本身就好，这讨论本身就是平等的一次实现。

M：你是说先不必期待一个放之四海而皆准的真理，先不必统一思想？

S：不是先不必，是永远不必。

M：那干吗要讨论？

S：那才要讨论。为什么讨论偏要以统一思想为目的呢？譬如平等，是意味着统一思想统一行动呢，还是说，每一种处境、每

一种心绪都有被了解的机会（或权利）呢？是“非礼勿言”平等呢，还是“百花齐放”平等？

M：经过这样的讨论，不仅能使我们互相了解，也使每个人自己更了解自己了。

S：我曾经也像戈奇那样苦笑、尖刻、拍案而起过。现在嘛，我想我更赞成东野长峥的态度。我想我非常理解戈奇，我想东野长峥一定也是从那条愤怒的路上走过来的。我现在仍然相信那是美丽的愤怒，那是真正渴望平等的愤怒，那是真诚的哭喊和笑骂。我们不能做鬼我们也不要成仙，我们不忍受欺侮同样不忍受溺爱，我们看得出在过分的优待和小心的恭维后面，并非有意但确实还是非人的看待。我曾经写过，譬如说，一个人拉一辆车完全算不得什么光荣，但一只猴子拉一辆车却赢得满场的喝彩。要是我们听了类似的喝彩而不愤怒，甚至还扬扬自得，我们就很有危险沦为舞台上一道伪劣的风景。但是……

M：“但是”后面大做文章。

S：“但是”后面确实有文章可做。

M：当然当然。别愤怒，百花齐放。

S：也可以百花怒放。不过不保证肯定不是毒草。

我看，平等，这件事跟爱情差不多。平等很可爱，是你朝思暮想的情人，比如这么说。但是，不是你爱上谁谁就也得爱你。不是你渴望平等，人家就一定把你平等相看。为此你拍案而起，得，人家没准儿更躲你远点儿，怕不留神“欺负”了你。人家跟你说话总得加着小心，那样你准保又要愤怒——难道跟残疾人说话就总得这么小心翼翼吗？你又要喊——残疾，给了我们什么特权！就这样，你越愤怒人家越把你另眼相看，越给你特权，然后你更加地愤怒，结果弄成了个怪圈，一圈一圈地转下来你离平等越远了。（顺便说一句，你把人家也弄进一个怪圈里去了——欺负你是欺负你，不欺负你还是欺负你。）我曾经就是这样，把自己和

别人都弄到怪圈里去了。幸运的是我看见了这个怪圈，发现打破它的办法首先是放弃愤怒。从愤怒到放弃愤怒，不等于不会愤怒，不等于麻木，尤其不等于沾沾自喜于做一道伪劣的风景。

M：应该说，放弃对别人的愤怒，把那美丽的愤怒瞄准自己。

S：对对。因为，平等要是丢了，一定不是贼偷了，一定是自己糊里糊涂地忘了它在哪儿。平等，确实很像爱情，不可强求。强求有时可以成婚，但那婚姻中没有爱情。即使人家愿意送给你平等，但是送来的肯定不是平等。

M：不过，要是人家不认为你有爱的权利呢（还有工作的权利、学习的权利），你也放弃愤怒？

S：你是说有人在违法？那还用说？义不容辞，愤怒地把他送交法庭或诉诸舆论就是。不过我想，这样的局面并不是最难应付的局面。最难办的是人家并不违法，只是在心里看不起你，目光中流露着对你的轻视和可怜，你可有啥办法？

M：用行动，只有用行动消除他们的偏见！用我们的意志、作为、智慧，来消除他们的偏见。

S：好主意。好主意倒是好主意，可要是你的行动仅仅以他们的偏见为坐标，仅仅是根据那些偏见做出的反应，你还是有点儿像夺路而逃，逃进一种近乎于复仇雪耻的勇猛中去了。但是这样的出逃，很可能急不择路而掉进什么泥沼里去。

我看过一本书，书中有段话，大意是这样：我们可以为了从高处鸟瞰风景的缘故而去爬一棵树，也可以由于有一头野兽在后面紧紧追赶的缘故而去爬一棵树。在这两种情形下我们都是在爬树，但动机却完全不同。前者，我们爬树是为了娱乐；后者，我们则是受恐惧的驱使。前者，我们要不要爬树完全是我们的自由；后者，我们喜不喜欢都得这样做。前者，我们可以寻找一棵最适合我们意图的树；后者，我们却无法选择，必须立刻就近爬上树去，也就是说由一头野兽替我们做出了选择。

M：这个比喻挺不错。平等的前提，非得是自由不可，心灵的自由。爹娘让你娶A小姐你无奈就娶了A小姐，这是包办婚姻；爹娘让你娶A小姐你一气之下就娶了B小姐，这其实仍不是自由婚姻。关键是你到底爱不爱？爱谁？你是不是尊重和服从了自己的爱、自己的愿望和意志？当然，你还得像尊重自己一样地尊重A小姐和B小姐的意愿。

S：事业也是这样，一切都是这个逻辑。当我们摆脱了那头野兽，当那头野兽看见我们就逃而不是我们看见它就逃，当我们忘记了残疾，就是说我们自己心里先不受那残疾的摆布，那时，平等便悄然而至，不用怎么喊它，它自然就要光临。光临得既不鬼祟也不张扬。它光临的方式，主要不是从门外进来拜访你，而是从你心底涌起，并饱满地在那儿久住。

M：残疾，你相信真能忘记它吗？要是仍然有人因为残疾而歧视你呢？

S：法律管不了的事，只好由文明的慢慢发达来解决。有句俗话——听蝲蝲蛄叫还不种庄稼了吗？

M：你不是说，我们就不需要别人特殊的帮助吗？

S：请你相信我，至少我没那么大能耐。世界上可有一个人不需要别人的帮助吗？如果把帮助和蔑视混淆，那头野兽就又要调头追来了，帮助，全是特殊的，没有统一型号。你个子矮，你要一双高跟鞋，我双腿瘫痪我不要高跟鞋，我要一辆轮椅和一些坡道，我们都不是孩子了，所以我们就不要谁再来摸摸我们的后脑勺儿，你说是不？

M：要不要你妻子摸一摸呢，有时候？

S：这另当别论。

1988年

随笔十三

1

我曾想过当和尚，羡慕和尚可以住进幽然清静的寺庙。但对佛学不甚了了，又自知受不住佛门的种种戒律，想一想也就作罢。何况出家为僧的手续也不知如何办理，估计不会比出国留学容易。

那时我正度着最惶茫潦倒的时光。插队回来双腿残废了，摇着轮椅去四处求职很像是无聊之徒的一场恶作剧，令一切正规单位的招工人员退避三舍。幸得一家街道小作坊不嫌弃，这才有一份口粮钱可挣。小作坊总共三间低矮歪斜的老屋，八九个老太太之外，几个小伙子都跟我差不多，腿上或轻或重各备一份残疾。我们的手可以劳作，嗓子年轻，梦想也都纷繁，每天不停地唱歌，和不停地在仿古家具上画下美丽的图案。在那儿一干七年。十几年后我偶然在一家星级饭店里见过我们的作品。

小作坊附近，曲曲弯弯的小巷深处有座小庙，废弃已久，僧人早都四散，被某个机关占据着。后来时代有所变迁，小庙修葺一新，又有老少几位僧徒出入了，且唱经之声隔墙可闻。傍晚，我常摇了轮椅到这小庙墙下闲坐，看着它，觉得很有一种安慰。

单是那庙门、庙堂、庙院的建筑形式就很能让人镇定下来，忘记失学的怨愤，忘记失业的威胁，忘记失恋的折磨，似乎尘世的一切牵挂与烦恼都容易忘记了……晚风中，孩子们鸟儿一样地喊叫着游戏，在深巷里荡起回声，庙院中的老树沙啦沙啦摇动枝叶仿佛平静地看这人间，然后一轮孤月升起，挂在庙堂檐头，世界便像是在这小庙的抚慰下放心地安睡了。我想真不如出家为僧，粗茶淡饭暮鼓晨钟，与世无争地了此一生。

摇了轮椅回家，一路上却想，既然愿意与世无争地度此一生，又何必一定要在那庙里？在我那小作坊里不行吗？好像不行，好像只有住进那庙里去这心才能落稳。为什么呢？又回头去看月下小庙的身影，忽有所悟：那庙的形式原就是一份渴望理解的申明，它的清疏简淡朴拙幽深恰是一种无声的宣告，告诉自己也告诉别人，这不是落荒而逃，这是自由的选择，因而才得坦然。我不知道那庙中的僧徒有几位没有说谎，单知道自己离佛境还差得遥远，我恰是落荒而逃，却又想披一件脱凡入圣的外衣。

而且从那小庙的宣告中，我也听出这样的意思：入圣当然可以，脱凡其实不能，无论僧俗，人可能舍弃一切，却无法舍弃被理解的渴望。

2

有一回我发烧到40.3℃，躺在急诊室里好几天，高烧不退。我一边呻吟并且似乎想了一下后事的安排，一边惊异地发现，周围的一切景物都蒙上了一层沉暗的绿色，幸而心里还不糊涂，知道这不过是40.3℃在捣鬼。几天后，烧退了，那层沉暗的绿色随之消失，世界又恢复了正常的色彩。那时我想，要是有一种动物它的正常体温就是40.3℃，那么它所相信的真实世界，会不会原

就多着一层沉暗的绿色？这是一种猜测，站在人的位置永远无法证实的猜测。便是那种动物可以说话，它也不能向我们证实这一猜测的对还是错，因为它不认为那发绿的世界有什么不正常，因为它不可能知道我们所谓的正常到底是什么状态，因为它跟我们一样，无法把它和我们的两种世界做一番比较。

对于色盲者来说，世界上的色彩要少一些——比如说，不是七种而是五种。但为什么不可能是这样：世界上的色彩本不是七种而是九种，因为我们大家都是色盲呢？

我总猜想，在我们分析太阳的光谱时，是否因为眼睛的构造（还有体温呀，心率呀，血压呀等等因素）而事先已被一种颜色（比如沉暗的绿色）所蒙蔽所歪曲了？当然这猜想又是永远无法证实，因为我们不管借助什么高明的仪器，最终总归是要靠眼睛去做结论；而被眼睛所蒙蔽的眼睛，总也看不出眼睛对眼睛的蒙蔽。

那么听觉呢？那么嗅觉和味觉呢？那么人的一切知觉以及由之发展出来的理性呢？况且，人类的知觉说不定会像色盲一样有着盲点呢？我们凭什么说我们可以发现一个纯客观的世界呢？

3

一度，我曾屡屡地做一个大同小异的梦，梦见我的病好了，我的腿又能走了，能跑能跳而且腿上又有了知觉。因为这样的梦做得太多，有一回我在这梦里问这梦里的别人：“这回我不是又在做梦吧？”别人说：“不是，这怎么会是梦呢？当然不是。”我说：“那怎么证明？你怎么能给我证明这一次不是梦呢？”别人于是就给我证明，“你看太阳，不是还在天上？”“你看这树叶不是绿的吗？你听，不是还有风？”“你再看这河，水不是还在流着

吗？”……虽种种证明完全不合逻辑，但在梦中我却一一信服，于是激动得流泪，心想这一回到底不是梦了，到底是真的了。可这么一激动，就又醒了，看着四周的黑夜，心里无比懊恼。懊恼之余我想：要是在梦中可以怀疑是不是梦，那么醒了也该怀疑是不是醒吧？要是在梦中还可以做梦，为什么醒来就不可以再醒来呢？

我还常常做些离奇古怪的梦。有一次我梦见一个周身闪耀着灵光的人对我说："知道你的病因是什么吗？"我问："什么？"他说："你的脊髓里颠倒了八小时。"于是我相信我的病因可算找到了。有一次我梦见走进一片树林，或者有或者只是我感到有——一个声音在对我说："找找看，哪一棵树是你。"遍地的灌木葳蕤泼洒，高大的乔木蔽日遮天，我摸摸这一丛，敲敲那一棵，心想哪一棵回答说它是我，它就必定是我。有一次我梦见我放声高歌，歌声嘹亮响遏行云，而且是即兴的词曲，但低吟高唱无不抑扬成调。有一次，我梦见，我把右腿卸下来装在左胯上，再把左腿卸下来装在右胯上，于是我就能行走如初了。我也做过周游世界的梦，做过发财的梦，做过被称之为"春梦"的那种梦。我相信弗洛伊德们肯定会找到这些梦的原因，不过我对此没有多少兴趣。日有所思，夜有所梦，总归跑不出这个逻辑。让我感兴趣的是，梦中全不顾什么逻辑和规矩，单是跟着愿望大胆地走去。

你无论做什么样的离奇古怪的梦，你都不会在梦中感到这太奇怪，这太不可思议，这根本不可能，你会顺其自然地跟随着走下去。而这些事或这些念头要是放在白天，你就会羞愧不已、大惊失色、断然不信、踟蹰不前。这是为什么？很可能是这样：从人的本性来看，并无任何"奇怪"可言；就人的欲望来说，一切都是正当。所谓奇怪或不正当，只是在这个现实世界的各种规矩的衬照下才有的一种恐惧。

4

写作（这里主要指小说和散文）成为少数人的职业，我总感觉有点儿荒唐。因而我想“专业作家”可能是一种暂时现象。世界上那么多人，凭什么单要听你们几个人叨唠？人间那么多幸福快乐困苦忧伤，为什么单单你们几个人有诉说的机会？几十亿种生活，几十亿种智慧和迷惑，为什么单单选取你们的那一点点儿向大家公布？我觉得这事太离谱儿。

小说或散文若仅仅是一处商业性的娱乐场所倒也罢了，总归不能人人都开办游乐场。但文学更要紧的是生命感受的交流，是对存在状态的察看，是哀或美的观赏，是求一条生路似的期待、迷途的携手或孤寂的摆脱，有人说得干脆，那甚至是情爱般的袒露、切近、以命相许、海誓山盟。这可是少数几个人承担得起的吗？

作家都自信道出了世事众生的真相，即便夸张、变形、想象、虚构、拼接、间离……但他们必说那是真或是本质的真。虽对真的检查见仁见智，但有一条肯定：自命虚假的作品绝无。然而人间浩瀚复杂瞬息万变，几位职业作家能看见多少真呢？有一副旧对子：百行孝当先 / 万恶淫为首。据说有位闲人给上下联各添了十二个字：百行孝当先，论心不论迹，论迹贫家无孝子 / 万恶淫为首，论迹不论心，论心自古无完人。迹可察，但心可度吗？我还听一位“文革”中遭拷打而英勇未屈者说过：要是他们再打我一会儿我可能就叛变了，我已经受不住了正要招认，偏这时他们打累了。我有时候猜测：那个打手一定是累了吗？还是因为譬如说他与某个女人约会的时间到了？当然还可能是其他原因，无穷无尽的可能性，只要当事人不说，真相便永无大白之日。还是那

句话，要是成千上万的人只听几个人说（且是小！说；是散！文），能听见多少真呢？充其量能听见他们几个人自己的真也就难能可贵。

扬言写尽人间真相，其实能看全自己的面目已属不易。其实敢于背地里毫不规避地看看自己，差不多就能算得圣人。记得某位先哲有话："语言，与其认为是在说明什么，不如说是在掩盖什么。"形单影只流落于千差万别的人山人海中，暴露着肉身尚且招来羞辱，还敢赤裸起心魂吗？自亚当、夏娃走出伊甸园人类社会于是开始之日，衣服的作用便有两种：御寒和遮羞；语言的作用也便有两种：交流和欺瞒。孤独拓展开漫漫岁月，同时亲近与沟通成为永远的理想。在我想来，爱情与写作必也是自那时始，从繁衍种类和谋求温饱的活动中脱颖而出——单单脱去遮身的衣服还不够，还得脱去语言的甲胄让心魂融合让差别在那一瞬间熄灭，让危险的世界上存一处和平的场所。可能是罗兰·巴特说过，写作者即恋人。所以有人问我，你理想中的小说（或散文）是什么？我想了又想，发现我的理想中并没有具体的作品，只有一种姑妄名之的小说环境或曰创作气氛，就像年轻恋人的眼前还没有出现具体的情人却早有了焦撩着的爱的期待。于是我说，在我的理想中甚至是思念里，写小说（或写散文）应该是所有人的事，不是职业尤其不是几个人的职业，其实非常非常简单那是每一个人的心愿，是所有人自由真诚的诉说和倾听。所有人，如果不能一同到一个地方去，就一同到一种时间里去，在那儿，让心魂直接说话，在那儿没有指责和攻击当然也就无需防范和欺瞒，在那儿只立一个规矩：心魂有袒露的权利，有被了解的权利，惟欺瞒该受轻蔑。

所以我希望"职业作家"是暂时现象。我希望未来的写作是所有人的一期假日，原不必弄那么多技巧，几十亿种自由坦荡的声音是无论什么技巧也无法比拟的真实、深刻、新鲜。我希望写

作是一块梦境般自由的时间，有限的技巧在那儿死去，无限的心思从那儿流露无限的欣赏角度在那儿生长。当然当然，良辰一过我们还得及时醒来，去种地，去打铁，上下班的路上要遵守交通规则。

5

我最早喜欢起小说来，是因为《牛虻》。那时我大约十三四岁，某一天午睡醒来颇有些空虚无聊的感受，在家中藏书寥寥的书架上随意抽取一本来读，不想就从午后读到天黑，再读到半夜。那就是《牛虻》。这书我读了总有十几遍，仿佛与书中的几位主人公都成了故知，对他们的形象有了窃自的描画。后来听说苏联早拍摄了同名影片，费了周折怀着激动去看，结果大失所望。且不说最让我难忘的一些情节影片中保留太少，单是三位主要人物的形象就让我不能接受，让我感到无比陌生：琼玛过于漂亮了，漂亮压倒了她高雅的气质；蒙泰尼里则太胖，太臃肿，目光也嫌太亮，不是一颗心撕开两瓣的情状；牛虻呢，更是糟，亚瑟既不像书中所说有着女孩儿般的腼腆纤秀，而列瓦雷士也不能让人想起书中所形容的“像一头美洲黑豹”。我把这不满说给其他的《牛虻》爱好者，他们也都说电影中的这三个人的形象与他们的想象相去太远，但他们的想象又与我的想象完全不同。回家再读一遍原著，发现作者对其人物形象的描写很不全面，很朦胧，甚至很抽象。于是我明白了：正因为这样，才越能使读者发挥想象，越能使读者根据自己的经验去把各个人物写真，反之倒限制住读者的参与，越使读者与书中人物隔膜、陌生。“像一头美洲黑豹”，谁能说出到底是什么样呢？但这却调动了读者各自的经验，牛虻于是有了千姿百态的形象。这千姿百态的形象依然很朦胧，不具体，而且

可以变化，但那头美洲黑豹是一曲鲜明的旋律，使你经常牵动于一种情绪，想起他，并不断地描画他。

在已有的众多艺术品类中，音乐是最朦胧的一种，对人们的想象最少限制的一种，因而是最能唤起人们的参与和创造的一种。求新的绘画、雕塑以及文学，可能都从音乐得了启发，也不再刻意写真写实，而是看重情绪、节奏、旋律，追求音乐似的效果了。过去我不大理解抽象派绘画，去年我搬进一套新居，挺宽绰，空空的白墙上觉得应该有一幅画，找了几幅看看觉得都太写实，太具体，心绪总被圈定在一处，料必挂在家里每天看它会有囚徒似的心情。于是想起以往看过的几幅抽象派画作，当时不大懂，现在竟很想念，我想在不同的日子里跟它们会面，它们会给我常新的感觉，心绪可以像一个囚徒的改过自新。

听觉原就比视觉朦胧，因而音响比形象更能唤起广阔的想象。比听觉更朦胧的，是什么？是嗅觉。将来可否有一种嗅觉交响乐呢？当然那不能叫交响乐，或许可以叫交味乐？把种种气味像音符一样地编排，让它们幽眇或强烈地散发，会怎么样？准定更美妙，浮想联翩，味道好极了！

6

几年前美术馆有过一次别开生面的“现代艺术展”，我因行动不便，没能去看。听说最令人惊诧不解的一份作品是：一个人（作者本人），坐在小板凳上，双脚浸在水盆里，默默然旁若无人地洗脚。有看过的人回来说：“什么玩意儿，越玩儿越邪乎了！早知这样不如上澡堂子看去。”

我却接受这份作品，心绪因之漫展得辽远，无以名状地感动。为什么会这样，连自己也一时猜不透，是不是也中了邪？慢慢想，

似乎有一点儿明白。

我先是想到自己也有类似的时候，无论是生命中的什么滋味，一尝到极端便无以诉说，于是从繁杂的世界回到属于自己的一隅，做着必要的凡俗之事，思绪却东奔西走，但无以诉说的事恰恰指向了现实的绝境，思绪走投无路便可能开出一块艺术的心境，看见生命的危惧，看见不屈不死的渴望，于是看见上帝的恩赐和生活的原状，感动着但是镇定了，镇定了又不想麻木，种种滋味依然处在极端，但一改愤世嫉俗的故习，转而追随了审美的逻辑。

其次我想到这是为什么。——把几颗粗糙平凡随处可以捡到的石子，似乎排布随意地粘在一只素雅的瓷盘上，就使人有了艺术的感受；把几片凋零枯焦并不珍奇的落叶装在精美的镜框里，就产生了审美价值；把农舍门窗上的剪纸陈列在美术馆里，人们就更加看见它们的魅力。原因肯定很多。但我想，至关重要的是发现者的态度。在那石子、落叶、剪纸和瓷盘、镜框、美术馆之间，是发现者的态度，弥漫着发现者坎坷曲回的心路，充溢着发现者迷茫但固执的期盼，从而那里面有了从苦难到赞美的心灵历史。任何一种东西，原本并没有美在其中，万物之间也并没有美的关系，是人发现了美。美，其实是人对世界、对生命的一种态度。在那石子、落叶、剪纸和瓷盘、镜框、美术馆的关系中，便蕴藏了发现者的这类态度。而真正的欣赏也得是一种发现。基于欣赏者的态度而有的一种发现，或者基于这种发现而生长的一种态度。当我们看着这些作品，我们发现了什么呢？除了发现发现者所发现的，更重要的发现是，我们还发现了发现者与其作品的关系，我们感动的其实是发现者的态度，其实是再发现时我们所持的态度。于是我们也成为发现者，甚至成为有更多发现的发现者，思绪万千。要是你没能发现发现者的态度，没能发现一个孤独的洗脚者和周围高雅堂皇的建筑和各怀心事的人群之间的关系，那当然就不如去路边看石子和到澡堂子里去看洗浴了。

有一种叫作“接受美学”的东西，我想没准儿就是这么回事。

其实什么叫艺术品呢？真是没有一定之规。莫扎特就一定是？但是听不懂他的人从中毫无所得。冬日北风中的一声叫卖就一定不是？但有人却从中听见人生辽阔的存在。常听说某种艺术被称为空间艺术，某种艺术被称为时间艺术，我想这说法不算恰当。艺术从来就不是发生在空间和时间，而是发生在更高的一维，发生于众生之精神寻觅的网脉一样的遭遇和联结之上，如何地遭遇联结恐怕专属于神的作为，人呢，借助了时空去接近她。但时空常又阻碍了这种接近，这才有无羁无绊的沉思默想跳出在时空之上，无中生有地开辟一条朝圣之路。

7

为什么，往事总在那儿强烈地呼唤着，要我把它们写出来呢？

为了欣赏。人需要欣赏，生命需要被欣赏。就像我们需要欣赏我们的爱人，就像我们又需要被爱人欣赏。

重现往事，并非只是为了从消失中把它们拯救出来，从而使那部分生命真正地存在；不，这是次要的，因为即便它们真正存在了终归又有什么意义呢？把它们从消失中拯救出来仅仅是一个办法，以便我们能够欣赏，以便它们能够被欣赏。在经历它们的时候，它们只是匆忙，只是焦虑，只是“以物喜，为己悲”，它们一旦被重现你就有机会心平气和地欣赏它们了，一切一切不管是什么，都融化为美的流动，都凝聚为美的存在。

成为美，进入了欣赏的维度，一切才都有了价值和意义。说生命的终极价值和意义是美，仿佛有点儿无可奈何。我们可以把社会的价值和意义发现得很清晰，很具体，很实在或很实用。可是生命呢？如果一切清晰、具体、实在和实用的东西都必然要毁

灭，生命的意义难道还可以系之于此吗？如果毁灭一向都在潜伏着一向都在瞄准着生命，那么，生命原本就是无用的热情，就是无目的的过程，就是无法求其真而只可求其美的游戏。

所以，不要这样审问小说——“到底要达到什么？”“到底要说明什么？”“到底要解决什么？”“到底要完成什么？”“到底要探明什么？”“到底要判断什么？”“到底怎么办？”小说只是让我们欣赏生命这一奇丽的现象，这奇丽的现象里包含了上述的“到底”和“什么”，但小说不负责回答它。小说只给我们提供一个机会，一个摆脱真实的苦役、重返梦境的机会：欣赏如歌如舞如罪如罚的生命之旅吧。由一个亘古之梦所引发的这一生命之旅，只是纷纭的过程，只是斑斓的形式。这足够了。

我每每看见放映员摆弄着一盘盘电影胶片，便有一种神秘感，心想，某人的某一段生命就在其中，在那个蛋糕盒子一样的圆圆的铁盒子里，在那里面被卷作一盘，在那儿存在着，那一段生命的前因后果同时在那儿存在了，那些历程，那些焦虑、快乐、痛苦，早都制作好了，只等灯光暗下来放映机转起来，我们就知道是怎么回事了。于是我有时想，我的未来可能也已经制作好了，正装在一只铁盒子里，被卷作一盘，上帝正摆弄他，未及放映，随着时光流逝斗转星移，我就一步步知道我的命运都是怎么回事了。于是我又想，有一天我死了，我一生的故事业已揭晓，那时我在天堂或在地狱看我自己的影片：哈！这不是我吗？哈，我知道我都将遇到什么，你们看吧，我过了二十一岁我就要一直坐在轮椅上，然后我在一家小作坊干了七年，然后我开始学写作……不信你们等着瞧。我常想，要是有那样的机会，能够那样地看自己的一生，我将会被自己感动，被我的每一种境遇所陶醉。

8

Y跟我说，有一回他和几个朋友慕名去见一位精通预测（或曰算命）的大师，大师的本领果然不凡，虽与Y和Y的几个朋友素昧平生，却把Y的几个朋友以往的际遇推算得准确至极。算对了以往再算未来，Y的几个朋友前途各异，因而有的喜形于色，有的掩饰不住忧虑。轮到Y时，Y退却，扭头溜掉。Y说，他原是想看个稀罕，并未认真，不料那大师真的名不虚传。Y说，这一下他倒害怕了。我问："怕什么？"Y说："因为他算得太准。把什么都算出来，我往下可还活得什么劲儿呢？就像下棋，每一步都已了然，再下还有什么趣味？"

Y对命运的态度，依我看，比那位大师更高明。

虽然多数的算命属骗钱糊口的勾当（其实这类勾当很多，不止于算命），但我相信有些算命或对命运的预测是有道理的，确凿灵验。是什么道理，我当然不知道。但对天气预报既然可以有所信赖，地震预报虽不灵验者多但仍在提倡，为什么不能尝试其他方面的预测呢，比如命运？

但我也有如Y的一种忧虑：倘终于未来的一切都了如指掌，人生就怕十分地乏味了。除此忧虑外，我还有一份顽固的糊涂：可预测，但可预防吗？

如果单单是预测得准确而无法预防，是喜事便好，是祸事呢？岂不倒白白赔进去额外的惊吓与苦恼？所以碰上算命的，我总是请他报喜不报忧，真与不真我并不计较。常言道"笑比哭好"，有一份美梦可做，显见得不是坏事。这美梦越是做得长久，我便越是快慰得长久，假如这美梦在我死前一直不被揭穿，我岂不是落得了一生的好运道？揭穿了也不怕，还可以再为自己预算出一

些好运，不断地为自己筹措虚渺的美景良辰，使自己总有美梦可做，至死方休。这么说，肯定会有人以为大谬不然，嗤之以鼻。换一个说法也许就好了：人活着，总是要心怀美丽的理想。人是最喜欢沉醉于虚渺的动物，而且这不是坏品质。

命运，要是不单可以预测，还可以预防，因而可以避祸，那当然最好不过。可是我想，预测仅仅是旁观因而不影响世界原有的结构，预防却是干预，预防之举必定会改变原有的世界，因之原有的预测也就不再准确。那么在这个已经掺进了预防已经改变了的世界中，还可以继续预测和预防吗？也就是说，可以预测那些预测吗？可以预防那些预防吗？假定可以。那么肯定会出现对预测的预测，对预测的预测的预测……对预防的预防的预防……如此无穷地循环，结果必是谁也无从预测，谁也无法预防，或者是大家整日都在忙于预测和预防，再无其他事做。只有一个办法可以拯救预测和预防，那就是只给少数人以预测和预防的特权（人数越少效果越好），就像只给少数人以高官厚禄的机缘。但少数的特权给谁——这可以预测和预防吗？倘可预测，便说明命运的不可预防；若可预防，还不又是争权夺利似的争斗？

9

早听人说过特异功能的神奇，不敢不信，但未目睹，总还是心存疑忌。前不久终于有缘亲眼看了一回，一位赫赫有名的特异功能大师离我不足两米之距，只见他把我们刚刚吃饭时用过的两只不锈钢餐叉并在一起，握在掌心，吹一口气，揉捏片刻轻轻一拧，噹啷一声掷于桌面，两只餐叉已是麻花般缠绞在一起。在场的人或惊叫，或目瞪口呆。我定了定神，看看四周的世界，心中竟一阵阵恐惧。怕什么？世界原来藏着秘密，在被认为不可能藏

着秘密的地方藏着秘密，世界就很是一个阴谋家似的可怕。我于是懂得，当“地球是圆的地球是围绕太阳转着”的消息第一次发布时，反对者绝不是出于嫉恨，而是出于恐惧。

对特异功能的神奇，还是不相信者居多，这情有可原，因为多数人没有机会亲眼看看。但听说，也有人对此取“不信、不听、不看”的态度，还自称是对科学的捍卫，是反迷信的义举，这真是更为特异的逻辑。不信，那是不信者的自由；不听，则已有盗铃之嫌；不看呢，才真是可怕的迷信了。有人说，现代最大的迷信是科学自己，说得痛快！任何思想、逻辑、认识世界的方法，要是醉在自己的成功上，自负得以至封闭，都有望愚昧蛮横成一个暴君。

对特异功能（还有气功）的神奇，又有人持另一种拜倒的态度：相信那是能使人类千古梦想终得实现的力量，是拯救众生脱离困苦的佛光，是最最最伟大的宗教。我真是不信，同时我相信又一个暴君正在发育成长。

我相信气功和特异功能的神奇力量的确凿。我相信它的效用越是确凿，就越说明它是科学，是潜科学；我相信它越是有神奇的力量，就说明它越不是宗教，宗教一向是在人力的绝境上诞生。我相信困苦的永在，所以才要宗教。我相信，人们不愿承认末日的必来和不愿承认困苦的永在，乃是所有救世哲学难于自圆的病根。

譬如说佛的宏愿，那不可能是一种事实，那永远只是一个理想；佛以一个美丽的理想，帮助众生与困苦打交道罢了。因为：倘一人不能成佛，众生便未得度。众生都若成佛，世间便无差别和矛盾，也就同于死寂。若从死寂中再升华出一个更高明的世界，也只是有了更高明的差别和矛盾，于是又衍生出众生更为高明的困苦，和更为高明的佛。佛很可能一向就是位媒人，经他介绍，众生才得与困苦相识，并天荒地老永不分离。

10

我这样理解真善美："有物混成，先天地生。"自然，就是真，真得不可须臾违抗。知人之艰难但不退而为物，知神之伟大却不梦想成仙，让爱燃烧可别烧伤了别人，也无需让恨熄灭，惟望其走向理解和宽容；善，其实仅指完善自我，但自我永无完善。因而在无极的路上走，如果终于能够享受快慰也享受哀伤，就看见了美。

但我也发现荒诞：走在街上，坐在家中，或匆匆奔赴一个约会，或津津有味地做一篇文章……这样的时候我的眼睛常常跳到屋顶上、树梢上、天空的各种颜色里，俯看自己，觉得下面这个中年男子真是乖张。这家伙自以为是在奔赴约会，其实呢，不过是一步步去会见死亡；自以为献身一项有益的事业，其实很可能只是自寻烦恼和无事忙；自以为有一份使命，其实说不定正高歌猛进在歧途上。但这样想过却不能放弃，目光从天际回来，依然沉湎于既往的荒唐。

但什么是歧途和荒唐？谁能告诉我，怎样才不是歧途和荒唐？

也许，人，就是歧途。因为人是欲望的化身，没有欲望也就没有人。因为欲望不能停留，否则也就不是欲望。因为"地上本没有路，走的人多了，也便成了路"。因为在无路之地举步，本无法保证那是正道。所以倒是歧途养育了我们这种动物。

人，未必就高于其他动物。见一头牛被奴役，便可想到人也在被命运奴役。见一只鹿自由快乐地消磨光阴，便可想到，人的一切所为，也正是为了快乐地消磨由一生光阴铸成的歧途。就像坐着长途的列车，空洞的时间难熬，便玩着扑克牌，玩呀玩呀，那煎熬的时间就在快乐中过去了，注目再看时，好了，到了，大

家散伙下车，扑克牌再无意义了。当然，把扑克牌换成书也行，换成沉思也行，换成辩论和正义的战斗也都行。

那么，比如鹿，比如鱼和鸟，它们“快乐地消磨”的方式，凭什么说一定低于人的方式呢？很怪。惟有想到自己是人这一无可争辩的事实时，才相信自己的方式的必要性。万物平等。人为自己留一颗骄傲的心，人为自己设置美丽的理想，只是更利于“快乐地消磨”罢了，绝不是说人可以傲视一只坦然而飞的鸟，或一条安然入梦的鱼。

也许上帝设计了这歧途是为了做一个试验：就像我们放飞一群鸽子，看看最后哪只能回来。或者是对他的孩子们的一次考验：把他们放进龌龊中去，看看谁回来的时候还干净。

11

在电视中见过这样一个节目：数名影视剧中的反角演员一起登台，向观众祝贺节日，和大家一起欢度佳节。主持人说：人们总是更关注正面角色的演员，但是别忘了他们（摄像机便逐一地对准这一群或“可怕”或“可憎”的面孔），没有他们的合作就没有戏，他们和正面角色的演员一样功不可没。台下鼓掌。然后他们中的一位说：在戏里我们都是坏蛋，在生活里（看看他的一群伙伴），其实咱们都是好人。台下又鼓掌，表达对他们的感谢。这时候我心里似乎惊喜，似乎温暖，似乎一切梦想都接近实现。

坐在电视机前，眼睛再看不见其他节目，我想象一个剧团因为没有了反角演员而面临散伙的窘境。我想，那时所有的正角演员一定都被发动起来，求贤似渴般地去寻找反角演员，就像刘玄德三顾茅庐，就像萧何月下追韩信，甚至就像一条要沉没的船上发出着求救信号，甚至就像一群迷途者在呼唤上帝的指引。据说，

一个真正的英雄在打败了所有的敌人之后，忽然感到无比的恐慌，忽然看不见了生命的价值，因而倒成了一个真正的失败者。

世界大舞台，舞台小世界。设若世界上没有了歧途全剩下正道，设若世界上没有了反面角色单留无数英雄豪杰，人类大约也就是一个面临散伙的大剧团，想必我们也得呼唤救星一样地呼唤反面角色，久旱祈雨般地祈求天降歧途。幸好不是这样，幸好上帝深谙戏剧之要义，便是在小世界幕落之后，也还在大舞台上为我们准备了无路之地，待我们去踏出正道也踏出歧途。

有幸踏出正道的当然是好人。谁去踏出歧途呢？不幸踏住歧途的在这大舞台上便被称作坏蛋。（说明一下：歧途者，并不单指山野间的歧途，还指心理和灵魂的歧途。）这就显得不大公平。步入歧途已然不幸，还要被大家轻蔑和唾骂；走上正道已经交得好运，还要追加恭维和赞美。但从戏剧的进展和效果考虑，非如此而不可，唾骂和赞美原是演出歧途和正道的方法。

当然法律还是法律，不可松懈，正如演员不可擅自篡改剧作的编排。我只希望，在世界大舞台上，也有正反角色共度佳节的机会。在坏蛋被惩处的地方，让我们记起角色后面的那个演员，从而在人的意义上，在灵魂的神殿前，呈上一份平等的追悼和理解，想起我们的大剧团所以没散伙的一个原因。

12

我的一位朋友的儿子，小名儿叫老咪。老咪六七岁的时候，他的哥哥十二三岁。十二三岁的哥哥正处在好奇心强烈的年纪，奇思异想层出不穷，有一个问题最吸引他：时间，时间是从什么时候开始的？他把这个问题去问他爹，他爹回答不出。他再把这问题去问老师，老师也摇头。于是哥哥把它当作一个难倒成年人

的法宝，见哪个狂妄之徒胆敢卖弄学问，就把这问题问他，并窃笑那狂徒随即的尴尬。

但有一天老咪给这问题找到了精彩的答案。那天哥哥又向某人提问:“时间，你知道吗，是从什么时候开始的？”这时老咪正睡眼蒙眬地瞄准马桶撒尿，一条闪亮的尿线叮咚地激起浪花，老咪打个冷颤，偷眼去望墙上的挂钟，随之一字一板泰然答道:“从一上弦就开始了。”语惊四座。这老咪将来做得哲人。

我生于1951年。但在我，1951年却在1955年之后发生。1955年的某一天，我记得那天日历上的字是绿色的，时间，对我来说就始于这个周末。在此之前1951年是一片空白，1955年那个周末之后它才传来，渐渐有了意义，才存在。但1955年那个周末之后，却不是1955年的一个星期天，而是1951年冬天的某个凌晨——传说我在那个凌晨出生。我想象那个凌晨，于是1951年的那个凌晨抹杀了1955年的一个星期天。那个凌晨，4点57分我来到人间（有出生证为证），奶奶说那天下着大雪。但在我，那天却下着1956年的雪，我不得不用1956年的雪去理解1951年的雪，从而1951年的冬天有了形象，不再是空白。然后是1958年，这年我上了学，这一年我开始理解了一点儿太阳、月亮和星星的关系。而此前的1957年呢，则是1964年时才给了我突出的印象，那时我才知道一场“反右”运动大致的情况，因而1957年下着1964年的雨。再之后有了公元前，我知道了并设想着远古的某些历史，而公元前中又混含着对2001年的幻想，我站在今天设想远古又幻想未来，远古和未来在今天随意交叉，因而远古和未来都刮着现在的风。

我理解，博尔赫斯的“交叉小径的花园”是指一个人的感觉、思绪和印象，在一个人的感觉、思绪和印象里，时间成为错综交叉的小径。他强调的其实不是时间，而是作为主观的人的心灵，这才是一座迷宫的全部。

13

有很多回，有很多事，我冥思苦想，似有所得，并为之欣喜，但忽一日却从书中发现，我所想到的前人早已想到了，不免沮丧。

我是不是白想了呢？没有，我没有白想。

我想到了我才明白了前人的所想，前人的所想才真正存在。如果我没想到，即便我读到前人的所想我也不会理解，前人的所想也就等于无。

所以我知道了：凡我想到的前人都想到了，凡我没想到的也就等于没有前人的所想。

看来亘古至今，人们是在反复地问着和回答着同一个问题，不得不这样。人们轮班地来做同一个猜谜游戏。结束之后是开始。

1992 年 7 月 23 日

游戏·平等·墓地

1. 游戏，摆脱时间的刑役

设若我们不管为了一个什么目的到一个什么地方去，坐火车去，要在火车上度过比如说三天三夜。我们带上吃的、喝的，以及活命七十二小时所必需的用物，要不就带上钱以备购买这些东西。当然此前我们先买好了车票，就是说我们的肉体在这趟车上已经确定有了一个位置。此外我们还得带上点儿什么呢？考虑到旅途的寂寞，带一副棋或一副牌，也可以是一本书，或者一个可以收听消息的小机器……很明显，这已不是活命的需要，这是逃避、抗拒，或者说摆脱时间空洞的需要，是活命之后我们这种动物所不可或缺的娱乐。如果没有棋没有牌没有书也没有消息，有一个彼此感兴趣的对话者也行，如果连这也没有，那么一个想象力丰富的人还可以在白日梦中与这个世界周旋，一个超凡入圣的人还可以默坐诵经以拒斥俗世的烦恼。但所有这些行为都证明了一个共同的起因：空洞的时间是不堪忍受的，倘其漫长就更是可怕的了。

据说有一种最残酷的刑罚：将一个人关在一间空屋子里，给他充足的食物、水、空气，甚至阳光，但不给他任何事做，不给

他任何理睬，不给他与任何矛盾和意义发生关系的机会，总之，就这么让他活着性命，却让他的心神没有着落没有个去处，永远只是度着空洞的时间。据说这刑罚会使任何英雄无一例外地终致发疯，并在发疯之前渴望着死亡。

我们在那趟火车上打牌，下棋，聊天，看书，听各种消息并在心里给出自己的评价……依靠这些玩具和游戏逃过了七十二小时空白时间的折磨（我们之所以还挺镇静，是因为我们知道七十二小时毕竟不是太久），然后我们下车，颇有凯旋的感觉。其实呢，我们不过是下了一趟小车，又上了一趟大车。地球是一趟大车，在更为广阔的空间中走；生命是一趟大车，在更为漫长的时间中走。我们落生人间，恰如上了一趟有七八十年乃至更长行程的列车。在这趟车上，有吃的、喝的、空气、阳光以及活命所需的一切条件。但若在这趟车上光有一副牌一副棋之类的玩意儿就大大地不够，这一回我们不是要熬三天三夜，而是要度过一生！“无聊”这个词语的出现，证明我们有点恐慌；前述那种最残酷的刑罚，点明了我们最大的恐惧并不是死亡，而是漫长而空洞的时间。幸好上帝为我们想得周全，在这趟车上他还为我们预备了取之不尽用之不竭的各式各样的矛盾和困阻。这些矛盾和困阻显示了上帝无比的慈悲。有了它们，漫长的时间就有了变化万千的内容，我们的心神就有了着落，行动就有了反响，就像下棋就像打牌就像对话等等等等，我们在各种引人入胜的价值系统中寻找着各自喜欢的位置，不管是“有情人终成眷属”还是“纵使齐眉举案，到底意难平”，我们就都能够娱乐自己了。谢谢上帝为我们安排得巧妙：想跑，便有距离；想跳，便有引力；想恋爱，便有男人也有女人；想灭欲，便有红尘也有寺庙；想明镜高悬，既能招来权门威逼也能赢得百姓称颂；想坚持真理，既可留一个美名也可落一个横死；想思考，便有充足的疑问；想创造，便有辽阔的荒寂；想真，便有假的对照；想善，便有恶的推举；想美，便有

丑的烘托；想超凡入圣，便有卑贱庸碌之辈可供嘲笑；想普度众生，便有众生无穷无尽的苦难……感谢上帝吧，他给我们各种职业如同给我们各种玩具，他给我们各种意义如同给我们各种游戏，借此我们即可摆脱那种最残酷的刑罚了。

这样来看，一切职业、事业都是平等的。一切职业、事业，都是人们摆脱时间空洞的方法，都是娱乐自己的玩具，都是互为依存的游戏伙伴，所以都是平等的，本不该有高低贵贱之分。如果不是为了我们这种动物所独具的精神娱乐的需要，其实一切职业、事业都不必，度命本来十分简单——像一匹狼或一条虫那样简单，单靠了本能就已足够，反正在终于要结束这一点上我们跟它们没什么两样。所以我想，一切所谓精英、豪杰、大师、伟人都不该再昧了良心一边为自己贴金一边期待着别人的报答，不管是你们为别人做了什么贡献，都同时是别人为你们提供了快乐（助人为乐，不是吗？），最好别忘了这个逻辑，不然便有大则欺世小则卖乖之嫌疑。——当然当然，这也不全是坏，正如丑烘托了美，居功自傲者又为虚怀若谷的人提供了快乐的机缘。

2. 平等，上帝有意卖一个破绽给我们猜？

“一切职业、事业都是平等的”，这恐怕只是一个愿望，永远都只是一个愿望。事实上，无论是从酬劳还是从声誉的角度看，世间的职业、事业是不平等的，从来也没有平等过，谁也没有办法命令它们平等。

要是我们真正理解了上帝的慈悲，我们就应该欣然接受这一事实。上帝无比的慈悲，正在于他给了我们无穷无尽的矛盾和困阻，这就意味了差别的不可抹杀。如果没有平凡的事业、非凡的事业和更为伟大的事业之区分，就如同一出情节没有发展的戏剧，

就等于是抽去两极使人类的路线收缩成一个无限小的点，我们娱乐的机缘很快就会趋于零了。这便如何是好呢？因为倘若平等的理想消失，就如同一种没有方向的游戏，就等于是抽去一极而使另一极也不能存在，结果还是一样，我们娱乐的机缘仍会很快消失。我们得想个法子，必须得有个办法既能够保住差别又可以挽救平等。于是一个现实主义的戏剧就不得不有一点理想主义的色彩了，写实的技巧就不得不结合浪漫的手法了，善不仅是真，善还得是美，于是我们说“人的能力有大小，只要如何如何我们的精神就一样都是伟大的”。这法子好，真的好，一曲理想的歌唱便在一个务实的舞台上回响了，就像繁殖的节奏中忽然升华出爱情的旋律。此一举巧夺天工，简直是弥补了上帝的疏漏。不过，也许是上帝有意卖一个破绽期待我们去猜透：在现实的舞台上不能消灭角色的差别，但在理想的神坛上必须树立起人的平等。

跟着，麻烦的问题来了：人的平等，是说任何人都应该是平等的吗？那，我们能够容忍——譬如说，“四人帮”和焦裕禄是平等的——这样的观点吗？绝对不能！好吧，把问题提得小一点：难道小偷可以与警察画等号吗？当然不能。为什么不能？因为人间这一现实的戏剧要演下去，总得有一个美好的方向，自由的方向，爱的方向，使人能够期待幸福而不是苦难，乃是这出戏剧的魅力所在（且不去管它真否能够抵达极乐世界），此魅力倘若消散，不仅观众要退席连演员也要逃跑了。所以，必须使剧情朝着那个魅力所系的方向发展，把一个个细节朝那个方向铺垫，于是在沿途就留下价值的刻度，警察和小偷便有善恶之分，焦裕禄与“四人帮”便有美丑之别。但是，没有凶残、卑下、愚昧，难道可以有勇敢、高尚和英明吗？没有假恶丑，难道可以有真善美吗？总而言之，没有万千歧途怎么会有人间正道呢？“地上本没有路，走的人多了，也便成了路”，这是一种常常给我们启迪的思想。但是，世上本没有路，是不是抬腿一走便是一条正道呢？当真如此，

人生真是一件又简单又乏味的事了。很可能世上本来有很多路，有人掉进泥潭便使我们发现一条不能再走的路，有人坠落深渊便又使我们发现一条不能再走的路，步入歧途者一多我们的危险就少，所谓“沉舟侧畔千帆过”，于泥潭和深渊之侧就容易寻找正道了。这样看来，证明歧途和寻找正道即便不可等同，至少是一样地重要了。这样一想，我仿佛看见：警察押解着小偷，马克思怒斥着希特勒（尽管他们不是同时代的人），凡人、伟人、罪人共同为我们走出了一条崎岖但是通向光明的路，共同为我们提供了一个对称因而分明的价值坐标，共同为这出人间戏剧贡献了魅力。

我想，希特勒当然也曾是一个天真无邪的孩子，任何小偷，都没有理由说他生来就配做一个被押解的角色吧？相信存在决定意识的唯物主义者，想必更能同意这种理解。这出人间戏剧啊，要说上帝的脚本策划得很周密，这我信。但要说上帝很公正，我却怀疑。不管是在舞台的小世界，还是在世界的大舞台，没有矛盾没有冲突便没有戏剧，没有坏蛋们的难受之时便没有好人们的开心之日，这很好。但是谁应该做坏蛋？谁应该做丑角？凭什么？根据什么究竟根据什么？偶然。我们只能说这纯粹是偶然的挑选，跟中彩差不多。但是生活的戏剧中必然地有着善与恶、对与错，也必然地需要着这样的差别和冲突，于是这个偶然的中选者就必然地要在我们之中产生，碰上谁谁就自认倒霉吧。那么这些倒霉的中选者自己受着惩罚和唾骂而使别人找到了快乐和光荣，不也有点舍己为人的意思吗？当然他们并无此初衷。当然也不能仅凭效果就给他们奖励。对极了，为了人类美好方向的需要，为了现世戏剧的魅力之需要，我们不仅不能给他们奖励而且必须要给他们恰当的惩罚。杀一儆百有时也是必要的，否则如何标明那是一条罪恶的歧途呢？但是，在俗界的法场上把他们处决的同时，也应当设一个神坛为他们举行祭祀。当正义的胜利给我们带来光

荣和喜悦，我们有必要以全人类的名义，对这些最不幸的罪人表示真心的同情（有理由认为，他们比那些为了真理而捐躯的人更不幸），给这些以死为我们标明了歧途的人以痛心的纪念（尽管他们是无意的）。我们会想起他们天真的童年，想起他们本来无邪的灵魂，想起如果不是他们被选中就得是我们之中的谁被选中，如果他们没被选中他们也会站在我们中间。我们虔诚地为他们祈祷为他们超度吧，希望他们来世交好运（如果有来世的话），恰恰被选去做那可敬可爱的角色。我听说过这样的人，他们向二次大战中牺牲的英雄默哀，他们也向那场战争中战死的罪人默哀。这件事永远令我感动。这才真正是懂得了历史，真正怀有博大的爱心和深重的悲悯。这样人类就再一次弥补了上帝的疏漏（如果不是上帝有意卖一个破绽留给我们去参悟的话），使人人平等的理想更加光芒四射。

在人间的舞台上，英雄、凡人、罪人是不能平等的。那，现在我们以人人平等为由所祭祀的，是不是抽象的人呢？因而是不是一种哗众取宠的虚伪呢？是抽象的人，但并不是哗众取宠的虚伪；抽象的人不一定要真，正如理想，美就行，抽象的人是人类为自己描绘的方向。那么，这种不现实的人人平等又有什么用呢？不是吃饱了撑的瞎扯淡吗？一点儿都不瞎扯淡，理想从来就不与现实等同，但理想一向都是有用的。（顺便说一句，吃饱了，于猪是理想的完成，于人则仅仅是理想的开端。）惟当在理想的神坛上树立起人的平等，才可望有“法律面前人人平等”的现实。（没理由把“法律面前人人平等”单送给某一个阶级，因为这是属于全人类的智慧和财富。倘若有人卖假药，显然不能因而就把良药也消灭。）没有一个人人平等的神坛，难免就会有一个“君君臣臣”的俗界。不是吗？几千年的“君权神授”，弄来弄去跑不了是“刑不上大夫”的根由。

3. 墓地——历史的祭祀，万灵万物和解的象征

要是您白天忙了一天，晚上去看戏，戏散了您先别走，我告诉您一个最迷人的去处：后台。我们，我和您，我们设想自己还原成了两个孩子，两个给根棒槌就认真（纫针）的孩子，溜进后台。两个孩子想向孙悟空表达一片敬意，想劝唐僧今后遇事别那么刚愎自用，想安慰一下牛郎和织女，再瞅机会朝王母娘娘脸上啐口唾沫。可是，两个孩子忽然发现卸了装的他们原来是同事，一个个“好人”卸了装还是好人，一个个“坏蛋”卸了装也是好人，一个个“神仙”和“凡人”到了后台原来都是一样，他们打打闹闹互相开着玩笑，他们平平等等一同切磋技艺，“孙悟空”问“猪八戒”和“白骨精”打算到哪儿去度蜜月，于是“唐僧”和“王母娘娘”都抱怨市场上买不到像样的礼品。这时候两个孩子除了惊讶，势必会有一些说不清的感动一直留到未来的一生中去。

孩子长大了，有一天他走到一片墓地，在先人的坟墓前培一捧土、置一束花，默立良久。他有可能是我，也有可能是您。那是某一年的清明。每年的清明都是一样。墓地上无声地传诵着先人的消息，传诵着无比悠远、辽阔和纷繁的历史。往日的喧嚣都已沉寂；往日的悲欢都已平息；往日的功过荣辱，都是历史走到今天的脚步；往日千差万别的地位，被人类艰苦卓绝的旅程衬比得微不足道；曾经恩恩怨怨的那些灵魂，如今都退离了前台，退出了尘世的角色，“万法归一”，如同谢幕一般在幽冥中合唱一曲祭歌，祭祀着人类一致的渴盼与悲壮，因而平等。这时候我，或者您，又闯到世界大舞台的后台去了，这才弄明白，我们曾在舞台小世界的后台所得的那份感动都是什么。

这时我才懂得，人类为什么要有墓地。此前我总是蔑视墓地，

以为无用，以为是愚昧的浪费。现在我懂了，那正是历史的祭坛，是象征人类平等的形式。

但是前台常常不免让人灰心，我发现那墓地的辉煌与简陋竟也与死者生前的地位成正比。譬如说：为什么伟人死后要塑一尊像要建一座殿堂，而凡人死了只留一把灰和一捧土呢？难道现世的等级还要延展到虚冥中去分化人类的信念吗？难道人不是平等的，连在祈望中都不能得到一个平等的象征吗？无论再怎么解释都难有说服力，从不见有一座（哪怕是一座！）凡人纪念堂这一事实，到底是令人悲哀的。我的朋友力雄曾写过一篇文章，他设想建一座凡人纪念堂（不仅仅是骨灰堂），每一个凡人都有资格在那儿占一块小小的空间，小到够放置几页纸或一个小本子就行了。每个人都可以在那儿记录下他们平凡的一生及其感受，以使后人知道历史原来都是什么，以偿人类平等的夙愿。

这设想让我感动不已。我对力雄[①]说，我也有一个不错的想法，很久了。我想，我死的时候穿的什么就是什么，不要特意弄一身装裹，然后找一块最为贫瘠的土地，挖一个以我的肩宽为直径的深坑，把我垂直着埋进去，在那上面种一棵合欢树。我喜欢合欢树。我想这是个好办法。人死了，烧了，未免太无作为，不如让他去滋养一棵树，给正在灰暗下去的地球增添绿色。我想为什么不能人人如此呢？沙漠的扩展、河流的暴虐无常、恶劣气候的频繁，正给人类的生存带来威胁，而这，都是因为地球上的森林正在与日俱减。要是每个人死了都意味着在荒贫的裸土上长成一棵树，中国有十一亿人世界有五十亿人，一百年后中国便多出十几亿棵树，世界便多出五十几亿棵树，那会是一片片多么大的森林！那时候土地会变得肥沃，河流会变得驯顺而且慷慨，气候会更懂秩序，一年四季风调雨顺。当然不是都种合欢树，谁喜欢

---

① 力雄：王力雄，友人。——《史铁生全集》，北京出版社，2016年

什么树就种什么树，树都是平等的。后人像爱护先人的坟墓那样爱护着这些树，每逢忌日，培土还是培土，酹酒改为浇灌，献花改为剪枝，死亡不单意味着悲痛，更不意味着浪费，而是意味着建设，意味着对一片乐土的祈祷和展望。森林逐日地大起来，所有可爱的动物和美丽的植物都繁荣昌盛。那样，墓地不仅是人类历史的祭坛，不仅是人类平等的象征，还是万灵万物的圣殿，还是人与自然和解的象征与实证。力雄说我这个想法也很好，就让他那个凡人纪念堂坐落在这样的森林中间，或者就让凡人纪念堂的周围长起这样的大森林来。

我想，为了记住这一棵树下埋的是谁，也可以做一面小小的铜牌挂在树上，写下死者的名字。比如说我，那铜牌上不要写史铁生之墓，写：史铁生之树。或者把树的名字也写上：史铁生之合欢树。

1991 年 7 月 31 日

记忆迷宫

人们越来越多地使用电脑写作了。人们夸奖 386 比 286 好、486 比 386 更好，那情形很像是在夸奖这个人比那个人更聪明。就像智力比赛，所谓“更聪明”即是说：运算（理解）的速度更快，存储（记忆）的信息更多，以及表达得更准确和联想的范围更宽广。于是有一个可笑的问题提出：用 486 写作，会比用 286 写得更好吗？这个可笑的问题甚至不用回答。但与这个问题同样可笑的逻辑却差不多通行，比如：要是我们写得不及某人，我们首先会怪罪我们的大脑不及某人。

如果作品的美妙和作者的智商不成正比，如果我们的文学止步不前而世界上仍在不断涌现出伟大的作家，我们主要应该怪罪什么呢？如果 486 并没有写出比 286 更有新意更有魅力的作品，大家都明白，是坐在 486 前面敲打键盘的那个人不行。如果一个智商很高的大脑却缺乏创造力，只能不断地临摹前人和复制生活，其原因何在呢？

我看过一位哲学家写的一篇谈电脑与灵魂的文章，其中有这样一段话：

躯体和灵魂之间的模糊分别通常是理解为躯体与心

灵，或者大脑与心灵之间的分别。研究这分别的一个途径是问：大脑是否能够做到心灵所能做的一切……

当然，目前更受注目的一个问题是电子计算机（电脑）是否有人……一样的能力……假如电子计算机能做到的跟人一样，则我们也只不过是电子计算机而已；也就是说，我们的存在也并不独特。从这个角度看，我们其实正在问“人是否存在”——一个与传统问题“神是否存在”有同样重要性的问题。

显然，大脑做不到心灵所能做到的一切。心灵比大脑广阔得多，深远得多，复杂得多。甚至所谓无限，我想其实也只是就心灵的浩渺无边而言。我们生存的空间有限，我们经历的时间有限，但我们心灵的维度是无限的。在电脑方兴未艾突飞猛进的时代，我们更容易发现，人的独特之处，究其根本不在于大脑，不在于运算得更快和记忆得更牢，而在于心灵的存在。浩渺无边的心灵，是任何大脑和电脑所无能比拟的。再高超的电脑也是人的造物，再聪明的大脑如果没有心灵隐于其后，也只近似传声筒或复印机。恰恰是心灵的浩渺无边，使人的大脑独具创造力，使文学成为必要，使创作能够永恒，使作家常常陷入迷茫也使作家不断走进惊喜。大脑不能穷尽心灵，因此我们永远为心灵所累不得彻底解脱，也因此，我们的创作才有了永无穷尽的前途。

所以，如果486写得不如286，我们应该怀疑的是：在486前面，“人是否存在”？键盘噼噼啪啪地敲响着，当然不能怀疑一个血肉之躯的存在，也不能怀疑一个正常大脑的存在，但我们有理由怀疑心灵是否存在。就是说，聪明的电脑或者聪明的大脑是否联通了心灵？其运作是否听命于心灵？心灵不在，即是人的不在，一台聪明的电脑或大脑便是人或上帝的一次盲目投资。当然，并不否定聪明的作用，但写作如果仅仅是大脑对大脑的操作，则

无论是什么级别的大脑都难免走入文学的穷途。文学的无穷天地，我想可以描述为：大脑对心灵的巡察、搜捕和缉拿归案。聪明对于写作是一件好事，正如侦探的本事高超当然更利于破案。但侦探如果单单乐意走进市场而不屑于巡察心灵，我们就可能只有治安和新闻，而没有文学了。

心灵是什么呢？以及，心灵在哪儿？

我记得有一位哲学家（记不住他的名字）写过一本书（也记不住它的题目），书中问道："我在哪儿？"胳膊是我的，"我"在胳膊里吗？但没有了胳膊，却依然故"我"。腿呢？也一样，"我"也不在腿里。那么"我"在心脏或大脑里了？但是把心脏或大脑解剖开来找吧，还是找不到"我"。虽然找不到，但若给心脏或大脑上加一个弹孔，"我"便消失。

"我"，看来是一个结构，心灵是一个结构，死亡即是结构的消散或者改组。那么这个结构都包含什么呢？设想把一个人所有不致命的器官都摘除，怎样呢？这个人很可能就像一棵树或者一株草了。健全的生理就能够产生心灵吗？那么把一个生理健全的人与世隔绝起来，隔绝得完全彻底，他的心灵还能有什么呢？心灵并不像一个容器，内容没有了容器还可以存在，不，心灵是一个结构，是信息的组织，是与信息共生共灭的。所以，心灵的构成当然不等于生理的构成，心灵的构成正是"天人合一"，主观与客观的共同参与，心灵与这个世界同构。世界是什么？如果世界不能被我们认识穷尽，我们一向所说的世界到底是什么呢？我想，这世界，就重叠在我们的心灵上。虽然我们不能穷尽它，但是它就在那儿，以文学的名义无止无休地诱惑着我们，召唤着我们。

我在写一篇小说的时候，发现了一个悖论：

我是我的印象的一部分
而我的全部印象才是我

我没有用“记忆”，而是用了“印象”。因为往日并不都停留在我的记忆里，但往日的喧嚣与骚动永远都在我的印象中。因为记忆，只是阶段性的僵死记录，而印象是对全部生命变动不居的理解和感悟。记忆只是大脑被动的存储，印象则是心灵仰望神秘时，对记忆的激活、重组和创造。记忆可以丢失，但印象却可使丢失的生命重新显现。一个简单的例证是：我们会忘记一行诗句，但如果我们的心绪走进了那句诗的意境，我们就会丝毫不差地记起它；当然那得是真正的诗句。一个众所周知的例证是：普鲁斯特在吃玛德莱小点心时，一瞬间看遍了自己的一生。如普鲁斯特一样的感受，几乎我们每个人都有过。

但是，印象中的往事是否真实呢？这也许就先要问问：真实是什么？当我们说“真实”的时候，这“真实”可能指的是什么？

我想引用我正在写着的一部小说中的一段话：

当一个人像我这样，坐在桌前，沉入往事，想在变幻不住的历史中寻找真实，要在纷纷纭纭的生命中看出些真实，真实便成为一个严重的问题。真实便随着你的追寻在你的前面破碎、分解、融化、重组……如烟如尘，如幻如梦。

我走在树林里，那两个孩子已经回家。整整那个秋天，整整那个秋天的每个夜晚，我都在那片树林里踽踽独行。一盏和一盏路灯相距很远，一段段明亮与明亮之间是一段段黑暗与黑暗，我的影子时而在明亮中显现，时而在黑暗中隐没。凭空而来的风一浪一浪地掀动斑斓的落叶，如同掀动着生命的印象。我感觉自己就像是这空空的来风，只在脱落下和旋卷起斑斓的落叶之时，才能捕捉到自己的存在。

往事，或者故人，就像那落叶一样，在我生命的秋风里，从黑暗中飘转进明亮，从明亮中逃遁进黑暗。在明亮中的，我看见他们，在黑暗里的我只有想象他们，依靠那些飘转进明亮中的去想象那些逃遁进黑暗里的。我无法看到黑暗里他们的真实，只能看到想象中他们的样子，随着我的想象他们飘转进另一种明亮。这另一种明亮，是不真实的吗？当黑暗隐藏了某些落叶，你仍然能够想象它们，因为你的想象可以照亮黑暗可以照亮它们，但想象照亮的它们并不就是黑暗隐藏起的它们，可这是我所能得到的惟一的真实。即便是那些明亮中的，我看着它们，它们的真实又是什么呢？也只是我印象中的真实吧，或者说仅仅是我真实的印象。往事，和故人，也是这样，无论他们飘转进明亮还是逃遁进黑暗，他们都只能在我的印象里成为真实。

真实并不在我的心灵之外，在我的心灵之外并没有一种叫作真实的东西原原本本地待在那儿。真实，有时候是一个传说甚至一个谣言，有时候是一种猜测，有时候是一片梦想，它们在心灵里鬼斧神工地雕铸我的印象。而且，它们在雕铸我的印象时，顺便雕铸了我。否则我的真实又是什么呢？又能是什么呢？这些印象的累积和编织，那便是我了。

所有的小说，也许都可以说是记忆的产物，因为没有记忆便不可能有小说。但这样类推的话，我们也可以说没有乐器便没有音乐，没有刀斧便没有雕塑，没有颜料便没有图画，没有地球便没有人类。如此逻辑不失为真理，但如此真理也不失为废话。有意义的问题是：记忆，在创作者那儿，发生了什么？相关的问题是：为什么会发生？相似的问题是：我们为什么要写作？

记忆，在创作者那儿已经面目全非，已经走进另一种存在。我又要引一段我曾写过的话：

我生于1951年。但在我，1951年却在1955年之后发生。1955年的某一天，我记得那天日历上的字是绿色的，时间，对我来说就始于这个周末。在此之前1951年是一片空白，1955年那个周末之后它才传来，渐渐有了意义，才存在。但1955年那个周末之后，却不是1955年的一个星期天，而是1951年冬天的某个凌晨——传说我在那个凌晨出生，我想象那个凌晨，于是1951年的那个凌晨抹杀了1955年的一个星期天。那个凌晨，我来到人间，奶奶说那天下着大雪。但在我，那天却下着1956年的雪，我不得不用1956年的雪去理解1951年的雪，从而1951年的冬天有了形象，不再是空白。然后是1958年，这年我上了学，这一年我开始理解了一点儿太阳、月亮和星星的关系。而此前的1957年呢，则是1964年时才给了我突出的印象，那时我才知道一场“反右”运动大致的情况，因而1957年下着1964年的雨。再之后有了公元前，我知道了并设想着远古的某些历史，而公元前中又混含着对2001年的幻想，我站在今天设想远古又幻想未来，远古和未来在今天随意交叉，因而远古和未来都刮着现在的风。

我理解，博尔赫斯的“交叉小径的花园”是指一个人的感觉、思绪和印象，在一个人的感觉、思绪和印象里，时间成为错综交叉的小径。他强调的其实不是时间，而是作为主观的人的心灵，这才是那迷宫的全部。

这已经不能说是记忆了，这显然也不是大脑猎奇的企图所致。

这样的重组或者混淆，以及重组和混淆的更多可能性，乃是大脑去巡察心灵的路径，去搜捕和缉拿心灵的作为。昆德拉说，没有发现，就不能算得好小说（大意）。我想，写作肯定不是为了重现记忆中的往事，而是为了发现生命根本的处境，发现生命的种种状态，发现历史所不曾显现的奇异或者神秘的关联，从而，去看一个亘古不变的题目：我们心灵的前途，和我们生命的价值，终归是什么？

这样的发现，是对人独特存在的发现，同时是对神的独特存在的发现。

这样的发现肯定是永无终结的，因为，比如说我们的大脑永远巡察不尽我们的心灵，比如说我们的智力永远不能穷尽存在的神秘，比如说存在是一个无穷的运动我们永远都不能走到终点，比如说我们永远都在朝圣的途中但永远都不能走到神的位置。也就是说，我们对终极的发问，并不能赢得终极的解答和解决。就像存在是一个永恒的过程一样，生命的意义是一个永恒的问题。比如艺术，谁能给它一个终极的解答吗？比如爱，谁能给它一个终极的解决，从而给我们一个真正自由和博爱的世界？自由和爱永远是一个问题。自由和爱，以问题的方式而不是以答案形态，叠入我们的心灵。要点在于：这样的问题，有，还是没有？有和没有，即是神的存在和不存在，即是心灵的醒悟或者迷途。这差不多就是我们为什么要写作的理由了。

记忆给了我们这样的方便。

1994 年 4 月 12 日

无答之问或无果之行

现今，信徒们的火气似乎越来越大，狂傲风骨仿佛神圣的旗帜，谁若对其所思所行稍有疑虑或怠慢，轻则招致诅咒，重则引来追杀。这不免让人想起“红卫兵”时代的荒唐，大家颂扬和憧憬的是同一种幸福未来，却在实行的路途上相互憎恨乃至厮杀得英雄辈出，理想倒趁机飘离得更加遥远。很像两个孩子为一块蛋糕打架，从桌上打到桌下，打到屋外再打到街上，一只狗悄悄来过之后，理想的味道全变。

很多严厉的教派，如同各类专横的主义，让我不敢靠近。

闻佛门“大肚能容”可“容天下难容之事”，倍觉亲近，喜爱并敬仰，困顿之时也曾得其教益。但时下，弄不清是怎么一来，佛门竟被信佛的潮流冲卷得与特异功能等同。说：佛就是最高档次的特异功能者，所以洞察了生命的奥秘。说：终极关怀即是对这奥秘的探索，惟此才是生命的根本意义，生命也才值得赞美。说：若不能平息心识的波澜，人就不可得此功能也就无从接近佛性。言下之意生命也就失去价值，不值得赞美。更说：便是动着行善的念头，也还是掀动了心浪，惟善恶不思才能风息浪止，那才可谓佛行。如是之闻，令我迷惑不已。

从听说特异功能的那一天起，我便相信其中必蕴藏了非凡的

智识，是潜在的科学新大陆。当然不是因为我已明了其中奥秘，而是我相信，已有的科学知识与浩瀚的宇宙奥秘相比，毕竟沧海一粟，所以人类认识的每一步新路必定难符常规；倘不符常规即判定其假，真就是“可笑之人”也要失笑的可笑之事了。及至我终于目睹了特异功能的神奇，便更信其真，再听说它有多么不可思议的能力，也不会背转身去露一脸自以为是的嘲笑。嘲笑曾经太多，胜利的嘲笑一向就少。

但是——我要在“但是”后面小做文章了。（其实大小文章都是作于“但是”之后，即有所怀疑之时。）但是！我从始至今也不相信特异功能可以是宗教。“宗教”二字的色彩不论多么纷繁，终极关怀都是其最根本的意蕴。就是说，我不相信生命的意义就是凭借特异功能去探索生命的奥秘。那样的话它与科学又有什么不同？对于生命的奥秘，你是以特异功能去探索，还是以主流科学去探索，那都一样，都还不是宗教不是终极关怀，不同的只是这探索的先进与落后、精深与浅薄，以及功效的高低而已。而且这探索的前途，依“可笑之人”揣想，不外两种：或永无止境，或终于穷尽。“永无止境”比较好理解，那即是说，人类的种种探索，每时每刻都在限止上，每时每刻又都在无穷中；正因如此，才想到对终极的询问，才生出对终极的关怀，才要问生命的意义到底何在。而“终于穷尽”呢，总让人想不通穷尽之后又是什么？就便生命的奥秘终于了如指掌，难道生命的意义就不再成为问题吗？

我总以为，终极关怀主要不是对来路的探察，而是对去路的询问，虽然来路必要关心，来路的探察于去路的询问是有助的。在前几年的文学寻根热时，我写过几句话：“小麦是怎么从野草变来的是一回事，人类何以要种粮食又是一回事。不知前者尚可再从野草做起，不知后者则所为一概荒诞。”这想法，至今也还不觉得需要反悔。人，也许是猴子历经劳动后的演变，也许是上帝快

乐或寂寞时的创造，也许是神仙智商泛滥时的发明，也许是外星人纵欲而留下的野种，也许是宇宙能量一次偶然或必然的融合，这都无关宏旨，但精神业已产生，这一事实无论其由来如何总是要询问一条去路，或者总是以询问去路证明它的存在，这才是关键。回家祭祖的路线并不一定含有终极关怀，盲流的家园可以是任意一方乐土，但精神放逐者的家园不可以不在生命的意义。生命的意义若是退回到猴子或还原为物理能量，那仿佛我们千辛万苦只是要追究“造物主”的错误。“道法自然”已差不多是信徒们的座右铭，但人，不在自然之中吗？人的生成以及心识的生成，莫非不是那浑然大道之所为？莫非不是“无为无不为”的自然之造化？去除心识，风息浪止，是法自然还是反自然，真是值得考虑。（所谓“不二法门”，料必是不能去除什么的，譬如心识。去除，倒反而证明是“二”。“万法归一”显然也不是寂灭，而是承认差别和矛盾的永在，惟愿其和谐地运动，朝着真善美的方向。）佛的伟大，恰在于他面对这差别与矛盾，以及由之而生的人间苦难，苦心孤诣沉思默想；在于他了悟之后并不放弃这个人间，依然心系众生，执着而艰难地行愿；在于有一人未度他便不能安枕的博爱胸怀。若善念一动也违佛法，佛的传经布道又算什么？若是他期待弟子们一念不动，佛法又如何传至今天？佛的光辉，当不在大雄宝殿之上，而在他苦苦地修与行的过程之中。佛的轻看佛法，绝非价值虚无，而是暗示了理论的局限。佛法的去除“我执”，也并非是取消理想，而是强调存在的多维与拯救的无限。

（顺便说一句：六祖慧能得了衣钵，躲过众师兄弟的抢夺，星夜逃跑……这传说总让我怀疑。因为，这行动似与他的著名偈语大相径庭。既然“菩提本无树，明镜亦非台。本来无一物，何处染尘埃”，倒又怎么如此地看重了衣钵呢？）

坦白说，我对六祖慧能的那句偈语百思而不敢恭维。“本来无一物”的前提可谓彻底，因而“何处染尘埃”的逻辑无懈可击，

但那彻底的前提却难成立，因为此处之“物”显然不是指身外之物以及对它的轻视，而是就神秀的“身为菩提树，心如明镜台”而言，是对人之存在的视而不见，甚至是对人之心灵的价值取消。“本来无一物”的境界或许不坏，但其实那也就没有好歹之分，因为一切都无。一切都无是个省心省力的办法，甚至连那偈语也不必去写，宇宙就像人出现之前和灭绝之后那般寂静，浑然一体了无差异，又何必还有罗汉、菩萨、佛以及种种境界之分？但佛祖的宏愿本是根据一个运动着的世界而生，根据众生的苦乐福患而发，一切皆无，佛与佛法倒要去救助什么？所救之物首先应该是有的吧，身与心与尘埃与佛法当是相反相承的吧，这才是大乘佛法的入世精神吧。所以神秀的偈语，我以为更能体现这种精神，“身为菩提树，心如明镜台。时时勤拂拭，勿使染尘埃”，这是对身与心的正视，对罪与苦的不惧，对善与爱的提倡，对修与行的坚定态度。

也许，神秀所说的仅仅是现世修行的方法，而慧能描画的是终极方向和成佛后的图景。但是，“世上可笑之人”的根本迷惑正在这里：一切都无，就算不是毁灭而是天堂，那天堂中可还有差别？可还有矛盾？可还有运动吗？依时下信佛的潮流所期盼的，人从猴子变来，也许人还可变到神仙去，那么神仙即使长生是否也要得其意义呢？若意义也无，是否就可以想象那不过是一棵树、一块石、一座坚固而冷漠的大山、一团随生随灭的星云？就算这样也好，但这样又何劳什么终极关怀？随波逐流即是圣境，又何必念念不忘什么“因果”？想来这“因果”的牵念，仍然是苦乐福患，是生命的意义吧。

当然还有一说：一切都无，仅指一切罪与苦都无，而福乐常在，那便是仙境便是天堂，便是成佛。真能这样当然好极了。谁能得此好运，理当祝贺他，欢送他，或许还可以羡慕他。可是剩下的这个人间又将如何？如果成佛意味着独步天堂，成佛者可还

为这人间的苦难而忧心吗？若宏愿不止，自会忧心依旧，那么天堂也就不只有福乐了。若思断情绝，弃这人间于不闻不问，独享福乐便是孜孜以求的正果，佛性又在哪儿？还是地藏菩萨说得好："地狱未空，誓不成佛。"我想这才是佛性之所在。但这样，便躲不过一个悖论了：有佛性的誓不成佛，自以为成佛的呢，又没了佛性。这便如何是好？佛将何在？佛位，岂不是没有了？

或许这样才好。佛位已空，才能存住佛性。佛位本无，有的才是佛行。这样才"空"得彻底，"无"得真诚，才不会执于什么衣钵，为着一个领衔的位置追来逃去。罗汉呀、菩萨呀，那无非标明着修习的进程，若视其为等等级级诱人的宝座，便难免又演出评职称和晋官位式的闹剧。佛的本意是悟，是修，是行，是灵魂的拯救，因而"佛"应该是一个动词，是过程而不是终点。

修行或拯救，在时空中和在心魂里都没有终点，想必这才是"灭执"的根本。大千世界生生不息，矛盾不休，运动不止，困苦永在，前路无限，何处可以留住？哪里能是终点？没有。求其风息浪止无扰无忧，倒像是妄念。指望着终点（成佛、正果、无苦而极乐），却口称"断灭我执"，不仅滑稽，或许就要走歪了路，走到为了独享逍遥连善念也要断灭的地步。

还是不要取消"心识"和"执着"吧——可笑如我者作如此想。因为除非与世隔绝顾自逍遥，魔性佛性总归都是一种价值信奉；因为只要不是毁灭，灵魂与肉身的运动必定就有一个方向；因为除了可祝贺者已独享福乐了之外，再没见有谁不执着的，惟执着点不同而已。有执着于爱的，有执着于恨的，有执着于长寿的，有执着于功名的，有执着于投奔天堂的，有执着于拯救地狱的，还有执着于什么也不执着以期换取一身仙风道骨的……想来，总不能因为有魔的执着存在，便连佛的执着也取消吧；总不能因为心识的可能有误，便连善与恶也不予识别，便连魔与佛也混为一谈吧。

佛之轻看心识，意思大概与“生命之树常青，理论永远是灰色的”相似。我们的智力、语言、逻辑、科学或哲学的理论，与生命或宇宙的全部存在相比，是有限与无穷的差距。今天人们已经渐渐看到，因为人类自许为自然的主宰，自以为科学技术的不断发展便可引领我们去到天堂，已经把这个地球榨取得多么枯瘪丑陋了，科学的天堂未见，而人们心魂中的困苦有增无减。因此，佛以其先知先觉倡导着另一种认识方法和生活态度。这方法和态度并不简单，若要简单地概括，佛家说是：明心见性。那意思是说：大脑并不全面地可靠，万勿以一（一己之见）概全（宇宙的全部奥秘），不可妄自尊大，要想接近生命或宇宙的真相，必得不断超越智力、逻辑、理论的局限，才能去见那更为辽阔奥渺的存在；要想创造人间的幸福，先要遵法自然的和谐，取与万物和平相处的态度。这当然是更为博大的智慧，但可笑如我者想，这并非意味着要断灭心识。那博大的智慧，是必然要经由心识的，继而指引心识，以及与心识通力合作。就像大学生都曾是从小学校里走出来的，而爱因斯坦的成就虽然超越了牛顿但并不取消牛顿。超凡入圣也不能弃绝了科学技术，最简单的理由就是芸芸众生并不个个都能餐风饮露。这是一个悖论，科学可以造福，科学也可以生祸，福祸相倚，由是佛的指点才为必要。语言和逻辑呢，也不能作废，否则便是佛经也不能读诵。佛经的流传到底还是借助了语言文字，经典的字里行间也还是以其严密的逻辑令人信服、教人醒悟。便是玄妙的禅宗公案，也仍然要靠人去沉思默解，便是“非常道”也只好强给它一个“非常名”，真若不留文字，就怕那智慧终会湮灭，或沦为少数慧根丰厚者的独享。这又是一个悖论，语言给我们自由，同时给我们障碍，这自由与障碍之间才是佛的工作，才是道的全貌。最要紧的是：倘在此心识纷纭、执着各异的世界上，一刀切地取消心识和执着，料必要得一个价值虚无的麻木硕果，以致佛魔难分，小术也称大道，贪官也叫公仆，

恶也作佛善也作佛，佛位林立单单不见了佛性与佛行。

心识加执着，可能产生的最大祸患，怕就是专制也可以顺理成章。恶的心识自不必说，便是善的执着也可能如此。比如爱，“爱你没商量”就很可能把别人爱得痛苦不堪，从而侵扰了他人的自由和权利。但这显然不意味着应该取消爱，或者可爱可不爱。失却热情（执着）的爱早也就不是爱了。没有理性（心识）的爱呢，则很可能只是情绪的泛滥。美丽的爱是要执着的，但要使其在更加博大的维度中始终不渝，这应该是佛愿的指向，是终极的关怀。

心识也好，智慧也好，都只是对存在的（或生命奥秘的）“知”，不等于终极关怀。而且！智慧的所“见”也依然是没有止境，佛法的最令人诚服之处，就在于它并不讳言自身的局限和其超越、升华的无穷前景。若仅停留于“知”，并不牵系于“愿”付诸“行”，便常让人疑惑那是不是借助众生的苦难在构筑自己的光荣。南怀瑾先生的一部书中的一个章节，我记得标题是《惟在行愿》，我想这才言中了终极关怀。终极关怀都是什么？论起学问来令人胆寒，但我想“条条大路通罗马”，千头万绪都在一个“爱”字上。“断有情”，也只是断那种以占有为目的，或以奉献求酬报的“有情”，而绝不是要把人断得麻木不仁，以致见地狱而绕行，见苦难而逃走。（话说回来，这绕行和逃走又明显是“有情”未断的表征，与地藏菩萨的关怀相比，优劣可鉴。）爱，不是占有，也不是奉献。爱只是自己的心愿，是自己灵魂的拯救之路。因而爱不要求（名、利、情的）酬报；不要求酬报的爱，才可能不通向统治他人和捆绑自己的“地狱”。地藏菩萨的大愿，大约就可以归结为这样的爱，至少是始于这样的爱吧。

但是，我很怀疑地藏菩萨的大愿能否完成。还是老问题：地狱能空吗？矛盾能无吗？困苦能全数消灭吗？没有差别没有矛盾没有困苦的世界，很难想象是极乐，只能想象是死寂。——我非常渴望有谁能来驳倒我，在此之前，我只好沿着我不能驳倒的这

个逻辑想下去。

有人说：佛法是一条船，目的是要渡你去彼岸，只要能渡过苦海到达彼岸，什么样的船都是可以的。对此我颇存疑问：一是，说彼岸就是一块无忧的乐土，迄今的证明都很无力；二是，“到达”之后将如何？这个问题似在原地踏步，一筹莫展；三是，这样的“渡”，很像不图小利而要中一个大彩的心理，怕是聪明的人一多，又要天翻地覆地争夺不休。

所谓“断灭我执”，我想根本是要断灭这种“终点执”。所谓“解脱”，若是意味着逃跑，大约跑到哪儿也还是难于解脱，惟平心静气地接受一个永动的过程，才可望“得大自在”。彼岸，我想并不与此岸分离，并不是在这个世界的那边存在着一个彼岸。当地藏菩萨说“地狱不空，誓不成佛”时，我想，他的心魂已经进入彼岸。彼岸可以进入，但彼岸又不可能到达，是否就是说：彼岸又不是一个名词，而是动词？我想是的。彼岸、普度、宏愿、拯救，都是动词，都是永无止境的过程。而过程，意味着差别、矛盾、运动和困苦的永远相伴，意味着普度的不可完成。既然如此，佛的“普度众生”以及地藏菩萨的大愿岂不是一句空话了？不见得。理想，恰在行的过程中才可能是一句真话，行而没有止境才更见其是一句真话，永远行便永远能进入彼岸且不弃此岸。若因行的不可完成，便叹一声“活得真累”，而后抛弃爱愿，并美其名为“解脱”和“得大自在”——人有这样的自由，当然也就不必太反对，当然也就不必太重视，就像目送一只“UFO”离去，回过头来人间如故。

还有一种意见，认为：说到底人只可拯救自己，不能拯救他人，因而爱的问题可以取消。我很相信“说到底人只可拯救自己”，但怎样拯救自己呢？人不可能孤立地拯救自己，和，把自己拯救到一个与世隔绝的地方去。世上如果只有一个人，或者只有一个生命，拯救也就大可不必。拯救，恰是在万物众生的缘缘相系之

中才能成立。或者说，福乐逍遥可以独享，拯救则从来是对众生（或曰人类）苦乐福患的关注。孤立一人的随生随灭，细细想去，原不可能有生命意义的提出。因而爱的问题取消，也就是拯救的取消。

当然“爱”也是一个动词，处于永动之中，永远都在理想的位置，不可能有彻底圆满的一天。爱，永远是一种召唤，是一个问题。爱，是立于此岸的精神彼岸，从来不是以完成的状态消解此岸，而是以问题的方式驾临此岸。爱的问题存在与否，对于一个人、一个族、一个类，都是生死攸关，尤其是精神之生死的攸关。

1994年5月24日

墙下短记

一些当时看去不太要紧的事却能长久扎根在记忆里。它们一向都在那儿安睡，偶尔醒一下，睁眼看看，见你忙着（升迁或者遁世）就又睡去，很多年里它们轻得仿佛不在。千百次机缘错过，终于一天又看见它们，看见时光把很多所谓人生大事消磨殆尽，而它们坚定不移固守在那儿，沉沉地有了无比的重量。比如一张旧日的照片，拍时并不经意，随手放在哪儿，多年中甚至不记得有它，可忽然一天整理旧物时碰见了它，拂去尘埃，竟会感到那是你的由来也是你的投奔；而很多郑重其事的留影，却已忘记是在哪儿和为了什么。

近些年我常常想起一道墙，碎砖头垒的，风可以吹落砖缝间的细土。那道墙很长，至少在一个少年看来是很长，很长之后拐了弯儿，拐进一条更窄的小巷里去。小巷的拐角处有一盏街灯，紧挨着往前是一个院门，那里住过我少年时的一个同窗好友。叫他L吧。L和我能不能永远是好友，以及我们打完架后是否又言归于好，都不重要，重要的是我们一度形影不离，流动不居的生命有一段就由这友谊铺筑成。细密的小巷中，上学和放学的路上我们一起走，冬天和夏天，风声或蝉鸣，太阳到星空，十岁也许

九岁的L曾对我说，他将来要娶班上一个（暂且叫她作M的）女生做老婆。L转身问我："你呢，想和谁？"我准备不及，想想，觉得M确是漂亮。L说他还要挣很多钱。"干吗？""废话，那时你还花你爸的钱呀？"少年之间的情谊，想来莫过于我们那时的无猜无防了。

我曾把一件珍爱的东西送给L。一本连环画呢，还是一个什么玩具？已经记不清。可是有一天我们打了架，为什么打架也记不清了，但丝毫不忘的是：打完架，我又去找L要回了那件东西。

老实说，单我一个人是不敢去要的，或者也想不起去要。是几个当时也对L不大满意的伙伴指点我、怂恿我，拍着胸脯说他们甘愿随我一同前去讨还，再若犹豫就成了笨蛋兼而傻瓜。就去了。走过那道很长很熟悉的墙，夕阳正在上面灿烂地照耀，但在我的记忆里，走到L家的院门时，巷角的街灯已经昏黄地亮了。这只可理解为记忆的作怪。

站在那门前，我有点害怕，身旁的伙伴便极尽动员和鼓励，提醒我：倘调头撤退，其可卑甚至超过投降。我不能推卸罪责给别人：跟L打架后，我为什么要把送给L东西的事告诉别人呢？指点和怂恿都因此发生。我走进院中去喊L，L出来，听我说明来意，愣着看一会儿我，让我到大门外等着。L背着他的母亲，从屋里拿出那件东西交在我手里，不说什么，就又走回屋去。结束总是非常简单，咔嚓一下就都过去。

我和几个同来的伙伴在巷角的街灯下分手，各自回家。他们看看我手上那件东西，好歹说一句"给他干吗"，声调和表情都失去来时的热度，失望甚或沮丧料想都不由于那件东西。

我贴近墙根儿独自往回走，那墙很长，很长而且荒凉，记忆在这儿又出了差误，好像还是街灯未亮、迎面的行人眉目不清的时候。晚风轻柔得让人无可抱怨，但魂魄仿佛被它吹离，飘起在黄昏中再消失进那道墙里去。捡根树枝，边走边在那墙上轻划，

砖缝间的细土一股股地垂流……咔嚓一下所送走的，都扎根进记忆去酿制未来的问题。

那很可能是我对于墙的第一种印象。

随之，另一些墙也从睡中醒来。

几年前，有一天傍晚“散步”，我摇着轮椅走进童年时常于其间玩耍的一片胡同。其实一向都离它们不远，屡屡在其周围走过，匆忙得来不及进去看望。

记得那儿曾有一面红砖短墙，墙头插满锋利的碎玻璃碴儿，我们一群八九岁的孩子总去搅扰墙里那户人家的安宁，攀上一棵小树，扒着墙沿央告人家把我们的足球扔出来。那面墙应该说藏得很是隐蔽，在一条死巷里，但可惜那巷口的宽度很适合做我们的球门，巷口外的一片空地是我们的球场。球难免是要踢向球门的，倘临门一脚踢飞，十之八九便降落到那面墙里去。墙里是一户善良人家，飞来物在我们的央告下最多被扣压十分钟。但有一次，那足球学着篮球的样子准确投入墙内的面锅，待一群孩子又爬上小树去看时，雪白的面条热气腾腾全滚在煤灰里。正是所谓“三年困难时期”，足球事小，我们趁暮色抱头鼠窜。好几天后，我们由家长带领，以封闭“球场”为代价换回了那只足球。

条条小巷依旧，或者是更旧了。可能正是“国庆”期间，家家门上都插了国旗。变化不多，惟独那“球场”早被压在一家饭馆和一座公厕下面。“球门”对着饭馆的后墙，那户善良人家料必是安全得多了。

我摇着轮椅走街串巷，闲度国庆之夜。忽然又一面青灰色的墙叫我怦然心动，我知道，再往前去就是我的幼儿园了。青灰色的墙很高，里面有更高的树，树顶上曾有鸟窝，现在没了。到幼儿园去必要经过这墙下，一俟见了这面高墙，退步回家的希望即告断灭。那青灰色几近一种严酷的信号，令童年分泌恐怖。

这样的“条件反射”确立于一个盛夏的午后，所以记得清楚，是因为那时的蝉鸣最为浩大。那个下午母亲要出长差，到很远的地方去。我最高的希望是她不去出差，最低的希望是我可以不去幼儿园，在家，不离开奶奶。但两份提案均遭否决，据哭力争亦不奏效。如今想来，母亲是要在远行之前给我立下严明的纪律。哭声不停，母亲无奈说带我出去走走。“不去幼儿园！”出门时我再次申明立场。母亲领我在街上走，沿途买些好吃的东西给我，形势虽然可疑，但看看走了这么久又不像是去幼儿园的路，牵着母亲的长裙心里略略地松坦。可是！好吃的东西刚在嘴里有了味道，迎头又来了那面青灰色高墙，才知道条条小路相通。虽立刻大哭，料已无济于事。但一迈进幼儿园的门槛，哭喊即自行停止，心里明白没了依靠，惟规规矩矩做个好孩子是得救的方略。幼儿园墙内，是必度的一种“灾难”，抑或只因为这一个孩子天生地怯懦和多愁。

三年前我搬了家，隔窗相望就是一所幼儿园，常在清晨的懒睡中就听见孩子进园前的嘶嚎。我特意去那园门前看过，抗拒进园的孩子其壮烈都像宁死不屈，但一落入园墙便立刻吞下哭声，恐惧变成冤屈，泪眼望天，抱紧着对晚霞的期待。不见得有谁比我更能理解他们，但早早地对墙有一点感受，不是坏事。

我最记得母亲消失在那面青灰色高墙里的情景。她当然是绕过那面墙走上了远途的，但在我的印象里，她是走进那面墙里去了。没有门，但是母亲走进去了，在那些高高的树上蝉鸣浩大，在那些高高的树下母亲的身影很小，在我的恐惧里那儿即是远方。

坐在窗前，看远近峭壁一般林立的高墙和矮墙。我现在有很多时间看它们。有人的地方一定有墙。我们都在墙里。没有多少事可以放心到光天化日下去做。规规整整的高楼叫人想起图书馆

的目录柜，只有上帝可以去拉开每一个小抽屉，查阅亿万种心灵秘史，看见破墙而出的梦想都在墙的封护中徘徊。还有死神按期来到，伸手进去，抓阄儿似的摸走几个。

我们有时千里迢迢——汽车呀、火车呀、飞机可别一头栽下来呀——只像是为了去找一处不见墙的地方：荒原、大海、林莽甚至沙漠。但未必就能逃脱。墙永久地在你心里，构筑恐惧，也牵动思念。一只“飞去来器”，从墙出发，又回到墙。你千里迢迢地去时，鲁滨孙正千里迢迢地回来。

哲学家先说是劳动创造了人，现在又说是语言创造了人。墙是否创造了人呢？语言和墙有着根本的相似：开不尽的门前是撞不尽的墙壁。结构呀、解构呀、后什么什么主义呀……啦啦啦，啦啦啦……游戏的热情永不可少，但我们仍在四壁的围阻中。把所有的墙都拆掉就不行吗？我坐在窗前用很多时间去幻想一种魔法。比如“啦啦啦，啦啦啦……”很灵验地念上一段咒语，唰啦一下墙都不见。怎样呢？料必大家一齐慌作一团（就像热油淋在蚁穴），上哪儿的不知道要上哪儿了，干吗的忘记要干吗了，漫山遍野地捕食去和睡觉去吗？毕竟又嫌趣味不够，然后大家埋头细想，还是要砌墙。砌墙盖房，不单为避风雨，因为大家都有些秘密，其次当然还有一些钱财。秘密，不信你去慢慢推想，它是趣味的爹娘。

其实秘密就已经是墙了。肚皮和眼皮都是墙，假笑和伪哭都是墙，只因这样的墙嫌软嫌累，要弄些坚实耐久的来加密。就算这心灵之墙可以轻易拆除，但山和水都是墙，天和地都是墙，时间和空间都是墙，命运是无穷的限制，上帝的秘密是不尽的墙。真要把这秘密之墙也都拆除，虽然很像似由来已久的理想接近了实现，但是等着瞧吧，满地球都怕要因为失去趣味而响起昏昏欲睡的鼾声，梦话亦不知从何说起。

趣味是要紧而又要紧的。秘密要好好保存。

探秘的欲望终于要探到意义的墙下。

活得要有意义，这老生常谈倒是任什么主义也不能推翻。加上个“后”字也是白搭。比如爱情，她能被物欲拐走一时，但不信她能因此绝灭。“什么都没啥了不起”的日子是要到头的，“什么都不必介意”的舞步可能“潇洒”地跳去撞墙。撞墙不死，第二步就是抬头，那时见墙上有字，写着：哥们儿你要上哪儿呢？这到底是要干吗？于是躲也躲不开，意义找上了门，债主的风度。

意义的原因很可能是意义本身。干吗要有意义？干吗要有生命？干吗要有存在？干吗要有有？重量的原因是引力，引力的原因呢？又是重量。学物理的人告诉我：千万别把运动和能量，以及和时空分割开来理解。我随即得了启发：也千万别把人和意义分割开来理解。不是人有欲望，而是人即欲望。这欲望就是能量，是能量就是运动，是运动就走去前面或者未来。前面和未来都是什么和都是为什么？这必来的疑问使意义诞生，上帝便在第六天把人造成。上帝比靡菲斯特更有力量，任何魔法和咒语都不能把这一天的成就删除。在这一天以后所有的光阴里，你逃得开某种意义，但逃不开意义，如同你逃得开一次旅行但逃不开生命之旅。

你不是这种意义，就是那种意义。什么意义都不是，就掉进昆德拉所说的“生命不能承受之轻”。你是一个什么呢？生命算是个什么玩意儿呢？轻得称不出一点重量你可就要消失。我向L讨回那件东西，归途中的惶茫因年幼而无以名状，如今想来，分明就是为了一个“轻”字：珍宝转眼被处理成垃圾，一段生命轻得飘散了，没有了，以为是什么原来什么也不是，轻易、简单、灰飞烟灭。一段生命之轻，威胁了生命全面之重，惶茫往灵魂里渗透：是不是生命的所有段落都会落此下场啊？人的根本恐惧就在

这个“轻”字上，比如歧视和漠视，比如嘲笑，比如穷人手里作废的股票，比如失恋和死亡。轻，最是可怕。

要求意义就是要求生命的重量。各种重量。各种重量在撞墙之时被真正测量。但很多重量，在死神的秤盘上还是轻，秤砣平衡在荒诞的准星上。因而得有一种重量，你愿意为之生也愿意为之死，愿意为之累，愿意在它的引力下耗尽性命。不是强言不悔，是清醒地从命。神圣是上帝对心魂的测量，是心魂被确认的重量。死亡光临时有一个仪式，灰和土都好，看往日轻轻地蒸发，但能听见，有什么东西沉沉地还在。不期还在现实中，只望还在美丽的位置上。我与L的情谊，可否还在美丽的位置上沉沉地有着重量？

不要熄灭破墙而出的欲望，否则鼾声又起。

但要接受墙。

为了逃开墙，我曾走到过一面墙下。我家附近有一座荒废的古园，围墙残败但仍坚固，失魂落魄的那些岁月里我摇着轮椅走到它跟前。四处无人，寂静悠久，寂静的我和寂静的墙之间，膨胀和盛开着野花，膨胀和盛开着冤屈。我用拳头打墙，用石头砍它，对着它落泪、喃喃咒骂，但是它轻轻掉落一点儿灰尘再无所动。天不变道亦不变。老柏树千年一日伸展着枝叶，云在天上走，鸟在云里飞，风踏草丛，野草一代一代落子生根。我转而祈求墙，双手合十，创造一种祷词或谶语，出声地诵念，求它给我死，要么还给我能走的腿……睁开眼，伟大的墙还是伟大地矗立，墙下呆坐一个不被神明过问的人。空旷的夕阳走来园中，若是昏昏地睡去，梦里常掉进一眼枯井，井壁又高又滑，喊声在井里嗡嗡碰撞而已，没人能听见，井口上的风中也仍是寂静的冤屈。喊醒了，看看还是活着，喊声并没惊动谁，并不能惊动什么，墙上有青润的和干枯的苔藓，有蜘蛛细巧的网，死在半路的

蜗牛身后拖一行鳞片似的脚印，有无名少年在那儿一遍遍记下的3.1415926……

在这墙下，某个冬夜，我见过一个老人。记忆和印象之间总要闹出一些麻烦：记忆说未必是在这墙下，但印象总是把记忆中的那个老人搬来，真切地在这墙下。雪后，月光朦胧，车轮吱吱叽叽轧着雪路，是园中惟一的声响。这么走着，听见一缕悠沉的箫声远远传来，在老柏树摇落的雪雾中似有似无，尚不能识别那曲调时已觉其悠沉之音恰好碰住我的心绪。侧耳屏息，听出是《苏武牧羊》。曲终，心里正有些凄怆，忽觉墙影里一动，才发现一个老人背壁盘腿端坐在石凳上，黑衣白发，有些玄虚。雪地和月光，安静得也似非凡。竹箫又响，还是那首流放绝地、哀而不死的咏颂。原来箫声并不传自远处，就在那老人唇边。也许是气力不济，也许是这古曲一路至今光阴坎坷，箫声若断若续并不高亢，老人颤颤的吐纳之声亦可悉闻。一曲又尽，老人把箫管轻横腿上，双手摊放膝头，看不清他是否闭目。我惊诧而至感激，一遍遍听那箫声和箫声断处的空寂，以为是天谕或是神来引领。

那夜的箫声和老人，多年在我心上，但猜不透其引领指向何处。仅仅让我活下去似乎用不着这样神秘。直到有一天我又跟那墙说话，才听出那夜箫声是唱着“接受”，接受天命的限制。（达摩的面壁是不是这样呢？）接受残缺。接受苦难。接受墙的存在。哭和喊都是要逃离它，怨和骂都是要逃离它，恭维和跪拜还是想逃离它。我常常去跟那墙谈话，对，说出声，默想不能逃离它时就出声地责问，也出声地请求、商量，所谓软硬兼施。但毫无作用，谈判必至破裂，我的一切条件它都不答应。墙，要你接受它，就这么一个意思反复申明，不卑不亢，直到你听见。直到你不是更多地问它，而是听它更多地问你，那谈话才称得上谈话。

我一直在写作，但一直觉得并不能写成什么，不管是作品还

是作家还是主义。用笔和用电脑，都是对墙的谈话，是如衣食住行一样必做的事。搬家搬得终于离那座古园远了，不能随便就去，此前就料到会怎样想念它，不想最为思恋的竟是那四面矗立的围墙；年久无人过问，记得那墙头的残瓦间长大过几棵小树。但不管何时何地，一闭眼，即刻就到那墙下。寂静的墙和寂静的我之间，野花膨胀着花蕾，不尽的路途在不尽的墙间延展，有很多事要慢慢对它谈，随手记下谓之写作。

1994 年 9 月 5 日

爱情问题

1

有人说，世界上，每分每秒都有贝多芬的乐曲在奏响在回荡，如果真有外星人的话，他们会把这声音认作地球的标志（就像土星有一道美丽的环），据此来辨认我们居于其上的这颗星星。这是个浪漫的想象。何妨再浪漫些呢？若真有外星人，外星人爷爷必定会告诉外星人孙子，这声音不过是近二百年来才出现的，而比这声音古老得多的声音是“爱情”。爱情，几千年来人类以各种发音说着、唱着、赞美着和向往着它，缠绵激荡片刻不息。因此，外星人爷爷必定会纠正外星人孙子：爱情——这声音，才是银河系中那颗美丽星星的标志呢。

2

但，爱情是什么？爱情，都是什么呢？

大约不会有人反对：美满的爱情必要包含美妙的性（注：本文中的“性”意指性吸引、性行为、性快乐），而美满的性当然要以

爱情为前提。因为世上还有一种叫作“友爱”的情感，以及一种叫作“嫖娼”和一种叫作“施暴”的行为。因而大约也就不会有人反对：爱情不等于性，性也不能代替爱情。如同红灯区里的男人或女人都不能代替爱人。

这差不多能算一种常识。

问题是：那个不等同于性的爱情，是什么？那个性所不能代替的爱情，是什么？包含性并且大于性的那个爱情，到底是怎么一种事？

3

也许爱情，就是友爱加性吸引？

就算这机械的加法并不可笑，但是，为什么你的异性朋友不止十个，而爱人却只有一个（或同时只有一个）呢？因为只有一个对你产生性吸引，是吗？

也许有人是。可我不是。我不是而且我相信，像我这样不止从一个异性那儿感受到吸引的人很多，像我这样不止被一个美丽女人惊呆了眼睛和惊动了心的男人很多，像我这样公开或暗自赞美过两个以上美妙异性的人肯定占着人类的多数。

证明其实简单：你还没有看见你的爱人之时你早已看见了异性的美妙，你被异性惊扰和吸引之后你才开始去寻找爱人。你在寻找一个事先并不确定的异性做你的爱人，这说明你在选择。你在选择，这说明对你有性吸引力的异性并不只有一个。那么，选择的根据是什么？若仅仅是性，便没有什么爱情发生，因而那是动物界司空见惯的事件与本文无关。你的根据当然是爱情。

但是爱情是什么眼下还不知道。

现在只知道了一件事：性吸引从来不是一对一的，从来是多

向的，否则物种便要在无竞争中衰亡。

4

我读过一篇小说，写一对恋人（或夫妻）出门去，走在街上、走进商店、坐上公共汽车和坐进餐厅里，女人发现男人的目光常常投向另外的女人（一些漂亮或性感的女人），于是她从扫兴到愤怒终至离开了那男人。这篇小说明显是嘲讽那个男人，相信他不懂得爱情和不忠于爱情。

但该小说作者的这一判断只有一半的可能是对的。只有一半的可能是，那个男人尚未走出一般动物的行列，另外一半的可能是，那个女人不懂爱情。首先她没弄清性与爱的分别，性是多指向的，而性的多指向未必不可以与爱的专一共存。其次她把自己仅仅放在了性的位置上，因为只有在这个位置上她与另外那些女人才是可比的。第三，那男人没有因为众多的性吸引而离开她，她可想过这是为什么吗？她显然没想过，因为倒是她仅仅为了性妒忌而离开了她的恋人或丈夫。

恋人们或夫妻们，应该承认性吸引的多向性，应该互相允许（公开或暗自）赞赏其他异性之魅力。但是！但是恋人们或夫妻们，可以承认和允许多向的性行为吗？不，当然不，至少我不，至少当今绝对多数的人都——不！这，是为什么？这是一个最严重也最有价值的问题。

5

毫无疑问，是因为爱情，因为必须维护爱情的神圣与纯洁，

因为专一的爱情才受到赞扬。但是，这就有点奇怪，这就必然引出两个不能含混过去的问题：

一是，爱情既然是一种美好的情感，为什么要专一？为什么只能对一个人？为什么必须如此吝啬？为什么这吝啬或自私倒要受到赞扬，和被誉为神圣与纯洁？

二是，性吸引既然是多向的，为什么性行为不应该也是多向的？为什么性行为要受到限制，而且是以爱情（神圣与纯洁）的名义来限制？为什么对性的态度，竟是对爱情忠贞与否的（一个很重要的）证明？为什么多向的性吸引可与爱情共存，而多向的性行为便被视为对爱情的不忠？

6

先说第二个问题。

这不忠的观念，可能是源于早先的把爱情与婚姻、家庭混为一谈，源于婚姻、家庭所关涉的财产继承。所以这不忠，曾经主要是一个经济问题，现在则不过是旧观念的遗留问题。这不无道理。但，这么简单吗？那么在今天，爱情已不等同于婚姻、家庭，已常常与经济无涉，这不忠的观念是否就没有了基础就很快可以消逝了呢？或者这不忠的观念，仅仅是出于动物式的性争夺，在宽厚豁达和更为进步的人那儿已不存在？

我知道一位现代女性，她说只要她的丈夫是爱她的，她丈夫的性对象完全可以不限于她，她说她能理解，她说她自己并不喜欢这样但是她能理解她的丈夫，她说“只要他爱我，只要他仍然是爱我的，只要他对别人不是爱，他只爱我”。可是，当那男人真的有了另外的性对象而且这样的事情慢慢多起来时，这位现代女性还是陷入了痛苦。不，她并未推翻原来的说法，她的痛苦不

是因为旧观念的遗留，更不是性嫉妒，而是一个始料未及的问题：“可我怎么能知道，他还是爱我的？”她说，虽然他对她一如既往，但是她忽然不知道为什么他还是爱她的。她不知道在他眼里和心中，她与另外那些女人有什么不同。她不知道为什么她不是与另外那些女人一样，也仅仅是他的一个性对象？她问：“什么能证明爱情？”一如既往的关心、体贴、爱护、帮助……这些就是爱情的证明吗？可这是母爱、父爱、友爱、兄弟姐妹之爱也可以做到的呀！但是爱情，需要证明，需要在诸多种爱的情感中独树一帜表明那不是别的那正是爱情！

什么，能证明爱情？

7

曾有某出版社的编辑，约我就爱情之题写一句话。我想了很久，写了：没有什么能够证明爱情，爱情是孤独的证明。

这句话很可能引出误解，以为就像一首旧民谣中所表达的愿望，爱情只是为了排遣寂寞。（那首旧民谣这样说：小小子儿，坐门墩儿，哭着喊着要媳妇儿。要媳妇儿干吗呀？点灯说话儿，吹灯就伴儿，早上起来梳小辫儿。）不，孤独并不是寂寞。无所事事你会感到寂寞，那么日理万机如何呢？你不再寂寞了但你仍可能孤独。孤独也不是孤单。门可罗雀你会感到孤单，那么门庭若市怎样呢？你不再孤单了但你依然可能感到孤独。孤独更不是空虚和百无聊赖。孤独的心必是充盈的心，充盈得要流溢出来要冲涌出去，便渴望有人呼应他、收留他、理解他。孤独不是经济问题也不是生理问题，孤独是心灵问题，是心灵间的隔膜与歧视甚或心灵间的战争与戕害所致。那么摆脱孤独的途径就显然不能是日理万机或门庭若市之类，必须是心灵间戕害的停止、战争的结束、

屏障的拆除，是心灵间和平的到来。心灵间的呼唤与呼应、投奔与收留、袒露与理解，那便是心灵解放的号音，是和平的盛典是爱的狂欢。那才是孤独的摆脱，是心灵享有自由的时刻。

但是这谈何容易，谈何容易！

让我们记起人类社会是怎样开始的吧。那是从亚当和夏娃偷吃了禁果于是知道了善恶之日开始的，是从他们各自用树叶遮挡起生殖器官以示他们懂得了羞耻之时开始的。善恶观（对与错、好与坏、伟大与平庸与渺小等等），意味着价值和价值差别的出现。羞耻感（荣与辱，扬与贬，歌颂与指责与唾骂等等），则宣告了心灵间战争的酿成。这便是人类社会的独有标记，这便是原罪吧。从那时起，每个人的心灵都要走进千万种价值的审视、评判、褒贬，乃至误解中去（枪林弹雨一般），每个人便都不得不遮挡起肉体和灵魂的羞处，于是走进隔膜与防范，走进了孤独。但从那时起所有的人就都生出了一个渴望：走出孤独，回归乐园。

那乐园就是，爱情。

8

寻找爱情，所以不仅仅是寻找性对象，而根本是寻找乐园，寻找心灵的自由之地。这样看来，爱情是可以证明的了。自由可以证明爱情。自由或不自由，将证明那是爱情或者不是爱情。

自由的降临要有一种语言来宣告。文字已经不够，声音已经不够，自由的语言是自由本身。解铃还须系铃人。孤独是从遮掩开始的，自由就要从放弃遮掩开始。孤独是从防御开始的，自由就要从拆除防御开始。孤独是从羞耻开始的，自由就要从废除羞耻开始。孤独是从衣服开始，从规矩开始，从小心谨慎开始，从距离和秘密开始，那么自由就要从脱去衣服开始，从破坏规矩开

始，从放浪不羁开始，从消灭距离和泄露秘密开始……（我想，相视如仇一定是爱的结束；相敬如宾呢，则可能还不曾有爱。）

性行为是一种语言。在爱人们那儿，袒露肉体已不仅仅是生理行为的揭幕，更是心灵自由的象征；炽烈地贴近已不单单是性欲的催动，更是心灵的相互渴望；狂浪的交合已不只是繁殖的手段，而是爱的仪式。爱的仪式不能是自娱，而必得是心灵间的呼唤与应答。爱的仪式，并不发生在一个与世隔绝的孤岛，爱的仪式是百年孤独中的一炬自由之火。在充满心灵战争的人间，惟这儿享有自由与和平。这儿施行与外界不同甚或相反的规则，这儿赞美赤身裸体，这儿尊敬神魂颠倒，这儿崇尚礼崩乐坏，这儿信奉敞开心扉。这就是爱的仪式。爱的表达。爱的宣告。爱的倾诉。爱之祈祷或爱之祭祀。

9

君王与嫔妃、嫖客与娼妓、爱人与爱人，其性行为之方式的相同点想必很多，那是由于身体的限制。但其性行为之方式的不同点肯定更多，因为，即便是相同的行动也都流溢着不同的表达，那是源自心灵的创造。

譬如哭，是忧伤还是矫情，一望可知。譬如笑，是欢欣还是敷衍，一望可知。譬如西门庆和查泰莱夫人的情人，其境界的大不同一读可知。这很像是人们用着相同的文字，而说着不同的话语。相同的文字大家都认得，不同的话语甚至不能翻译。

顺便想到：什么是淫荡呢？在不赞成禁欲的人看来，并没有淫荡的肉身，只有淫荡的心机。只要是爱的表达（譬如查泰莱夫人与其情人），一切礼崩乐坏的作为都是真理，并无淫荡可言。而若有爱之外的指向（譬如西门庆），再规范再八股的行动也算流氓。

10

性是爱的仪式，爱情有多么珍重，性行为就要多么珍重。好比，总不能在婚礼上奏哀乐吧，总不能为了收取祭品就屡屡为亲娘老子行葬礼吧。仪式，大约有着图腾的意味，是要虔敬的。改变一种仪式，意味着改变一种信念，毁坏一种仪式就是放弃一种相应的信念。性行为，可以是爱的仪式，当然也可以是不爱的告白。

这就是为什么，对性的态度，是对爱情忠贞与否的一个重要证明。这就是为什么，性要受到限制，而且是以爱情的名义。

爱情，不是自然事件，不是荒野上交媾的季节。爱情是社会事件，在亚当夏娃走出伊甸园之后发生，爱情是在相互隔膜的人群里爆发的一种理想，并非一种生理的分泌。所以性不能代替爱情。所以爱情包含性又大于性。

11

再说第一个问题：爱情既然是美好的感情，为什么要专一为什么不该多向呢？为什么不该在三个以至一万个人之间实现这种感情呢？好东西难道不应该扩大倒应该缩小到只是一对一？多向的爱情，正可与多向的性吸引相和谐，多向的性行为何以不能仍然是爱的仪式呢？那岂不是在更大的范围里摆脱孤独吗？岂不是在更大的范围里敞开心扉，实现心灵的自由与和平吗？这难道不是更美好的局面？

不能说这不是一个美好的理想。这差不多与世界大同类似，

而且不单是在物质享有上的大同。在我想来，这更具有理想的意味。至少，以抽象的逻辑而论，没有谁能说出这样的局面有什么不美和不好。若有不美和不好，则必是就具体的不能而言。问题就在这儿，不是不该，而是不能。不是理想的不该，不是逻辑的不通，也不是心性的不欲，而是现实的不能。

为什么不能？

非常奇妙：不能的原因，恰恰就是爱情的原因。简而言之：孤独创造了爱情，这孤独的背景，恰恰又是多向爱情之不能的原因。倘万众相爱可如情侣，孤独的背景就要消失，于是爱情的原因也将不在。孤独的背景即是我们生存的背景，这与悲观和乐观无涉，这是闭上眼睛也能感受到的事实，所以爱情应当珍重，爱情神圣。

倘有三人之恋，我看应当赞美，应当感动，应当颂扬。这与所谓第三者绝无相同，与群婚、滥交、纳妾、封妃更是天壤之别。惟其可能性微乎其微。更别说四。

12

我知道有一位性解放人士，他公开宣称他爱着很多女人，不是友爱而是包含性且大于性的爱情。他的宣称不是清谈，他宣称并且实践。这实践很可能值得钦佩。但不幸，此公还有一个信条：诚实。（这原不需特别指出，爱情嘛，没有诚实还算什么？）于是苦恼就来了，他发现他走进了一个二律背反的处境：要保住众多爱情就保不住诚实，要保住诚实就保不住众多爱情。因为在他众多地诚实了之后，众多的爱人都冲他嚷：要么你别爱我，要么你只爱我一个！于是他好辛苦：对A瞒着B，对B瞒着C，对C瞒着A B，对B瞒着A C……于是他好荒唐：本意是寻找自由与和平，结果却得到了束缚和战争；本意要诚实，结果却欺瞒；本意

要爱，结果他好孤独。他说他好孤独，我想他已开始成人。他或者是从动物进化成人了，或者是从神仙下凡成人了，总之他看见了人的处境。这处境是：心与心的自由难得，肉与肉的自由易取。这可能是因为，心与心的差别远远大于肉与肉的差别，生理的人只分男女，心灵的人千差万别。这处境中自由的出路在哪儿？我想无非两路：放弃爱情，在欺瞒中去满足多向的性欲，麻醉掉孤独中的心灵；或做爱情的信徒，知道她非常有限，因而祈祷因而虔敬，不恶其少恶其不存，惟其存在，心灵才注满希望。

13

不过真正的性解放人士，可能并不轻视爱，倒是轻视性。他们并不把性与爱联系在一起，不认为性有爱之仪式的意义，为什么吃不是爱的告白呢？性也不必是。性就是性如同吃就是吃，都只是生理的需要与满足，爱情嘛，是另一回事。这不失为一个聪明的主张。你可以有神圣的专注的爱情，同时也可以有随意的广泛的性行为，既然爱与性互不相等，何妨更明朗些，把二者彻底分割开来对待呢？真的，这不见得不是一个好主意，性不再有自身之外的意义，性就可以从爱情中解放出来，像吃饭一样随处可吃，不再引起其他纠葛了。但是，爱，还包含性吗？当然包含，爱人，为什么不能也在一块儿吃顿饭呢？爱情的重要是敞开心扉不是嘛，何须以敞开肉体作其宣布？敞开肉体不过是性行为一项难免的程序，在哪儿吃饭不得先有个碗呢？所以我看，这主张不是轻视了爱，而是轻视了性，倘其能够美满就真是人类的一次伟大转折。

但是这样，恐怕性又要失去光彩，被轻视的东西必会变得乏味，唾手可得的东西只能使人舒适却不能令人激动，这道理相当

简单，就像绝对的自由必会葬送自由的魅力。据说在性解放广泛开展的地方，同时广泛地出现着性冷漠，我信这是真的，这是必然。没有了心灵的相互渴望，再加上肉体的沉默（没有另外的表达），性行为肯定就像按时的服药了。假定这不重要，但是爱呢？爱情失去了什么没有？

爱情失去了一种最恰当的语言。这语言随处滥用，在爱的时候可还能表达什么呢？还怎么能表达这不同于吃饭和服药的爱情呢？正所谓“假作真时真亦假，无为有处有还无”了。爱情，必要有一种语言来表达，心灵靠它来认同，自由靠它来拓展，和平靠它来实现，没有它怎么行？而且它，必得是不同寻常的、为爱情所专用的。这样的语言总是要有的，不是性就得是其他。不管具体是什么，也一样要受到限制，不可滥用，滥用的结果不是自由而是葬送自由。

既然这样，作为爱的语言或者仪式，就没有什么别的东西能够优于性。因为，性行为的方式，天生酷似爱。其呼唤和应答，其渴求和允许，其拆除防御和解除武装，其放弃装饰和袒露真实，其互相敞开与贴近，其互相依靠与收留，其随心所欲与轻蔑规矩，其协力创造并共同享有，其极乐中忘记你我刹那间仿佛没有了差别，其一同赴死的感觉但又一起从死中回来，曾经分离但现在我们团聚，我们还要分离但我们还会重逢……这些形式都与爱同构。说到底，性之中原就埋着爱的种子，上帝把人分开成两半，原是为了让他们体会孤独并崇尚爱情吧。上帝把性和爱联系起来，那是为了，给爱一种语言或一个仪式，给性一个引导或一种理想。上帝让繁衍在这样的过程里面发生，不仅是为了让一个物种能够延续，更是为了让宇宙间保存住一个美丽的理想和美丽的行动。

14

可为什么，性，常常被认为是羞耻的呢？我想了好久好久，现在才有点明白：禁忌是自由的背景，如同分离是团聚的前提。

这是一个永恒的悖论。

这是一切“有”的性质，否则是“无”。

我们无法谈论“无”，我们以“有”来谈论“无”。

我们无法谈论“死”，我们以“生”来谈论“死”。

我们无法谈论“爱情”，我们以“孤独”来谈论“爱情”。

一个永恒的悖论，就是一个永恒的距离，一个永恒孤独的现实。

永恒的距离，才能引导永恒的追寻；永恒孤独的现实，才能承载永恒爱情的理想。所以在爱的路途上，永恒的不是孤独也不是团聚，而是祈祷。

祈祷。

一切谈论都不免可笑，包括企图写一篇以《爱情问题》为题的文章。某一个企图写这样一篇文章的人，必会在其文章的结尾处发现：问题永远比答案多。除非他承认：爱情的问题即是爱情的答案。

1993 年 12 月 28 日

足球内外

1

从电视里看足球，好处是局部争夺看得清楚，球星们的眉目也真切，坏处是只见局部，此局部切换到彼局部，看不出阵形，不知昌盛之外藏了什么腐败，或平淡的周围正积酿着怎样的激情，更要紧的是欣赏欲望被摄像师的趣味控制，形同囚徒，只可在20英寸的一方小窗中偷看风云变幻。很想再身临实地去看一回。上一回去体育场看足球是二十多年前了，那时腿还未残。

桑普多利亚队二次来京时，朋友们把我抬进了体育场。去之前心里忐忑，怕人家不让轮椅进，倒去平白葬送一个快乐的晚上。这担心是多余了，守门人把我看了一会儿，便亲自为我开道。朋友们抬轿似抬我上楼梯时，一群年轻球迷竟冲我鼓掌，喊："行嘿哥们儿，有您这样儿的，咱中国队非赢不可！"

体育场里不认得了。过去的印象是除去一坪绿草蓬勃鲜明，四周则密麻麻灰压压都是规规矩矩的看客，自由惟不谨慎时才有所泄露。现在呢，球场就像盛装的舞台，观众席上五彩缤纷旗幡涌动，呐喊声、歌声、喇叭声……沸反盈天。第一个感受是，观众不再仅仅是观众，此乃一场巨型卡拉OK。

第二个感受是，“同志”这个渐渐消逝着的词儿于此无声地再现光辉。此处的人群与别处的人群大不相同，虽摩肩接踵难免磕磕碰碰，但进攻式的粗鲁没有，防御式的客气也没有，认识不认识的都像是相知已久，你一掏烟他就点火，甭谢，相互默契，然后开“侃”。侃的当然都是足球，侃者或儒雅或狂放，却都不把球场外的身份带进来，这儿只承认球迷的一份尊严与平等。是球迷吗？行，好样儿的，一家人，“先生”“小姐”都太生分，是同志。虽“同志”二字并不发声，但我感到在人们未及发觉的心底，正是存在着这两个字。也许，同志一词原就是由这样的情境产生。这让我想起七六年地震时的情景，因为灾难的平等，使人间的等级隔膜一时消退，震后大家都曾怀念震时的人际关系，遗憾那样的美好何以不能长久。

2

那时是因为灾难一视同仁，现在呢？现在是因为真正的欢乐也须如此。狂欢，惟一视同仁才可能，惟期冀自由和庆贺平等的时刻才有狂欢。

我不大看得见绿草坪上正在进行的比赛，因为至少有八十分钟人们是站着看的，激动的情绪使他们坐不下来，所有的座位都像是装了弹簧，往下一坐就反弹起来。前面的一对年轻恋人不断回头向我表示歉意，就像狂欢的队伍时而也注意一下路边掉队的老人，但是没办法，盛典正是如火如荼我们不能不跟随着去呀。我表示理解。我也很满足。我坐在人群背后专心倾听，狂欢是可以听的，以听的方式加入狂欢。

人们谈论着，赞美着，笑着和骂着……我听出多数人并不怎么懂足球，或者说并不像教练员和裁判员们那样懂足球，但他们

懂得那不仅仅是足球，那更是狂欢，技术和战术都是次要的，一坪绿草上正在演出的是如祭礼一般的仪式！黑衣裁判仿佛祭司，飞来飞去的皮球如同祭器，满场奔跑着的球员是诸神的化身，四周的人群呢，是唱诗班，是一路朝拜而来的信徒或众生。所以你不能仅仅是看客，你来了是来参加的。所以不能单是看，更要听，用心领悟，人们如醉如痴是因为听到了比球场更为辽阔的世界，和比九十分钟更为悠久的历史，听到了这仪式所象征的人的无边梦想，于是还要呼喊，还要吹响喇叭，还要手舞足蹈，以便一向要遏制或管束我们的命运之神能够为之感动，至于他感动了之后会赐给我们什么好处倒不是这呼喊所关心的，给或者不给那都一样，给或者不给，无边的梦想总要表达总要流传。

人需要狂欢，尤其今天。现代生活令人紧张，令人就范，常像让狼追着，没头苍蝇似的乱撞，身体拥挤心却隔离，需要有一处摆脱物欲、摆脱利害、摈弃等级、吐尽污浊、普天同庆的地方。人们选择了足球场，平凡的日子里只有这儿能聚拢这么多人，数万人从四面八方走来一处便令人感动，让人感受到一种象征，就像洛杉矶奥运会时的一首歌中所唱：We are the world。而在这世界上，当灾难休闲或暂时隐藏着，惟狂欢可聚万众于一心，于是那首歌接着唱道：We are the children。我们是世界，我们是孩子，那是说：此时此地世界并不欣赏成人社会的一切规则，惟以孩子的纯真参加进对自由和平等的祈祷中来，才有望走近那无限时空里缊藏的梦想。

3

但是，强者的雄风太迷人了，战胜者的荣耀太吸引人了，而且这雄风和荣耀必是以弱者和失败者的被冷落为衬照，这差别太

刺激人了，于是人很容易忘记聆听（谛听和领悟），全副热情都掉进那差别中，去争夺居强的一端。争夺的热情大致基于这样的心理：在诸多的国家中我在的国家是最强的，在诸多的城市中我居住的城市是最好的，在诸多的民族中我属的民族是最优秀的，甚而至于在诸多朝圣的路途中我的路途是最神圣的。这样的心理若是只意味着战胜自己，也许本来不坏，但是，对荣耀的渴望使人再也听不见无限时空里的属于全人类的危惧和梦想，胜利仅仅在打败对方的欲望中成立。梦想从无限的时空萎缩进人际的输赢，狂欢就变成了彻头彻尾的争夺，那时“同志”忽然就被“立场”取代。在“同志”被“立场”取代的地方（不管是明着还是暗着），便不再有朝圣的仪式，而是战争的模型了。

我想起“文革”中的一些惨剧，大半是由立场做着前导；明知某事是假是恶是丑，但立场却能教你违心相随或缄口不言，甚而还要忏悔自己的立场不坚定。不不，立场和观点截然不同，观点是个人思想的自由，立场则是集体对思想的强制。立场说穿了就是“派同伐异”，顺我派者善，逆我派者恶，不需再问青红皂白。否则为什么要有立场这个词呢？尤其是观点一词并不作废的时候，立场究竟是要说什么呢？是说相同观点的人要站到一起来吗？首先，相同的观点因其相同不是已经站到一起来了吗？再强调站到一起来是什么意思？其次，观点并非永远不变，相同一旦变成不同是否就要以立场的名义施之惩罚呢？若非如此，就真想不懂立场为什么不算是一句废话？记得“文革”时代有一首童谣：我们都是木头人，不许说话不许动，看谁立场最坚定。这可真是童言无忌道破天机。奇怪的是这童谣在当时怎么没有被划作反动言论，想来绝不是“四人帮”之流的疏忽，而是在他们看来这正是立场的本意。

立场怎样不知不觉地走进人间，也就怎样神鬼莫察地进了足球场，此一方球迷与彼一方球迷的大打出手、视若仇敌便屡见不

鲜。我们是世界，变成了：我们是国家，我们是民族，我们是帮派，我们是我们，你们他妈的是你们。我们是孩子，则变成了：我们是英雄，我们是好汉，你们他妈的算是什么玩意儿？

本没有谁一心去做孬种，或号召大家争当败类。值得担心的倒是“英雄”“好汉”的内涵不清，倘英雄主义糊里糊涂地竟认同起暴力来，肯定不会有好局面送给人间。狂欢精神一旦散失，便特别危险地要蜕变成狂热，勇猛和不屈都来不及对着生命的困惑，而要顺理成章地杀向异己的人类了（比如网球明星塞莱斯的被刺）。立场这个词把我们害着，把足球以及所有体育比赛都害着，把足球场里和地球上面的英雄害着，把狂欢精神和神圣之域也害着。

神圣之域尤其是不需要宣扬立场的。神圣并不蔑视凡俗，更不与凡俗敌对，神圣不期消灭也不可能消灭凡俗，任何圣徒都凡俗地需要衣食住行，也都凡俗地难免心魂的歧途，惟此神圣才要驾临俗世。神圣只是对凡俗的救助和感召，在富足或贫困的凡俗生活同样会步入迷茫、同样可能昏昏堕落的时候，神圣以其爱与美的期念给我们一条无尽无休的活路。

4

埃斯科巴（哥伦比亚足球队2号后卫）在“世界杯”后的惨死，是足球史和体育史上旷古的灾难，是所有球迷及全人类都该深思的。埃斯科巴的惨死，很像马尔克斯的一篇著名小说的标题，是“一场事先张扬的凶杀案”。所谓事先张扬，并不单指几个歹徒先期发出了威吓，而是说，这场凶杀早已在狂欢精神退出足球场时就已经张扬开了。而地球上的一切战争、不义和杀戮，大约也都是这样张扬开的。

狂欢精神丢失了，甚至兴趣也不在足球的技艺上，狂热去投奔哪儿呢？毫无疑问也绝无例外——去投奔战胜者的荣耀。

但是，鲜花、赞美、崇拜都向着战胜者去，失败者一无所有。已经说过，这差别太刺激人了，刺激的结果必是愤恨产生。狂欢精神的丢失，其不妙并不直接表现在战胜者的志得意满，而是最先显露于失败者的愤恨不平，尤其这愤恨并不对着神圣之域的被污染，而是由于自己的遭冷落，这愤恨便要积蓄到失去理性。屡屡的失败而且仍然忘记着聆听，看着吧，坏孩子的脾气就要发作。他本来想的是：我是最好的和我们是最好的，你们他妈的算是什么东西？可是现在怎么一切都颠倒了呢？被惯坏的孩子就要闹脾气，像北京话里说的要“耍叉”了，不讲理了，要在球场之外去寻报复了，要不择手段地去占住那居强的一端。

这样“耍叉”的孩子，常常也声称不欣赏现实世界的规则，但是留神，这与狂欢精神绝不一样。狂欢是在祈祷全人类的自由，“耍叉”的孩子是要大家都来恭维他和跟随他的主义。也可能他的主义是好的，但也可能他的主义是坏的呢？

5

所以，不如“多研究些问题，少谈些主义”，让所有的观点都有表达的机会，旗倒不妨慢举。并非不可以谈主义，但主义之前（或大旗之下）最好先有问题的研究，比如说：英雄和神圣都是什么含义呢？再比如：“做人要有尊严”这句话其实什么都没说，因为什么是尊严呢，以及怎么维护这尊严？

成功者就一定是英雄，或者反抗者就一定是英雄吗？神圣就是轻物利，或者退避红尘独享逍遥？尊严呢，是否单靠一副傲骨，或随时都警惕着一条测量他人冷热的神经？当然不这么简单。比

如爱是神圣的，但爱是怎么回事似乎一向还是问题。有一种意见说：爱就够了，不必弄什么清楚。可是不清楚又怎么知道就够了呢？除非是自己够了，但这就又回到废话上。人民也是神圣的，但这样的大旗谁都能打着，贪污和行霸也用得着。不过有时也简单，比如“你们他妈的算是什么玩意儿！”此言一出即可明白，言者离英雄还远，那很像是自慰的一条计策（阿Q做证），而尊严，却在自以为维护的同时毁坏。所以，研究的项目还多，不忙举旗。

不说成功者。因为谁都不大可能永远不碰上失败。说反抗者。足球场上有好几种反抗者。一种已被红牌罚出场外，没什么说的了。一种在场外寻衅施暴，有法律管他，不说也罢。还有一种，以0比9落后着，而且比赛已经到了第八十九分钟，这不是篮球是足球啊——就是说输定了，但十一个反抗者却仍全心全力地踢着，忘生忘死地奔跑。他们的目的从来就不狭隘到只要求战胜对方，他们知道0比9和9比0都是那仪式中的一项启示，生命之途上的一步路程，而每一步路程的前面都是一样的无限——无限困境和无限精彩的可能，这才是英雄的反抗者吧。尤其这时，如果9比0领先的一方也有如此领悟，不傲不怠，知道人际的胜负实属扯淡，此十一人与彼十一人都是困境的反抗者和精彩的体现者，这时，狂欢精神就全面地回来了。已经开始退场的球迷不是真正的球迷，他们看不见是什么回来了，而依然呐喊或呆望着的球迷是神圣的球迷，他们知道。

0比9是一个夸张。

但狂欢精神是怎样回来的？从哪儿，和经历了什么才回来？如果它回来了，必是因为这样的发现：我们是世界，我们是孩子，我们是注定的困苦，和注定的爱与美的祈盼。

6

说到精神的胜利，人们马上会想起阿Q，似乎那是未庄这一位农民的专利。真是天大的误会。其实哪一种胜利不是最后落实在精神上呢？单单落实在物质上的胜利倒要狭隘得多了。精神胜利者并不都是阿Q，因为并非人人都把癞头疮去做胜利的基础，更不为自己的虱子比王胡的小些而愤愤。

不久前的“美洲杯”上，巴西靠“上帝之手”赢了阿根廷，赛后记者就这个球去问巴西队的感想，巴西队里竟有人说“去问他们的马拉多纳吧”，意思是说鼎鼎大名的马拉多纳也曾靠一个手球，为阿根廷队淘汰过英国队。我一向是巴西队的球迷，不因其冠军得的多，而因其把足球踢得潇洒美丽出神入化，但这一回真让千里万里之外的这一个巴西队的球迷为之羞愧。“上帝之手”有时难免，但上述回答真是有点阿Q的心理了。

这便想起足球场上还有一种反抗者，他们怎么也不能镇静地面对失败。他们的球队是最好的球队——这是他们立场的前提，不容怀疑也不容讨论的，于是失败就只好归咎到裁判头上去。毫无疑问，对裁判的错误应当揭露。但是这一种反抗者对裁判的错误一般采取两种截然相反的态度：利于对方则暴怒，利于自己则窃喜，暴怒时他们要问公理何在，窃喜时他们心想彼此彼此什么他妈的公理，这真正是矫情。

矫情的结果是并不能让自己进步，贬损对方吧，又不真能使对方溃退，想来想去还是那个裁判讨厌。但是把那个讨厌的裁判骂也骂过了，形势仍不乐观。于是便时有贿赂裁判的事件发生，这倒是未庄那一位穷汉未及学成的计策。

文学界经常也能看见这样的矫情，总也盼不到赞誉和畅销的

时候，便去骂“评论家”和读者，或者转而去贿赂他们，当然不是用金钱，而是用文思（或文风）向“评论家”和市场靠拢。雄心再大一些的则去化验获诺贝尔奖的丹方，说是得有这一味得有那一味中国人才可能获那大奖，少了这一味缺了那一味则是皓首穷经也必名落孙山的。结果弄得人无所适从，翻箱倒柜找故事，掘地三尺挖古董，中西大菜满汉全席都上了桌，还是无济于事。怎么回事呢？很可能就在忙着化验他人之丹方的时候，把自己最重要的东西丢了：心魂。而那里面才是无限的辽阔、无穷的丰富，有不尽的创造的可能呀。其实文学和足球一样，根本是在困惑和狂欢时的聆听，立足于地而向苍天的询问，魂游于天而对土地的关怀。奖者，一种有趣的标记而已。对于真正的球迷，0比0的结果并不表明九十分钟的无味或多余。

7

如果我是外星人，我选择足球来了解地球的人类。如果我从天外来，我最先要去看看足球，它浓缩着地上人间的所有消息。

比如人对于狂欢和团聚的需要，以及狂欢和团聚又怎样演变成敌视和隔离，这已经说过。再比如它所表达的个人与群体的相互依赖，二十二个球员散布在场上，乍看似无关联，但牵一发而全身动，那时才看出来，每一个精彩点都是一个美妙结构的产物，而每一次局部失误都造成整体意图的毁灭。比如说，它的变化无穷正好似命运的难于预测，场上的阵势忽而潮涌忽而潮落，刚还是晴天朗照，转眼却又风声鹤唳，每一个位置都蕴含着极不确定的动向，每一个人都具“波粒二重性”，每一个点和每一个点之间的关系都有无限的可能，真正是测不准，因而预测足球的胜负就像预测天气变化一样靠不住，一个强队常常就被一支弱旅打得一

败涂地，这在其他比赛中是少见的。又比如它的胜败常具偶然性，你十次射门都打在门柱上，我一次捡漏儿就置你于死地。而射在门柱上的那个球，只要再往里偏一公分就可能名垂球史，可这一公分其实就由于气流一阵细微的改变。那一次捡漏儿呢，则是因为对方的跑位也只差了一公分，这一公分的缘由说不定可以从看台上一位妙龄少女的午餐中去找。谋事在人成事在天，智者千虑也把捉不住偶然性的乖戾，于是神神鬼鬼令人敬畏。这都与我们的命运太相似了。接着，外星人还可以在这儿受到法制启蒙，他会看出要是没有那位黑衣法官，这球赛就没法儿进行，他尤其会看出在诸条规则中不准越位是最根本的一条，否则大家都去门前等着射门，地球上就可能只剩下溜门撬锁的小偷和蒙面入室的大盗了。外星人还能在这儿看见警察（星星点点散布在各处），认识官员（稀稀拉拉坐在主席台上），了解商业（四周的广告牌），粗通建筑（钢筋水泥的体育场），探知艺术的起源（看台上情不自禁的歌舞），发现贫富之别（票价不同因而所占位置各异），发现门派之盛，相互间竟至于睚眦必报、拳脚相加、水火难容……总之，几乎人间所有的事物在这儿都有样品，所有的消息在这儿都有传达。

这个与人间同构的球场，最可能成为人间的模型或象征，刺激起人的种种占有欲，倘占有落空，便加倍地勾引起平素积蓄的怨愤，坏脾气就关不住闸门。爱的祈望并不总比恨的发泄有力量。如果地球世界的强权、歧视、怨恨和复仇依然长寿，当然足球世界就最易受到侵染，足球场上就最易出现殴斗和骚乱。

8

也许外星人最后还会看出一件事：在足球和地球上，旗幡林立的主义中，民族主义是最悠久也最坚固的主义，是最容易被煽

动起来的热情。

坐在看台上，我发现我的热情也渐渐地全被立场控制，很难再有刚一进来时的那种狂欢的感动，也顾不上去欣赏球艺，喜与忧全随着中国队的利与不利而动。只要中国队一拿球便是满场的喝彩，只要意大利队一攻到禁区便是四起的嘘声。这无可厚非。但是这样的热情进一步高亢，殴斗和骚乱就都有了解释。这样的情绪倘再进一步走出足球场，流窜到地球的各个角落，渗透进人类诸多的理论和政策中去，冷战、热战，还有“圣战”也就都有了根据。

民族主义其实信奉的是“老子天下第一”，“老子”难免势单力薄，明摆着不能样样居强，这才借了“民族”去张扬。但若“老子”的民族也不能样样居强呢？便又很容易生出民族自卑感。自卑而不能以自强去超越，通常的方略就是拉出祖宗的光荣来撑腰，自吹自擂自欺自慰都认作骨气。其实，这样的主义者看重的也一定不是民族，倘自家闹出争端，民族也就无足轻重。不信就请细心注意，一到了没有外族之时他就变成地方主义，一到了没有外地之时他就变成帮派主义，三人行他提倡咱俩，只剩下咱俩事情就清楚了：我第一，你第二。

当然你不能不让谁认为自己正确，和坚持自己认为的正确，（他说不定真就是天下第一呢？）但正确得靠研究的结果说话，深厚的土地上才是插牢一面大旗的地方。比如说“把什么和什么开除出文学正堂”，但是，由谁来圈定正堂的方位呢？开除一事又该由谁来裁决？恐怕谁都不合适。“正堂”和“开除”都在研究问题的气氛中自然发生，就像人们自然会沐浴清泉而排除污水，绝非可以毕其功于一面大旗的。

其实我们从幼儿园里就受过良好的教育：诚实，谦虚，摆事实讲道理。我们在学校里继续受着良好的教育：以他人之长补自己之短。怎么长大成人倒变糊涂？是的是的，这世界太复杂，不

可不有一点策略，否则寸步难行。但这不应该妨碍我们仍然需要看清一个真理：无论是民族还是主义，也无论是宗教还是科学，能够时时去查看自己的缺陷与危险的那一个（那一种）才有希望。

9

但是，谁总能那么冷静呢？况且，大家若一味地都是沉思般地冷静着，足球也不好玩，日子也很难过。不让激情奔涌是不行的，如同不让日走星移四季更换。不是足球酿造了激情，是激情创造了足球。激情是生之必要，就像呼吸和睡觉，不仅如此，激情更是生之希望，是善美之途的起步。

但是，什么才能使这激情不掉进仇视和战争呢？（据说，南美有两个国家曾因足球争端引发过一场真刀真枪的战争。）是苦难。不管什么民族和主义，不管怎么伟大和卑微，都不可能逃开的那一类苦难。

我又回忆起七六年地震时的情景，那时的人们既满怀激情又满怀爱意，一切名目下的隔离或敌视都显出小气和猥琐，惟在大地无常的玩笑中去承受生死的疑问，疑问并不见得能有回答，但爱却降临。只可惜那时光很短暂。

看来苦难并不完全是坏东西。爱，不大可能在福乐的竞争中牢固，只可能在苦难的基础上生长。当然应该庆幸那苦难时光的短暂，但是否可以使那苦难中的情怀长久呢？

长久地听见那苦难（它确实没有走远），长久地听见那苦难中的情怀，长久地以此来维护激情也维护爱意，我自己以为这就是宗教精神的本意。宗教精神当然并不等于各类教会的主张，而是指无论多么第一和伟大的人都必有的苦难处境，和这处境中所

必要的一种思索、感悟、救路。万千歧途，都是因为失去了神的引领。这里说的神，并非万能的施主，而是人的全部困苦与梦想、局限与无限的路途，以及0比9时的一如既往和由其召唤回来的狂欢。

1995年9月6日

10月10日再次修改

私人大事排行榜

这半个世纪留给了我们些什么？你能说出这半个世纪对你而言的一件或十件大事吗？当然，当你收到这份组稿函时，你就已经知道了这里所谓的“大事”，纯粹是就个人的思想经历而言的。

——引自《1999 独白》组稿函

1

于我而言，本世纪下半叶的头一件大事，自然是我的出生。因为这是一切于我而言的经验和意义（包括“本世纪下半叶”这样一个概念）的前提，是独白的不容商量的出发点。

由于我的出生，世界开始以一个前所未有的角度被观察，历史以一个前所未有的编排被理解，意义以一次前所未有的情感被询问。尽管这对他人来说是一件微乎其微的小事，对历史来说是一个完全可以忽略的小小颤动，但那却是我的全部——全部精神际遇的严峻。佛家有一说：杀一生命，等于杀一世界。那么，一个生命的出生也就是一个世界的出生了，任何个人，都是独一无

二的世界。

有一年，由报纸传来了一个消息：地球上已经活着五十亿个人了。我不曾计算这是第几件，但是我立刻相信这是一件大事：五十亿个世界中有多少被忽略的严峻呢？但可以肯定，五十亿个世界之间，有着趋近无限的相互沟通的欲望。

2

沟通的欲望，大约可算作第二件大事。当出生不由分说地把我局限在纷纭历史和浩瀚人群中的一个点上以来，我感到，我就是在这样的欲望中长大的；我猜测别人也会是这样。我说“大约可算作第二件大事”，是因为我预料这可能还是最后一件大事：这个欲望会毫不减弱地跟随我，直到生命的终点。

然而，沟通的欲望，却暗含了沟通的悲观处境：沟通既是欲望和永远的欲望，这欲望就指示了人之间的阻障和永远的阻障。人所企盼的东西必不是已经成为现实的东西，人之永久的企盼呢，当然就表明着永久的不可实现。

不久前我参加了一个文学讨论会，题目就是：《沟通：中国文学面对世界》。但就在这样一个美好的题目下，语言这个老奸巨猾的魔术家（抑或水性杨花的风流娘们儿）略施小计，就把一群安分与不安分的作家搞得晕头转向。我看见：语言的阻障，就像语言的求生一样坚强。我听见：同操汉语的讨论者们，谁也没有真正听懂谁的话，在几乎每一个词上都发生不止一个误解。我感到：这些误解是解释不清的，至少我不知道怎样才能解释清楚，因为在解释的过程中，你不得不又去求助那些狡猾的语言，继续繁衍同样多的误解。那一刻，我对语言甚至有了鲁迅先生对阿Q的那种情绪：哀其不幸，怒其不争。

确实，人一直是在解释的路上，且无尽头。事实上，未必是我们在走路，而是路在走我们，就像电路必要经由一个个电子元件才成其为一个完整的游戏。上帝在玩其莫测高深的“电路”，而众人看那游戏，便有了千差万别的指向或意味。写作（或文学）自然也就是这样，惟一可能的共识就是这条路的没有尽头，而每个路口或路段都是独特的个人的命运，其不可替代性包含着相互不可彻底理解的暗示。

沉默就常常是必要的。沉默可以通向有声有形的语言所不能到达的地方，就像浪，舒缓下来，感悟到了水的深阔、水对浪的包容、水于浪的永久的梦想意义。

3

因此梦想成为第三件大事。但绝不是说梦想是第三等大事——好比排在元帅之后的上将，不，梦想也是元帅，第三位元帅倒可能是最能征善战的一位。

沟通，在现实那儿不受重用，便去投在梦想的麾下。

想一想，人可能实现的事物都有什么呢？无外乎衣食住行、生老病死、劳作与繁衍。而这一切，比如说荒野上的狼群和蜂族也都在一一执行，代代相传。一旦破出这个范围，则必发现：已是在梦想的领地。想一想吧：果腹之后的美食，御寒之外的时装，繁殖之上的爱情，富足之下的迷茫，死亡面前的意义，以及眺望中的远方，猜测中的未来，童年的惊奇与老年的回忆……人更多的时候是在梦想里活的。但人却常常忘恩负义，说梦想是最没有用处的东西。“做梦！”——这不是斥责便是嘲讽，否则是警告。但是，倘无梦想——我曾在另外的地方写过类似的话——人又是什么呢？电脑？机器？定理？程序？布设精确的多米诺骨牌？仪

态得体的五十亿蜡像？由于电脑的不可一世，我们终于有机会发现，人的优势只有梦想了。有了梦想，人才可以在无限的时空与未知的威慑下，使信心得着源泉，使未来抱住希望，使刻板的一天二十四小时有其变化万千的可能。简而言之，它有无限的未知，我有无限的知欲；它有无限的阻障，我有无限的跨越阻障的向往；它是命定之规限，我是舍命之狂徒。这就是可尊可敬的梦想，是梦想可以欢笑的理由。

在没有终点的路上，可否说，沟通（以及一切属于精神的向往）已在梦想中实现了呢？但不是实现了，而是实现着。永远地实现着，不是更好吗？我时刻感到，梦想是人生惟一乐观的倚仗，尽管你也可以说这里面藏着无可奈何的因素。但是若问：梦想终于把我们送去何处？这就显得有点智力迟钝，它既无终点，当然是把我们送去对梦想的梦想，送去对梦想的爱戴与跟随。

4

关于梦想的意义，没有谁比加斯东·巴什拉在其《梦想的诗学》（刘自强译）中说得更好。我信手拣几句抄在这里（抄它，本身就有一种梦想的快乐）：

> ·面对真实的世界，人们能在自己身上发现那忧虑的本体存在。那时他们感到被抛到世界上，被抛到消极无人性的世界里，这时的世界是杳无人性的虚无。这时，我们的现实机能使我们不得不去适应现实，不得不把自己作为某种现实建立起来……但是梦想就其本质而言，不正是要把我们从现实的机能中解放出来吗？
>
> ·由于非现实机能的巧妙性，我们通过想象回到信

任的世界，有自信的生存世界，梦想固有的世界。

·爱是两种诗情的相逢，两种梦想的融会……两颗孤独心灵的梦想滋润着温馨的爱情。一位对爱的激情持现实主义态度的人在爱情的表达中只能看到一种窠臼。但是伟大的激情仍然从伟大的梦想产生。如果将爱情与其整个非现实的性质相分离，那么爱情的现实性便会被破坏殆尽。

·童年持续于人的一生，童年的回归使成年生活的广阔区域呈现出蓬勃的生机。……当梦想为我们的历史润色时，我们心中的童年就为我们带来了它的恩惠。必须和我们曾经是的那个孩子共同生活……从这种生活中人们得到一种对根的认识，人的本体存在这整棵树都因此而枝繁叶茂。

·记忆是心理的废墟，是回忆的旧货铺。应该重新对我们的整个童年进行想象。在重新想象童年时，我们有可能在孤独孩子的梦想生活本身之中再发现这一童年。

·因此，让我们不按数字去梦想，梦想我们的青年时代、童年时代。啊！这些时代已经远去！我们内在的千年如此古远！那属于我们的，在我们身心中的千年，几乎行将吞没先于我们的存在！当人深入梦想时，会永远无休止地开始。

·对宇宙的梦想使我们离开有谋划的梦想。对宇宙的梦想将我们放在一个天地中而不是一个社会里。……那会是一种心灵状态……那是整个心灵与诗人的诗的天地的全盘表露。

·想象力致力于展示未来。它首先是一种使我们摆脱沉重的稳定性羁绊的危险因素。……这些遐想拓宽了我们的生存空间，并使我们对宇宙充满信心。

是啊，尽管很快乐，但是不能再抄了，否则这篇文章到底算是谁写的呢？——这是一个挺无聊的现实概念，但你不能不记住它，因为我们不得不把自己作为某种现实建立起来。

5

电脑是一件大事吗？暂时还不是，它还只是一种很好用的小机器。但它将来也许是，倘其也有了梦想那才真正是一件大事。要是它有一天梦想着消灭人的梦想，试图与我们调换一下位置，那才是一件可怕的大事。它又吟诗又作画又谈情说爱，而我们待在一个小箱子里被标明型号被叫作“信息高速公路”，那事儿可就大了。我们叽叽吱吱地在地上跑，叽叽吱吱地在天上飞，叽叽吱吱地在太空中传递，被压扁成为图像，被抻长成为数据，被拷贝得千篇一律，被贮存得规规矩矩，被调动得奴颜婢膝，然后我们损坏，过时，成为有害的垃圾去污染上帝的田园……

不见得没有这样的危险。

记不得从本世纪下半叶的哪一天起了，信息成千上万倍地增殖，成千上万倍地加速，在人的大脑里占据越来越多的空间，广告词顶替着儿歌，股市情报充当起神话，童年成了游戏机的赞助人，晚年成了电视机的守望者，而人们还在喜气洋洋地奔走相告，“信息就是财富”，“未来的天下乃信息之天下”，“谁占有的信息越多，谁就越是这世界上的强者（强国，强族，强商，强集团，强男人与强女人）”。这样下去，生性好强的人们，为什么无限的信息不可能把你们有限的大脑占满呢？凭什么去指望它们善良厚道，不把你们的梦想删除，不把你们生命的神奇篡改呢？

危言耸听!

——很高兴听见这样的呵斥。为了它永远有理由遭此呵斥，本世纪下半叶的大事记中，应该保留这类耸人听闻的危言。

事实上那类很好用的小机器已经开始不把我们当人了。比如：它们才不想把体育奉为人之梦想的仪式呢，它们才不想把艺术辟为心之沟通的无限机会呢，它们只想把我们好歹归置进程序里去，发射到利润里去，把歌星、影星、体育明星一律推行为广告的宿主。据说猴子是因为懒怠下树而终未取得做人的机会，我常猜想：耗子呢？耗子准是因为被信息挤掉了梦想而将做人的机会得而复失的。耗子们，无论攫食、安居、衍子、预警、备荒、避险、扩张……其能力之高妙，不能不使人相信它们有着卓越的信息交通，与人相比它们只是搞丢了梦想（鬼知道丢到哪儿去了），故而它们一味盯住地上，从不看天一眼。

6

因而想到一件事，不知算大算小。有一回我冲口说出：人与人的差别大于人与猪的差别。在场的人撇嘴或喷饭，嘲笑：这不过是一个无聊的调侃。我一时糊涂，也就犹豫。当时我真该多想一想：此一相信与彼一嘲笑之间的差别，或此一无聊与彼一英明之间的差别，难道是人与猪之间可能有的差别？这岂不正是我之相信的剀切证据吗？我绝没有想说谁是猪的意思，也许倒是我长了一副猪脑子。

大约没有人会反对：人与猪的差别，根本在于人思想，猪不思想。至于其他官能，人与猪则大同小异。（听说，已有人试图把猪的，除大脑以外的器官往人身上移植了。我感觉他们终会成功。）那么就是说，只要能证明思想与思想的差别大于思想与不思

想的差别，也就证明了人与人的差别大于人与猪的差别了。可这还需要证明吗？不思想的猪固定为人间的一道大菜，而思想却是思想永远摸不透的邻居，人才是人的无常处境。举个例子：人喂猪，猪顶多以为那是爱它，绝不会有人的灵动，猜这未必不是个圈套。猪以其肉喂人呢，猪惟遭一回惊吓或抱一阵冤屈，断不会生出“奉献”之豪情或“苦肉”之诡计。再举几例：你想绕过一面墙，绕就是了，目测好它的长宽高不去碰它就好，它以其长宽高表明它对你的全部阻碍，绝不至于中途变卦。你想躲开一棵危然欲倾的树，只要看明它倾倒的方向即可以平安，不必像逃避一条人间的大棒，到底搞不清它从上下左右何处下手。如是等等。

这当然不是说，我就相信人不如猪好，进而发“当人不如当猪”的牢骚。我只是说，人之复杂的欲念，乃由上帝之复杂的嗜好所牵动，绝非人的自以为足够复杂的智力可以全知，别以为有什么伟大的公式、主义或旗手，可以令其交出全部秘密。老子——我以为那是他在表扬人的时候——说：知不知，尚矣。浪漫些想：若在天国的动物园，有一栏叫作人的生物展出，诸神会否送给他们一个俗称呢？如果送，料必就是这“知不知”，相仿于麋鹿的俗称是“四不像”。

但是，听“知不知”们讨论起随便什么问题（比如文学）来，你又会觉得，单此一个“知不知”远不够概括这一物种的特点，完全有必要在（王朔先生已经留意到的）写有“动物凶猛”的地方，换上尼采先生的发现：权力意志。确实，其凶猛盖由于此。因为，你慢慢听吧，那里面常常只有一句话：（文学，或者随便什么）当如此，不当如彼，如此者当助其昌隆，如彼者则莫如早早扼其于摇篮。当然，人有这样自由地思想与表达的权利，但幸好止于权利，倘变成权力呢？尤其要是在灿烂的旗帜上飘舞呢？

这样的时候，我就更加地相信了：人与人的差别大于人与猪的差别，以及这样一种警醒多么有益于心情的健康。

文思之不同，恰如命运之大异，怎么能把它们捆到一条路上去呢？你比上帝高明吗？潇洒一生的人看不懂坎坷一世的心，屡屡遭殃的命进入不了好运频逢者的联翩妙想，人之间有着无形的永固的墙。人们都是在一条条无形且永固的巷子里走，大多时候，其情其思隔墙隔巷老死难相往来。世界真大，墙与巷多到不可计数。世界其实小，谁若能摸住三五面墙走进三五条巷也就不坏。这世界真是很糟糕吗？但上帝造它时，看这是好的，才这样成了。上帝却让“通天塔”不成，这肯定是一个伟大的寓言：人的思路一旦统一，人就要变成魔鬼手中的小机器了。这大约，不，这肯定是上帝与魔鬼的一次赌博：上帝说他创造的是一场无穷无尽、美不胜收的舞蹈；魔鬼说不，你等着看我怎么把他们变成一群呆头呆脑、丑不堪言的小玩偶吧。

7

有两件似乎很大的事，我百思而终未得到哪怕稍稍可以满意的回答。

其一，人应该更崇尚理性呢，还是更尊重激情？（最勇敢可爱的，到底是哪一个？啊，山楂树呀，请你告诉我。）最好是鱼与熊掌兼得——但这不是回答。理性之为理性，就因为它要限制激情，继而得寸进尺还会损害激情、磨灭激情。激情之为激情，就因为它要冲破理性，随之贪得无厌还要轻蔑理性甚至失去理性。（山楂树下统共这么两位可爱的青年，你到底要哪一个？）但是你抛弃哪一个似乎都不可能，首先（姑娘啊）你忧郁地想念（他）它们，这就是激情；其次，你犹豫不决地选择，这就是理性。是

呀，没有激情，人原地不动地成了泥胎，连理性也无从发展；丧失理性，人满山遍野地跑成兽类，连激情的美妙也不能发现、不能享受。这便如何是好？我想：姑娘她这么苦着，真是理性的罪行，否则她闭上眼睛去山楂树下摸一个回来，岂不省事？我又想：姑娘她这么苦着，实乃激情的作恶，否则她颈上套一串珠子远远地躲开山楂树，不就结了？或者我还想：这完全是那两个青年的责任，他们为什么不能有一个坚具理性慨然告退，而另一个饱富激情冲过来把姑娘抱回家去！——但这无论是对姑娘，对两个青年，还是对我自己，都像似什么也没回答。

其二，人应该保留欲望呢，还是应该灭断欲望？不要欲望，亿万泥胎实际就已经掉进魔鬼的陷阱，甚至比这还要糟。鸟不叫云不飞，风不动心不摇，恶行灭尽善念不生，没有欲望则万物难存，甚至宇宙也不再膨胀，那是什么？有一种说法：那是一种凡夫俗子无从想见的美妙世界。——但是，这已经动了欲望，不过更为奢侈些罢了。看来还是得大大方方地保留欲望。可是，欲望不见得是一种甘于保留的东西，欲望之为欲望，注定它要无止境地扩展。但是，看看河流已经让它弄成了什么吧，看看草原、森林、海洋、土地和空气……都让它作践成了什么，地球千疮百孔空乏暗淡已经快被榨干了！那么，保留欲望同时限制欲望，如何？啊，这是不是又回到“其一”的逻辑里去了？限制的边界划到哪儿，划到什么地方什么时间？就是说欲望，应该到什么地方停下，什么时候截止呢？止以后呢，咱们干吗？咱们可不是一群傻瓜，能把一件玩具来回来去玩上一辈子。咱们总是要看看边界（不管什么边界）之外的奇妙。看看就够了？不行，还要拿来。拿来就够了？不行，我们总是看见边界就总是想越过边界。有人说：远游或探险，与窃盼外遇同出一源。又有俗话：男人不坏，女人不爱。真是真是，谁会爱一个没有好奇心、想象力和创造欲的呆子呢？呆子不坏但不可爱，聪明的家伙可爱但可能坏，女人们

的这份难处很像上帝的难处：把地球给泥胎去做花园呢，还是请欲望横生的人们去把它变成垃圾站？

8

我以为我终于听懂了人性恶。

说"人之初性本善"，恶行都是后天土壤的教唆，这很像是说种瓜得豆，种豆得海洛因。人性恶，当然也并非是说人这种坏东西只配铲除，而是说人性中原就埋着险恶。

还说"权力意志"吧。陈鼓应先生宁可把它译为"冲创意志"，认为尼采的本意是指人的创造力，而不是指世俗的权力，并引了尼采的原话，证明他是蔑视权势的。而章国锋先生相信还是"权力意志"译得正确，说尼采认为"权力意志是一种无法遏止的追求权力和占有的欲望，存在于世界万物之中，是世界的本质和存在的基础"，说"事实上，尼采所说的权力不仅指世俗权力，更重要的是指精神权力，即在精神上压倒、征服别人，从而取得控制、支配、统治别人的权力"。尼采的原意到底是什么？当是专家的讨论，我没有资格做判断。但我注意到了章国锋先生的这一句话："维持生存、追求发展和渴求控制异体是权力意志的两种本质。"我倾向这句话。于是想到：我们赞美梦想，崇尚创造，同时提防欲望，但梦想、创造和欲望实为一母同胞。我虽然相信尼采的原意是要鼓动人的创造与超越，但"冲创"的本性中肯定携带了"权势"的基因。

记得诗人西川有一首诗，写笼中之豹的美丽生动，我已记不住原句，但我记住了那很像是人性的注脚与警示：炫耀的皮毛，浪动的脚步，警敏的眸光贮满勃勃生气，但是别忘了铁栏——

千万别忽略它。唉，我们如何走去那美丽与生动呢？要么把它关进笼中，要么把自己关进笼中，走近它，中间隔着铁栏，去看它，赞美它和倾向它。否则，我们若不想成为猎物，就只好去做杀手。

战争的概念，绝不限于刀枪与火药、导弹与核武器——比这悠久并长命的战争是精神的歧视、心灵的戕害。陀思妥耶夫斯基的《地下室手记》中的那个“我”，即这类战争的受害者与继承人。本世纪末，有“话语霸权”的消息传来，有新一轮的反抗热情兴起，但慢慢听去，都还是来自“控制异体”的古老恨怨。

9

于是我又碰见一件想不大懂的大事——价值相对主义。

是呀，如果价值真理是绝对的、独尊的，它一向都应该由谁来审查和发布呢？霸主的宝座虚位以待，众人有幸可以撞上一位贤哲，倘事不凑巧，岂不又在魔鬼掌中？何况——“价值相对主义”说——真理压根儿就是：此一时也彼一时也，此一地也彼一地也，或时过境迁，或入乡随俗，绝难以一概全。譬如：西方有西方的价值理想，东方有东方的传统信念，凭什么要由你或者他说了算？可是我却总也想不明白：西方是谁？东方又是谁呢？西方有很多国度有若干亿人，东方也有很多民族有若干亿人，一国又有若干省，一省又有若干市、县……如此仔细地“相对”下去，只好是每人一面旗，各行其是去吧。

我有时觉得应该赞成这样的主张。每个人有每个人的梦，本来就是别人管不了的事。每个人有每个人惬意的活法，本来就不该遭受谁的干涉。每个人有每个人的爱情，虽可能有失恋的苦果，但绝不容忍谁来包办一份“甜食”。但我又想，这肯定行不得长久。

孤独的旗上早晚还要飘起沟通的渴望，便是玄奥的禅语，不也还是希望俗众悟出其公案的含意？各行其是的人们呢，终于还会像最初那样谋求协作，但协作必要有规则，而规则的建立能不赖于价值的共识？

人呀，这可是在上帝的园中跳那永恒的舞蹈呢，还是中了魔鬼的符咒，在宇宙中这块弹丸之地疯牛一样地走圈儿？

10

大事很多，愚钝如我者，没弄懂的、弄不懂的，以及没弄懂而自以为弄懂了的大事就更多。但按“排行榜”的惯例，以十为限。那就把最后的机会用以说明：在各种大事上，我是乐得让别人开导一番乃至教训一顿的。当然这不意味着盲从，在没听懂别人的意思之前，我还得保留自己的糊涂。总也听不懂呢，就只好愚顽不化——这像是没有第二种逻辑可供替换的事。跟好多人一样，我是想说话的，想说自己想说的话，也想听别人的话，甚至想听自己不喜欢的话。我很可能既是一个“价值相对主义者”，又是一个“非价值相对主义者”。比如：爱情，这件事我固执己见，不听外人劝告，我相信劝告者并没有弄懂我是怎么一回事，否则他就不会劝告。再比如：还是爱情，这件事你又不能一意孤行，必得听懂对方的意思，倘对方说“请你走开”，而你偏闭目自语“这不是我的习惯”，岂不是要把一番好意弄成了性骚扰？是呀，爱情，真是妙，这是你个人的不容干涉的梦想，但其中又必要有一个他者，他者的必要恰说明对话的必要，否则爱情倒又是为哪般？看过许纪霖先生的一篇文章，题目很长，但记得其中有“独白，还是对话”之句。于是想：在爱情中正如在人世间，便是独白，也仍是对话的结果与继续。

所以我知道，沟通是我至死的欲望，虽然它总在梦想之域跋涉。所以我又知道：永存梦想的人间，比全是现实的世界，更能让我坦然对死——这就像你在告别故乡的时候，是仍然怀念她，还是已经不想再来。

1996 年 9 月 7 日

说死说活

史铁生≠我

要是史铁生死了，并不就是我死了。——虽然我现在不得不以史铁生之名写下这句话，以及现在有人喊史铁生，我不得不答应。

史铁生死了——这消息日夜兼程，必有一天会到来，但那时我还在。要理解这件事，事先的一个思想练习是：传闻这一消息的人，哪一个不是“我”呢？有哪一个——无论其尘世的姓名如何——不是居于“我”的角度在传与闻呢？

生＝我

死是不能传闻任何消息的———这简直可以是死的鉴定。那么，死又是如何成为消息的呢？惟有生，可使死得以传闻，可使死成为消息。譬如死寂的石头，是热情的生命使其泰然或冥顽的品质得以流传。

故可将死作如是观：死是生之消息的一种。

然而生呢，则必是“我”之角度的确在，或确认。

无辜的史铁生

假设谁有一天站在了史铁生的坟前，或骨灰盒前，或因其死无（需）葬身之地而随便站在哪儿，悼念他，唾弃他，或不管以什么方式涉及他，因而劳累甚至厌倦，这事都不能怨别人。说句公道话也不能怨史铁生。这事怨“我”之不死，怨不死之“我”或需悼念以使情感延续，或需唾弃以利理性发展，总之，怨不死的“我”需要种种传闻来构筑“我”的不死，需要种种情绪来放牧活蹦乱跳的生之消息。

史铁生≈我使用过的一台电脑

一个曾经以其相貌、体型和动作特征来显明为史铁生的天地之造物，损坏了，不能运作了，无法修复了，报废了，如此而已。就像一只老羊断了气而羊群还在。就像一台有别于其他很多台的电脑被淘汰了，但曾流经它的消息还在，还在其曾经所联之网上流传。史铁生死了，世界之风流万种、困惑千重的消息仍在流传，经由每一个“我”之点，连接于亿万个“我”之间。

浪与水＝我与“我”

浪终归要落下去，水却还是水。水不消失，浪也就不会断灭。浪涌浪落，那是水的存在方式，是水的欲望（也叫运动），是水的

表达、水的消息、水的连接与流传。哪一个浪是我呢？哪一个浪又不是“我”呢？

从古至今，死去了多少个“我”呀，但“我”并不消失，甚至并不减损。那是因为，世界是靠“我”的延续而流传为消息的。也许是温馨的消息，也许是残忍的消息，但肯定是生动鲜活的消息，这消息只要流传，就必定是“我”的接力。

永远的生＝不断地死

有生以来，你已经死掉了多少个细胞呀，你早已经不是原来的你了，你的血肉之躯已不知死了多少回，而你却还是你！你是在流变中成为你的，世界是在流变中成为世界的。正如一个个音符，以其死而使乐曲生。

赫拉克利特说“一个人不能两次踏入同一条河流”，但是，一条河流能够两次被同一个人踏入吗？同样的逻辑，还可以继续问：一个人可以一次踏入同一条河流吗？

永恒的消息

但是，总有人在踏入河流，总有河流在被人踏入。踏入河流的人，以及被踏入的河流，各有其怎样的尘世之名？！不过是标明永恒消息的各个片段、永恒乐曲的各个章节。而“我”踏入河流、爬上山巅、走在小路与大道、走过艰辛与欢乐、途经一个个幸运与背运的姓名……这却是历史之河所流淌着的永恒消息。正像血肉之更迭，传递成你生命的游戏。

你在哪儿？

你由亿万个细胞组成，但你不能说哪一个细胞就是你，因为任何一个细胞的死亡都不影响你仍然活着。可是，如果每一个细胞都不是你，你又在哪儿呢？

同样，你思绪万千，但你不能说哪一种思绪就是你，可如果每一种思绪都不是你，你又在哪儿呢？

同样，你经历纷繁，但你不能说哪一次经历就是你，可如果每一次经历都不是你，你到底在哪儿呢？

无限小与无限大

你在变动不居之中。或者干脆说，你就是变动不居：变动不居的细胞组成、变动不居的思绪结构、变动不居的经历之网。你一直变而不居，分分秒秒的你都不一样，你就像赫拉克利特的河，倏忽而不再。你的形转瞬即逝，你的肉身无限短暂。

可是，变动不居的思绪与经历，必定是牵系于变动不居的整个世界。正像一个音符的存在，必是由于乐曲中每一个音符的推动与召唤。因此，每一个音符中都有全部乐曲的律动，每一个浪的涌落都携带了水的亘古欲望，每一个人的灵魂都牵系着无限存在的消息。

群的故事

有生物学家说：整个地球，应视为一个整体的生命，就像一

个人。人有五脏六腑，地球有江河林莽、原野山峦。人有七情六欲，地球有风花雪月、海啸山崩。人之欲壑难填，地球永动不息。那生物学家又说：譬如蚁群，也是一个整体的生命，每一只蚂蚁不过是它的一个细胞。那生物学家还说：人的大脑就像蚁群，是脑细胞的集群。

那就是说：一个人也是一个细胞群，一个人又是人类之集群中的一个细胞。那就是说：一个人死了，正像永远的乐曲走过了一个音符，正像永远的舞蹈走过了一个舞姿，正像永远的戏剧走过了一个情节，以及正像永远的爱情经历了一次亲吻，永远的跋涉告别了一处村庄。当一只蚂蚁（一个细胞，一个人）沮丧于生命的短暂与虚无之时，蚁群（细胞群，人类，乃至宇宙）正坚定地抱紧着一个心醉神痴的方向——这是惟一的和永远的故事。

我离开史铁生以后

我离开史铁生以后史铁生就成了一具尸体，但不管怎么说，白白烧掉未免可惜。浪费总归不好。我的意思是：

1. 先可将其腰椎切开，看看那里面到底出过什么事。——在我与之朝夕相处的几十年里，有迹象表明那儿发生了一点故障，有人猜是硬化了，有人猜是长了什么坏东西，具体怎么回事一直不甚明了。我答应过医生，一旦史铁生撒手人寰，就可以将其剖开看个痛快。那故障以往没少给我捣乱，但愿今后别再给“我”添麻烦。

2. 然后再将其角膜取下，谁用得着就给谁用去，那两张膜还是拿得出手的。其他好像就没什么了。剩下的器官早都让我用得差不多了，不好意思再送给谁——肾早已残败不堪，血管里又淤积了不少废物，因为吸烟，肺料必是脏透了。大脑嘛，肯定也不

是一颗聪明的大脑，不值得谁再用，况且这东西要是还能用，史铁生到底是死没死呢？

史铁生之墓

上述两种措施之后，史铁生仍不失为一份很好的肥料，可以让它去滋养林中的一棵树，或海里的一群鱼。

不必过分地整理他，一衣一裤一鞋一袜足矣。不非是纯棉的不可，物质原本都出于一次爆炸。其实，他曾是赤条条地来，也该让他赤条条地去，但我理解伊甸园之外的风俗，何况他生前知善知恶欲念纷纭，也不配受那园内的待遇。但千万不要给他整容化妆，他生前本不漂亮，死后也不必弄得没人认识。就这些。然后就把他送给鱼或者树吧。送给鱼就怕路太远，那就说定送给树。倘不便囫囵着埋在树下，烧成灰埋也好。埋在越是贫瘠的土地上越好，我指望他说不定能引起一片森林，甚至一处煤矿。

但要是这些事都太麻烦，就随便埋在一棵树下拉倒，随便撒在一片荒地或农田里都行，也不必立什么标识。标识无非是要让我们记起他。那么反过来，要是我们会记起他，那就是他的标识。在我们记起他的那一处空间里，甚至那样一种时间里，就是史铁生之墓。我们可以在这样的墓地上做任何事，当然最好是让人高兴的事。

顺便说一句：我对史铁生很不满意

我对史铁生的不满意是多方面的。身体方面就不苛责他了吧。品质方面，现在也不好意思就揭露他。但关于他的大脑，我不能

不抱怨几句，那个笨而又笨的大脑曾经把我搞得苦不堪言。那个大脑充其量是个三流大脑，也许四流。以电脑作比吧，他的大脑顶多算得上是“286”——运转速度又慢（反应迟钝），贮存量又小（记忆力差），很多高明的软件（思想）他都装不进去（理解不了）——我有多少个好的构思因此没有写出来呀，光他写出的那几篇东西算个狗屁！

一件疑案

在我还是史铁生的时候我就说过：我真不想是史铁生了。也就是说，那时我真不想是我了，我想是别人，是更健康、更聪明、更漂亮、更高尚的角色，比如张三，抑或李四。但这想法中好像隐含着一些神秘的东西：那个不想再是我的我，是谁？那个想是张三抑或李四抑或别的什么人的我，是谁呢？如果我是如此地不满意我，这两个我是怎样意义上的不同呢？如果我仅仅是我，仅仅在我之中，我就无从不满意我。就像一首古诗中说的，“不识庐山真面目，只缘身在此山中”。如果我不满意我，就说明我不仅仅在我之中，我不仅仅是我，必有一个大于我的我存在着——那是谁？是什么？在哪儿？不过这件事，恐怕在我还与史铁生相依为命的时候，是很难有什么确凿的证据以正视听了。

但是有一种现象，似对探明上述疑案有一点启发——请到处去问问看，不肯定在哪儿，但肯定会有这样的消息：我就是张三。我就是李四。以及，我就是史铁生。甚至，我就是我。

1996 年 10 月 24 日

在北京友谊医院
“友谊之友”座谈会上的发言[①]

坐在这个位置上的本该是位大夫，可现在却是个病人，一个资深病人。所以今天不可能是治疗，也不可能是讲课，更不要以为是一个什么身残志不残的人给大伙儿作报告。我是奉柏大夫之命，以一个老牌病人的身份，跟各位交流一下生病的体会。所以我只能保证以毫不隐瞒的态度说说我自己的经验，看看有没有什么可以让各位借鉴的东西；有，我就没白来，没有，就只能怪柏大夫找错了人。我不是大夫，这可以让我推卸责任，要是我说得文不对题，只好劳驾各位大夫帮我收场。

这个开场白有两个目的，一是请各位不要对我抱太大的希望，一是我自己先为自己减轻一下负担。我写作的时候，也总是先给自己减去负担，劝告自己：别去想这一回能写得多么好，能够在哪儿发表，甚至得一个什么奖，这一回只当是闲来无事自己跟自己说说话，写一篇废品吧。这样劝过之后心里就比较轻松，因而就能比较自由，自由了就容易看清自己，看清自己的愿望和问题。

写作，说到底也就是交流，与同是生活在这个世界上的人沟

---

① 此文曾以《史铁生谈困境》为题，2002年在《北京青年报》刊载，略有删节。——《史铁生全集》，北京出版社，2016年

通。同是生活在这个世界上，谁的生活中都难免有些艰难，谁心里都难免有些苦恼和困惑。甚至可以这样说，艰难和困惑就是生命本身，这是与生俱来的，甚至终生不能消灭的，否则人生岂不就太简单了？设想一下，要是有一天生活中的困难都消灭干净了，人生实在也就没什么意思了；就像下棋，什么困阻都没有你可还下个什么劲儿？

有位先哲说过这样的话：比陆地辽阔的是海洋，比海洋辽阔的是天空，比天空辽阔的是人的内心。那么也就是说，内心世界比外部世界要复杂得多，认识内心世界比认识外部世界要困难得多。心理问题浩瀚无边，别指望一蹴而就即可解决所有我们心里的迷惑。那么指望什么呢？我想，人们能够坐在一起敞开心扉，坦诚地说一说我们的困惑，大胆地看一看平时不敢触动的某些心灵角落，这就是最好的办法。心里的困惑存在一天，这办法就不会过时。就是说，一切具体的心理治疗方法，都要由这样的开端来引出。自我封闭，是心理治疗的最大障碍。

困境不可能没有，艰难不可能彻底消灭，但人与人之间的交流、沟通，倾诉与倾听，却可能使人获得一种新的生活态度，或说达到一种新境界。什么境界？我先给各位讲个童话，不是我编的，是从书上看来的，《小号手的故事》：“战争结束了，有个年轻的号手最后离开战场，回家。他日夜思念着他的未婚妻，一路上都在设想如何同她见面，如何把她娶回家。可是，等他回到家乡，却听说未婚妻已和别人结婚，家乡早已流传着他战死沙场的消息。小号手痛苦至极，便又离开家乡，四处漂泊。孤独的路上，陪伴他的只有那把小号，他便吹响小号，凄婉悲凉。有一天，他走到一个国家，国王听见了他的号声，使人把他唤来，问：你的号声为什么这样悲伤？号手便把自己不幸的经历讲给国王，国王听了非常同情……”看到这儿我就放下了，心说又是个老掉牙的故事，接下来无非是国王很喜欢这个年轻号手，而且看他才智不俗，就

把女儿许配给了他，最后呢？肯定是他与公主白头偕老，过着幸福的生活。可是我猜错了。这个故事不同凡响的地方就在于它的结尾，这个国王不落俗套：“他下了一道命令，请全国的人都来听这号手讲他的故事，都来听他那哀伤的号声……日复一日，年轻人不断地讲，人们耐心地听，只要那号声一响，人们便围拢来，在他周围默默地听……就这样，不知从什么时候起，他的号声已不再那么低沉、凄凉了。又不知从什么时候起，那号声开始变得嘹亮，变得生气勃勃了。”

所谓新境界，我想至少有两方面。一是认识了爱的重要——困境不可能没有，最终能够抵挡它的是人间的爱愿。什么是爱愿呢？是那个国王把自己的女儿嫁给小号手呢，还是告诉他，困境是永恒的，你只有镇静地面对它？应该说都是，但前一种是暂时的输血，后一种是帮你恢复起自己的造血能力。前者也是救助，但不是根本的救助，比如说，要是那个公主另有新欢了呢？小号手岂不又要贫血？后者是根本的救助，它不求一时的快慰和满足，也不相信因为好运的降临从此困境就不会再找上你，它是说：困苦来了，大家跟你在一起，但谁也不能让困苦消灭，每个人都必须自己鼓起勇气，镇定地面对它。人生的困境不可能全数消灭，这样的认识才算得上勇敢，这勇敢使人有了一种智慧，即不再寄希望于命运的全面优待，而是倚重了人间的爱愿。爱愿，并不只是物质的捐赠，重要的是心灵的相互沟通、了解，相互精神的支持、信任，一同探讨我们的问题。比如像我们现在这样。

新境界的另一方面就是镇静，就是能够镇静地对待困境了，不再恐慌了。别总想逃避困境；你恨它，怨它，跟它讲理，想不通，觉着委屈，其实这都是想逃避它。可困境所以是困境，就在于它不讲理，它不管不顾、大摇大摆地就来了，就找到了你头上，你怎么讨厌它也没用，你怎么劝它一边儿去它也不听，你要老是执着地想逃离它，结果只能是助纣为虐，在它对你的折磨之上又

添了一份自己对自己的折磨。

有一回，有个记者问我：你对你的病是什么态度？我想了半天也找不出一个恰当的词，好像说什么也不对，说什么也没用，最后我说：是敬重。这并不是说我多么喜欢它，但是你说什么呢？讨厌它吗？恨它吗？求它快快滚蛋？一点儿用也没有，除了自讨没趣，就是自寻烦恼。但你要是敬重它，把它看作是一个强大的对手，是命运对你的锤炼，就像是个九段高手点名要跟你下盘棋，这虽然有点儿无可奈何的味道，但你却能从中获益，你很可能就从中增添了智慧，比如说逼着你把生命的意义看得明白。一边是自寻烦恼，一边是增添智慧，选择什么不是明摆着的吗？对困境，先要对它说“是”，接纳它，然后试着跟它周旋，输了也是赢。这不是阿 Q，阿 Q 的“精神胜利法”是展示他的癞头疮，以丑为荣；你这是“置之死地而后生”，比如腿死了，肾也死了，但未必精神就不能赢，就不能活得更好。

我常以打牌来比喻人生。你可能运气不好，你可能抓了一手坏牌，但光靠好牌来赢算不得能耐，而一手坏牌也肯定有最好的打法，去寻找那个最好的打法就是。总是乞灵于好运，差不多是浪费光阴，不断地洗牌、洗牌、洗牌……你知道是洗来的好，还是洗掉的好？

说到死，有人就着急，发慌，沮丧得不行，甚至闭口不谈，想都不敢想。这样的话，死，肯定就会以更加狰狞的面目来找你了；你要是镇静地看它呢？它其实也平常。死什么样？就像你没出生时那样呗。死，不过是在你活着的时候吓唬吓唬你，你一发抖，它就成功。其实，我们不都是从那儿来的吗？比如说，我是 1951 年从那儿来的，柏大夫是 1952 年。这个问题说起来复杂，我只是起个头儿，抛砖引玉，各位可以慢慢去想。

其实，死，不过是活着的时候的一种想法。谁想它想得发抖了，谁就输了；谁想它想得坦然镇定了，谁就赢了。当然不能骗

自己，其实这件事你想骗也骗不了。为什么一些真正有信仰的人并不害怕死呢？不过这不是能教的，得自己镇静下来慢慢去思索，去体悟。但要是你先就对它说“不”，固执地对它说“不”，你不仅一无所得，反而会焦躁不安、恐惧倍加，终生受它的伤害。其实所有的困境，包括死，都是借助于你自己的这种恐慌来伤害你的。我估计，我讲的不大可能符合柏大夫的要求。这我就不管了。她是大夫，我是病人，照理说，病人在申述自己病情的时候，比大夫有发言权。咱们都可以畅所欲言，然后把一个烂摊子交给她，那时候再听她的吧。

在我双腿瘫痪的时候，以及双肾失灵的时候，有人劝我：要乐观些，要坚强些，你看看生活多么美好呀！我心里说，玩儿去吧，病又没得在你身上。那时候我不能体会什么是乐观，凭什么可以乐观。尤其是，我双腿瘫痪的时候才二十一岁，我可是没有发现什么生命的诱惑。我想的是，我要是不能再站起来，就算是能磨磨蹭蹭地走，我也不想再活了。那时候，我整天用目光在病房的天花板上写两个字，一个是肿瘤的“瘤”（因为大夫说，要是肿瘤就比较好办，否则就得准备以轮椅代步了），另一个字是“死”。我祈祷把这两个字写到千遍万遍或许就能成真，不管是肿瘤还是死，都好。我想我只能接受这两种结果。到后来，现实是越来越不像是肿瘤了，那时候我就只写一个字了。但我为什么迟迟没有去实施呢？那可不是出于什么诱惑，那时候对我最具诱惑的就是死，每天夜里醒来，都想，就这么死了多好！每天早晨醒来，都很沮丧，心说我怎么又活过来了！我所以没有去死，绝不是生的诱惑，而是死的耽搁，是死期延缓，缓期执行吧。是什么使我要缓期执行呢？是亲情和友情，是爱。

那时候，我的亲人、同学、各路朋友，几乎每天都来看我；不是探视的日子他们也能进来，友谊医院的条条暗道他们都了如指掌。还在陕北插队的同学经常给我写信来，软硬兼施，劝骂并

举，想尽办法让我先活下去再说。他们的计谋其实都被我看穿，但即使你看穿，这份情谊还是起作用。我觉得不能让他们太失望，不能让他们有一天来了却听说这小子已经自杀了，这好像太不够意思。那时候我也还是不大想活，希望有一个自然的死亡。但是死亡一经耽搁，你不免就进入了另一些事情，另一种情绪，就像小河里的水慢慢丰盈了，你难免就顺水漂流，漂进大河里去了，四周的风景豁然开朗，心情不由得也就变了。终于有一天你又想到了死，心说算了吧，再试试，何苦前功尽弃呢？凭什么我非得输给你不可呢？这时候，你已经开始对残废有一种幽默的态度了。

启发我的是卓别林的一部电影，好像是叫《城市之光》吧。女主人公要自杀，拧开了煤气，结果让卓别林演的那个角色发现了，把这女的救了。这女的说："你凭什么救我？你有什么理由不让我死？"卓别林的回答妙极了，他说："急什么？早晚还不是这回事？"这是大师的态度，不悟透生死的人想不出这样的话。这里面不仅有着非凡的智慧，而且有着深沉的爱，意思跟那个国王对小号手说的大同小异，都是说：这是困境，是我们谁也逃避不了的，但是我们在一起，我们再一起来看看还有没有别的办法。这就是爱。

我就是靠了这种爱而耽搁并延缓了死亡的，然后才感到了生的诱惑。你要是说这爱就是生命的诱惑，也行。但绝不是生理性生命的诱惑，而是精神性生命的诱惑，是生命意义的诱惑。不过，我觉得"诱惑"这个词不算很贴切；"诱"字常常是指失去了把握自己的能力，"惑"呢，是迷茫的意思。所谓"四十而不惑"，大概是说明白了生命的意义吧。所以，当终于有一天我不再想自杀的时候，生命不见得是向我投来了它的诱惑，而是向我敞开了它的魅力的意义。所以我说，对病，对死，对一切困境，最恰当的态度是敬重，它使我提前若干年"知命"了。所谓"知命"，就是知道命运反正是不可能遂人愿的，人呢？务必不可逃避困境，而

是要正眼看它。你下棋吗？你打球吗？其实人的一切事，都是与困境的周旋。在与困境周旋的时候，你会觉得很苦，很累，没用。那时候你最想干什么呢？你最想找人谈谈，朋友、亲人、爱人，于是你感到支持，感到爱的美好，感到生命的魅力和意义。如果你觉得这仍然不够，你也可以一个人静静地思索，与天，与地，与上帝或与佛祖都谈谈，那样就更能让你清楚什么是生，什么是死。

总之，千万别把自己封闭起来，你要强行使自己走出去，不光是身体走出屋子去，思想和心情也要走出去，走出一种牛角尖去，然后你肯定会发现别有洞天。萨特说“他人即地狱”，其实他人也可以是天堂。此外没有天堂。我写过，地狱和天堂都在人间，地狱和天堂是人对生命以及对他人的不同态度罢了。向友谊、爱，敞开自己的心灵，是最好的医药。比如柏大夫，还有王主任，她们没能治好我的腿，但她们真正是好大夫。好大夫也有治不了的病，但好大夫更懂得爱是最好的医药。七二年我的腿坏了，我有幸住进了友谊医院，“友谊”这两个字真是好兆，是命运对我的恩赐。不仅有我一起插队的同学都在关心我，神经内科所有的大夫、护士也都像亲人一样地关心我，这不是套话，这是事实。说实在的，我现在气力不济，很多活动我都没力气参加，说话说多了就冒汗，可这次是柏大夫命令我来，我不能不从命。

所以，各位能到这儿来，我看是英明的选择。倒也不是说这儿有柏大夫，有“友谊”这个护身符，而不如说交流、沟通、倾诉与倾听，是克服任何心理困境的最好的选择。但是，爱，或者友谊，不是一种熟食，买回来切切就能下酒了。爱和友谊，要你去建立，要你亲身投入进去，在你付出的同时你得到，在你付出的同时你必定已经改换了一种心情，有了一种新的生活态度。其实，人这一生能得到什么呢？只有过程，只有注满在这个过程中的心情。所以，一定要注满好心情。你要是逃避困境，困境可并

不会躲开你，你要是封闭自己，你要总是整天看什么都不顺眼，你要是不在爱和友谊之中，而是在愁、恨交加之中，你想你能有什么好心情呢？其实，爱、友谊、快乐，都是一种智慧。上帝给你一命，何苦你老让它受气呢？

2002 年

“透析”经验谈[1]

我做透析已经五年。迄今透了十年、二十年的也大有人在。据说人造器官技术也正趋成功，所以我们这些几十年前要被判绝症的人已无悲观的理由，倒是应该做好再活上几十年的准备。我是说，快乐并且有所作为地再活上几十年，而非自暴自弃地去等那最后一刻。

我能介绍的第一条经验是，别太把自己当成病人，适当地工作，实为疗病养生的好方法。反之，终日无所事事，倒难免自我价值失落，结果弄得自己情绪败坏，全家阴云笼罩。在中日友好医院透析的五年中，最让我难忘并且敬佩的是一位叫许志杰的病友。他是个普通工人，经济收入可想而知，家中又有两个上学的孩子，他说“帮不了这个家了，不能再给他们增加负担”，便独自摆起了修鞋摊，所得虽微，但可维持自己的日常用度。好几年中，他风雨无阻地出摊，快快乐乐地透析，活得坚定。自己不再是他人的负担，进而又能对他人有所助益——这种感觉，这份快慰，绝非医药可得；也只有这样，生活的信心才不可动摇。

第二条经验是，但要知道自己到底还是病人，故不可劳碌

① 此文应中日友好医院张凌大夫之约而写。

无度。我是说，无论谁，有所不为才能有所为，何况我们这些病人！比如，灯红酒绿的夜生活咱就免了吧，种种劳神费力的物质享乐，能减少就减少些吧。充分的休息对我们尤其重要。我双腿瘫痪三十多年，一向遵循的原则就是“好钢用在刀刃上”。当然我可能原本就没有多少好钢，但完全没有的人也不多见，那就把仅有的好钢都集中起来，做些有趣味、有意义的事。不为别的，只为不把自己活成个负数，进而也不是零，不是花着成千上万的医药费却似活得无缘无故，活得像一个若有若无的人。是呀，不为别的，还是那句话：至少要让自己活出价值，活出信心，给家人活出欣慰。

第三条经验，可能也是所有已然选择了透析的人的经验，而且肯定是会得罪某些中医界人士的经验——但诚实要求我不能不说：肌酐指标高到一定程度，你最好赶快透析，别再指望中药。“一定程度”是什么程度？这我说不好，我不是医生。我的经验是：在肌酐稍高于正常值时，中药是有效的，但当肌酐长到比较高时，中药不仅无益，甚至可能不利。据我所知，中医治疗尿毒症的思路，无非泄补并举，以期将因肾功失能而不能排泄的毒素经大便排出，这在肾功小有缺失时是可行的，但当肾功近于全面丧失时，仅由大便就不足以排泄体内的毒素（否则要肾何用？）。若仍坚持，只会使毒素积累愈多，对肾伤害愈大。此非我一人之经验，透析者多半都经历了中药疗治的无奈过程。有没有例外？世间万事，皆有例外；或因人有异，或确有秘方，但至今不见必然的总结，让病人一味地期待偶然或例外显然不是科学的态度。当然，我特别希望秘方能够无私公布，以利众生。但在此前，病人惟盼望：无论中医西医，都能鄙弃门户，一切从病人利益着想，实事求是，坦言各家疗法之利弊，再别让虚假广告误导病人。

第四条可以算经验，也可以算希望：把枯燥且漫长的透析过程搞得活泼些，快乐些。透析以来，除了家，透析室是我们度过

最多时光的地方，我们最常见面的人是透析室的大夫、护士、病友，我们至少应该算同事了——不是吗？我们共同合作，这才一天一天地完成着透析任务。所以，这么多美好时光，都打成了瞌睡，实在无聊。我很喜欢我们的“透析二部”，那儿常有歌声与谈笑，有着轻松、快乐的亲切气氛……我以为这应当提倡。我们曾戏称，要创立一种“快乐透析法”。是呀，千万别把透析室弄得森然、压抑，仿佛那是差一步就到地狱的地方，而要让那儿充满欢声笑语（当然要适度，毕竟这儿不是歌厅），是一处可以互相信任和终日友好之地，不仅能清除血中毒素，更能康健人的精神。

我多年患病的座右铭是：把疾病交给医生，把命运交给上帝，把快乐和勇气留给自己。

2003 年 2 月 11 日

人间智慧必在某处汇合

——斯坦哈特的《尼采》读后

凡说生命是没有意义的人，都要准备好一份回答：你是怎么弄清楚生命是没有意义的？你是对照了怎么一个意义样本，而后确定生命中是没有它的？或者，您干脆告诉我们，在那个样本中，意义是被怎样描述的？

这确实是老生常谈了。难道有谁能把制作好的意义，夹在出生证里一并送给你？出生一事，原就是向出生者要求意义的，要你去寻找或建立意义，就好比一份预支了稿酬的出版合同，期限是一辈子。当然，你不是债权人你是负债者，是生命向你讨要意义，轮不上你来抱怨谁。到期还不上账，你可以找些别的理由，就是不能以“生命根本就是没有意义的”来搪塞。否则，迷茫、郁闷、荒诞一齐找上门来，弄不好是要——像靡菲斯特对待浮士德那样——拿你的灵魂做抵押的。

幸好，这合同还附带了一条保证：意义，一经你寻找它，它就已经有了；一旦你对之存疑，它就以样本的形式显现。

生命有没有意义，实在已无须多问。要问的是：生命如果有意义，如果我们勤劳、勇敢并且智慧，为它建立了意义，这意义

随着生命的结束是否将变得毫无意义？可不是嘛，要是我们千辛万苦地建立了意义，甚至果真建成了天堂，忽然间死神挺胸腆肚地就来了，把不管什么都一掠而光，一切还有什么意义呢？当然，你可以说天堂并不位于某一时空，天堂是在行走中、在道路上，可道路要是也没了，也断了呢？

所以还得费些思索，想想死后的事——死亡将会带给我们什么？果真是一掠而光的话，至少我们就很难反驳享乐主义，逍遥的主张也就有了一副明智的面孔。尤其当死亡不仅指向个体，并且指向我们大家的时候——比如说北大西洋暖流一旦消失，南北两极忽然颠倒，艾滋病一直猖狂下去，或莽撞的小行星即兴来访，灿烂的太阳终于走到了安息日……总之如果人类毁灭，谁来偿还“生命的意义”这一本烂账？

于是乎，关怀意义和怀疑意义的人们，势必都要凝神于一个问题了：生命之路终于会不会断绝？对此你无论是猜测，是祈祷，还是寻求安慰，心底必都存着一份盼愿：供我们行走的道路是永远都不会断绝的。是呀，也只有这样，意义才能得到拯救。

感谢“造物主”或“大爆炸”吧，他为我们安排的似乎正是这样一条永不断绝的路。

虽然尼采说“上帝死了”，但他却发现，这样一条路已被安排妥当：“权力意志说的是，为什么有一个世界而不是什么都没有；永恒回归说的是，为什么在这世界中有秩序。因为权力意志重复它自己，所以现实有秩序。……权力意志和永恒再现一起形成绝对肯定。”①

就是说，所以有这么个世界，是因为：这个世界原就包含着对这个世界的观察。或者说：这个世界，是被这个世界所包含的

---

① 引自斯坦哈特《尼采》第114、115页。

“权力意志”和“永恒再现”所肯定的。“权力意志”也有译为“强力意志”“绝对意志”的，意思是：意志是创生的而非派生的，是它使“有”或“存在”成为可能。这与物理学中的“人择原理”不谋而合。而“权力意志”又是“永恒回归”的。“永恒回归”又译为“永恒再现”或“永恒复返”，意思是：“一切事物一遍又一遍地发生”①，“像你现在正生活着的或已经生活过的生活，你将不得不再生活一次，再生活无数次。而且其中没有任何事物是新的”②。正如《旧约·传道书》中所言：“已有的事后必再有；已行的事后必再行。太阳底下并无新事。有哪件事人能说‘看吧，这是新的’？”③就这样，“权力意志”孕生了存在，“永恒回归”又使存在绵绵不绝，因而它们一起保证了“有”或“在”的绝对地位。

尼采对于“永恒回归”的证明，或可简略地表述如下：生命的前赴后继是无穷无尽的。但生命的内容，或生命中的事件，无论怎样繁杂多变也是有限的。有限对峙于无限，致使回归（复返、再现）必定发生。休谟说：“任何一个对于无限和有限比较起来所具有的力量有所认识的人，将绝不怀疑这种必然性。”④

这很像我写过的那群徘徊于楼峰厦谷间的鸽子：不注意，你会觉得从来就是那么一群在那儿飞着，细一想，噢，它们生生相继已不知转换了多少回肉身！一群和一群，传达的仍然是同样的消息，继续的仍然是同样的路途，克服的仍然是同样的坎坷，期盼的仍然是同样的团聚，凭什么说那不是鸽魂的一次次转世呢？

不过，尼采接下来说：“在你人生中的任何痛苦、高兴和叹息

---

① 引自斯坦哈特《尼采》第114、115页。
② 引自尼采《快乐的科学》第341页。
③ 引自《旧约·传道书1:9》
④ 引自大卫·休谟《自然宗教对话录》第八部分。

和不可言表的细小或重大的一切事情将不得不重新光临你，而且都是以同样的先后顺序和序列。”[①]——对此我看不必太较真儿，因为任何不断细分的序列也都是无限的。彻底一模一样的再现不大可能，也不重要。“永恒回归”指的是生命的主旋律，精神的大曲线。“天不变，道亦不变。”比如文学、戏剧，何以会有不朽之作？就因为，那是出于人的根本处境，或生命中不可消灭的疑难。就像那群鸽子，根本的路途、困境与期盼是不变的，根本的喜悦、哀伤和思索也不变。怎么会是这样呢？就因为它们的由来与去向，根本都是一样的。人也如此。人的由来与去向，以及人的残缺与阻障，就其本质而言都是一样的。人都不可能成神。人皆为有限之在，都是以其有限的地位，来面对着无限的。所以，只要勤劳勇敢地向那迷茫之域进发，人间智慧难免也要在某一处汇合。惟懒惰者看破红尘。懒惰者与懒惰者，于懒惰中爆发一致的宣称：生命是没有意义的。

可就算是这样吧，断路的危险也并没有解除呀？如果生命——不论是鸽子，是人，还是恐龙——毁灭了，还谈什么“生生相继”和“永恒回归”？

但请注意“权力意志和永恒再现一起形成绝对肯定”这句话。“绝对肯定”是指什么？是指“有”或“在”的绝对性。就连“无”，也是“有”的一种状态，或一种观察。因为“权力意志”是创生的。这个在创生之际就已然包含了对自身观察的世界，是不会突然丢失其一部分的。减掉其一部分——比如说观察，是不可能还剩下一个全世界的。就好比拆除了摄像头，还会剩下一个摄像机吗？所以不必杞人忧天，不必担心“有”忽然可以“无”，或者“绝对的无”居然又是“有”的。

---

① 引自斯坦哈特《尼采》第114、115页。

凭什么说“权力意志”是创生的？当然，这绝不是说整个宇宙乃是观察的产物，而是说，只有一个限于观察——用尼采的话说就是限于“内部透视”或“人性投射”——的世界，是我们能够谈论的。即我们从始至终所知、所言与所思的那个“有”或“在”，都是它，都只能是它；就连对观察不及之域的猜想，也是源于人的“内部透视”，也一样逃不出“人性投射”的知与觉。正如大物理学家玻尔所说：“物理学并不能告诉我们这个世界到底是怎样的，而只能告诉我们，关于这个世界我们可以怎样说。”也就是老子所说的“知不知”吧。

知亦知所为，不知亦知所为，故你只能拥有一个“内部透视”或“人性投射”的世界。此外一切免谈。此外万古空荒，甭谈存在，也甭谈创生；一谈，知就在了，观察就在了，所以“权力意志”是创生的。

不过，“知不知”并不顺理成章地导致虚无与悲观。尽管“内部透视”注定了“测不准原理”的正确，人也还是要以肯定的态度来对待生命。虚无和悲观所以是站不住脚的，因为，生命之生生不息即是有力的证明。比如，问虚无与悲观：既如此，您为啥还要活下去？料其难有所答，进而就会发现，原来心底一直都是有着某种憧憬和希望的。

你只能拥有一个“内部透视”或“人性投射”的世界——可是，这样的话，上帝将被置于何位？这岂非等于还是说，世界是人——“权力意志”——所创造的吗？很可能，“超人”的问题就出在这儿。人，一种有限之在，一种有限的观察或意志，你确实应该不断地超越自己，但别忘了，你所面对的是“无限”他老人家！“权力意志”给出了“有”，同时，“权力意志”之所不及——即所谓“知不知”——给出了“无”。然而，这个“无”却并不因

为你的不及就放过你，它将无视你的“权力意志”而肆无忌惮地影响你——而这恰是“无也是有的一种状态”之证明。孙悟空跳不出如来佛的手心，“超人”无论怎样超越也不可能成为神。所以，人又要随时警醒：无论怎样超越自我，你终不过是个神通有限的孙猴子。

好像出了问题。既然“无”乃“权力意志”之不及，怎么“无”又会影响到“权力意志”呢？不过问题不大，比如说：我知道我摸不到你，但我也知道，我摸不到的你未必不能摸到我——这逻辑不成立吗？换句话说：无，即是我感受得到却把握不了的那种存在。这便又道出了“权力意志”的有限性，同时把全知全能还给了上帝，还给了神秘和无限。

这样看，“权力意志”的不及，或“内部透视”与“人性投射”之外，也是可以谈论、可以猜想的（惟休想掌控）。那万古空荒，尤其是需要谈论和猜想的——信仰正是由此起步。故先哲有言：神不是被证实的，而是被相信的。

可是，“权力意志”是有限的，并且是“永恒回归”的，这岂不等于是说：人只能在一条狭窄的道路上转圈儿吗？转圈儿比断绝，又强了多少呢？莫急，莫慌，人家说的是“权力意志和永恒再现一起形成绝对肯定”，又没说“权力意志”和“永恒回归”仅限于人这样一种生命样式。“权力意志”是创生而非派生的，而人呢，明明是历经种种磨难和进化，而后才有的。这一种直立行走的哺乳动物，除了比其所知的一切动物都能耐大，未必还比谁能耐大。其缺陷多多即是证明，比如自大和武断：凭什么说，生命的用料仅限于蛋白质，生命的形式仅限于拟人的种种规格？而另一项坏毛病是掩耳盗铃：对不知之物说“没有”，对不懂之事说“没用”。可是，人类又挖空心思在寻找外星智能，而且是按照自己的大模样找，或用另外的物质制造另外的智能，造得自己都心惊

肉跳。

很可能，跟人一模一样的生命仅此一家。而其实呢，比人高明的也有，比人低劣的也有，模样不同，形式不一，人却又赌咒发誓地说那不能也算生命。“生命”一词固可专用于蛋白质的铸造物，但“权力意志”却未必仅属一家。据说，“大爆炸”于一瞬间创造了无限可能，那就是说，种种智能形式也有着无限的可能，种种包含着对自身观察的世界也会是无限多，惟其载体多种多样罢了。我们不知是否还有知者，我们不知另外的知者是否知我们，我们凭什么认定智能生命或“权力意志”仅此一家？

不过我猜，无论是怎样的生命形式，其根本的处境，恐怕都跑不出去跟人的大同小异。为什么？大凡“有”者皆必有限，同为有限之在，其处境料不会有什么本质不同。

有限并埋头于有限的，譬如草木鱼虫，依目前的所知来判断，是不具“权力意志”的。惟有限眺望着无限的，譬如人，或一切具“我”之概念的族类，方可歌而舞之、言而论之，绵绵不绝地延续着“权力意志”。这样来看，“权力意志”以及种种类似人的处境，不单会有纵向的无限延续，还会有横向的无限扩展。

“无”这玩意儿奇妙无比，它永远不能自立门户，总得靠着“有”来显现自己。“有”就能自立门户吗？一样不行，得由“无”来出面界定。而这两家又都得靠着观察来得其确认。“权力意志”就这么得逞了——有也安营，无也扎寨，吃定你们这两家的饭了。

哈，这岂不是好吗？不管你说无说有，说死说活，“权力意志”都是要在的。路还能断吗？干吗死着心眼儿非做那地球上某种直立行走的动物不可？甚至心眼儿死到竟舍不得一具短暂的肉身和一个偶然的姓名。永恒回归的回路或短或长，或此或彼，但有限对峙于无限这一点是没有疑问的。甚至可以这样说：有＝有限，无＝无限，二者的存在赖于二者的互证，而这一个“证”字

＝观察＝一条无穷的道路。

如果一条无穷的道路已被证明，你不得给它点儿意义吗？暂时不给也行，但它无穷无尽，总有一天“权力意志”会发现不给它点儿意义是自取无聊。无聊就无聊，咋啦？那你就接近草木鱼虫了呗，接近奇石怪兽了呗，爱护环境的人当然还是要爱护你，但没法儿跟你说话。

不过问题好像还是没有解决。尽管生命形式多多，与我何干？凡具“我”之概念者，还不是都得在一条狭窄的道路上做无限的行走？可是总这么走，总这么走，总这么“永恒回归”，是不是更无聊呢？

嚯，靡菲斯特来了。浮士德先生，你是走还是不走吧？不走啦，就这么灯红酒绿地乐不思蜀吧！可这等于被有限圈定，灵魂即刻被魔鬼拿去。那就走，继续走！可是，走成个圈儿还不等于是被有限圈定，魔鬼还不是要偷着乐？那可咋办，终于走到哪儿才算个头儿呢？别说“终于”，也别说“走到”，更别说“到头儿”，“永恒回归”是无穷路，没头儿。“永恒回归完全发生在这个世界中：没有另一个世界，没有一个更好的世界（天堂），也没有一个更坏的世界（地狱）。这个世界就是全部。”[①]就是说：你跑到哪儿去，也是这样一个有限与无限相对峙的世界。所以，就断掉“无苦无忧”和“极乐之地”这类执迷吧，压根儿就没那号事！可这样不好吗？无穷路，只能是无穷地与困苦相伴的路，走着走着忽然圆满了，岂不等于说路又断了？半截子断了，和走到了头，有啥两样吗？

终于痛而思“蜀”了。好事！这才不至成为草木鱼虫、奇石怪兽。但“蜀”在何方？“蜀道之难，难于上青天！”它不在人们惯行的前后左右，它的所在要人仰望——上帝在那儿期待着

① 引自斯坦哈特《尼采》第114、115页。

你！某种看不见却要你信的东西，在那儿期待着你！期待着人不要在魔障般的红尘中输掉灵魂，而要在永恒的路上把灵魂锤炼得美丽，听懂那慈爱的天音，并以你稚拙的演奏加入其中。静下心来，仔细听吧，人间智慧都在那儿汇合——尼采、玻尔、老子、爱因斯坦、歌德……他们既知虚无之苦，又懂得怎样应对一条永无终止的路。勤劳勇敢的人正在那儿挥汗如雨，热情并庄严地演奏，召唤着每一个人去加入。幸好，任何有限的两个数字间都有着无穷序列，那便是换一个（非物质的）方向——去追求善与美的无限之途。

2007 年 12 月 1 日

文明：人类集体记忆

——张文涛的《尼采六论》读后

对于“永恒复返”，《尼采六论》中提出了这样的问题：人都是会死的，永恒对个体生命的拯救不过是一种意愿，而意愿并非事实，甚至也不能算是信仰。“个体通过永恒获得意义，永恒却需要个体去意愿”，这便是尼采的困境。再说了，就算生活在复返，可我自己怎么能知道这一点呢？“除非我还记得上一次生活，我就不会意识到自己是在第二次过同样的生活。”如果一次次生活之间并无记忆关联，则每一次都仅仅是这一次，“永恒”岂非自我欺骗？

但是，人有两种独具的能力：记忆和联想。人的记忆又分两种：个体记忆和集体记忆。死亡中断了个体记忆，使生命意义面临危机。但集体记忆——文化或文明的积累——使个体生命经由联想而继承和传扬着意义。因而，从来就不是“个体通过（假想的）永恒获得意义”，而是：个体通过真确的意义而获得永恒。

为什么爱是美好的，恨是丑恶的？就因为爱意味着寻找他者，这寻找，必然要建构并接续起意义；而恨是拒斥他者，拒斥的同时必然割断并丢弃了意义——正如被分离的音符使音乐破碎成无意义的噪音。而音乐却整合起相互隔裂的音符，从而构成意义，

并使每一个音符都有了意义。所以，是音乐拯救了音符，是意义拯救了当下，是文明这一集体记忆拯救了个体生命。因而，个体的从生到死仅仅意味着“永恒复返”的一个个环节。此外没有永恒。这样看，死将会是多么的不再可怕——每一个音符都因自身的展现而获得意义，都以自身的被度过而构造着永恒。

关键是要意识到这一点。否则没有永恒，也没有当下。永恒和当下，都是由于对意义的认知与联想。所谓“肯定当下”，可当下是多久呢？一分还是一秒？当下，其实是：构造意义所需的最短过程。意义，使你意识到一刹那，否则千年万年也是不存在。当然，也会意识到无意义，但这不等于是意识到了意义吗？

这就又说到了“权力意志”。本人除了懂北京话，还懂陕北话，再没有了。可我总以为“权力意志”不如译为“绝对意志”的好，否则很容易被误认为，仅仅是对他人的强权。“绝对意志”，什么意思？——离开它咱啥也别谈！故还是要援引玻尔那句名言：“物理学并不能告诉我们这个世界到底是怎样的，而只能告诉我们，关于这个世界我们可以怎样说。”

但《六论》中又谈到：如果“意志的创造除了自身，没有其他标准，这难道不会导致意志创造的随意性、相对性？”于是“本来意欲克服相对主义的尼采，最终却让自己陷入了难以摆脱相对主义的麻烦”。[①]是呀，这也是“超人”的麻烦，也是“权力意志”“人性投射”和“内部透视”的麻烦。因为“意志”这一有限之在，必然意味着“意志”之所不及的无限之在。而“内部”和“人性”则想必会有“外部”和“神性”与之对应。这样一想倒很有趣了：自身在创造自身之时，必不可免地也指出了他者；有限在确认了有限的同时，必不可免地也感到了无限。再想下去就更好了：人，看到了自身局限——“内部透视”或“人性投射”——的同

① 引自张文涛的《尼采六论》。

时，终于相信了神在。所以，人是绝对地成不了神的；而“超人”，则仅仅意味着人之不断地自我超越。如果你看见了一个有形的神，那一定是冒充的。

神的事，人不知（其所以），只能听（或不听），只能想（或不想），只能信（或不信），只能跟随（或背离）。那不是音乐吗，对音符来说？那是天籁之音，无限之谜，无限对有限的围困，或上帝之严厉而温柔的命令。音乐即音符之全知全能的上帝，他既是造物主——安排并限定了音符的位置，也是救世主——倘若音符能够谛听并跟随那不息不懈的奏响。

音符是有限的，音乐的横向构成与纵向延续都是无限，这使得任何一个音符都必然会“永恒复返”，但非绝对重复。生命的困境，就其本质而言是必然要重复的，但人的突围行动却是“条条大路通罗马”。就是说，音符的困境和音乐的本质，是难免重复的，但那充天盈地的大音或委婉，或悲怆，或平稳流淌，或激流涌荡……盘盘绕绕、万转千回，却不重复，也使得每一个音符都有其“柳暗花明又一村”之感受。或可这样理解死亡的好意：那是一段段乐章间的歇息，以利乐手们重整旗鼓，以无限的曲式去表达其不变的投奔吧。

还要说“个体看似获得了意义，但是，单一个体生命的虚无性实际上是被掩盖、隐藏了起来”①，就有点矫情了。什么是“个体生命”？如果说，个体的必然死亡即是生命之必然的虚无性，岂不等于把生命仅仅限定为生理的肉身了？人都是要死的，这谁不知道？但这是拯救的前提，否则拯救无从谈起。拯救，难道不是指生命的意义，而是说生理的肉身？难道不是要使一个个盲目的音符——被抛到这个世界上来的生命，融入一曲永恒的音乐中去从而获得意义，而是要炼一粒长生不老的灵丹？“永恒复返”

① 引自张文涛的《尼采六论》。

莫非一定要靠这粒灵丹来证明，才不是谎言？

尼采曾想用科学来证明“永恒复返”，这算得上是糊涂，因为科学早把精神一维悬置起来了。我常想，如若科学能够引入精神，或许倒能拿出“永恒复返”的实据。但就算这不是“巴别塔”的续集，果真成功了，那么拯救一事也就不用再提。所以，拯救还是要回到其固有的前提：人都是要死的，或每一个音符都将被度过。

尼采的麻烦，在于他把人所面对的“无限”也给虚无掉了。咱是有限，他是无限，咱是人，他是谁？只要诚实，只要思考，只要问到底，你不可能不碰上他。你又诚实，又思考，又问到底，可又要否定他，说他死了，能不出毛病？他是谁？他就是那个被称之为上帝的无限之在！你愿意给他别的名字也行，但他绝不因为你看不见他，弄不清他甚至于否定他，他就不在，就不难为你。从这个意义上说，哲人是立法者和发布命令的人吗？他可命令得了“权力意志”所不及的无限吗？他只可能是，被围困之生命的侦察者和指引者。指引，也仅仅是把那包围圈不断地扩大，原因很简单：你不可能不在那包围圈的前沿，因此不可能不碰上他。

尼采从日神走向酒神，分明是说已经碰见他了，已经碰见了又说没碰见，说没碰见吧又明显是个瞎话儿。尼采是不是把我们领到了门口，存心要留一个悬念？那层窗户纸马上就要捅破了嘛！所谓“高贵的虚无主义”，与其他虚无主义有何区别？酒神！酒神的步履明明是有了信念的步履，明明是在那无限围困之下的步履，围困之下却坚拒虚无的步履——这岂不是已经证明了上帝，证明了神圣，证明了生命在“永恒复返”地创造着意义吗？何虚无之有？神的事，人不知；人的事，就是在命运的围困中——也可以说是无奈地——构造并接续起意义，从而拯救了当下也拯救

了永恒。所以“永恒复返”绝不是“对大地生活的全面肯定”[①]，而仅仅是说：人不可能逃避大地生活，死都不能。至于肯定，则是指向着永恒的追寻与超越，即大地对天穹的仰望——那一曲博大的音乐从来就是充天盈地。

2007 年 12 月 22 日

① 引自张文涛的《尼采六论》。

第三辑　昼信基督夜信佛

看不见而信

科学之要在于“识”，其全部心愿都在弄清楚这个世界，把握它，甚至改造它。信仰之要在于“信”，即认为世界的神秘是人永难知尽的，一代代行走其间，必要有一份可以信赖的引领。

一位朋友跟我说起信仰，有句话令我长思，他说：佛所以比其他信仰更高明，因为佛更究竟。何为更究竟？即更清楚，更彻底。怎么讲？他说：佛已彻底弄清了这个世界的真相。说说看？但这不是能说的，甚至不是由思考得来。那是怎么弄清的呢？成佛者，靠修行修到了那儿，一览无余，亲证了一切。你修到那儿了？我当然还没有。那你是怎么知道的？佛就是这么说的。你就信了？是的，我信。

说了归齐还是个“信”哪！否则咋办？你既未亲证，又未亲证那亲证者的亲证。所以“看不见而信的人有福了”，但这是基督信仰的见地。一定要看得见才信呢，那便是科学了，或与科学殊途同归。一件事，能够重复，科学才相信它；一种猜想，能被证实，科学才承认它。那么，是否顺理成章地可以这样认为呢——更究竟，就科学而言是更高明，对信仰来说却未必？

要把世界——地球、宇宙、生命——的来龙去脉弄个底儿掉，是人类伊始就有的愿望。但一向的问题还是：弄不弄得清楚？不

过，永远弄不清楚，是否也可以算终于弄清楚了呢？比如说：我们终于弄清楚了，那是永远弄不清楚的。这有点儿矫情吗？但迄今为止这是实情。这没什么意义吗？但若因此，人类信仰有了一个全新的转向呢？基督信仰便是做了这样的转向，当然不是转向无神论。人类信仰的早期，应该说，无一例外都是向那神秘的创世者祈求好处的：风调雨顺、族群兴旺、国泰民安……总之是消灾免祸，多利多福。惟十字架上的耶稣，使人类信仰迈出了全新的一步，即不再是向神祈求优惠，而是转而要求自己跟从神的引领：人要互爱。这是一次伟大的转变，从此神不再只是高高在上、冷若冰霜的创世之神了，创世之神派来了他的儿子，与人同苦，教人互爱——救世之神于是诞生了。

救世之神诞生在人的心中，圣灵从而降临人间。创世之神当然还在，当然还是一如既往地——比如说不把约伯的委屈放在心上。但我们却不能不把创世之神放在心上，为什么呢？并不是因为他的儿子来了，与人同苦，人就可以走走他的后门，求得优待。不，他从不干这类只有人才会干的事；神的职权包罗万象，怎能为了局部而乱了整体？直到他的儿子来了，直到耶稣被钉上了十字架，人这才明白，若非他恪尽职守、严格拒斥人的贪心，人也就不会相信他的儿子——救世之神的倡导了。所以，基督信仰并不是以弄清世界的真相为要点，而是要把一条困苦频仍的人生（真）路，转变成一条爱愿常存的人生（善）路；把一条无尽无休、颇具荒诞的人生（实）路，转变成热情浪漫、可歌可泣的人生（美）路。这是否“更究竟”呢？就看你是“看不见而信”，还是看得见才信了。

至于世界的真相，或可听听数学家的意见：部分是不可能弄清楚整体的（哥德尔）。也可以听听物理学家的意见：物理学并不能告诉我们世界是怎样的，只能告诉我们，关于这个世界我们可以怎样说（玻尔）。是呀，科学好像也不再那么物我分明，也正在

转而审视自己——“识”之本身的谜团了。

人在谜团中。我们确定是这个不确定世界的一部分。可这样，生活的苦难将求救于谁？生命的荒诞将求救于谁？求救于创世之神的，你想吧，不可能不是求其优惠——或今生提取，或来世补偿。而求救于救世之神的，十字架上的启示已然明确——整体必置局部于疑难，无限必置有限于迷茫，生之困苦已定，拯救之路在哪儿就自己想吧。

所谓“基督之外无救恩”，常被受够了“顺我者昌，逆我者亡”的人们误解为某方霸权。实则不然。实际上“基督”并不单指一门宗教，而是不分国、族的灵魂拯救方略，这方略没有别的立场，惟立足于“生即是苦”的场中。因为“生即是苦”，所以请“无苦之生”来救，这也算是方略？这只能算是愿望，且已取消了拯救的前提。拯救，必是基于苦难和苦难的不可穷尽。穷尽了还谈什么拯救？穷尽了则只谈福乐，便又激发起人的贪心。所以基督的方略是：愿善美的天国降临人心。而此外的期求多是：请福乐的天堂落实我身。后者，你以为可能吗？真若可能，争先恐后，则刚好又是这豪夺迭起、巧取频仍的人间了。“基督之外无救恩”其实是说：只有跟从神的爱愿者，可得救恩。此外何以为救？尤其那些冒充神的全知、指使神的全能者，细看，又与“挟天子以令诸侯”有何不同？

佛学的博大精深，确可令科学感叹一声更究竟，所以现代物理学常引用佛学思想。比如“惟识”一论，便与“量子”之学不谋而合，但却早出后者上千年。“量子”目光，已与传统科学的雄心渐行渐远，而与信仰的谦恭越走越近。怎么回事？要是找不到绝对的客观，势必就会转向相对的主观，于是一切探索呀、考证呀、试验和思辨呀……就都更多地指向自己，便看清了人的永恒地位：不过是整体中的局部，无限中的有限，神秘莫测之下的一知半解……呜呼，“何处是归程，长亭更短亭”，谈何究竟！真倒

是应了那句话了："在改造客观世界的同时，也改造自己的主观世界。"也只有这样了。但想想，这不是目的吗？这不是目的还能有什么目的？你上了月球了，上了火星了，就算你终于探明了黑洞、捕捉到了暗物质，人就无忧无虑了？生命就告别苦难了？只怕弄清了世界的真相，却还是没弄清世界的真意。佛的更究竟，是指真相，还是指真意？成佛者的"亲证了一切"，想必正是在这流变不居的"量子世界"面前，究竟着人生的处境与人生的态度吧。若非如此，或像哥伦布亲证了新大陆那样，事情倒很容易了，凭借现代的航海技术，十天半月就让你也亲证一回。事实上，佛尤其是这样的思想：并没有一个纯客观的世界让你弄得清或弄不清，要紧的是，一个主观世界看你弄得好还是弄不好。从"弄得清或弄不清"到"弄得好还是弄不好"，已然是从"识"转向"信"了。识，凭借的是脑；信，指向的是心。倘若心性不乱，自然就会从创世之神的优惠，转向救世之神的爱愿了。

基督，并不等于基督教。故在基督教外，却完全可以是在基督之中。基不基督，切不可仿效"法利赛人"的狭窄心胸。佛门有位大菩萨——地藏，他说："我不下地狱谁下地狱？""地狱不空誓不成佛！"岂不与耶稣殊言同义、爱愿同归？但我猜地藏菩萨也是有点儿情绪的，对那些置地狱于不顾、一心只想自己成佛——跳出六道呀、无苦无忧呀、担心又掉回到什么地方去呀——的同事有意见。有意见而不嗔，便立行为言。立行为言恰如"因信称义"，早都把信仰定位于心，并无哪宗哪教之忌，更别说哪方与哪国了。

还有，地藏不说"地狱空时我即成佛"，而言"地狱不空"云云，窃以为意蕴深厚。所谓地狱，或心之无明，或天之不测，何时可空可灭？故那地藏其实是说：成佛一路，是人永行不尽的恒途。这菩萨绝不像他的某位"远亲"那样，故弄玄虚，说什么"本来无一物，何处染尘埃"。是呀是呀，玄思玄想要是过了头，演成

话语圈套的比拼，价值虚无即告袭来——比如把“万法皆空”理解为一切都是扯淡，什么价值呀、意义呀、高尚呀、卑鄙呀……到头来全是一场空，或不过都是些同样的物质，譬如“干屎橛子”。价值既然虚无，你还谈的什么信仰！什么都是一场空，及时行乐便有理有据。既是一场空，何以“一场空”们却坐上了一把把空出来的交椅？“本来无一物”者又何苦为一套衣钵星夜出逃？物极必反，处处应验。说什么都没有的，抱紧衣钵；说一切都是扯淡的，著书立说；就好比，越是计划经济就越是没有计划——好端端一条马路，挖了填，填了挖。而张扬“集体主义”的呢，就说体育吧，人数越多的项目越是玩儿完——双打不如单打，排球不及篮球，人数最多的足球慢慢就垫了底。据一位永远振振有词的教练说，“这回是一定要反弹了。”股票吗？天哪，咱已然是全世界最烂的球队啦还往哪儿烂？外星人踢得比咱不如？不过，“排球不及篮球”这话得冠一个“男”字才对。进而再看，不管啥项目，男多不及女。中国男人不如女人吗？像！啥原因？索洛维耶夫说信仰也有天赋，信仰的天赋是谦卑。女人更谦卑，所以女人更知虔敬；女人不是更究竟，而是更重信念；女人踏实，心无旁骛者多，日进斗金者少；女人更近神秀的诚实——“时时勤拂拭，莫使染尘埃。”为男足挑教练挑遍了全世界，就没想到请个女人来试试？

既是信仰，佛门所重当也在“信”字，却不知怎样一来，滚滚潮流竟抬高了相反的东西。曾有国人对西人说：“还是我们的佛厉害，看你们那上帝，连亲儿子的事儿都管不了。”亲儿子的啥事儿？利乎？义乎？我以为地藏菩萨应该坦率表达他的意见——他的某些同事对此是有责任的，他们许诺了太多的福乐。几千年来，基督信仰一直没有断了言说与思考，所以大师辈出，引领潮流。而佛门——尤其在中国——冷落得已经太久，一旦热起来又在那利欲的潮流中滚得面目不清。更究竟究竟是要究竟什么？信仰的

谦卑一旦变成掌管世界的雄心，更究竟就离更福乐越近了——爱愿改为成功，道路换作目的，忏悔总是弄错人称，而“我不下地狱谁下地狱”竟变成了：天堂的门票已经不多，兄弟你还不赶紧？

不过……可能……也许……大概还是我等俗人听差了？但不管怎样吧，信仰的问题，一向还如刘小枫的书中所说，“人而神，还是神而人？”即，是人升天享受神的待遇，还是圣灵降临，建天国于人的心中？这一上一下，殊见旨趣大异。

信仰的歧途，根源就在求实利而忘虚心。实利至极，莫过于上天堂；虚心所在，圣灵才可以降临。求实利者皆强大其表，忘虚心者盖脆弱其中，一旦“壮志”难酬，有幸不抑郁的，便抱一个“空”字溜进佛门，形同自慰，“一切都是扯淡”的思想即由之发扬光大。佛法之“空”可是这样的解法吗？其实，佛的告诫从来都不含糊：那人为的差别、荣辱才是幻景，这世间的名利、权谋才是虚妄，一副人形皮囊才是流变不居的分子、原子……但被福乐的期许惯坏的人，恰不认此为空，倒看灵魂才是虚拟，爱愿不过煽情，梦想尤其是“不打粮食”，得不到实实在在的社会承认则简直是人生失败。

所以你看咱那男足，上场前信誓旦旦，比赛中神不守舍，下场后永远是一句“交了学费”。这学费倒是为什么交的呢？未必明白。是巴西的艺术激情，是荷兰的游戏心态，是德国的整体配合，是非洲的个性张扬，是土耳其的坚持到底，还是——最不济的——像韩国那样玩儿命？所有这些，岂是皮毛之学？内里都有着深厚的文化积淀，或潜移默化的信仰支撑。为什么“神不守舍”？“失魂落魄”又是啥意思？还是前述那位教练的话：“咱们踢球就是为了踢败外国人。”这叫体育精神吗？奥林匹克的圣火中可有这一说？失其神者，安能不落其魄！单拿一副躯壳去比赛的，早已经败了；只看赢得漂亮，却不知输也可以美丽的，早已经败

了；以为神是站在国境线上，而不是立于人的心中者，早已经败了；指望场上的胜利带来场下诸多的福利者，一败涂地。这又让我想起一位俄国诗人的诗句，大意是：我们向上帝要求的只有两样，为了战胜命运，给我们信心和力量！——显然，这与求神办事相去甚远。

2008 年 7 月 12 日

“自由平等”与“终极价值”

一个“自由平等”，一个“终极价值”，最是容易让人糊涂的两件事——说一说似乎都明白，来回一问，又绕进糊涂里去。是呀，单从字面看，二者就有冲突——“终极”意味着“惟一”，意味着“最高”，可你让“惟一”去跟谁“平等”呢？而“最高”已然到顶，又如何还能“自由”？

确实如此。“自由平等”在现今大众的理解中是说：人的价值取向并无高低之分，完全是个人的自由选择，种种理想、信仰都有其平等存在的权利。而“终极价值”却是说：人的价值取向千差万别，高低难免，终有其极，所以一切善恶、美丑、正义和非正义，都有其最终或最高的判断。可真若这样，平等岂非虚置，自由不也就等于瞎说了？

但自由平等是人们热爱的东西，据说比生命和爱情还重要。这便如何是好？办法当然有：取消终极价值就是，——既然它不动声色地与平等为敌，进而又成了自由的障碍。

行是行，但是得弄明白：凭什么自由平等就具如此权威？光说热爱还不够，得说说理由。理由听起来似无可非议：天赋人权，自然正确，人生来就是自由的，平等的，由不得谁来指引和操控。但是且慢。首先，这怎么听着倒像是“终极价值”在说话呢？其

次，地球就像宇宙中的一粒尘埃，人不过是无限可能中的一种有限之在，因而人生来就不大自由，就有强弱之分、愚智之别，优胜劣汰曾经也是人类的处境。只不过几百年前，文明之风吹来，人才要从生理性的束缚中开辟出精神性的自由，才要推翻兽性的弱肉强食，举一面人性的平等之旗。

这面旗，是不是就比较高些呢？倘有人仍坚持弱肉强食的主张，你怎么说？还是并无高低之分，都有平等存在的权利吗？

于是问题就来了：两面敌对的旗，如何平等存在？强权（比如纳粹），能与自由平等相安无事吗？局面明显两难：倘若一切自由平等，强权也就有了存在的根据；可强权所以是强权，就在它视自己的理念为最高，要所有的人都听命于他呀！如此，是为了自由平等的无懈可击而容忍强权呢，还是驱逐强权而使自由平等不够完全？好像都不惬意。可麻烦到底出在哪儿呢？便有人给出了一个无奈的总结：最高真理，就是没有最高的真理。看来“最高”才是祸根。是呀，如果我们相信确有最高，则难保强权不会有一天改头换面，卷土重来。这是不是说，只有铲除最高，从众人心中消除掉最高的可能，自由平等才有牢固的保障？

瞧着吧，这就快绕糊涂了。

干吗不换个角度想呢？比如说，为什么不是因为纳粹违背了某种最高，才使人类陷入了一场灾难？为什么不是因为人们相信没有最高，才促成了强权者的肆无忌惮呢？或许有人就要说了：即便有最高，也只能是选择生活的绝对自由、价值取向的彻底平等，纳粹之流所违背的也正是这一条。其实还是那句话：最高真理就是没有最高的真理。

好了，不管怎么说，“最高”总算得到承认，尽管其面目还很模糊。

接下来的问题是：自由平等的反对者，都是直言不讳吗？迄今的强权，哪个不自称是平等的推行者，是自由的卫道士？自命

最高者可行强权，标榜自由平等的，未必就不能干同样的事。可我们将据何辨别其真伪、揭露其谎言呢？也就是说，我们总得有些措施，有项原则，有条信念……总之得有个颠扑不破的真理，或无可置疑的根据，来为平等撑腰，以使自由得其捍卫吧。这才是问题之关键。要么没有这样的根据，只好任由强权去指鹿为马；要么就得有个“根深据固”的最高判断，令强权无论怎样改头换面都有天敌。

但明显，自由不能是自由的根据，平等不能请平等来捍卫。可这一逻辑，又是根据何在？总不会说，“不自由”和“不平等”才是其合法性根据吧？

为什么就不会呢？其实，不小心前面已经透露了这一根源——一句人人都会说而且常说的话：天赋人权，自然正确！“天赋”者何？“自然”又是啥意思？都是指那人力所不能为、人智所不能与之辩者呀——你叫它“天命”也行，你称之“神在”也可，既绝不是人的自由，也绝不能与人平等。所以说，不自由、不平等，才是自由平等的最高判断，才能为其提供合法性根据。曾有先哲说过这样的意思：护法，主要不是捍卫既定法律的严格，而是要捍卫法律本身的合法性根源，使之不容侵犯，不得篡改。于是有人贬低甚至轻蔑地说，这哪里还是什么科学，简直是神学。谁料那先哲竟欣然接受了这一命名：政治神学。是呀，人怎能捍卫得了人写的法律？人怎能确保人定的规则不被篡改？惟在人之上，才有法律的合法性根据，才有强权的制约，才能比照出何为神命、何为人说。

如果相信，必得有一种最高判断，否则各执一词，莫衷一是，这人间难免自由到你死我活。那么，这最高判断当然就要高于人的判断；这就是为什么要请“不平等”来为平等撑腰的理由。而这最高判断，当然就不会顺着人的性子来——否则公一理，婆一理，打到衙门去又要养育贪官，这就是为什么要请“不自由”来

捍卫自由的原因。这是一条神画的线：线上是神命的不可违背，线下才有人的自由平等。你反感所有的权威和命令吗？那好，您自己玩儿，无非是“真理战胜真理，子弹射中子弹”，不玩儿成冷战、热战那就怪了！凭什么这样说？凭的咱们是人，是些能力有限、心性不一而又欲望无边的家伙。所幸，尽管咱们都是人，可在这群直立行走、能说会道的哺乳动物中，真也有些明事理的家伙，或曰伟大的人，他们居然认出了神。

料必早又有人不爱听了，什么神不神的，还不都是人的巧舌如簧？强权者皆善此道，从来都好装神弄鬼！

对呀，人，才要装神弄鬼。故此，强权的天敌先就不能是人，其次还得是人不能装也不能弄的——什么呢？“名可名，非常名”，姑且称之为“神”吧；当然也可另赋其名，比如“道”。但无论何名，意思还是那个意思，即存在的最初之因，道德的最高判断。莫争，莫辩，上帝对约伯说过：我创造世界的时候你在哪儿？！

请问：神在哪儿？说好听点儿，您这是开玩笑，说不好听的——您现在就是装神弄鬼！

所以嘛，人既要放弃好听的，又要放弃不好听的，然后看看——那不装不弄的神到底在哪儿。

在哪儿呢？几千年前有些伟大的人就已经看明白了，故将人力永不可及的无限之在，称为神；将不分国族的灵魂拯救方略，称为神。前者可称之为“造物主”，造物主不由分说地给人以困阻与苦难；后者则被信为“救世主”，救世主不容置疑地教人以不屈与互爱。这些伟大的人自认是受救者，担当不了最高的判断者，惟望圣灵能够降临人心。

为什么选定一个“神”字呢？一是因为，他神秘莫测地已然把人的处境安排停当；二是因为，他高不可攀到人休想与他讨价还价；三是因为，人类心中，早已先验地埋下了神命的受体，或对善爱的响应——宗教信仰的长盛不衰、历久弥坚即是证明。因

而，神，意味着不容漠视，不可违背，不由分说，却又随时与人接近；这与装神弄鬼的强权，或骗吃骗喝的迷信，完全两样。

怎么两样？问题还是：如何区分！

最要紧的一点是：别让人——不管谁——从中插一杠子。神，拒绝中介，拒绝人写的“使用说明”。

那您现在的勾当算怎么回事？一切神说难道不是都由人传？那么，凭什么来辨认这是神的原著，那是人的改编？

凭的是：人说与不说，都是人躲不开的那些处境，比如生与死。凭的是：人再怎么智慧，也有其无可设问的那些事物，比如有与无。凭的是：无论谁心里都有的价值本能，比如相应于善与恶的爱与怕。

后一条缺乏证据吗？证据之一是：任何人干了坏事心里都不自在，尽管显意识可以掩盖它，甚至掩盖到只在梦里莫名其妙地显现；而相反的行为则会让人心安理得，甚至引以为荣耀。证据之二是：素不相识者，只要语言相通，都可以毫无障碍地讨论善恶，无须先做界定；否则，没有价值标准，人与人之间其实不能说话。

既如此，神不多余吗？

但是，人会掩盖罪恶、夸大光荣、模仿激情、假冒真诚……神将揭穿这一切丑行。这揭穿，即证明神在，因为这揭穿的胆识不可能不是经由信念，而信念并不都由理性推出，而是站在理性尽头的那些伟大者，凭其眺望，凭其谛听，凭其感悟……总之，是凭其茫茫无路时对人类的一份执着的热爱所揭示的。人的躯体中，或灵魂里，确如浮士德博士一般，是一场魔鬼与上帝的赌局——或是善本能得到响应，或是恶本能日趋强化。

所以拒绝中介，要每个人直接与神对话，听到神的声音。上哪儿听去呢？不是上哪儿去听的问题，而是用什么去听——用心，而不是用耳。平心静气地听，谁都听得见——心底一直都在

的那些正念，望眼欲穿，跃跃欲试，只等神子来把它点燃。不是脑袋发热，是心的照亮，一切真呀、善呀、美呀、公正呀、爱愿呀……被照亮的心都能立刻认出它们。不可能认不出。那不是智力的事。你凭什么说你认不出？你说你认不出什么呢？所以你已经认出了。

我们所以在“自由平等”与“终极价值”之间常绕得糊涂，并非因为二者有着非此即彼的冲突，而是因为我们受了“中介”的诱骗——比如诱骗亚当和夏娃的那条蛇——倒把气撒到了“终极价值”身上。

有理有据地取消了最高的中介，而非最高本身，人才能不受强权之害，而使自由平等得其保障。但自由平等却是底限，仅仅是底限，一个“限”字说明它是要确保的，比如说，即便是个游手好闲的家伙，你也得让他有个活路——而这却是出自最高判断，即神命，没人可以对此讨价还价。上线则不同。上“线”而不是上“限”，是说人对善与美的追求，对神秘事物的追问，是不受限制的——人的残缺令人无权去限制，而神的无限表明神不会去限制。上线不断被超越，正是神的期待，人的希望，是一曲演奏不完也欣赏不尽的天籁之音。

所以“上线”一定是高于“底限”的，但他们不是轻蔑与被轻蔑的关系，而是存在的必然，是保持存在的动态与和谐的必要。这个必然与必要，是不可以在其任何一点上被破坏的。而破坏，从来都在两个方向上显示：一是“上线”对“底限”的轻蔑甚至打击，即精英主义的过度；二是“底限”对“上线”的抹杀甚至敌视，通常是价值虚无的泛滥。

2008 年 8 月 5 日

欲在

信者境界，或可一字概括：爱。思者境界呢，三个字：为什么？

一说到爱，人生之荒诞便似得到拯救，存在之虚无也似有了反驳。但是为什么呢？为什么偏偏是爱而非其他，比如说为什么不能是恨？

若把迁延漫展的人类历史比作一部交响曲，每个人就都是一个音符；音符一个接一个地前赴后继，才有了音乐。这比喻若无不当，恨就是必遭淘汰的。恨意味着拒斥他者，是自行封闭、相互断裂的音符，结果是噪音。噪音占了上风，音乐势必中断，意义难免消解。爱却不同，爱是对他者的渴望，对意义的构筑。爱，既坦然于自己的度过，又欣然于他者的取而代之，音乐由之恒久，意义才不泯灭。

当薄弱的音符跟随了丰饶的音乐，或遥远的梦想召唤起孤单的脚步，生命便摆脱了不知所求的荒诞，存在便跳出了不知所从的虚无。所以爱是拯救，她既拯救了音符又成就了音乐，既拯救了当下又成就着永恒。再要问为什么，那就只能是问我们为什么要音乐而不仅仅是音符，为什么要意义、要永恒而不仅仅是活在当下了。回答是：欲在——人类要生存下去，世界要存在下去。

至此就不能再问为什么了，这是上帝的意图。所谓上帝的意

图，是说，此人力所不可抗拒的处境、人智所无能更改的事实。创世之因众说纷纭，后果却是一样——不容分说地都要由人来承担。为什么要承担呢？回答还是：欲在——世界要存在下去，人类要生存下去。

至于创世之法，无论专利何属，都是两条：一是分离，即从无限的混沌中分离出鲜明的有限之在；二是感知，即人对世界的感知，或有限与无限的互证。而前者是亲和的势能——爱欲由之诞生；后者则注定了迷茫——困苦因而必然。对此也要问个为什么的话，回答可以相当严厉：否则一切都不存在；也可以比较浪漫：创造要存在下去，存在要创造下去，上帝乐此不疲，结果还是那两个字：欲在。

好吧，欲在，可这有什么意义吗？有哇！一是警告轻狂：生命是一出时时更新的戏剧，但却有其不容篡改的剧本。二是鼓舞乐观：每一个被限定的角色，都可以成就一位自由的艺术家。

爱，所以不是一件卿卿我我的小事，更不止于族群繁衍的一道必要程序。爱是受命于上帝的一份责任，是据其丰饶乐谱的一次次沉着的演奏。既要丰饶，则必水复山重、起伏跌宕，则必奇诡不羁、始料未及，或庄严沉重，或诙谐恣肆，甚至于迷茫困顿、荒诞不经……总之，丰饶的收益是驱除了寂寞，代价是困苦的永恒伴随。爱，所以又不是命运的插曲，不是装饰音，是主旋律——所有的乐段中都有她的影子，时而明朗，时而隐约，昂扬高亢或沉吟低回。

所以，尼采说伟大的人是爱命运的。爱命运才是爱的根本含义，才是爱的至高境界。并非所有的命运都会让人喜欢，但不管什么样的命运你都要以爱的态度来对待，这不单是受造者（局部或当下）对创造者（整体或永恒）的承诺，更是上帝（音乐）拯救人（音符）于魔掌（噪音）的根本方略。魔掌者何？佛家有很好的总结：贪、嗔、痴。

借助上帝的创造，魔鬼也诞生了。魔鬼必然诞生，否则神圣何为？或者竟是，为了遏制魔鬼的统治，上帝才开始其创造的吧："太初，上帝创造宇宙，大地混沌，没有秩序。怒涛澎湃的海洋被黑暗笼罩着。上帝的灵运行在水面上。上帝命令：'要有光'，光就出现。上帝看光很好，就把光和暗隔开……"上帝以其丰饶的音乐照亮了黑暗，以其鲜明的有形拓开了混沌，以其悲壮的戏剧匡正了无序。所以人不该埋怨命运。人埋怨命运，就像果实埋怨种子，就像春风埋怨寒冬、有序埋怨混沌、戏剧埋怨冲突……但照此逻辑推演下去，必致问题的不可收拾：是否光明也要喜欢黑暗，美好也要喜欢丑恶，智慧也要喜欢愚蠢……最终上帝也要喜欢魔鬼呢？麻烦了，麻烦的是这逻辑不无道理。

看来上帝应该是喜欢魔鬼的，否则他让我们喜欢存在即属无理。这推论很是诚实，而诚实，难免会引出进一步的问题——

上帝你不喜欢魔鬼，为什么要造出魔鬼？——这是对上帝的价值追问。上帝他并不喜欢魔鬼，但要创造一切就不得不放出魔鬼。——这是对上帝能力的质疑。上帝我喜不喜欢魔鬼，与你（们人类）何干？——这差不多就是上帝给约伯的回答。

听明白了吗？对人来说，这是一位冷漠的上帝。但对宇宙来说，这是一位负责任的上帝。正如对戏剧来说，这是一位明智的编导。但是对角色和演员——尤其是一个卑下的角色，或一位拙劣的演员来说，怎样呢？难道为了排遣上帝的寂寞，就得有那么多无辜的生命去忍受那么多悲惨的命运？《卡拉玛佐夫兄弟》中有一句严厉的抱怨，大意是：这戏剧的代价我们付不起！

不过约伯却非如此。听罢上帝的回答，约伯不再委屈，反而坚定了信念。约伯听懂了什么？想必就是尼采的那句话：爱命运。

爱命运，不等于喜欢命运。喜欢，意味着欲占有；爱，则是愿付出。躲避疑难的戏剧，就像酒肉朋友的闲聊，或相互吹捧的研讨会，有意煽情，无心付出。记得有人说过，"煽动家的秘诀就

是表现得像其听众一样愚蠢，以便听众觉得自己像他一样聪明”。套用一下就是：煽情者的秘诀是表现得像听众一样脆弱，以便听众感觉自己像他一样多情。而付出，或疑难，却不单是角色和演员的事，也是观众的事；或者说，在生命的戏剧中并没有纯粹的观众。所以，上帝并非是让你喜欢存在，而是要你热爱存在。他也并非是喜欢魔鬼，而是以其不惧魔鬼的创世勇气，来启发人们不避疑难的爱的能力。

要紧的是，得分清上帝的三重含义，或基督信仰的“三位一体”——圣父、圣子、圣灵。圣父即创造了世界万物的那一位，故名创世主。圣子即来到人间与人同苦、教人互爱的那一位，故名救世主。圣灵呢，则是指一种时刻、一种状态——即那神圣的爱愿降临人间的时刻、落实于人之内心或监督于人之左右的状态。所以伟大的戏剧，刘小枫说，皆为圣灵降临的叙事。

说神，道主，怕又要惹人疑忌。其实呢，“名可名，非常名”，“姑且名之”罢了。比如前一位，你叫它“大爆炸”也行，谓之“太初有道”或“第一推动”也可；名者，不过为着言说之便。关键在于，无论何名，人也弄不清那创世之因到底是咋回事——比如“第一推动”是谁在推动？最初的有——比如进化的起点，是怎么有的？然而，我们处身其中的这个世界确已从无到有，那就必具其因。而这因，却是神秘无比，人类现在不能、将来也未必就能了然其究竟。于是乎，神秘使之得名为“神”，人类与之相比的无知无能的地位，使之得名为“主”。任何人，不管是有神论者还是无神论者，都会在人力无能把握的危难面前祷告一声：上帝（或老天爷）保佑吧！——那就是他。

所以创世主当然是高高在上，当然是高不可攀，惟敬畏之而不可企及的。因而他常是一副冷漠无情的面孔，正所谓“天地不仁，以万物为刍狗”，你可以向他祷告、向他申诉，但除非运气好得过分，否则多半是要碰壁的。约伯的经验给人启发：上帝创

造了世界，却不单是为某一个人创造的，也不单是为某一类叫作“人”的生命而创造的。譬如那轰然一响瞬间成就了无限可能的“大爆炸”吧，可理会你约伯或史铁生因之会有什么难处吗？就好比球赛，惟其公允方可开展，那就只有听凭无情的规则了，再大的球星也休想求其优惠。否则神将不神，人情的后门一开，或育贪官，或养黑哨。

能向他诉说和讨教的是后一位：救世主。虽然他也是前一位的作品，但若没有立于迷茫之中的人的探问与呼告，他便隐身于前者而永不诞生。所以也要感谢前一位，正是他的冷漠，为人启示了一条并不能根据物（质）而是要赖于（精）神的道路；正是他的无情，迫使人去为心魂另寻救路——而这正是救世主诞生的时刻！在人孤苦无告而不断询问与呼唤之时，他以其多情脱颖于无情；在人四顾迷茫而不见归途之际，他以其爱愿，温暖了这宇宙无边的冷漠。

是呀，命途无常，我们难免会向前一位祈求好运，此人情之常，无可厚非。只要记得：真正的神恩，恰是那冷漠的物界为生命开启的善美之门，是那无限时空为精神铺筑的一条永不衰减的热情之路。

先哲有言：神不是被证实的，而是被相信的。“看不见而信的人有福了”，并不是说盲从就好，而是说再精明的理性也是有限之在，难免会在与无限的交接部触及盲区，陷入疑难，对此你必须或必然要为自己树立一个非理性的信念。比如在死亡面前，愚弱者选择颤抖——幸好这恐惧并不长久；勇猛者选择闭目——肚里咬牙，心中没底，纵身跳向混沌；而信者坦然，并劝那一躯肉身——比如史铁生——也要镇定，以便看那永恒的“欲在”将展开怎样的另段路程。

但信者中还有一路，欢欣鼓舞于即将上天堂——这也不坏，尤其是为此他们做了许多好事作为铺垫。但依思者来看，除了降

临于心的圣灵或天国，哪儿有什么“无苦而极乐”的所在？不过这问题倒不太大，倘其真的抵达天堂，虽不能闻，我们也还是要向他们发出祝贺。若其终未找到那样的终点呢，则愿他们“心若在，梦就在，只不过是从头再来”。这样，料必就会合情合理地磨炼成一种信念：心与梦一直都在那丰饶的音乐中，一次次沉着的演奏即是天堂，哪有什么终点？

但问题好像还没有完：神是被相信的，可人是如何相信的，又是为什么要相信呢？欲在——最简单的回答还是这两个字。但是，为什么一定是“欲在”，就不能是“不在”或“欲不在”吗？先说“欲不在”吧——欲不在的前提是在，而真正的欲不在者早已经不在了，可你为什么还在？再说“不在”——不在者不思不问、无知无觉，对它们取一份“爱护自然”的态度也就够了，无须理睬。

2008 年 8 月 30 日

门外有问

玻尔说："物理学并不能告诉我们世界是怎样的，只能告诉我们关于世界我们可以怎样说。"据此当可相信，世界自有其——"是怎样的"——面目，只是我们不可能知道，即无论我们怎样观察和描述它，都注定是片面的，甚至是歪曲。而且，这片面与歪曲，并非是由于我们的观察或描述的尚不完善。

"测不准原理"也有这意思：世界原本是有准的，惟因"测"的干扰，"准"便隐藏起来。若非如此那倒怪了——如果世界压根儿就没准儿，又谈什么测不准呢？

可能是出此考虑，"测不准原理"被纠正为"不确定性原理"，意在强调：（微观）世界的不确定性，并非是由于"测"的无能，而是由于其本身就变化无常。无常即无规律，可你是怎么知道那变化是无规律的呢？你已经把世界观测完了吗？还是说，那变化绝对地超出了人的跟踪能力，所以你摸不住它的脉搏，也就看不出它有没有规律？前者明显是不可信，后者则是说它也可能有规律。故而严峻的问题是：如果有规律，所谓"不确定性"就还是要归咎于"测"，否则问题就更要刁钻些——是谁，凭什么，有权断定人找不到的东西就等于根本没有？

或许，"意义"二字有此权力。人找不到的东西，即属对人没

有意义的东西，更是人无法谈论的东西，对相信“人是万物的尺度”的实证主义者而言就等于根本没有。比如规律，也不过一种人为的尺度。

《上帝掷骰子吗》一书中说：“不存在一个客观、绝对的世界。惟一存在的，就是我们能够观测到的世界……测量行为创造了整个世界。”这让我——一个物理学的门外汉，不免深陷迷茫。

首先，“我们能够观测到的世界”一语，已然暗示了还有我们观测不及的世界，或拒绝被我们观测的世界。

那么其次，“测量行为”又怎么会“创造了整个世界”呢？最多只能说它创造了一个人的世界，即被人的观测半径所限定的世界，或是人可赖以建立意义的世界，因而它当然还是主观或相对的世界。为示区分，则不得不称那“整个世界”为“一个客观、绝对的世界”。

第三，“一个客观、绝对的世界”之确在的证明是：它并不因为我们的观测不及，就满怀善意地也不影响我们，甚至伤害我们。当然了，我们无法谈论不可知的事物，但这不等于它因此就不给我们小鞋穿。

因而你可以说，一件不可证实也不可证伪的事是没有意义的，但不能说那是根本没有的。意义，是基于人的感受而为人确立的价值取向。用柏拉图的话说，就是囿于洞穴的认识，而为洞穴生命所相信的真。用尼采的话说则是，惟限于“内部透视”或“人性投射”的世界，是我们能够谈论的。这样看，“测量行为创造了整个世界”就不过是洞穴中的认识，所谓“整个世界”就仅仅还是个“人性投射”的世界。

所以，爱因斯坦认为上帝从来不掷骰子，在我们的“视野之外有一个广阔的世界，它独立于我们人类而存在，如同一个伟大

而永恒的谜摆在我们面前，然而至少能被我们的观测和思维部分地理解”。[①]

他与玻尔的争执，想必主要是因为，他不仅不信这世界是没准儿的，而且不信它是“测不准”的。但量子力学的屡屡胜出，证明了伟人也是人，不管上帝掷不掷骰子，人也不可能看清上帝的底牌。但看不清上帝的底牌，不等于上帝就没有底牌。你可以说，我们只能靠手中这把牌为人的生命建立意义，却不能说这便是上帝手中全部的牌。

但是别急，事情料必没这么简单。事情也许是这样的：只有我们观测可及的事物，才能影响到我们。换句话说：凡是能够影响到我们的东西，必也是我们能够观测到的东西。因而，就算洞穴之外别有天地，但它对我们既无意义，也无影响，于此前提下讨论其有与无，实属无聊之举。是呀，似乎也只有这样，才能拯救“测量行为创造了整个世界”这一思想。

可是，果真如此的话岂不等于是说：观测不及等于不受影响，观测不及等于影响不到吗？天哪，掩耳盗铃可还有什么错误呢？

错误在于，有人把“影响”完全等同于“观测”了。然而“影响”完全可以在“观测”之外，不是吗？就连都有什么在影响我们、在怎样影响我们，我们还不清楚呀！比如说人是怎么来的？太阳终于毁灭之后人会怎样？比如说我们是这个世界的主宰，还是我们被什么所主宰？如是者数不胜数，怎么就敢把“观测”等同于“影响”呢？

观测是主动的——要观测，影响是被动的——被影响，而“要观测”是否多少包含着“欲把握”一类的念头呢？很可能，正是这“欲把握”的潜意识，将“观测”与“影响”混为一谈了，这

---

① 引自《不完备性——哥德尔的证明和悖论》。[美]丽贝卡·戈德斯坦著，唐璐译，湖南科技出版社，2008年。

才有了“不存在一个客观、绝对的世界”和“惟一存在的，就是我们能够观测到的世界”这样的疏忽，或这样的雄心壮志。

但有一点要说明：“存在”一词，若仅仅意味着被人意识到或观测到的事物，那么以上文字全算瞎说，而引导这瞎说的文字则属矫情。

开篇所引玻尔的那句话——“物理学并不能告诉我们世界是怎样的……”应该还有一种暗示：这并不影响我们宁愿对生命持一种态度。也就是说：人的精神信念，并不以弄清世界的物理真相为前提。甚至是说：精神信念的建立，必须，也必然是要以一个不明其物理真相的世界为前提。

可是，假如这样的话，还能说人找不到的东西，即属对人没有意义和人无法谈论的东西吗？还能说“人是万物的尺度”吗？

事实上我们正在谈论一些我们找（观测）不到的东西，并准备谈论它给了我们怎样的人生启示。比如，正因为弄不清一个物理世界的真相，信者才不再以物利来辨认他的神；正因为弄不清创世主的全部意图，爱者才皈依了十字架上的真。也就是说，人文精神是独立于科学主义的。实际上，人的聆听，要比人的观察与把握广阔得多。人只能看到一个“洞穴”世界的围困，却能听见一个神性世界的启示，从而那围困中便有了无限可能的道路。

人怎么可能是万物的尺度呢？人——这一有限之在，不过沧海一粟，不过是神之无限标尺中一个粗浅的刻度。孙悟空尚且跳不出如来佛祖的手心，人的测量又岂能“创造整个世界”？

科学的伟大，也许恰在于科学的无能。人曾想象天上人间，人曾向往月宫中的玉树琼楼，可待到“阿波罗”终于登月，人才明白，沧海一粟依旧是沧海一粟，我们知道的比过去更多了，疑难却并不比过去更少，幸福也不比以往更近。这便是科学的功绩。科学曾令人张狂到自信胜天，惟踏上荒凉的月球表面，人的真正

智慧才被激发：世界是无限的，而人的力量永远是有限的；有限与无限之比意味着什么，则刚好证明了人的地位。

实际上，人一出生，或一经被创造，就已然面临了两种终极询问：世界是怎样的？我们该怎么办？人就是这样长大的吧？——所有的孩子都会看重前一个问题，而成长着的心灵则日益倾向于后者。

我这个数学的门外汉，斗胆对哥德尔的“不完备性定理”做如下引申：任何一种认知系统都注定是不完备的，即一切人为的理论，都难于自我指证。比如法律，这一人定的规则，其合法性根据终不能是出于人自身。比如洞穴中的观察、“内部透视”或“人性投射”，皆必“只因身在此山中”而注定是“不知庐山真面目”。为什么呢？一切有限之物，必因无限的衬比，而显露自身的不完备。而无限呢，又因其自身的无边无际、无始无终，而永无完备可言。

可这岂不是说，世界上压根儿就没有完备的事物吗？或这世界本身，压根儿就是不可完备的吗？这样说下来，是否又要回到“不存在一个客观、绝对的世界”去呢？因为，在一个永不完备的世界上行走，生命的意义只好是相对的。比如一盘尚未下完的棋，你怎能判断哪一步是对、哪一步是错呢？这下麻烦又大了，这等于是为实证主义或经验主义开辟了通途，为道德相对主义找到了合法性根据；也就是说，并没有一种绝对的“正义”或“真理”需要“主持”或“主张”，而是随便什么主意都可以是对的，哪怕是杀人越货。

不过这是两码事。世界的不确定性，正说明它——这一创世主的作品，是人或洞穴生命所不能确定和不可把握的“一个客观、绝对的世界”。但这并不意味着，人生的意义也是不能确定和不可把握的。我们不能把握“一个客观、绝对的世界”，恰恰暗示了，

我们能够把握一个主观世界，即一个有意义的、人的精神世界。或者说，我们恰恰是根据一个不能确定、不能把握的外在世界，来确定和把握我们内心世界的，这便是信仰。信仰，所以不同于科学，是不倚仗实证的。信仰，所以不能由强人来指认，就因为那是向着空冥与迷茫的祈祷，是苦弱并谦卑者要为自己寻找的心路——为灵魂制定的美好方向，为理想设计的可行性方针。

而实证主义或经验主义却说："任何想超越我们经验的企图，都会沦为彻头彻尾的胡说"，"如果一个人想不出任何可能的经验情形可以作为命题的确证……（那就）完全不具有意义……就是伪命题"。[①]果真如此，人岂非仅仅是一种能对眼前处境做出反应的动物了？人有别于其他动物的智慧哪儿去了？人对终极处境的思问哪儿去了？人的想象力和创造力哪儿去了？人的艺术能力——即在平庸而荒诞的生理性生活中，开辟出无限可能的精神性生活的能力，哪儿去了？

这些能力，把我们带出仅靠反映谋生的畜类，继而把我们引向人性的发问，最终使我们沐于神性的光照。是呀，创世主的无情已然确定，人把握不了"一个客观、绝对的世界"已然确定，我们永远要在一条不完备的路上行走已然确定，因而注定了我们只可据此背景来构筑我们生命的意义。然而，存在的虚无性、生命的荒诞性、道德的相对性并没有被确定，因为在这条有限的人生路上，一种智慧触到了它的边缘，从而听见了无限的神启：要把一条困苦频仍的人生之真路，转变成一条爱愿常存的人生之善路；要把一条无尽无休、颇具荒诞的人生之实路，转变成雄关如铁、可歌可泣的人生之美路！如此，相信"惟一存在的，就是我们能够观测到的世界……测量行为创造了整个世界"就是危险的；危险在于，自以为"创造了整个世界"的人，会把幸福完全托付

---

① 引自《不完备性——哥德尔的证明和悖论》。[美]丽贝卡·戈德斯坦著，唐璐译，湖南科技出版社，2008年。

给改造物界的雄心，以致忽略了心灵的完善。

令我——这个数理科学门外汉——担忧的是，也许我并没把本文所引的那些大师的话听懂。但更令人担忧的是，《上帝掷骰子吗》一书中的某些思想，不幸使篡取神位的强人有了“科学”的支持。

2008 年 9 月 27 日

诚实与善思

我来此史（铁生）眼看就是一个花甲了。这些年我们携手同舟，也曾在种种先锋身后紧跟，也曾在种种伟大脚下膜拜，更是在种种天才与博学的旋涡中惊悚不已。生性本就愚钝，再经此激流暗涌，早期症状是找不着北，到了晚期这才相信，诚实与善思乃人之首要。

良家子弟，从小都被教以谦逊、恭敬——“三人行必有我师”，“满招损，谦受益”以及“骄兵必败”，等等。却不知怎么，越是长大成人倒越是少了教养——单说一个我、你、他，或还古韵稍存，若加上个“们”字，便都气吞山河得要命。远而儒雅些的比如“问苍茫大地谁主沉浮？我们，我们，我们！”近且直白的则是“你们有什么资格指责我们！”

你们，他们，为啥就不能指责我们？我们没错，还是我们注定是没错的？倘人家说得对又当如何？即便不全对，咱不是还有一句尤显传统美德的“无则加勉”吗？就算全不对，你有你的申辩权、反驳权，怎么就说人家没资格？人均一脑一嘴，欲剥夺者倒错得更加危险。

古有“五十步笑百步”之嘲，今却有百步笑五十步且面无愧色者在，譬如阿Q的讥笑小D或王胡。不过，百步就没有笑五十

步的权利吗？当然不是，但有愧色就好，就更具说服力。其实五十步也足够愧之有色了，甚至一步、半步就该有，或叫见微知著，或叫防患于未然。据说，“耻辱”二字虽多并用，实则耻辱大相径庭。“知耻而后勇”——“耻”是愧于自身之不足；“辱”却相反，是恨的酵母——“仇恨入心要发芽”。

电影《教父》中的老教父，给他儿子有句话：“不要恨，恨会使你失去判断。”此一黑道家训，实为放之诸道而皆宜。无论什么事，怨恨一占上风，目光立刻短浅，行为必趋逞强。为什么呢？被愤怒拿捏着，让所恨的事物牵着走，哪还会有“知己知彼”的冷静！

比如今天，欲取“西方中心”而代之者，正风起云涌。其实呢，中不中心的也不由谁说了算。常听到这样的话：“我们中国其实是最棒的！”“他们西方有啥了不起！”“你们美国算什么！”类似的话——我才是最棒的，他有啥了不起，你算个什么！——若是让孩子说了，必遭有教养的家长痛斥，或令负责任的老师去反省；怎么从个人换到国族，心情就会大变呢？看来，理性常不是本性的对手。一团本性的怒火尚可被理性控制，怒火一多，牵连成片，便能把整座森林都烧成怨恨，把诚实与善思都烧死在里面。老实说，我倒宁愿有一天，不管世人论及什么，是褒是贬，或对或错，都拿中国说事，那样，“中心”的方位自然而然就会有变化了。此前莫如细听那老教父的潜台词：若要不失判断，先不能让情绪乱了自己，所谓知己知彼，诚实是第一位的。

何谓诚实？见谁都一倾私密而后快吗？当然不能，也不必。诚实就像忏悔，根本是对准自己的。某些不光明、不漂亮、不好意思的事，或可对外隐瞒到底，却不能跟自己变戏法儿，一忽悠就看它没了。所以人要有独处的时间，以利反思、默问和自省。据说有人发明了一种药，人吃了精神百倍，夜以继日地“大干快上”也不觉困倦和疲劳，而且无损健康。但发明者一定是忘记了

黑夜的妙用，那正是人自我面对或独问苍天的时候。那史写过一首小诗，拿来倒也凑趣——

黑夜有一肚子话要说／清晨却忘个干净／白昼疯狂扫荡／喷洒农药似的／喷洒光明。

于是／犹豫变得剽悍／心肠变得坚硬／祈祷指向宝座／语言显露凶光……／今晚我想坐到天明／坐到月影消失／坐到星光熄灭／从万籁俱寂一直坐到／人声泛起。

看看／白昼到底是怎样／开始发疯……

够不够得上诗另当别论。但黑夜的坦诚，确乎常被白昼的喧嚣所颠覆，正如天真的孩子，长大了却沾染一身“立场”。“立场”与“观点”和“看法”相近，原只意味着表达或陈述，后不知怎样一弄，竟成权柄，竟至要挟。“你什么观点？”“你对此事怎么看？”——多么平和的问句，让人想起洒满阳光的课堂。若换成“你是什么立场？”“你到底站在哪一边？”——便怎么听都像威胁，令人不由得望望四周与身后。我听见那史沉默中的回应——对前者是力求详述，认真倾听，反复思考；对后者呢，客气的是“咱只求把问题搞搞清楚”，混账些的就容易惹事了：“孙子哎，你丫管着吗？！”不过呢，话粗理不粗，就事论事，有理说理，调查我立场干吗？要不要填写出身呢？“立场”一词，因“文革”而留下“战斗队”式的后遗症。不过，很可能其原初的创意就不够慎重——人除了站在地球上还能站在哪儿呢？故其明显是指一些人为勾画过的区域——国族、村镇，乃至帮帮派派。当然了，人家问的是思想——你的思想，立于何场？人类之场，博爱之场——但真要这么说，众多目光就会看你是没正经。那该怎么说呢？思想，难道不是大于国族或帮派？否则难道不是狭隘？思想的辽阔当属无边，此人类之一大荣耀；而思想的限制，盖出于

自我。不是吗？思想只能是自己的思与想，即便有什么信奉，也是自思自想之后的选择。又因为自我的局限，思想所以是生于交流，死于捆绑——不管是自觉，还是被迫。一旦族同、党同、派同纷纷伐异，弃他山之石，灭异端之思，结果只能是阉割了思想，谋杀了交流。故“立场”一经唱响，我撒腿（当然是轮椅）就跑，深知那儿马上就没有诚实了。

诚实，或已包含了善思。善美之思不可能不始于诚实，起点若就闹鬼，那蝴蝶的翅膀就不知会扇动出什么了。而不思不想者又很难弄懂诚实的重要，君不见欺人者常自欺？君不见傻瓜总好挑起拇指拍胸脯？诚实与善思构成良性循环，反之则在恨与傻的怪圈里振振有词。

索洛维约夫在《爱的意义》中说：做什么事都有天赋，信仰的天赋是什么呢？是谦卑。那么，善思的源头便是诚实。

比如问：你是怎样选择了你的信仰的？若回答说“没怎么想，随大流儿呗”，这信仰就值得担忧，没准儿恰就是常说的迷信。碰巧了这迷信不干坏事，那算你运气好，但既是盲从，就难保总能碰得那么巧。或者是，看这信仰能带来好处，所以投其门下？好处，没问题，但世上的好处总分两种：一是净化心灵，开启智慧；一种则更像投资，或做成个乱世的班头。所以，真正的信仰，不可不经由妥善的思考。

又比如问：人为什么要有信仰呢？不思者不予理会，未思者未免一惊，而善思者嘴上不说，心里也有回答：与这无边的存在相比，人真是太过渺小，凭此人智，绝难为生命规划出一条善美之路。而这，既是出于谦卑而收获的诚实，又是由于诚实而达到的谦卑。

所以我更倾向于认为，诚实与善思是互为因果的。小通科技者常信人定胜天，而大科学家中却多见有神论者，何故？就因为，前者是“身在此山中”，而后者已然走出群山，问及天际了。

电视上曾见一幕闹剧：一位自称深谙科学的人物，请来一位据说精通“意念移物”的大师，一个说一个练。会练的指定桌上一支笔，佯做发功状，吸引住众人的视线，同时不动声色地嘘一口气，笔便随之滚动。会说的立刻予以揭穿：“大家注意，他的嘴可没闲着！”会练的就配合着再来一回。会说的于是宣布胜利：“明白了吧？这不是骗术是什么！”对呀，是骗术，可你是骗术就证明人家也是骗术？你是气儿吹的，人家就也得是？照此逻辑，小偷之所得为啥不能叫工资呢？幸好，科学已然证明了意念也具能量，是可以做功的！教训之一：不善思，也可以导致不诚实。教训之二：一个不诚实的，大可以忽悠一群不善思的。

那么诚实之后，善思，还需要什么独具的能力吗？当然。音乐家有精准的辨音力，美术家有非凡的辨色力，美食家有其更丰富的味觉受体，善思者则善于把问题分开更多层面。乱着层面的探讨难免会南辕北辙，最终弄成一锅糨糊。比如：你可以在种种不同的社会制度中辨其优劣，却不可以佛祖的慈悲来要求任何政府；你可以让“范跑跑”跟雷锋比境界，却不能让其中任何一位去跟耶稣基督论高低。再比如跳高：张三在第一个高度（一米二〇）上三次失败，李四也是在第一个高度（一米九〇）上三次失败，你可以说他们一样都没成绩，却不能笼统地说二位并无差别。又比如高考：A 校有一百个被清华或北大录取，只一个名落孙山；B 校有一个考上了清华或北大，却有一百个没考上大学。如果有人说这两所学校其实一样，都有上了清华、北大的，也都有被拒大学门外的，你会觉得此人心智正常吗？倘此时又有人义正词严地问：难道，教育的优劣只靠升学率来判断吗？——好了，我们就有一个头脑混乱的鲜活范例了。

乱了层面，甚至会使人情绪化到不识好歹。比如，人称黄河是我们的母亲河，而后载歌载舞地赞美她，这心情谁都理解，但

曾经黄水泛滥，而今几度断流的黄河真还是那么美吗？你一准儿能听到这样的回答：在我们眼里她永远是最美的！理由呢是“儿不嫌母丑，狗不嫌家贫”。这就明显是昏话了，人有思想，凭啥跟狗比？再说了，“嫌”并不必然与“弃”相跟，嫌而不弃倒是爱的证明。喜欢，更可能激起对现成美物的占有欲，爱则意味着付出——让不美好的事物美好起来。母亲的美丑，没有谁比儿女更清楚，惟有那派“皇帝新衣”般的氛围让人不敢实话实说。麻烦的是外人来了，一瞧：“哟，这家儿的老太太是怎么了？”儿女们再嘴硬，怕也要暗自神伤吧。但这才是爱了！不过，一味吃老子、喝老子的家伙们，也都是口口声声地“爱”；听说有个词叫“爱国贼”，料其不是空穴来风。

据说，女人三十岁以前要是丑，那怨遗传，三十岁以后还丑就得怨自己了——美，更在于风度。何为风度？诚实、坦荡、谦恭、智慧等等融为一体，而后流露的深远消息。不过你发现没有，这诸多品质中，诚实仍属首要？风度不像态度，态度可以弄假，风度只能流露。风度就像幽默，是装不来的，一装就不是流露而是暴露了——心里藏半点儿鬼，也会把眼神儿弄得离奇。可你看，罗丹的“思想者”，屈身弓背，却神情高贵；米洛的“维纳斯”，赤身断臂，却优雅端庄。那岂是临时的装点？那是锤炼千年的精神熔铸！倘有一天，黄河上激流澎湃，碧波千里，男人看她风情万种，女人看他风度翩翩！两岸儿女还要处心积虑地为她辩护吗？可能倒要挑剔了——美，哪有个止境？那时候，人们或许就能听懂一位哲人的话了：我们要维护我们的文化，但这文化的核心是，总能看到自身的问题。

有件事常让我诧异：为什么有人会担心写作的枯竭？有谁把人间的疑难全部看清，并一一处置停当了吗？真若这样，写作就真是多余；若非如此，写作又怎么会枯竭呢？正是一条无始无终

的人生路引得人要写作，正因为这路上疑难遍布，写作才有了根由，不是吗？所以，枯竭的忧虑，当与其初始的蝴蝶相关。有位年纪不轻的朋友到处诉苦："写作是我生命的需要，可我已经来不及了。"这就奇怪，可有什么离开它就不能活的事（比如呼吸），会来不及吗？我便回想自己那只初始的蝴蝶。我说过：我的写作先是为谋生，再是为价值实现，而后却看见了生命的荒诞，荒诞就够了吗？所以一直混迹在写作这条路上。现在我常暗自庆幸：我的写作若停止在荒诞之前，料必早就枯竭了。不知是哪位仙人指路，教我谋生懂"够"，尤其不使价值与价格挂钩，而后我那只平庸的蝴蝶才扇动起荒诞的翅膀。荒诞，即见生命的疑难识之不尽、思之不竭；若要从中寻出条路来，只怕是有始而无终，怎么倒会"来不及"呢？

可我自己也有过"来不及"的担忧。在那只蝴蝶起飞之后不久，焦灼便告袭来，走在街上也神不守舍地搜索题材，睡进梦里也颠三倒四地构思小说；瞧人家满山遍野地奔跑尚且担心着枯竭，便想：我这连直立行走的特征也已丢失的人又凭什么？看人家智慧兼而长寿，壮健并且博识，就急：凭我这体格儿，这愚钝，这孤陋寡闻，会有什么结果等着我？可写作这东西偏又是急不出来的。心中惶恐，驱车地坛，扑面而来的是一片郁郁苍苍的寂静，是一派无人问津的空荒……"而雨，知道何时到来 / 草木恪守神约 / 于意志之外 / 从南到北绿遍荒原"，心便清醒了些：不是说重过程而轻结果吗？不是说暂且拖欠下死神的追债，好歹先把这生命的来因去果看看清楚吗？你确认你要这样干吗？那就干吧，没人能告诉你结果。是呀，结果！最是它能让人四顾昏眩，忘记零度。

人写的历史往往并不可靠，上帝给人的位置却是"天不变，道亦不变"，所以要不断地回望零度。零度，最能让人诚实——你

看那走出伊甸的亚当和夏娃，目光中悲喜交加。零度，最是逼人的善思——你看那眺望人间的男人和女人，心中兼着惊恐与渴盼。每一个人的出生，或人的每一次出生，都在重演这样的零度——也许人的生死相继就是为了成全这样的回归吧？只是这回归，越来越快地就被时尚吞没。但就算虚伪的舞台已比比皆是，好的演员，也要看护好伊甸门前的初衷。否则，虚构只图悬念，夸张只为噱头，戏剧的特权都拿去恭维现实，散场之后你瞧吧，一群群全是笑罢去睡的观众。所以诚实不等于写实，诚实天空地阔，虽然剧场中常会死寂无声。而彻底的写实主义，你可主的是什么义？倒更像屈从现状的换一种说辞。

戏剧多在夜晚出演，这事值得玩味。只为凑观众的闲暇吗？莫如说是“陌生化”，开宗明义的“间离”：请先寄存起白昼的娇宠或昏迷，进入这夜晚的清醒与诚实，进入一向被冷落的另种思绪——

但你要听，以孩子的惊奇/或老人一样的从命/以放弃的心情/从夕光听到夜静

在另外的地方/以不合要求的姿势/听星光全是灯火，遍野行魂/白昼的昏迷在黑夜哭醒

尤其千百年前，人坐在露天剧场，四周寂暗围拢、头顶星光照耀，心复童真，便易看清那现实边缘亮起的神光，抑或鬼气。燠热悄然散去，软风抚摸肌肤，至燥气全无时，人已随那荒歌梦语忘情于天地……可以相信，其时上演的绝不止台上的一出戏，千万种台下的思绪其实都已出场，条条心流扶摇漫展，交叠穿缠，连接起相距万里的故土乡情，连接起时差千年的前世今生，或早已是魂赴乌有之域(譬如《去年在马里昂巴》)……那才叫魂牵梦绕，那才是“一切皆有可能”。可能之路断于白昼的谎言与假面，趋真

之心便在黑夜里哭醒。

我们是相互交叉的/一个个宇宙/我们是分裂的/同一个神

生命之花在黑夜里开放/在星光的隙间，千遍万遍/讲述着爱的寓言

梦的花粉飞扬，在黎明/结出希望……

写作，所以是始于诚实的思问，是面对空冥的祈祷，或就是以笔墨代替香火的修行。修行有什么秘诀神功吗？秘诀仍在诚实——不打诳语，神功还是善思——思之极处的别有洞天，人称“悟性”。

读书也是一样，不要多，要诚实；不在乎多，在乎善思。孩提之时，多被教导说，要养成爱读书的好习惯；近老之时才知，若非善思，这习惯实在也算不得太好。读而不思，自然省得出去惹事，但易养成夸夸其谈的毛病，说了一大篇话而后不知所云。国人似乎更看重满腹经纶，但有奇思异想，却多摇头——对未知之物宁可认其没有，对不懂之事总好斥为胡说。现在思想开放，常听人笑某些“知识分子”是“知道分子”；虽褒贬明确，却似乎位置颠倒。“道可道，非常道”，“君子爱财，取之有道”，“大道废，有仁义；智慧出，有大伪”，读书所求莫过知此“道”也。而知也知之，识也识之，偏不入道者，真是“白瞎了你这个人儿”。

我写过一种人的坏毛病，大家讨论问题，他总要挑出个厚道的对手来斥问：“读过几本书呀，你就说话！”可问题是，读过几本书才能说话呢？有个标准没有？其实厚道的人心里都明白，这叫虚张声势。孔子和老子读过几本书呢？苏格拉底和亚里士多德读过几本书呢？那年月，书的数量本就有限吧。人类的发言，尤

其发问，当在有书之前。先哲们先于书看见了生命的疑难，思之不解或知有不足，这才写书、读书、教书和解书，为的是交流——现在的话就是双赢——而非战胜。

读了一点刘小枫先生的书，才知道一件事：古圣贤们早有一门“隐微写作”的功夫，即刻意把某些思想写得艰涩难懂。这可是玩儿的什么花活？一点儿不花，就为把那些读而不思的人挡在门外，以免其自误误人。对肯于思考的人呢，则更利于他们自己去思去想，纳不过闷儿来的自动出局，读懂了的就不会乱解经文。可见，思考不仅是先于读书，而且是重于读书。“带着问题学”总还是对的，惟不必“立竿见影”。

于是我又弄懂了一件事：知识分子所以常令人厌倦，就因其自命博知，隔行隔山的也总好插个嘴。事事关心本不是坏品质，但最好是多思多问，万不可粗知浅尝就去插上一番结论，而后推广成立场让人去捍卫。不说别人，单那史就常让我尴尬，一个找不到工作只好去写小说的家伙，还啥都不服气；可就我所知，几十年来的社会重大事件，没有一回他能判断对的。这很添乱。其实所有的事，先哲们几乎都想过了，孰料又被些自以为是的人给缠瞎。可换个角度想，让这些好读书却又不善思想的人咋办呢？请勿插嘴？这恐怕很难，也很违背人权。几千年的路，说真的也是难免走瞎，幸好“江山代有才人出”，他们的工作就是把一团团乱麻择开，令我等迷途知返。返向哪里？柏拉图说要“爱智慧”，苏格拉底说“我惟一的知识就是我的无知”，而上帝说“我是道路”。有一天那史忽有所悟，揪住我说：嗨，像你我这样的庸常之辈，莫如以诚实之心先去看懂常识。

常识？比如说什么事？

就说眼下这一场拍卖风波吧。那对“鼠首”“兔首”往那儿一摆，你先说说这是谁的耻辱？

倒要请教。

是掠夺者的耻辱呀！那东西摆在哪儿也是掠夺者的罪证，不是吗？

毫无疑问。

可怎么大家异口同声，都说是被掠夺者的耻辱呢？

这还是一百多年前的愚昧观念在作怪。那时候弱肉强食，公理不明，掠夺者耀武扬威，被掠夺者反倒自认耻辱。

可是今天，文明时代，谁还会这样认为呢？

是呀，是呀。文明，看掠夺才是耻辱。

那么欺骗呢？文明，看欺骗是什么？

…………

哈，你心虚了，你既想站在那位赢得拍品又不肯付钱者的立场上，却又明知那是欺骗！以欺骗反抗掠夺，不料却跟掠夺一起步入愚昧。

可那东西本来就是我们的，我们有权要求他们还回来！

但不是骗回来。不还，说明有人宁愿保留耻辱。可您这一骗，尚不知国宝回不回得来，耻辱，肯定是让您又给弄回来了。

嗯……行吧，至少可以算逻辑严密。还有什么事呢？

还有就是当前这场经济危机。所谓"刺激消费"，我真是看不懂。人有消费之需，这才要工作，要就业，此一因果顺序总不能颠倒过来吧？总不会说，人是为了"汗滴禾下土"，才去食那"粒粒盘中餐"的吧？总不会是说，种种消费，原是为了"锄禾日当午"，为了"出没风波里"，为了"心忧炭贱愿天寒"吧？倘此逻辑不错，消费又何苦请谁来刺激呢？需要的总归是需要，用不着谁来拉动；不需要的就是不需要，刻意拉动只会造成浪费。莫非闲来无事，只好去"伐薪烧炭南山中"，不弄到"两鬓苍苍十指黑"就不踏实？可"赤日炎炎似火烧"，"公子王孙"咋就知道"把扇摇"呢？

好吧好吧，你这个写小说的又来插经济一嘴了！

这毛病，请问到底是出在哪里？

这个嘛……诚实地说，俺也不知道。

您不是口口声声地“诚实与善思”吗？请就此事教我。

那就接着往下问吧，任何关节上都别自己忽悠自己，不要坚定立场，而要坚定诚实，就这样一直问下去，直至问无可问……

2008年末

昼信基督夜信佛

大概是我以往文章中流露的混乱，使得常有人问我：你到底是信基督呢，还是信佛法？我说我白天信基督，夜晚信佛法。

这回答的首先一个好处是谁也不得罪。怕得罪人是我的痼疾，另方面，信徒们多也容易被得罪。当着佛门弟子赞美基督，或当着基督徒颂扬佛法，你会在双方脸上看到同样的表情：努力容忍着的不以为然。

这表情应属明显的进步，若在几十年前，信念的不同是要引发武斗与迫害的。但我不免还是小心翼翼，只怕那不以为然终于会积累到不可容忍。

怕得罪人的另一个好处，是有机会兼听博采，算得上是因祸得福。麻烦的是，人们终会看出，你哪方面的立场都不坚定。

可信仰的立场是什么呢？信仰的边界，是国族的不同，是教派的各异，还是全人类共通的理性局限，以及由之而来的终极性迷茫？

人的迷茫，根本在两件事上：一曰生，或生的意义；二曰死，或死的后果。倘其不错，那么依我看，基督教诲的初衷是如何面

对生，而佛家智慧的侧重是怎样看待死。

这样说可有什么证据吗？为什么不是相反？——佛法更重生前，基督才是寄望于死后。证据是：大凡向生的信念，绝不会告诉你苦难是可以灭尽的。为什么？很简单，现实生活的真面目谁都看得清楚。清楚什么？比如说：乐观若是一种鼓励，困苦必属常态；坚强若是一种赞誉，好运必定稀缺；如果清官总是被表彰呢，则贪腐势力必一向强大。

在我看，基督与佛法的根本不同，集中在一个“苦”字上，即对于苦难所持态度的大相径庭。前者相信苦难是生命的永恒处境，其应对所以是“救世”与“爱愿”；后者则千方百计要远离它，故而祈求着“往生”或“脱离六道轮回”。而这恰恰对应了白天与黑夜所向人们要求的不同心情。

外面的世界之可怕，连小孩子都知道。见过早晨幼儿园门前的情景吗？孩子们望园却步，继而大放悲声；父母们则是软硬兼施，在笑容里为之哭泣。聪明些的孩了头天晚上就提前哀求了：妈妈，明天我不去幼儿园！

成年人呢，早晨一睁眼，看着那必将升起的太阳发一会儿愣，而后深明大义：如果必须加入到外面的世界中去，你就得对生命的苦难本质说是；否则呢？否则世上就有了“抑郁症”。

待到夕阳西下，幼儿园门前又是怎样的情景呢？亲人团聚，其乐陶陶，完全是一幅共享天伦的动人图画！及至黑夜降临，孩子在父母含糊其词的许诺中睡熟；父母们呢，则是在心里一遍遍祈祷，一遍遍驱散着白天的烦恼，但求快快进入梦的黑甜之乡。倘若白天挥之不去，《格尔尼卡》式的怪兽便要来祸害你一夜的和平。

所以，基督信仰更适合于苦难充斥的白天。他从不做无苦无

忧的许诺，而是要人们携手抵抗苦难，以建立起爱的天国。

譬如耶稣的上十字架，一种说法是上帝舍了亲子，替人赎罪，从而彰显了他无比的爱愿。但另一种解释更具深意：创世主的意志是谁也更改不了的，即便连神子也休想走走他的后门以求取命运的优惠。于是便逼迫着我们去想，生的救路是什么和只能是什么。

爱，必是要及他的，独自不能施行。

白天的事，也都是要及他的，独自不能施行。

而一切及他之事，根本上有两种态度可供选择：爱与恨。

恨，必致人与人的相互疏远、相互隔离，白天的事还是难于施行。

惟有爱是相互的期盼、相互的寻找与沟通。白天的事不仅施行，你还会发现，那才是白天里最值得施行的事。

白天的信仰，意在积极应对这世上的苦难。

佛门弟子必已是忍无可忍了：听你的意思，我们都是消极的喽？

非也，非也！倘其如此，又何必去苦苦修行？

夜晚，是独自疗伤的时候，正如歌中所唱："这故乡的风，这故乡的云，帮我抚平伤痕。我曾经豪情万丈，归来却空空的行囊……"

你曾经到哪儿去了？伤在何处？

我曾赴白天，伤在集市。在那儿，价值埋没于价格，连人也是一样。

所以就，"归来吧！归来哟！别再四处漂泊……"

夜晚是心的故乡，存放着童年的梦。夜晚是人独对苍天的时候：我为什么要来？我能不能不来，以及能不能再来？"死去元

知万事空”，莫非人们累死累活就是为了最终的一场空？空为何物？死是怎么回事？死后我们会到哪儿去？“我”是什么？灵魂到底有没有？……黑夜无边无际，处处玄机，要你去听、去想，但没人替你证明。

白天（以及生）充满了及他之事，故而强调爱。黑夜（以及死）则完全属于个人，所以更要强调智慧。白天把万事万物区分得清晰，黑夜却使一颗孤弱的心连接起浩瀚的寂静与神秘，连接起存在的无限与永恒。所谓“得大自在”，总不会是说得一份大号的利己之乐吧？而是说要在一个大于白天、乃无穷大的背景下，来评价自我，于是也便有了一份更为大气的自知与自信。

“自在”一词尤其值得回味。那分明是说：只有你——这趋于无限小的“自”，与那无边无际趋于无限大的“在”，相互面对、相互呼告与询问之时，你才能确切地知道你是谁。而大凡这样的时刻，很少会是在人山人海的白天，更多地发生于只身独处的黑夜。

倘若一叶障目不见泰山，拘泥于这一个趋于无限小的“自”，烦恼就来了。所谓“驱散白天的烦恼”，正是要驱散这种对自我的执着吧。

执着，实在是一种美德，人间的哪一项丰功伟绩不是因为有人执着于斯？惟执迷才是错误。但如何区分“执着”与“执迷”呢？常言道“但行好事，莫问前程”，“只问耕耘，不问收获”。执于前者即是美德，执于后者便生烦恼。所以，其实，一切“迷执”皆属“我执”！用一位伟大的印第安巫士[①]的话说，就是“我的重要性”，——一切“迷执”都是由于把自我看得太过重要。那巫

① 印第安巫士：参见《唐望巫士的教诲》。——《史铁生全集》，北京出版社，2016年

士认为，只因在“我的重要性”上耗费能量太多，以致人类蝇营狗苟，演变成了一种狭隘的动物。所以狭隘，更在于这动物还要以其鼠目寸光之所及，来标定世界的真相。

那巫士最可称道的品质是：他虽具备很多在我们看来是不可思议的神奇功能，但并不以此去沽名钓誉；他虽能够看到我们所看不到的另类存在，但并不以此自封神明，只信那是获取自由的一种方式；他虽批评理性主义的狭隘，却并不否定理性，他认为真正的巫士意在追求完美的行动，追求那无边的寂静中所蕴含的完美知识，而理性恰也是其中之一。我理解他的意思是：这世界有着无限的可能性，无论局限于哪一种都会损害生命的自由。这样，他就同时回答了生的意义和死的后果：无论生死，都是一条无始无终的、追求完美的路。

是嘛，历史并不随某一肉身之死而结束。但历史的意义又是什么呢？进步、繁荣、公正？那只能是阶段性的安慰，其后，同样的问题并不稍有减轻。只有追求完美，才可能有一条永无止境又永富激情的路。或者说，一条无始无终的路，惟以审美标准来评价，才不致陷于荒诞。

基督信仰的弱项，在于黑夜的匮乏。爱，成功应对了生之苦难。但是死呢？虚无的威胁呢？无论多么成功的生，最终都要撞见死，何以应对呢？莫非人类一切美好情怀、伟大创造、和谐社会以及一切辉煌的文明，都要在死亡面前沦落为一场荒诞不成？这是最大的也是最终的问题。

据说政治哲学是第一哲学，城邦利益是根本利益，而分清敌我又是政治的首要。但令我迷惑的仍然是：如果“死去元知万事空”，凭什么认为“及时行乐”不是最聪明的举措？既是最聪明的

举措，难道不应该个个争先？可那样的话，谁还会顾及什么“可持续性发展”？进而，为了“及时行乐”而巧取豪夺他人——乃至他族与他国——之美，岂不也是顺理成章？

“但悲不见九州同”确是一种政治的高尚，但信心分明还是靠着“家祭无忘告乃翁”，就连“王师北定中原日”也难弥补“死去元知万事空”的悲凉与荒诞。所以我还是相信，生的意义和死的后果，才是哲学的根本性关注。

当然，哲学难免要向政治做出妥协。那是因为，次一等的政制也比无政府要好些，但绝不等于说哲学本身也要退让。倘若哲学也要随之退一等，便连城邦的好坏也没了标准，还谈什么妥协！妥协与同流合污毕竟两码事。

佛法虚无吗？恰恰相反，它把“真”与“有”推向了无始无终。而死，绝不等于消极，而是要根本地看看生命是怎么一回事，全面地看看生前与死后都是怎么一回事，以及换一个白天所不及的角度，看看我们曾经信以为真和误以为假的很多事都是怎么一回事……

故而，佛法跟科学有缘。说信仰不事思辨，显然是误解，只能说信仰不同于思辨，不止于思辨。佛门智慧，单凭沉思默想，便猜透了很多物理学几千年后才弄懂的事，比如“惟识”一派，早已道出了“量子”的关键。还有“薛定谔的猫”——那只可怜的猫啊！

便又想到医学。我曾相信中医重实践、轻理论的说法，但那不过是因为中医理论过于艰深，不如西医的解剖学来得具体和简明。中医理论与佛家信念一脉相承，也是连接起天深地远，连接起万事万物，把人——而非仅仅人体——看作自然整体之局部与全息。倒是白天的某些束缚（比如礼仪习俗），使之在人体解剖方

面有失仔细。而西医一直都在白天的清晰中，招招落在实处，对于人体的机械属性方面尤其理解得透彻，手段高超。比如器官移植，比如史铁生正在享用着的血液透析。

要我说，所谓“中西医结合”，万不可弄成相互的顶替与消耗，而当各司其职，各显其能；正如昼夜交替，阴阳互补，热情与清平的美妙结合。

不过，说老实话，随着科学逐步深入到纳米与基因层面，西医正在弥补着自身的不足，或使中医理念渐渐得其证实也说不定。不过，这一定是福音吗？据说纳米尘埃一旦随风飞扬，还不知人体会演出怎样的“魔术”；而基因改造一经泛滥，人人都是明星，太阳可咋办！中医就不会有类似风险，——清心寡欲为医，五谷百草为药，人伦不改，生死随缘，早就符合了低碳要求。不过这就好了吗？至少我就担心，设若时至 1998 年春透析技术仍未发明，史铁生便只好享年四十七岁了，哪还容得我六十岁上昼信基督夜信佛！

世上的事总就是一利一弊。怕的是抱残守缺。

佛家反对“二元对立”，我以为，反对的是二元的势不两立。二元的势不两立，实际是强烈的一元心态。然而，这世界所以是有而不是无，根本在于二元的对立。所以，佛家实际是在强调二元和谐。一切健康的事物，都是基于二元的和谐，身体、社会、理想、修行……莫不如此。

“万法归一”是说这世界的本源，“三生万物”是指这个现实的世界。二者的位置一旦颠倒，莫说他史铁生了，众生的享年都要回零。

佛法之“空”，料与“空空的行囊”之“空”绝不一致。亚里

士多德说，无中生有是绝不可能的。老子却说，有生于无。不过佛家还有一说：万法皆空。空即是有，有即是空，所以我猜佛家必是相信：有生于空。空，并不等于无。根本的二元对立，并非有与无的两极，而是有与空的轮回，或如尼采所说的“永恒复返”。

而“有”，也不见得就是有物质。有什么呢？不知道。物理学说：抽去封闭器皿中的一切物质，里面似乎还是有点儿什么的。有点儿什么呢？还是不知道。那就可以猜想一回了：有的是“空”！万法皆空，而非万法皆无，所以“空”绝非是说一切皆无。空不是无，空只好是有了。那么它又是一种怎样的有呢？空极生有，料必是一种无比强大的势能！即强烈地要创生出无限时空、无限之可能性的趋势。创世的大爆炸，据说就始于一个无限小的奇点，这个“点”可否让我们对那个“空”有所联想？

说佛法跟科学有缘，佛门弟子多会引为骄傲。但，若说二者的问题也有同根，未必信众们就都能不嗔不痴。

所谓同根，是说二者的信念有一个相同的前提，即先弄清楚这个世界的究竟，而后，科学的理想叫“人定胜天”，佛法的心愿是“人人皆可成佛”。问题是谁都没说，如果世界尚未究竟或终难究竟，人当如何？就算可以究竟，究竟者也总在极少，尚未究竟和终难究竟的大多数又拿什么去做信的根基？我相信佛门确有其非凡的智慧，确有其慧眼独具的奇妙功法，能够知晓甚至看到理性所无从理解的事物。但是第一，这仍是极少数人的所能。第二，再强大的能力也是有限，因为无限意味着永不可及。第三，老调重弹——成佛是一条动态的恒途，绝非一处万事大吉的终点。然而，一个“成”字，一个“究竟”，很容易被理解为认知的极点与困苦的穷尽。

所以，一条同根，很可能埋藏了近似的危险：大凡理想或心愿，一旦自负到“人定胜天”，或许诺下一处终极乐园，总是要出

事的。科学正在出事，譬如自然生态的破坏。信仰如果出事，料想会是在心态方面。

理想，若总就在理想的位置上起作用，“老夫聊发少年狂”倒也不是什么坏事。然而“言必信，行必果”一向是人间美德（柏拉图认为，政治可以有高贵的谎言，神却不可说谎），那么一旦行之未果，——世界依旧神秘，命运依旧乖张，信仰岂不要受连累？

首先质疑它的就是科学。科学以其小有成果而轻蔑信仰，终至促生了现代性迷障。问题是，在实证面前，信仰总显得理亏，——“看不见而信”最是容易被忘记。怎么办呢？便把“果”无限地推向来世。这固然也是一种方略，可以换得忍耐与善行，但根基无非是这么一句话：好处终归是少不了你的！可这样的根基难免另有滋生，比如贪心，比如进而的谋略，直至贿赂之风也吹进信仰。君不见庙堂香火之盛，有几个不是在求祈实际的福利！众生等不及“终归”——既可终归，何不眼前？这逻辑本来不错，更与科学的“多快好省”不谋而合！只是，这夜晚的信仰怎么就变得比白天还白了？

“不不，”于是有佛门高徒说，“这是误解，说明你还不懂佛！”随即举出诸多佛法经章、高僧本事，证明真正的佛说与那庙里的歪风毫不相干。

那，为什么您讲的就是真正的佛说？

那么您认为，我讲的对还是不对？

问题是，大众所信的佛法，未必跟个例高人所理解的一样。不管谁到那烟雾腾腾的庙堂里去看看，都会相信，这世上广泛流行的是另种“佛法”。

如何另种？

求财的，求官的，求不使东窗事发的……许愿的，还愿的，

事与愿违而说风凉话的……有病而求健康的，健康而求长寿的，长寿而求福乐的，福乐不足而求点石成金或隔墙取物的……

那就是他们的事了。

怎么就成了他们的事呢，——莫非也是佛说？

何为神说？何为人传？基督信仰千百年来都有探讨。哪是佛说，哪是人言呢？佛门也曾有过几次集结。高僧们相约一处，论辩佛法真谛，可惜这一路香火已断多时。失去大师们的不断言说与探讨，习佛已流于照本宣科，徒具其表。失去高僧的指点与引领，人性就像流水，总是要往低处去的。如今是人们由着性儿地说佛与“佛说”，人性的贪婪便占上风；众生要“多快好省”地上天堂，庙堂前便“鼓足干劲”地卖起票来。这类“信”徒，最看佛门是一处大大的后门儿，近乎朝中有人好办事。办什么事呢？办一切利己利身之事。如何能办到呢？耐心听“芸芸众生”们说吧，其津津乐道者，终不免还是指向某些神功奇迹——免灾祛病呀，延年益寿呀，准确或近乎准确地推算前世和预测未来呀等等这些我都信，只不信这叫信仰。佛家（道家）的某些神奇功法我也见过，甚至亲身体验过，但我仍认为“看不见而信”才是信仰的根本。如果信仰竟在于某些神奇功法，高科技为什么不算？科学所创造的奇迹还少吗？可就算你上天入地、隔墙取物，福如东海、寿比南山，莫非这世上就不会有苦难了？没有了当然好，可那就连信仰也没有了。信仰，恰是人面对无从更改的生命困境而持有的一种不屈不挠、互爱互助的精神！

听说有人坐飞机赶往某地，只为与同仁们聚会一处，青灯古刹、焚香诵经地过一周粗茶淡饭、草履布衣的低碳生活。想来讽刺，那飞机一路的高排放岂是这一周的低消费所能补偿！真是算不过这笔账来？想必是另有期图。

又据说，有位国人对西人道："还是我佛的能耐大。瞧瞧你们那个上帝吧，连自己儿子的死活都管不了！"

先不论基督与佛均乃全人类所共有，岂分国族?！却只问这类求佛办事的心态，原因何在？说到基督与佛，何以前者让人想到的多是忏悔，后者却总让人想起许愿？忏悔，是请神来清理我的心灵；许愿，却是要佛来增补我的福利。忏悔之后，是顺理成章地继续检讨自己；许愿之后呢，则要看看佛的态度，满足我愿的我为你再造金身，否则备选的神明还很多。

哈！这不过是你的印象罢了。事实上，此类信徒各门各派里都有。

那么，您是否也有与我相同的印象呢？

印象能说明什么！可有什么"统计学"证据吗？

"现象学"的行吗？现象之下自有其本质在，正如佛说"因果"。

……那么你的"夜晚信佛法"，到底信的什么？

首先我相信佛法是最好的心理疗法。佛看这人间不过是生命恒途中极其短暂的一瞬，就好比大宴上的一碟小菜，大赛前的一次热身，甚或只是大道上的一处泥淖。佛的目光在无始与无终之间，对于这颗球体上千百年来的蝇营狗苟，对于这一片灯红酒绿的是非地、形同苦役的名利场，说到底，佛是一概地看不上！而如今的心理疾病多如牛毛，又都是为了什么？比如说方兴未艾的抑郁症，你去调查吧，统计吧，很少不是因为价值感的失落。说白了，就是"我的重要性"一旦在市场上滞销、掉价、积压而后处理，一向自视重要的"我"便承受不住，抑郁症即告得手。佛所以是最好的心理医生，因为他从根本上否定了人的市场价格，坚定了生命的恒久价值。而这样的疗法，还是那句话：很难在叫卖声声的白天里进行，而要等到夜深人静。

说到这儿想起件事，前不久与朋友谈起“城市文学”。“乡土文学”谁都知道，可什么是“城市文学”呢？两个人说来说去，忽有所悟：“城市文学”的特点，根本在一个“市”字上。城市，乃市场的引发，而市场的突出作为是价格的诞生。正所谓异化吧，价格功高震主，渐渐就脱离开价值而自行其是了。于是乎讨价还价，袖子里掐手指，而后发展到满街贴广告和电视台上吹牛皮……原本是为了货通有无的集与市，慢慢竟变成了骗术比拼的大赛场。败下阵来的自然是郁郁寡欢，待其两眼发直、浑身发抖，便取名为抑郁症。有趣的是，先是亏本者抑郁，慢慢演化，亏心者倒荣耀起来，称为“成功人士”，其居住地宏伟壮观，谓之“高尚社区”。久之，价格成长为重中之重，价值一败涂地。成者王侯败者寇。怕为寇者，或打肿自己充肥，或就做成宅男宅女不见天日，想起市场就显露出抑郁症所规定的种种症候。

其次我相信，佛家对死后的猜想并非虚妄。看看那些大和尚，圆寂之时是何等从容淡定，你自会相信那既非莽汉式的无畏，亦非志士般的凛然，而是深思熟虑，一切都已了然于心，或就像那位印第安巫士所说：一切都已“看见”。当然了，此等境界绝非吾辈常人所能为之，——譬如爱因斯坦看见了时间的弯曲，譬如霍金看见黑洞，咱咋就啥也不见呢？故凡俗之如我类，切莫指望什么神功奇迹，不如原原本本都留给极少数人吧。

不过呢，死亡毕竟在向你要求着态度。当然回避也是一种，勇敢也是一种，鲁莽还是一种——两眼一闭跳下去，跟蹦极一般。我选择钻牛角尖，死乞白赖地想一想，谁料结果却发现：死是不可能的。

死是什么？死就是什么都没有了，什么、什么都没

有了。可什么、什么都没有了，怎么会还有个死呢？什么、什么都没有了，应该是连“没有”也没有了才对。所以，如果死意味着什么、什么都没有了，死也就是没有的。死如果是有的，死就不会是什么、什么都没有了。故而“有”是绝对的。

“有”又是什么呢？有，是观察的确认——现代物理学也明确支持这一观点。“无”呢？“无”也一样是观察——准确说是观察所不及——的确认，因而仍不过是“有”的一种形态。推而演之，死也就是生的一种形态。

那么，观察意味着什么呢？观察意味着观察者的确在。而这个观察者，既然能够认知他者，也就一定能够自认。这自认，便创生了“我”。

“我死了”，此言若非畅想，就一定是气话，现实中绝没有这回事。

“你死了”呢，或用于诅咒，或用于告慰。前者是说，你没死但你该死。后者是说你并没有死，不过是到了另一世界，或处于另一种存在状态罢了。

只有“他死了”这句话没毛病，必有相应的现实为之做证。比如说“史铁生死了”，这消息日夜兼程，迟早会被证实。

（由此也可见，我是我，史铁生是史铁生。）

总结一下吧：死，绝不意味着什么、什么都没有了。而一切“有”都是被观察的，一切“无”都是观察所不及的。所以“有”也好，“无”也好，都离不开观察者。那么，谁是最终的观察者呢？“我”！而“你”和“他”，“我们”“你们”和“他们”，都不免是被观察者。

最后一个问题：设若真有来世，我怎么能认出此一世的我即是彼一世的我呢？首先，无论哪一世的你，不自称“我”又自称什么？其次，柏拉图说“学习即回忆”，被回忆者是谁？第三，一生止于吃喝屙撒睡的人太多太多，想必来世也就难于分辨，而一个独特的心魂自然就便于被回忆。

（以上四小节均引自史铁生作品《论死的不可能性》[①]）

在我想，求“往生”是不是有点儿多余？今生、来世其实是一样的，吃喝屙撒睡的固然一样，特立独行的也是一样，不知不觉的固然一样，大彻大悟的就更应该能看出些一样来。什么呢？生即是苦，苦即是生。如此又求的什么来世！今天就是昨天的明天，明天就是前天的后天……生还是苦，苦还是生，又何必在意此一生还是彼一生呢？我只相信，明天的意义，惟在进一步完美行动的可能。不过这已经有了保证：佛的目光在无始无终之间，——史铁生要死就让他死吧，“我”才是那目光的无限仰望者与承受者。

那么“脱离六道轮回”呢？说真的，我半信半疑。所信者，你下辈子可以不是人、畜生、饿鬼等等；所疑者，莫非你可以是“无”吗？你只要是“有”那就麻烦。“有”就是“有限”，正如“无限”其实就是“无”。你看吧，哪一种“有”不是有限的？你想吧，惟观察所不及者谓之“无”，而那正是因为它的无限。这样我们就有救了，就算我们有一天不再是人，也不是畜生、饿鬼和什么什

---

① 《论死的不可能性》：见《回忆与随想：我在史铁生》。——《史铁生全集》，北京出版社，2016年

么，我们总还得是“有”（因为“无”是无的呀），进而就还得是“我”。“我”位于有限而行一条无限的路，那才是佛或上帝的恩宠！

而一条无限的路，正所谓日夜兼程，必是昼夜轮换的路！如果黑夜过于深沉，独善其身或自在之乐享用得太久，就好比心病患者会依赖上心理医生，人也是会依赖于黑夜而不由得逃避白天的。然而白天就在黑夜近旁。不能使病者走进白天的医生是失败的医生，他培养了另一种“我执”。

况且此“执”是因乐而生。譬如乐不思蜀，乐居腐蚀，岂止是不思蜀，其实是不思苦，进而养成享乐的贪图。乐无止境，难免日趋狭隘，偶像繁多，倒给“菩萨”们都分配了工作，管升官的、管发财的、管文凭和职称的……最后连掩盖罪行都有专管。尤其，这享乐与灭苦的期求，一旦进入白天，与疯狂的市场合谋，爱愿常不是它们的对手。

所以我想，佛门弟子要特别地看重地藏菩萨。“我不下地狱谁下地狱”，“地狱不空誓不成佛”，——地藏的这两句伟大誓言，表明他是一位全天候的觉者！虽然一个“成”字似乎还是意味着终点，但他把终点推到了永远，从而暗示了成佛之路的无限性。道路的无限即是距离的无限，即是差别的无限，即是困苦的无限，也便意味着拯救之路的无限，幸而人之不屈不挠的美丽精神也可以无限，——惟此，无始无终的存在才不至于陷入荒诞。

“我不下地狱谁下地狱”，简直就是十字架上真理的翻版；“地狱不空誓不成佛”，明显与基督精神殊途同归。是呀，一切黑夜的面死之思，终要反身投入到白天的爱愿（当然，一切爱愿总也要面对死的诘难）。

你会发现，白天的事难免都要指向人群，指向他者，因而白天的信仰必然会指向政治。但政治并不等于政府，否则有政府的地方就不该再有不同政见。因而，政治的好坏也就不取决于国的强大与否，而在乎于民之福患。国之强大，仅仅是为了保卫民的福利，否则何用？所以，以强大为目的的政治是舍本求末，以爱为灵魂的政治才是奉天承运，才会是好政治。

然而，爱也是有危险的。比如以死相威胁的“爱情”，比如期求报答的“友爱”，比如只为谋权的“爱国爱民”，比如盛气凌人甚或结党营私式的种种“信徒”……问题是鱼目混珠，真假何辨？其实呢，以平常心观之，真假自明，——正所谓“人人皆有佛性”，也正是神在的最好证明。

我有个朋友，初到某地，两眼一抹黑，有个老太太帮他渡过了道道难关，他说我可怎么报答您呢，老太太说：你去帮助别人就是。我还听说有个过马路的老头儿，四望无车无人，却还是静静地等候红灯，人说您这不是犯傻嘛，他说：我不知道在哪个楼窗里，会不会有个孩子正看着我。我还知道有位女士，不知听哪个昏僧说，促成一桩婚姻便为来世积下一份善缘，于是不遗余力地乱点鸳鸯谱——管他们有情与无情！

爱的危险还有一条：仅仅的爱人。您信吗？仅仅的爱人，会养成铺张浪费甚至穷奢极欲的坏毛病，——情形就像被溺爱的孩子。所谓“爱上帝”说的是什么？是说要爱世间一切造物。所谓“爱命运”说的是什么？是说对一切顺心与不顺心的事，都要持爱的态度。

“我执”多种多样，并不以内容辨；无论什么事，一旦“我的重要性”领衔，即是“我执”。譬如常说的“立功、立德、立言”，

尤其前面再加一句“为天下人”，都是再好没有。但请留神，“我”字一重，多么慷慨大义的言辞也要变味儿。不过，这事最为诡异的地方是：一味地表现“自我”是“我执”，刻意地躲避“自我”还是“我执”；趋炎附势的是“我执”，自命清高的还是“我执”；刚愎自用的是“我执”，自怨自艾的也是“我执”。那么“我”就得变傻子吗？对不起，您又“我执”了。我什么都不说成吗？成是成，但这仍然是“我执”。简直就没好人走的道儿了！不，这才是好人走的道儿呀：好人，才看见“我执”，才放弃“我执”，才看见放弃“我执”有多难，才相信多难也得放弃“我执”，——这下明白了，成佛的路何以是一条永行的恒途。

《伊索寓言》中有一篇说到舌头，说那是人间最好和最坏的东西，因为它可以说出最美和最丑的语言。信仰的事着实跟舌头有一拼，它既可让人行无比的善，也可让人做滔天的恶。譬如曾经和现在，也譬如此地和别处，人们为信仰而昏昏，也为信仰而昭昭；为信仰而大乱，也为信仰而大治；为信仰而盛气凌人，也为信仰而谦恭下士；为信仰而你死我活，也为信仰而乐善好施……再问何根何源，以我的愚钝来想，大凡前一类都还是那个“我执”。

如何灭尽“我执”呢？不知道。我真的不知道，因为我感到我永远都灭不尽那玩意儿。我感到我只能是见一个杀一个，没什么彻底的办法。我感到诚实是第一位的，比如说白天就是白天，黑夜就是黑夜。黑白颠倒你试试看，或者只需想一想，会不会把白天弄成了自闭症，一到夜里又妄想狂？

2010年11月4日

图书在版编目（CIP）数据

我二十一岁那年 / 史铁生著 .—北京：作家出版社，2021.3
（2024.12重印）

ISBN 978-7-5212-1082-8

Ⅰ. ①我…　Ⅱ. ①史…　Ⅲ. ①散文集－中国－当代
Ⅳ. ① I267

中国版本图书馆 CIP 数据核字（2020）第 145967 号

我二十一岁那年

作　　者：史铁生
责任编辑：李宏伟　秦　悦
装帧设计：刘十佳
出版发行：作家出版社有限公司
社　　址：北京农展馆南里 10 号　　　邮　　编：100125
电话传真：86-10-65067186（发行中心及邮购部）
　　　　　86-10-65004079（总编室）
E-mail:zuojia @ zuojia.net.cn
http://www.zuojiachubanshe.com
印　　刷：三河市北燕印装有限公司
成品尺寸：142 × 210
字　　数：296 千
印　　张：11.5
版　　次：2021 年 3 月第 1 版
印　　次：2024 年12月第 4 次印刷
ISBN 978-7-5212-1082-8
定　　价：48.00 元

第三辑　昼信基督夜信佛

第二辑　好运设计

目录

第一辑　我与地坛

史铁生，1951 年 1 月生于北京，初中毕业后去延安插队，1972 年双腿瘫痪转回北京，在某街道工厂做工七年。之后居家以写作为生。先后有中短篇小说、散文、长篇小说等出版。1997 年底尿毒症加剧，开始靠透析生存。之后又有小说、随笔、散文、长篇小说出版。2010 年 12 月突发脑溢血去世。

主要作品有《我的遥远的清平湾》《奶奶的星星》《命若琴弦》《关于詹牧师的报告文学》《我与地坛》《务虚笔记》《病隙碎笔》《记忆与印象》《我的丁一之旅》等。

我二十一岁那年

史铁生 著

作家出版社